Le bûcher des sorcières

Du même auteur
aux Éditions J'ai lu

Le chardon et le tartan :
1. La porte de pierre, *J'ai lu* 4809
2. Le bûcher des sorcières, *J'ai lu* 4810
3. Le talisman, *J'ai lu* 5071
4. Les flammes de la rebellion, *J'ai lu* 5072
5. Le voyage, *J'ai lu* 5207
6. Les tambours de l'automne, *J'ai lu* 5442

QUATRIÈME PARTIE

Une odeur de soufre 5
  24. Mon petit doigt me dit 5
  25. Au bûcher, les sorcières ! 66

CINQUIÈME PARTIE

Lallybroch 109
  26. Le retour du laird 109
  27. La dernière raison 127
  28. Le caleçon des Fraser 134
  29. Le prix de la sincérité 144
  30. Conversations au coin du feu 152
  31. Le laird reçoit 157
  32. Un travail épuisant 172
  33. La Garde 180

SIXIÈME PARTIE

La quête 193
  34. Le récit de Dougal 193

SEPTIÈME PARTIE

Le sanctuaire 209
  35. La prison de Wentworth 209
  36. MacRannoch 235
  37. La fuite 258
  38. L'abbaye 264
  39. La rançon d'une âme 276
  40. L'absolution 291
  41. Des entrailles de la terre 307

DIANA GABALDON

LE CHARDON ET LE TARTAN - 2

Le bûcher des sorcières

Traduit de l'américain par Philippe Safavi

A la mémoire de ma mère,
Jacqueline Sykes Gabaldon,
qui m'a appris à lire.

Titre original :

OUTLANDER

QUATRIÈME PARTIE

Une odeur de soufre

24

Mon petit doigt me dit...

Le remue-ménage provoqué par notre retour précipité et la nouvelle de notre mariage fut rapidement éclipsé par un événement de plus grande importance.

Le lendemain de notre arrivée, nous dînâmes dans le grand hall, acceptant les congratulations et les vœux de bonheur des habitants du château.

— *Buidheachas, mo caraid !* lança Jamie en levant sa coupe de bière sous les applaudissements.

Il se laissa tomber lourdement sur le banc qui s'ébranla sous son poids.

— Tu es sûr de pouvoir tenir le coup ? lui chuchotai-je.

Chaque fois qu'on nous portait un toast, il sifflait son verre cul sec, alors que je m'en tenais à quelques gorgées, saluant d'un sourire les félicitations en gaélique.

— Tu crois que je suis déjà soûl ? Penses-tu ! Je pourrais boire de la bière toute la nuit.

— C'est ce que tu as fait, répondis-je en regardant les bouteilles de vin et les pichets de bière vides qui jonchaient notre table. Il est déjà tard.

Les chandelles sur la table de Colum étaient pratiquement consumées et projetaient des reflets dorés sur les visages des deux frères MacKenzie, penchés l'un vers l'autre, échangeant des messes basses. Ils semblaient avoir surgi de la frise de faciès gnomiques qui ornait le manteau de la grande cheminée. Je me demandai d'ailleurs si les portraits grotesques n'étaient pas inspirés des anciens lairds des lieux, réalisés par un sculpteur doté d'un certain sens de l'humour.

Jamie s'étira sur le banc.

— Je crois que ma vessie va éclater d'un instant à l'autre, bâilla-t-il. Je reviens tout de suite.

Il sauta lestement par-dessus la table et disparut sous l'arche de l'entrée.

Je me tournai vers ma voisine, Geillis Duncan, en train de siroter sagement sa coupe de bière. Son époux, Arthur, était assis à la table de Colum, comme il seyait à un procureur, mais Geillis avait insisté pour s'asseoir à mes côtés, prétextant qu'elle ne supporterait pas d'entendre les hommes parler affaires pendant tout le dîner.

Les yeux profondément creusés d'Arthur étaient mi-clos, cernés de bleu, et rougis par la fatigue et le vin. Il était penché en avant, les coudes sur la table, l'air absent, ne prêtant aucune attention à la conversation des MacKenzie à côté de lui. Si la lumière faisait ressortir les traits ciselés des deux frères, elle donnait à Arthur un air lourd et maladif.

— Ton mari n'a pas l'air en forme, glissai-je à Geillis. Toujours ses maux d'estomac ?

Les symptômes étaient déconcertants. Ce n'était ni un ulcère ni un cancer, il était encore trop gras. Peut-être n'était-ce qu'une gastrite chronique, comme l'affirmait Geillis.

Celle-ci lança un bref regard vers son mari et haussa les épaules.

— Bah, il ne va pas si mal que ça ! Je l'ai déjà vu dans un pire état. Mais parle-moi plutôt de *ton* petit mari ?

— Euh... que veux-tu savoir ? répondis-je prudemment.

Elle me donna un coup de coude accompagné d'un clin d'œil grivois et je m'aperçus qu'il y avait un bon nombre de cadavres de bouteilles de son côté aussi.

— Allez, ne me fais pas languir. De quoi a-t-il l'air sans son kilt ?

— Euh...

Je cherchai une réponse et elle me lança un regard entendu.

— Et dire que madame prétendait ne pas s'intéresser à lui ! Tu n'es qu'une coquine. La moitié des filles du château aimeraient bien t'arracher les yeux. Si j'étais toi, je ferais attention à ce qu'on met dans mon assiette.

— Dans mon assiette ? répétai-je, l'air ahuri.

— Gare au poison ! siffla-t-elle d'un air conspirateur dans mon oreille.

Son haleine empestait l'alcool.

— Tu plaisantes ! rétorquai-je froidement en m'écartant d'elle. On n'empoisonne pas les gens simplement parce qu'ils...

Je ne trouvais pas mes mots, sans doute avais-je moi aussi un peu trop bu.

— Je t'assure, Geillis. Ce mariage n'était pas prévu. On ne m'a même pas laissé le choix ! (Ce qui n'était pas tout à fait faux.) C'est une sorte... d'arrangement pratique, un marché conclu précipitamment.

J'espérais que la lueur des chandelles dissimulerait mes joues cramoisies.

— Mon œil ! rit-elle cyniquement. Je sais reconnaître une fille comblée au lit.

Elle lança un regard vers l'entrée où Jamie s'était engouffré.

— Je veux bien être pendue si les marques qu'il a dans le cou sont des morsures de mite. En tout cas, si c'est un marché, je suis sûre que tu en as eu pour ton argent !

Elle se pencha vers moi.

— C'est vrai, ce qu'on dit à propos des pouces ? murmura-t-elle.

— Des pouces ? Mais de quoi tu veux parler ?

Elle tourna ses beaux yeux gris vers moi, son joli minois plissé par la concentration. Elle avait apparemment du mal à focaliser son regard. Elle était à deux doigts de rouler sous la table.

— Ne fais pas l'innocente ! Tout le monde sait ça ! On dit que les pouces d'un homme sont proportionnels à la taille de son sexe. Les gros orteils aussi, mais c'est plus difficile à vérifier, vu que les hommes ne se promènent généralement pas pieds nus. Or, ton joli petit coq, poursuivit-elle, me montrant Jamie qui venait de réapparaître à l'autre bout de la salle, pourrait tenir une citrouille dans une seule main... ou un derrière bien dodu, ajouta-t-elle en me donnant un nouveau coup de coude.

— Geillis Duncan... tu vas te taire ! sifflai-je, de plus en plus embarrassée. On va t'entendre !

— Bah, qui veux-tu qui...

Elle s'interrompit en voyant Jamie passer devant nous, le regard fixé droit devant lui. Son visage était pâle et ses lèvres pincées, comme s'il s'apprêtait à accomplir une mission délicate.

— Quelle mouche le pique ? demanda Geillis. On dirait Arthur quand il a eu des navets au déjeuner.

— Je ne sais pas.

J'hésitai. Il se dirigeait droit vers la table de Colum. Devais-je le suivre ? De toute évidence, il s'était passé quelque chose de grave.

Geillis tira soudain sur ma manche et pointa un doigt vers l'entrée à l'autre bout de la salle où Jamie était apparu quelques instants plus tôt.

Un homme se tenait sous l'arche, l'air mal à l'aise. Ses vêtements étaient couverts de boue et de poussière. Ce devait être un messager. Quelles que soient les nouvelles qu'il apportait, il les avait transmises à Jamie. Celui-ci se pencha entre Colum et Dougal et leur murmura quelque chose.

L'espace d'un instant, la lumière des chandelles éclaira la tignasse rousse inclinée vers les deux têtes brunes, formant un portrait de famille où les trois beaux visages baignaient dans une atmosphère presque irréelle. En les regardant plus attentivement, je m'aperçus que la ressemblance qui les unissait tous les trois tenait moins à la morphologie des visages qu'à l'expression de grand chagrin qui s'inscrivait dans leur regard.

La main de Geillis me pinça le gras du bras.

— Aïe ! dit-elle. Mauvaises nouvelles.

— Vingt-quatre ans de mariage ! soupirai-je. C'est beaucoup !

— Oui, répondit Jamie, songeur. Il y a vingt-quatre ans, je n'étais même pas né !

Un vent chaud agita les branches au-dessus de nos têtes. Il était adossé contre la barrière de l'enclos. J'avais oublié à quel point il était jeune. Il était toujours si sûr de lui et si efficace !

— Cependant, ajouta-t-il en jouant avec un brin de paille, je ne crois pas que Dougal ait vécu avec elle plus de trois ans. Il était toujours fourré ici, au château, ou sur les routes, à s'occuper des affaires de Colum.

Maura, la femme de Dougal, venait de mourir des suites d'une mauvaise fièvre dans le domaine de Beannachd. Dougal était parti à l'aube, accompagné de Ned Gowan et du messager arrivé la veille au soir, afin de procéder à ses funérailles et de disposer de ses biens.

— Ils n'étaient pas très proches, alors ? demandai-je.

Jamie haussa les épaules.

— Comme la plupart des couples, je suppose. Elle s'occupait des enfants et dirigeait le manoir. Je ne pense pas que l'absence de son mari lui pesait beaucoup. Pourtant, elle semblait toujours heureuse de le voir quand il venait.

— C'est vrai, j'avais oublié que tu avais vécu chez eux un certain temps.

Je restai songeuse. Était-ce là l'idée qu'il se faisait du mariage : deux vies séparées, les époux se retrouvant de temps à autre pour faire des enfants ? Pourtant, d'après ce qu'il m'en avait dit, ses propres parents avaient formé un couple uni et heureux. Comme d'habitude, il lut dans mes pensées.

— Chez nous c'était différent. Dougal et Colum ont fait des mariages d'intérêt, il s'agissait plutôt d'agrandir leurs terres et de contracter des alliances entre clans. Mais mes parents se sont mariés par amour, contre l'avis de leurs familles respectives. C'est pour ça qu'on a toujours vécu un peu à l'écart, à Lallybroch. Mon père et ma mère quittaient rarement le domaine et sont donc restés plus proches l'un de l'autre que la plupart des couples.

Il posa une main sur mon épaule et m'attira à lui. Il se pencha vers moi et murmura à mon oreille :

— Je sais bien que le nôtre aussi est un mariage d'intérêt, mais j'espère qu'avec le temps...

Ne souhaitant pas l'encourager dans cette voie, je lui adressai un sourire neutre et me tournai vers l'enclos. Que je le veuille ou non, j'étais liée à un autre homme par mes vœux, ma loyauté et la loi. Je ne pouvais décrire à Jamie tout ce que je ressentais pour lui, même si cela me déchirait le cœur. Lui avouer mon amour pour le quitter ensuite serait le comble de la cruauté. Mais il m'était si difficile de lui mentir !

Fort heureusement, nous fûmes interrompus par un « Humm » rauque. Le vieil Alec se tenait devant la porte de l'enclos dans ses braies crasseuses, nous dévisageant de son œil unique et goguenard. Il tenait à la main une grande paire de tenailles à hongrer.

— J'allais les utiliser sur Mahomet, mais je me demande si je ne devrais pas m'occuper de toi d'abord, déclara-t-il à Jamie. J'aurais peut-être enfin un assistant capable de se concentrer.

— Tu as besoin de moi ? répondit Jamie sans prêter attention à ses menaces.

— Qu'est-ce que tu crois ! Que je vais castrer un jeune poulain de deux ans à moi tout seul ?

Il pointa ses tenailles vers le château et lança à mon intention :

— Allez, oust, ma belle ! Vous le récupérerez pour le dîner, s'il est encore en état de servir d'ici là.

— A tout à l'heure, *Sassenach*, me dit Jamie. Je te retrouverai dès que j'en aurai fini avec ce vieux bougre.

Il se pencha pour m'embrasser et chuchota à mon oreille :

— Retrouve-moi aux écuries, quand le soleil sera à son zénith.

Les écuries de Leoch étaient plus spacieuses et plus confortables que la plupart des auberges où nous avions dormi avec Dougal. Les deux portes de chaque côté de la bâtisse laissaient entrer une belle lumière chaude qui faisait luire les dalles en pierre rouge. L'épais toit de chaume accueillait toute une communauté de chouettes qui veillaient à ce que les souris n'envahissent pas le foin.

Dans le fenil, sous le toit, la lumière était encore plus douce. Couchée près de Jamie, je me laissais bercer par un courant d'air chaud qui fleurait bon la giroflée et l'œillet.

Jamie se redressa soudain, tendant l'oreille.

— Que se passe-t-il ? demandai-je à moitié endormie.

— Le petit Hamish, chuchota-t-il en se penchant au-dessus du vide. Il vient sans doute chercher son poney.

Je roulai sur le ventre près de lui, rabattant pudiquement ma jupe retroussée jusqu'à la taille — par principe, car personne ne pouvait nous voir.

Le fils de Colum avançait d'un pas hésitant entre les stalles. Il cherchait manifestement quelque chose, mais ce n'était pas son gros poney brun, qui mâchouillait paisiblement son foin dans un box près de l'entrée.

— Bon sang ! jura Jamie. Il se dirige vers Donas !

Il saisit son kilt et le noua hâtivement autour de sa taille avant de basculer la moitié du corps dans le vide. Négligeant l'échelle de bois, il resta suspendu au rebord du fenil quelques secondes avant de se laisser tomber sur les dalles en pierre. En l'entendant atterrir, Hamish fit un bond.

Son petit visage se détendit en reconnaissant Jamie, mais il resta sur le qui-vive.

— Je peux t'aider, cousin ? demanda gentiment Jamie.

Hamish hésita, puis releva le menton.

— Je veux monter Donas, déclara-t-il d'un ton déterminé.

Donas signifiait « démon » en gaélique et le cheval en question méritait bien son nom. Il avait un box tout au fond de l'écurie, légèrement à l'écart des autres. C'était un immense étalon alezan au tempérament indomptable. Personne ne l'avait jamais monté et seuls le vieil Alec et Jamie osaient l'approcher. Un hennissement irrité retentit dans la bâtisse et une énorme tête rouge cuivre surgit du box, ses grandes dents jaunes claquant avec un bruit sec tandis qu'elles tentaient de se refermer sur l'épaule de Jamie.

Se sachant hors d'atteinte, celui-ci ne bougea pas d'un pouce, mais Hamish fit un bond en arrière en poussant un petit cri, fixant d'un air terrifié les grands yeux injectés de sang et les naseaux palpitants.

— Je ne crois pas que ce soit une très bonne idée, suggéra diplomatiquement Jamie.

Il prit son petit cousin par l'épaule, l'éloignant de la bête infernale. En guise de protestation, Donas rua dans son box en ébranlant les parois de ses coups de sabot mortels.

Jamie s'accroupit devant l'enfant.

— Dis-moi la vérité. Pourquoi veux-tu monter Donas ?

Hamish serra les mâchoires d'un air entêté, mais Jamie lui adressa un sourire encourageant et donna une petite tape sur son épaule, obtenant un demi-sourire en réponse.

— Allez, *duine*, dit doucement Jamie. Tu sais que je ne le répéterai à personne. Tu n'aurais pas fait un pari idiot, par hasard ?

Les joues du garçon s'empourprèrent.

— Non. Enfin... pas vraiment... enfin, si... c'était peut-être un peu idiot.

Après d'autres encouragements, il finit par avouer. La veille, il était parti en promenade sur son poney avec plusieurs camarades. Certains des plus âgés s'étaient mesurés en sautant des haies et des murets. Hamish les avait d'abord admirés jalousement, puis, se laissant emporter, il avait tenté de faire sauter son poney par-dessus une clôture. Par manque d'agilité et d'intérêt, la monture avait pilé devant l'obstacle, envoyant son petit cavalier plonger la tête la première dans un nid d'orties. Piqué par les plantes et les railleries de ses amis, Hamish s'était juré de revenir aujourd'hui sur un « cheval convenable ».

— Ils riraient moins s'ils me voyaient sur Donas !

— En effet, rétorqua Jamie. Ils seraient trop occupés à ramasser les morceaux.

Il secoua lentement la tête en dévisageant son cousin.

— Il faut du courage et du bon sens pour devenir un bon cavalier. Tu ne manques pas de courage, mais pour ce qui est du bon sens...

Il passa un bras consolateur autour de l'épaule de l'enfant, l'entraînant à l'autre bout de la salle.

— Aide-moi plutôt à étaler le foin. Tu as raison, Hamish, il te faudra bientôt une meilleure monture, mais ce n'est pas une raison pour te briser le cou.

Levant brièvement les yeux vers le fenil, il esquissa un geste d'impuissance. Je souris et lui fis signe de ne pas s'inquiéter. Je le vis prendre une fourche et puiser une pomme dans un sac suspendu près de l'entrée, puis il conduisit Hamish près d'un box au centre de la grande salle.

Il siffla doucement et une tête baie apparut, soufflant par les naseaux. Elle avait de grands yeux noirs et ses oreilles pointées vers l'avant lui donnaient un air alerte et amical.

— Tout doux, Cobhar, *ciamar a tha thu* ? lança Jamie en tapotant le long cou lustré. Viens te placer à côté de moi, recommanda-t-il au garçon. Il faut qu'il sente ton odeur. Les chevaux aiment te renifler.

— Je sais, rétorqua Hamish, vexé.

Sur la pointe des pieds, il atteignait à peine les naseaux du cheval. Il tendit la main et les caressa. Il ne sourcilla pas quand la grosse tête se baissa et vint le renifler derrière l'oreille d'un air intéressé, faisant se soulever ses cheveux.

Jamie lui donna alors la pomme et l'enfant la tendit dans sa paume. Elle disparut aussitôt entre les grosses molaires de Cobhar qui rentra la tête dans son box.

— Vous allez bien vous entendre, tous les deux, conclut Jamie. Tu n'as qu'à rester auprès de lui pendant que je finis mon travail. Après quoi, tu pourras le monter.

— Tout seul ? s'exclama Hamish, interloqué.

Cobhar, dont le nom signifiait « écume » en gaélique, était doux et docile, mais c'était néanmoins un vrai cheval, sans rapport aucun avec le petit poney brun.

— Tu pourras faire deux fois le tour de l'enclos en ma présence, précisa Jamie. Et si tu ne tombes pas et que tu ne lui tires pas trop sur le mors, je te laisserai le sortir seul. Mais pas question de sauter tant que je ne t'aurai pas donné l'autorisation.

Sur ce, Jamie se mit au travail, étalant le foin sur les dalles avec sa fourche. Lorsqu'il eut terminé, le garçon vint s'asseoir dans la paille près de lui, mâchant une pomme.

— On m'a dit que mon père était bon cavalier, commença Hamish après un silence embarrassé, à l'époque où il pouvait encore monter.

Jamie lui lança un regard surpris et hésita avant de répondre :

— Je ne l'ai jamais vu à cheval, mais je peux te dire une chose : j'aimerais avoir autant de courage que lui.

Après un autre silence, l'enfant enchaîna, sautant du coq à l'âne :

— Rupert m'a dit qu'on t'avait obligé à te marier.

— C'est moi qui ai voulu me marier, rectifia Jamie en raccrochant sa fourche.

— Ah... bon.

Il semblait déconcerté par cette idée saugrenue.

— Je me demandais simplement... ça t'ennuie ?

13

Sentant que la conversation risquait d'être longue, Jamie vint s'asseoir à côté de lui.

— Qu'est-ce qui m'ennuie ?

— D'être marié. Je veux dire... de dormir tous les soirs avec une dame.

— Non. A vrai dire... c'est même très agréable.

Hamish ne semblait pas convaincu.

— Moi, je ne crois pas que ça me plairait. Toutes les filles de mon âge sont maigres comme des clous et puent le sirop d'orgeat. Mme Claire... ta femme, ajouta-t-il hâtivement comme pour éviter toute confusion, elle est... euh... elle a l'air plus confortable. Je veux dire... elle est douce.

Jamie acquiesça.

— C'est vrai. Et en plus elle sent bon.

Même dans la pénombre, je pouvais voir ses efforts pour ne pas rire. Il évitait soigneusement de regarder dans ma direction.

Il y eut un long silence.

— Comment tu as su ? reprit Hamish.

— Su quoi ?

— Quelle femme il fallait choisir ? s'impatienta le garçon.

— Oh... répondit Jamie en se calant contre une poutre, les bras croisés derrière la tête. J'ai demandé conseil à mon père il y a longtemps. Il m'a répondu qu'au fond de son cœur on sentait si c'était la bonne ou pas.

— Mmmmphm, fit Hamish, peu satisfait.

Il s'adossa à son tour, imitant la position de Jamie.

— John dit que... reprit-il après une pause méditative.

— John le palefrenier, John le commis de cuisine ou John Cameron ?

— John le palefrenier. Il dit que... euh... quand on se marie...

— Mmm ?

Hamish prit une profonde inspiration, détourna les yeux, puis se lança, débitant sa phrase à toute allure comme si elle lui brûlait les lèvres :

— Il-dit-qu'on-doit-saillir-sa-femme-comme-l'étalon-sa-jument-je-ne-l'ai-pas-cru-mais-est-ce-que-c'est-vrai ?

Je me mordis le doigt pour ne pas pouffer de rire.

Jamie, qui n'avait pas la chance d'être suffisamment loin, enfonça ses ongles dans la cuisse, devenant aussi rouge que Hamish.

— Euh... eh bien, d'une certaine manière... hésita-t-il.

Puis, se reprenant, il ajouta d'un ton résolu :

— Oui, c'est vrai, c'est comme ça que ça se passe.

Hamish lança un regard horrifié vers le box voisin où piaffait l'étalon bai, sa verge de près d'un demi-mètre de long pendant hors de son fourreau. Il baissa ensuite des yeux dubitatifs vers son entrejambe.

— Il y a toutefois quelques différences, précisa Jamie. D'une part, c'est plus doux.

— Tu ne la mords pas dans le cou pour qu'elle reste tranquille, alors ?

— Eh bien... ça peut arriver... mais pas systématiquement.

Faisant preuve d'une maîtrise de soi peu ordinaire, Jamie affronta avec courage son devoir pédagogique.

— Il y a une autre différence. Ça ne se fait pas forcément par-derrière, on peut aussi le faire de face, ça dépend du goût de la dame.

— Du goût de la dame ? s'exclama l'enfant, perplexe. Personnellement, je crois que je préférerais par-derrière. Je n'aimerais pas qu'on me regarde dans les yeux pendant que j'agite les fesses. Et ce n'est pas trop difficile....

Il hésita.

— Ce n'est pas trop difficile de se retenir de rire ?

Ce même soir, je pensais encore avec amusement à Hamish en me glissant dans mon lit. Une brise glaciale s'engouffrait par la fenêtre et j'avais hâte de me blottir douillettement contre Jamie. Insensible au froid, il semblait équipé d'un thermostat organique. Sa peau était toujours chaude, parfois même brûlante.

Au château, j'étais toujours une *Outlander*, mais n'étais plus considérée comme une invitée. Si les femmes mariées se montraient plus amicales maintenant que j'étais l'une d'elles, les plus jeunes ne cachaient pas leur rancœur de m'avoir vue leur dérober un jeune célibataire à marier. De fait, vu le nombre de regards torves et de remarques caustiques que je surprenais dans mon dos, je me demandais combien de ces jeunes donzelles avaient trouvé le chemin de l'alcôve avec Jamie Mac-Tavish.

Naturellement, plus personne ne l'appelait MacTavish. La plupart des habitants du château avaient toujours su qui il était et, espionne anglaise ou non, je faisais désormais partie des meubles. Aussi était-il redevenu publiquement Jamie Fraser. C'était sous le nom de Mme Fraser qu'on me saluait quand j'entrais dans la petite salle au-dessus des cuisines où les femmes mariées faisaient leur couture ou berçaient leurs marmots, parlant layette et lançant des regards interrogateurs vers mon ventre plat.

Étant donné mes efforts vains pour avoir un enfant avec Frank, je n'avais pris aucune précaution contraceptive depuis mon mariage avec Jamie, et c'est avec une certaine angoisse que j'attendis mes premières menstruations. Lorsqu'elles vinrent en temps et en heure, je fus — pour une fois — soulagée. Ma vie était suffisamment compliquée pour le moment sans y ajouter un bébé. Je craignais que Jamie ne soit un peu déçu, en dépit de ses affirmations du contraire. La paternité était un luxe qu'un homme dans sa situation ne pouvait guère se permettre.

La porte s'ouvrit et il entra, s'essuyant les cheveux avec une serviette en lin. Sa chemise était trempée.

— Mais d'où sors-tu ? m'exclamai-je.

— Du loch, grogna-t-il en suspendant la serviette devant la fenêtre. *Quelqu'un* a laissé la porte du box de Cobhar ouverte, ainsi que celle des écuries. Monsieur est allé tranquillement prendre un bain de minuit.

— Voilà pourquoi tu n'étais pas au dîner ! Mais je croyais que les chevaux n'aimaient pas nager !

— En général, c'est vrai, mais ils sont comme nous, chacun ses goûts. Cobhar adore les fleurs qui poussent sur la berge. Une meute de chiens a surgi d'on ne sait où et il s'est réfugié dans le loch. J'ai dû les chasser et le ramener à la nage. Attends un peu que je mette la main sur Hamish. Je vais lui apprendre, moi, à laisser les portes ouvertes.

— Tu vas le dénoncer à Colum ?

Il fit non de la tête. Fouillant dans son *sporran*, il en sortit un petit pain rond et un morceau de fromage qu'il avait dû chaparder dans les cuisines avant de monter dans la chambre.

— Colum est très sévère avec lui, expliqua-t-il. S'il apprend qu'il a fait une bêtise, il lui interdira de monter à cheval pendant un mois. De toute façon, le gamin prendrait une telle raclée qu'il aurait du mal à tenir en selle. Seigneur, j'ai une faim de loup !

Il mordit voracement dans son pain, éparpillant des miettes tout autour de lui.

— Tu ne comptes pas manger au lit ! m'indignai-je en tirant l'édredon sous mon menton.

Il avala le reste de pain et sourit.

— Ne t'inquiète pas. Demain soir, je vais le balancer dans le loch juste avant qu'on se mette à table. Le temps qu'il regagne la berge et qu'il sèche, le dîner sera terminé. Il verra ce que c'est que d'aller se coucher trempé jusqu'aux os ! conclut-il d'un air menaçant.

Il fouilla dans le tiroir de la commode où je gardais généralement une pomme ou d'autres petits coupe-faim. Ce soir, il était vide. Il le referma avec un soupir.

— Je suppose que je survivrai jusqu'à demain matin, dit-il avec philosophie.

Il se déshabilla et se glissa auprès de moi en grelottant.

— Mmm, tu sens bon, murmura-t-il. Tu as travaillé dans le jardin, cet après-midi ?

— Non, répondis-je, surprise. Je croyais que c'était toi qui sentais l'herbe.

Une odeur d'herbe séchée flottait effectivement dans la chambre. Elle n'était pas désagréable mais je ne la reconnaissais pas.

— Moi ? Je pue le poisson et la vase, grimaça Jamie en reniflant le dos de sa main. Si ce n'est pas toi, ça vient de quelque part... tout près.

Il glissa hors du lit et retourna l'édredon et les draps, cherchant la source de l'odeur. Il la découvrit sous mon oreiller.

— Mais·qu'est-ce que... Aïe, ça pique !

C'était un petit bouquet de plantes arrachées avec leurs racines et nouées avec un morceau de fil noir. Elles étaient fanées mais dégageaient encore un parfum âcre. Au centre du bouquet se trouvait une primerose à moitié écrasée dont les épines m'avaient piquée.

Je suçai mon doigt, retournant prudemment le bouquet du bout des doigts. Jamie resta immobile, le contemplant un long moment, puis, brusquement, il le saisit et le jeta par la fenêtre. Avant de se glisser de nouveau dans le lit, il balaya énergiquement les résidus de terre entre les draps, puis épousseta ses mains.

— Voilà, envolé ! conclut-il.

— Qu'est-ce que c'était ?

— Une plaisanterie. De très mauvais goût, mais une plaisanterie tout de même. Viens contre moi, *mo duinne*, j'ai froid.

En dépit du charme maléfique, je dormis comme une souche et me levai tard. Lorsque je descendis dans le hall, la plupart des habitants du château étaient déjà partis au travail. Les rares personnes encore attablées me saluèrent cordialement. Je ne remarquai aucun regard en coin, aucune expression d'hostilité voilée. Personne ne semblait vérifier si son mauvais sort avait eu de l'effet. Je restai toutefois sur mes gardes.

Je passai la matinée seule dans le jardin de simples et les prés des environs, armée d'un panier et de mon bâton, à la recherche des plantes qui commençaient à manquer. D'ordinaire, les gens du village faisaient soigner leurs petits maux par Geillis Duncan, mais, ces derniers temps, je voyais le nombre de mes patients s'agrandir et mon stock de remèdes s'épuisait rapidement. La maladie de son mari l'accaparait probablement trop pour qu'elle puisse faire face à la demande.

L'après-midi fut calme. J'eus à traiter un cas d'eczéma persistant, un pouce luxé et une jambe ébouillantée. Après avoir administré un onguent à base de millefeuille et d'iris faux acore puis éclissé le pouce, je m'attelai à moudre une racine nommée — à juste titre — « pierreuse ».

C'était un travail pénible et monotone, mais convenant parfaitement à cet après-midi d'été. Il faisait bon et, en grimpant sur ma table, je pouvais apercevoir un superbe coin de ciel bleu.

A l'intérieur, mes flacons luisaient en rangs ordonnés, aux côtés de mes rouleaux de bandages propres et de mes piles de compresses. Le cabinet d'apothicaire avait été soigneusement désinfecté et contenait à présent des rangées de petits sachets en gaze de coton remplis de feuilles séchées, de racines et de champignons. J'inspirai profondément le parfum entêtant et épicé de mon refuge et laissai échapper un soupir de contentement.

Soudain, je laissai retomber mon pilon dans le mortier. J'étais contente ! Cette constatation m'ébranla comme une gifle. Malgré les innombrables incertitudes de cette vie, la menace larvée du maléfice, la douleur lointaine mais permanente d'être séparée de Frank, je n'étais pas malheureuse. Bien au contraire.

Je fus aussitôt envahie de honte devant mon manque de loyauté. Comment pouvais-je être heureuse en sachant que Frank devait être fou d'inquiétude ? En supposant que le temps ait continué sa course sans moi — et je ne voyais pas pourquoi il en aurait été autrement —, j'avais disparu depuis près de quatre mois. Je l'imaginais battant la campagne écossaise, harcelant la police, cherchant désespérément un signe, un message de ma part. Sans doute même avait-il déjà perdu espoir et attendait-il qu'on lui apprenne d'un jour à l'autre que mon corps avait été retrouvé.

Prise d'un accès de tristesse et de remords, je me mis à arpenter la longue pièce, frottant compulsivement les mains sur mon tablier. J'aurais dû me débrouiller pour retourner immédiatement d'où je venais. Pourtant, j'avais essayé, avec des résultats désastreux pour moi et les autres. Tout ça pour en arriver où ? Pour me retrouver mariée à un hors-la-loi, poursuivie par un officier sadique, vivant parmi des brutes qui n'hésiteraient pas à nous tuer pour préserver leur précieuse succession dans le clan. Et le pire, dans tout ça, c'était que j'étais heureuse.

Je m'assis, fixant les rangées de flacons et de bouteilles. Depuis notre retour à Leoch, j'avais vécu au jour le jour, écartant délibérément de mon esprit tout souvenir de mon autre vie. Au fond de moi, je savais que tôt ou tard il me faudrait prendre une décision. Mais j'avais reporté l'échéance, de jour en jour, d'heure en heure, étouffant mes incertitudes dans les plaisirs que m'offrait la compagnie de Jamie.

On tambourina soudain à la porte et Jamie fit irruption dans la pièce, soutenu par le vieil Alec McMahon d'un côté et par l'un des garçons d'écurie de l'autre. Il se laissa tomber sur un tabouret, une jambe tendue devant lui, en grimaçant douloureusement. Il avait l'air trop agacé pour souffrir sérieusement. Je me penchai donc vers le membre accidenté sans grande inquiétude.

— Une légère foulure, conclus-je après une brève inspection. Que t'est-il arrivé ?

— Tombé... résuma Jamie.

— Tombé de la clôture ? le taquinai-je.

Il me lança un regard mauvais.

— Non, de Donas.

— Tu as monté Donas ! m'exclamai-je. Estime-toi heureux de t'en tirer à si bon compte !

J'allai chercher un bandage et commençai à lui envelopper le genou.

— Bah, il ne se débrouillait pas si mal ! intervint le vieil Alec. D'ailleurs, il était à deux doigts de le mater.

— J'y étais presque, grogna Jamie. C'est une abeille qui l'a piqué.

Le vieillard haussa ses sourcils broussailleux.

— Ah, c'était donc ça ! Donas s'est soudain emporté comme si on lui avait décoché une flèche dans la croupe, m'expliqua-t-il. Il a littéralement décollé du sol, puis il est devenu comme fou, comme une mouche prise au piège dans un bocal. Votre jeune coq ici présent est resté en selle un bon moment, jusqu'à ce que cette sale bête saute par-dessus la clôture.

— Par-dessus la clôture ? Et où est-il maintenant ? demandai-je en me redressant.

— En route vers l'enfer, j'espère, rétorqua Jamie.

Il posa son pied à terre et fléchit le genou, ajoutant :

— Et j'espère qu'il y restera !

— Le diable n'a que faire d'un étalon à demi sauvage, observa Alec. S'il le veut, il peut se métamorphoser lui-même en cheval.

— Donas était peut-être son incarnation, plaisantai-je.

— Ça ne m'étonnerait pas, rétorqua Jamie de meilleure humeur. On dit bien que le diable se présente souvent sous l'aspect d'un étalon noir, non ?

— En effet, dit Alec, un grand et splendide étalon noir qui voyage aussi vite que la pensée entre un homme et une femme.

Il adressa un sourire entendu à Jamie et se leva pour partir.

— A propos, ajouta-t-il avec un clin d'œil dans ma direction, ce n'est pas la peine de venir aux écuries demain. Reste au lit, fiston et... euh... repose-toi.

Sitôt Alec sorti, je me tournai vers Jamie.

— Comment se fait-il que tout le monde ici s'imagine que nous ne pensons qu'à nous envoyer en l'air toutes les cinq minutes ?

— D'une part, répondit Jamie, nous ne sommes mariés que depuis un mois, et de l'autre....

Il leva les yeux vers moi et se mit à rire.

— ... comme je te l'ai déjà dit, *Sassenach*, on lit tes moindres pensées sur ton visage.

Le lendemain matin, après un bref passage au dispensaire pour voir s'il y avait des urgences, je décidai de consacrer ma matinée à mon unique et exigeant patient.

Naturellement, il lui était impossible de rester sagement au lit. En dépit de la bruine et après avoir abondamment pesté contre mon manque de compassion pour un grave blessé, je le vis s'habiller et s'armer d'un bâton, bien décidé à aller prendre l'air.

— Allons sur le toit, suggéra-t-il.

— Sur le toit ? Avec ton genou bandé, tu ne trouves rien de mieux que de grimper six étages ?

— Cinq, rectifia-t-il. Et puis, j'ai une canne, précisa-t-il en brandissant son bâton.

Après une escalade laborieuse, nous émergeâmes sur une petite corniche nichée sous les avant-toits. Un parapet nous protégeait contre une chute éventuelle de plusieurs dizaines de mètres. Entre-temps, la bruine s'était convertie en véritable averse, mais la vue était splendide. Le ruban argenté du loch serpentait au loin. Les falaises de granit qui le bordaient jaillissaient vers le ciel tels des poings noirs défiant l'épais manteau de nuages.

Du bout de sa canne, Jamie m'indiqua un point de l'autre côté du loch.

— Tu vois cette faille là-bas, entre les deux rochers ? C'est la route qui mène à Lallybroch. Quand j'ai le mal du pays, je grimpe parfois jusqu'ici. J'imagine que je suis un corbeau et que je survole ce col. De l'autre côté des montagnes s'étendent de vastes prés et plus loin, perchée sur une colline au fond de la vallée, ma maison.

Je lui caressai le bras.

— Elle te manque donc tant ?

Il hésita.

— Il faudra bien que j'y retourne un jour. Je ne sais pas si j'en ai vraiment envie, car j'ignore ce qu'on y trouvera, mais... maintenant que nous sommes mariés, tu es la dame de Broch Tuarach. Et puis... hors-la-loi ou pas, je dois y retourner, ne serait-ce que pour mettre mes affaires en ordre.

A l'idée de quitter Leoch et ses intrigues, je frissonnai à la fois de soulagement et d'appréhension.

— Quand partirons-nous ?

Il fronça les sourcils, pianotant du bout des doigts le rebord du parapet.

— Il vaut mieux attendre l'arrivée du duc. Il acceptera peut-être de s'occuper de mon cas pour rendre service à Colum. A défaut de me disculper, il pourrait tenter d'obtenir ma grâce. Mon retour à Lallybroch serait alors nettement facilité.

— Oui, mais...

— Qu'y a-t-il, *Sassenach* ?

Je pris une profonde inspiration.

— Jamie... si je te confie un secret, tu promets de ne pas me demander d'où je le tiens ?

Il me dévisagea longuement. Des gouttelettes de pluie coulaient sur ses tempes.

— Je t'ai juré de ne jamais te poser de questions auxquelles tu ne voudrais pas répondre. Oui, je te le promets.

— Asseyons-nous.

Nous nous installâmes confortablement sur un banc de pierre à l'abri de la pluie, le dos contre le mur.

— D'accord, *Sassenach*, qu'y a-t-il ?

— Le duc de Sandringham.... méfie-toi de lui, Jamie. Je ne sais pratiquement rien de lui sinon... qu'il y a quelque chose de louche à son sujet... de très louche.

— Ah, tu es au courant ?

Ce fut mon tour de tomber des nues.

— Comment ça, tu le savais déjà ? Tu le connais ?

J'étais soulagée. Les liens mystérieux entre Sandringham et les jacobites étaient peut-être moins secrets que Frank et le vicaire ne l'avaient cru.

— Bien sûr, répondit Jamie. A l'époque où je vivais à Leoch, il est venu au château pour un bref séjour. Juste avant que je ne... parte.

— Au fait, pourquoi es-tu parti ?

J'étais intriguée. Je me souvins soudain de la rumeur dont m'avait fait part Geillis concernant le vrai père du jeune Hamish. Je savais désormais que ce n'était pas Jamie, mais j'étais sans doute la seule au château à en être certaine. C'était peut-être en raison de cette rumeur que Dougal avait tenté de l'assassiner à Carrya-rick... s'il avait bel et bien tenté de l'assassiner.

— Ce n'était pas à cause de... Letitia, par hasard ? demandai-je prudemment.

— Letitia ?

Il ne comprenait visiblement pas ce que la femme de Colum venait faire dans cette histoire et, malgré moi, je me sentis soulagée. Non que j'aie prêté foi aux insinuations de Geillis, mais...

— Pourquoi Letitia ? répéta-t-il. J'ai vécu au château pendant un an, au cours duquel elle ne m'a adressé la parole qu'une seule fois. Et encore ! Elle m'a fait venir dans sa chambre et m'a chapitré pendant une heure pour avoir organisé une partie de hockey dans sa roseraie.

Je lui répétai ce que Geillis m'avait dit et il éclata de rire.

— Seigneur ! soupira-t-il. Jamais je n'aurais eu un tel culot !

— Tu ne crois pas que Colum ait pu te soupçonner ?

Il fit non de la tête.

— Certainement pas, *Sassenach*, sinon je n'aurais jamais fêté mes dix-sept ans.

Connaissant un peu le laird de Leoch, j'étais plutôt d'accord avec lui.

— Toutefois, reprit Jamie d'un air songeur, je me demande s'il a jamais su pourquoi j'étais parti si brusquement. Je ferais peut-être bien de le lui dire, surtout si cette maudite Geillis Duncan répand de tels ragots sur mon compte. Cette femme est dangereuse, Claire. C'est une commère et une mégère, peut-être même une sorcière comme le prétendent les gens d'ici.

Levant le nez vers l'épais rideau de pluie, il ajouta subitement :

— On ferait mieux de rentrer, *Sassenach*. Il commence à faire humide.

Nous redescendîmes par un autre chemin, longeant les toits jusqu'à un escalier en colimaçon qui débouchait sur le jardin derrière les cuisines. J'en profitai pour arracher quelques pieds de bourrache.

— Que vas-tu en faire ? demanda Jamie.

— Il faut d'abord les laisser sécher, puis...

Je fus interrompue par un vacarme d'aboiements et de cris venant de l'autre côté du mur. Je me précipitai vers la grille du jardinet, suivie de Jamie qui sautillait sur une jambe.

Le curé du village, le père Bain, arrivait au pas de course le long du sentier, poursuivi par une meute de chiens. Se prenant les pieds dans sa soutane volumineuse, il trébucha et s'affala de tout son long dans la gadoue, projetant des gerbes boueuses autour de lui. Aussitôt, les chiens se jetèrent sur lui, les crocs dehors.

En un quart de seconde, Jamie avait sauté au milieu de la mêlée, hurlant des menaces en gaélique et assenant ici et là des coups de bâton. Si ses imprécations et ses jurons restaient vains, sa canne s'avéra efficace. La meute battit en retraite et repartit ventre à terre vers le village en glapissant.

— Pire que des loups, haleta Jamie. J'ai déjà mis Colum en garde contre ces chiens. Ce sont eux qui ont chassé Cobhar jusque dans le loch, l'autre soir. Il vaudrait mieux les abattre avant qu'ils tuent quelqu'un.

Je m'agenouillai près du prêtre, inspectant ses blessures.

— Ce n'est rien de grave, le rassurai-je, juste quelques morsures superficielles.

La soutane du père Bain était déchirée sur le côté, dévoilant une cuisse dodue et glabre où une vilaine entaille et plusieurs empreintes de crocs laissaient suinter de minces filets de sang. Le curé, livide, se releva péniblement.

— Suivez-moi à l'infirmerie, mon père, je vais nettoyer vos plaies, offris-je, réprimant un sourire en voyant le petit homme rondelet lancer des regards affolés autour de lui.

Quand il était de bonne humeur, le père Bain ressemblait déjà à un poing fermé. Là, encore sous le choc de l'agression et vexé d'avoir été surpris en position de faiblesse, on aurait dit un vieux bout de chiffon froissé. Il roula des yeux scandalisés comme si je lui avais fait une proposition indécente.

— Comment, madame ? s'exclama-t-il, indigné. Un serviteur de Dieu se déculottant devant une femme ? Vous n'y songez pas ! Ce genre de pratiques obscènes vous est familier dans les cercles où vous évoluez, mais sachez qu'elles ne sont pas tolérées dans ma paroisse !

Sur ce, il tourna les talons et repartit en boitant vers la porte du jardinet, rabattant devant lui les pans de sa soutane déchirée pour cacher ses jambes nues.

— Comme vous voudrez ! lui criai-je. Mais si ces plaies ne sont pas nettoyées, elles vont s'infecter !

Il haussa les épaules et poursuivit son chemin sans se retourner, se balançant comme un pingouin sur la banquise.

— C'est une impression ou cet homme a une dent contre les femmes ? demandai-je à Jamie.

— Vu sa profession, c'est aussi bien comme ça, répondit-il. Viens, allons manger.

Après le déjeuner, je remis mon patient au lit, seul cette fois en dépit de ses protestations, puis je retournai travailler au dispensaire. Devant la pluie battante, la plupart des habitants du château étaient sagement rentrés à l'abri plutôt que de risquer de se couper un pied avec leur charrue ou de tomber d'un toit glissant.

Je tuai le temps en mettant à jour les registres de Davie Beaton. J'avais pratiquement terminé quand un visiteur projeta son ombre sur le seuil de ma porte.

Il était si grand et carré que la pièce fut presque plongée dans le noir. Plissant des yeux, je reconnus la silhouette massive d'Alec McMahon, enveloppé dans une masse impressionnante de manteaux, de châles et de plaids.

Il avançait avec une lenteur qui me rappela la première visite de Colum à l'infirmerie et me donna une petite idée de la nature de ses maux.

— Rhumatismes ? demandai-je avec compassion.

Il se laissa tomber sur mon unique chaise avec un gémissement.

— Mmmmphm... l'humidité pénètre jusque dans mes os, grogna-t-il. Vous pouvez faire quelque chose pour moi ?

Il posa ses énormes paluches aux doigts noueux sur la table. Ses mains s'ouvrirent lentement, dévoilant des paumes calleuses. J'en saisis une et la tournai délicatement, étirant les doigts et pétrissant la chair. Son vieux visage ridé se détendit légèrement.

— Elles sont dures comme pierre, commentai-je. Pour vous soulager, je ne vois qu'une bonne rasade de whisky et un massage. Les infusions de tanaisie ne serviront pas à grand-chose.

Il se mit à rire.

— Du whisky, hein ? J'avais quelques doutes sur vos compétences, mais je vois que vous connaissez parfaitement votre métier.

Je gardais toujours une bouteille venant de la distillerie du château dans le placard. Je la plaçai devant lui avec une coupe en corne.

— Buvez, ordonnai-je. Puis ôtez vos vêtements jusqu'à la limite de ce que vous considérez comme tolérable et allongez-vous sur la table.

Il saisit la bouteille et me la tendit.

— Vous feriez bien d'en boire une gorgée, vous aussi, dit-il. Vous allez en avoir besoin.

Lorsqu'il fut couché à plat ventre sur la table, je lui massai l'épaule, pressant d'abord de tout mon poids, puis la faisant rouler en arrière.

Il émit un grognement à mi-chemin entre la douleur et le contentement.

— Autrefois, ma femme me repassait les reins pour soulager le lumbago. Mais ce que vous me faites est encore mieux. Vous avez des mains fortes, vous auriez fait un bon valet d'écurie.

— Je dois le prendre comme un compliment, je suppose ! dis-je en riant.

Je versai un peu d'une mixture à base d'huile et de suif préalablement chauffée dans le creux de ma main et me mis à pétrir son dos. Il avait une peau d'albâtre qui contrastait fortement avec ses bras fripés et hâlés qu'il gardait toujours nus, les manches relevées.

26

— Autrefois, vous deviez être un charmant jeune homme au teint délicat, plaisantai-je. Vous avez la peau encore plus blanche que la mienne.

Son rire fit tressaillir la peau sous mes doigts.

— On ne dirait pas, hein ? Un jour Ellen MacKenzie m'a vu torse nu dans le pré, en train d'accoucher une jument. Elle a déclaré que le Seigneur s'était trompé en créant ma tête. Il aurait dû me donner un visage de chérubin au lieu d'un des faciès de l'autel.

Il faisait sans doute allusion au retable de la chapelle du château. On y voyait une armée de démons grimaçants torturant les âmes damnées.

— Ellen MacKenzie semble avoir été une femme de caractère, observai-je.

J'étais plus que curieuse au sujet de la mère de Jamie. Les souvenirs qu'il me racontait de temps à autre m'avaient permis de me forger une image assez précise de son père, Brian. Mais il ne faisait jamais allusion à sa mère et tout ce que je savais d'elle, c'était qu'elle était morte en couches alors qu'elle était encore jeune.

— Ah, pour ça ! Elle n'avait pas la langue dans la poche. Elle avait un sacré tempérament, mais elle était si bonne que personne ne le lui aurait reproché, mis à part ses frères. Mais elle se fichait bien de leur opinion !

— C'est ce que j'ai entendu dire. Elle s'est enfuie, n'est-ce pas ?

Je descendis ses chaussettes et m'attaquai à ses mollets. Il laissa échapper un râle qui aurait été un petit cri chez quelqu'un de moins digne.

— Oui. Elle était l'aînée des six enfants MacKenzie, précédant Colum d'un ou deux ans. Le vieux Jacob l'adorait, elle était la prunelle de ses yeux. C'est pour ça qu'elle a tant tardé à se marier. Elle ne voulait pas de John Cameron ni de Malcolm Grant. Elle rejetait tous les bons partis qui se présentaient et son père refusait de la forcer.

Cependant, après la mort de Jacob MacKenzie, Colum se montra nettement moins patient avec sa sœur. Tentant désespérément de consolider son autorité branlante sur les différentes familles du clan, il cherchait à s'allier avec les Munro au nord et les Grant au sud. Les deux clans étaient dirigés par de jeunes lairds qui auraient fait des beaux-frères fort précieux. La jeune Jocasta, alors âgée de seize ans, avait accepté sans rechigner la demande en mariage de John Cameron et était partie vivre au nord. Ellen, quasiment une vieille fille à vingt-deux ans, s'était montrée nettement moins coopérative.

— Je suppose qu'elle a refusé catégoriquement d'épouser Malcolm Grant, à en juger par le comportement de celui-ci il y a deux semaines.

Le vieil Alec se mit à rire.

— Oui, je n'ai jamais su ce qu'elle lui avait dit exactement, mais je doute qu'elle ait pris des gants. J'étais au château le jour où on les a présentés l'un à l'autre. C'était pendant une grande Assemblée. L'après-midi, ils sont sortis dans la roseraie et tout le monde a attendu, le cœur battant, de savoir si elle allait dire oui ou pas. Le soir est venu, ils n'étaient toujours pas rentrés. Puis la nuit est tombée, toujours rien.

— Seigneur, vous parlez d'une conversation !

— C'est ce qu'on se disait. Mais le temps passait et ils ne revenaient toujours pas. Colum a commencé à craindre que Grant n'ait enlevé sa sœur. Finalement, il est allé à la roseraie pour voir où ils en étaient. Plus personne ! Colum a aussitôt envoyé quelqu'un aux écuries où on lui a annoncé que Grant et ses hommes étaient venus chercher leurs chevaux et qu'ils avaient filé comme des voleurs sans dire adieu.

Furieux, le jeune Dougal, qui n'avait alors que dix-huit ans, s'était aussitôt lancé à leurs trousses, sans attendre ses compagnons ni consulter Colum.

— Quand Colum a appris que Dougal poursuivait Grant, il nous a envoyés le rattraper, moi et quelques hommes. Connaissant son frère, il ne voulait pas retrouver son futur beau-frère égorgé sur le bord de la route avant même la publication des bans. Il pensait que Grant, n'ayant su convaincre Ellen de l'épouser, avait décidé de l'emmener de force, de la violer et de rendre ainsi le mariage inévitable.

Alec marqua une pause méditative.

— Dougal ne voyait que l'insulte faite à sa famille, mais, à mon avis, Colum n'était pas fâché. Insulte ou pas, son problème allait être réglé. C'était même mieux ainsi : Grant serait obligé de renoncer à la dot d'Ellen et de verser des dommages aux MacKenzie par-dessus le marché.

Alec émit un gloussement cynique.

— Colum n'est pas homme à laisser passer une bonne occasion. Il est vif et sans scrupules. Vous feriez bien de ne jamais l'oublier, ma petite.

— Je ne risque pas, l'assurai-je.

Je repensais à la punition qu'il avait infligée à Jamie adolescent. Peut-être était-ce sa façon de se venger de la rébellion de sa sœur ?

Quoi qu'il en soit, les projets de Colum avaient échoué. A l'aube, Dougal avait découvert Malcolm Grant et ses hommes campant paisiblement dans une clairière, profondément endormis sous les arbres.

Lorsque Alec et les autres étaient arrivés, un peu plus tard, ils avaient trouvé Dougal MacKenzie et Malcolm Grant, engagés dans un combat à mains nues, torse nu, chancelant sur le bord de la route, à bout de forces.

— Ils soufflaient tous les deux comme des bœufs, se souvint Alec. Le nez de Grant pissait le sang et avait doublé de volume. Dougal pouvait à peine ouvrir les yeux.

Pendant ce temps, les hommes de Grant, tranquillement assis autour de la clairière, admiraient les deux pugilistes. En voyant arriver Alec et autres MacKenzie au grand galop, ils avaient bondi sur leurs épées et il se serait certainement ensuivi un combat sanglant si un jeune MacKenzie, plus éveillé et observateur que les autres, n'avait soudain remarqué qu'Ellen n'était visible nulle part.

— Après avoir ranimé Grant d'un seau d'eau sur la tête, on a appris de sa bouche ce que Dougal n'avait pas pris la peine de demander : Ellen n'était restée qu'un quart d'heure avec lui dans la roseraie. Il a refusé de dire en détail ce qui s'était passé, mais il s'est senti tellement humilié qu'il est parti sans demander son reste, trop vexé pour prendre congé de ses hôtes. Il ne désirait qu'une chose, qu'on ne prononce plus jamais le nom d'Ellen MacKenzie en sa présence. Autant vous dire que, depuis ce jour, il ne porte pas les MacKenzie dans son cœur.

J'écoutais, captivée.

— Mais alors, où était Ellen pendant tout ce temps ?

— Loin, de l'autre côté des collines. Mais il nous a fallu un certain temps pour le comprendre. Quand on est rentrés à Leoch, Colum nous attendait dans la cour, le visage blême, s'appuyant sur Angus Mhor.

Les MacKenzie n'étaient pas au bout de leurs peines. Le château fut fouillé de fond en comble, en vain. Ils en déduisirent qu'Ellen avait été enlevée par un autre invité. Compte tenu du grand nombre de personnes extérieures au château venues assister à la grande Assemblée, il pouvait bien s'agir de n'importe qui. Autant chercher une aiguille dans une meule de foin ! Néanmoins, Colum interrogea un à un les servantes, les valets, les commis de cuisine, les jardiniers, les palefreniers. Il parcourut avec eux la liste des invités, essayant de reconstituer l'emploi du temps de chacun. Enfin, une fille de cuisine se souvint d'avoir vu un homme traîner près des communs juste avant le dîner.

Elle l'avait remarqué parce qu'il était très beau. Grand, musclé, avec des cheveux noirs comme un soyeux et des yeux de chat. Elle l'avait épié un moment en l'admirant, puis elle l'avait vu aller au-devant d'une femme vêtue de noir des pieds à la tête, le visage caché sous une grande capuche.

— Qu'est-ce qu'un soyeux ? demandai-je.

— Un phoque, me répondit Alec d'un air mystérieux. Longtemps après l'événement, même après que tout le monde a su ce qui s'était passé, les gens du village racontaient qu'Ellen MacKenzie vivait désormais au grand large, parmi les phoques. Vous saviez que les phoques se débarrassent de leur fourrure quand ils viennent à terre et se mettent à marcher comme des êtres humains ? Si vous trouvez sa peau sur le rivage et que vous l'enfilez, le soyeux ne peut plus jamais retourner dans la mer. Il est condamné à rester sur la terre ferme sous forme d'homme ou de femme. Beaucoup d'hommes pensent qu'il est bon d'épouser une soyeuse. Elles n'ont pas leur pareil pour mitonner de bons petits plats et font de bonnes mères.

Mais Colum n'était pas guère disposé à croire que sa sœur s'était enfuie avec un phoque. Il convoqua tous les invités un par un, et leur demanda s'ils connaissaient un homme correspondant à la description de la fille de cuisine. Il finit par découvrir qu'il s'appelait Brian, mais personne ne connaissait son nom de famille ni ne savait à quel clan il appartenait. On l'avait déjà vu aux Jeux d'Écosse, mais il ne s'y était présenté que sous le nom de Brian Dhu.

En l'absence d'une piste plus précise, les recherches se tassèrent un moment. Toutefois, même les plus braves doivent s'arrêter un jour ou l'autre sur leur route pour demander un peu de sel, du pain ou du lait. En outre, Ellen MacKenzie n'était pas du genre à passer inaperçue.

— Ses cheveux étaient comme des flammes, dit Alec, songeur. Elle avait les yeux de Colum, gris, bordés de longs cils noirs, si beaux et si pénétrants. Elle était grande, plus grande que vous, même. Et si belle qu'elle vous brûlait les yeux.

» J'ai su plus tard qu'ils s'étaient rencontrés pendant l'Assemblée. Un seul regard leur avait suffi pour savoir qu'ils étaient faits l'un pour l'autre. Il ne leur a fallu que quelques heures pour se mettre d'accord et prendre la poudre d'escampette, au nez et à la barbe de Colum MacKenzie et de trois cents invités.

Il se mit à rire.

— Dougal a fini par les retrouver. Ils vivaient dans la ferme d'un métayer, près des terres des Fraser. Ils avaient décidé de rester cachés jusqu'à la naissance de leur premier enfant. Lorsque celui-ci serait assez grand pour que sa paternité ne soit pas contestée, Colum serait bien obligé de bénir leur union, que ça lui plaise ou non. Et ça ne lui a pas plu du tout. Pendant que vous étiez sur les routes, vous n'avez pas vu la cicatrice de Dougal sur la poitrine ?

Je l'avais vue, en effet, une longue ligne blanche qui traversait le cœur en allant de l'épaule aux dernières côtes.

— C'est l'œuvre de Brian ?

— Non, celle d'Ellen. Elle a défendu Brian que Dougal s'apprêtait à égorger. Je n'en parlerais pas à Dougal, si j'étais vous.

— Je m'en garderai bien !

Cependant, leur plan avait fonctionné. Quand Dougal les avait retrouvés, Ellen était enceinte de plus de cinq mois.

— Ça a déclenché un véritable scandale et une pluie de lettres d'insultes entre Leoch et Beauly, mais ils ont fini par trouver un terrain d'entente. Ellen et Brian se sont installés à Lallybroch une semaine avant la naissance de leur premier enfant. On les a mariés sur le pas de la porte, afin qu'Ellen entre dans sa nouvelle demeure en épouse légitime. Brian a déclaré plus tard qu'il avait failli attraper une hernie en la portant.

— Vous semblez l'avoir bien connu, dis-je.

Je venais d'achever mon massage et essuyais mes mains grasses sur mon tablier.

— Oh, un peu, dit Alec.

Il était dans un état de semi-somnolence. Ses paupières se fermaient malgré lui et je voyais pour la première fois son visage parfaitement détendu, dépourvu de la tension qui lui donnait généralement un air si féroce.

— Je connaissais surtout Ellen, bien sûr. Je n'ai rencontré Brian que des années plus tard, quand il est venu nous amener son fiston. On s'est tout de suite entendus. Il savait manier les chevaux.

Sa voix s'éteignit et il ferma les yeux.

Je tirai doucement une couverture sur le vieil homme et m'éloignai sur la pointe des pieds, le laissant rêver devant le feu.

Je laissai Alec endormi, pour trouver Jamie dans le même état. Un château écossais au milieu du XVIIIe siècle offrait peu de distractions par un jour sombre et pluvieux. N'ayant aucune envie de rejoindre Jamie dans sa sieste, il ne me restait guère que la lecture et le point de croix. N'ayant jamais été portée sur les ouvrages de dames, je décidai d'emprunter un livre dans la bibliothèque de Colum.

Conformes aux normes architecturales singulières qui avaient présidé à la construction du château de Leoch — reposant sur une aversion pathologique des lignes droites —, l'escalier qui menait aux appartements de Colum possédait deux courbes en angle droit, chacune marquée par un petit palier. D'ordinaire, un valet était en faction sur le second palier, prêt à accourir au moindre appel du laird. Ce jour-là, il n'y était pas. Des bruits de voix me parvenaient de l'étage au-dessus.

Sans doute était-il avec Colum. Je m'apprêtais à frapper à la porte quand des éclats de voix m'arrêtèrent net.

— J'ai toujours su que tu n'étais qu'un imbécile, Dougal, mais à ce point !

La voix de Colum était blanche de rage.

— Encore, si tu avais vingt ans, bougre de crétin, je pourrais comprendre ! Mais, bon sang, tu en as quarante-cinq !

— Peuh ! rétorqua la voix railleuse de Dougal. Qu'est-ce que tu sais du désir pour les femmes, toi !

— En effet, aboya Colum. Le Seigneur ne m'a pas gâté de ce côté-là. Mais je me demande finalement si je ne suis pas mieux loti que toi. J'ai souvent entendu dire que le cerveau d'un homme s'arrêtait de fonctionner dès que sa queue se dressait. Tu en es l'illustration même.

Il y eut un crissement de chaises traînées sur des dalles de pierre.

— Si les frères MacKenzie n'ont qu'un sexe et un cerveau pour deux, alors je ne suis pas fâché de la part qui m'est revenue !

Il me parut que l'arrivée d'un tiers dans cette charmante discussion de famille serait des plus mal venues. Je reculai sur la pointe des pieds, décidant que, somme toute, il était temps d'apprendre le point de croix.

Un bruissement d'étoffe m'arrêta. On montait les escaliers. Je ne souhaitais pas être surprise en train d'écouter aux portes du laird. Le palier était large et une tapisserie en couvrait l'un des murs. Si je me glissais derrière, mes souliers resteraient visibles, mais je n'avais guère le choix.

En s'approchant, les pas ralentirent. Le visiteur avait dû lui aussi entendre la dispute.

— Non ! disait Colum, plus calme. Bien sûr que non. Cette femme est une sorcière !

— Oui, mais...

Colum ne laissa pas finir son frère.

— Puisque je te dis que je m'en occuperai personnellement. Ne t'inquiète plus pour ça, petit frère. Je veillerai à ce qu'on s'occupe d'elle.

Une note d'affection s'était glissée dans sa voix.

— J'ai écrit au duc, reprit-il. Je lui ai annoncé qu'il pourrait chasser sur les terres près d'Erlick. Il sera ravi d'abattre quelques cerfs. Je compte envoyer Jamie avec lui. Il a peut-être conservé de l'affection pour le garçon...

Dougal lança une remarque en gaélique, de toute évidence une plaisanterie salée car Colum se mit à rire.

— Non, Jamie est capable de se défendre tout seul. Si le duc accepte d'intercéder en sa faveur auprès de Sa Majesté, il a une chance d'être gracié, sa dernière. Si tu es d'accord, je t'enverrai avec eux. Tu pourras éventuellement aider Jamie et, ainsi, tu ne seras pas dans mes pattes pendant que je te sors du pétrin où tu t'es fourré.

Il y eut un bruit sourd sur le palier et je ne pus résister à l'envie de regarder discrètement derrière la tapisserie. C'était Laoghaire, pâle comme le mur en plâtre derrière elle. Elle tenait un plateau sur lequel se trouvait une carafe. A ses pieds gisait une tasse renversée.

— Qu'est-ce que c'est ? demanda Colum.

Prise de panique, Laoghaire posa précipitamment le plateau sur une console et s'enfuit.

J'entendis Dougal s'approcher de la porte. Il était trop tard pour m'enfuir. J'eus juste le temps de ramasser la tasse et de la reposer sur le plateau avant que la porte s'ouvre.

— Ah, c'est vous ! s'étonna Dougal. C'est la tisane qu'envoie la mère Fitz pour la gorge de mon frère ?

— Euh.. oui, improvisai-je. Elle espère qu'il se sentira bientôt mieux.

— Qui est-ce ?

Colum apparut derrière son frère et me sourit.

— Remerciez Mme FitzGibbons de ma part. Et merci à vous aussi, ma chère. Vous voulez bien me tenir compagnie un instant pendant que je la bois ?

La conversation que je venais de surprendre m'avait fait oublier mon but initial mais, une fois dans le bureau, il me revint en tête. Dougal s'excusa et je suivis Colum dans sa bibliothèque.

Il avait encore le teint rouge des suites de sa dispute ; mais il répondit à mes questions avec son calme et sa courtoisie habituels. Seuls ses yeux brillants et une certaine raideur dans ses mouvements trahissaient son humeur.

Je trouvai deux herbiers intéressants et les mis de côté pendant que je cherchais un roman.

Des cris au-dehors attirèrent mon attention. La fenêtre donnait sur les prés derrière le château et la vue s'étendait jusqu'au loch. Un petit groupe de cavaliers galopait sous la pluie battante, poussant des exclamations enjouées.

Quand ils s'approchèrent, je réalisai avec stupeur qu'il s'agissait de jeunes adolescents, suivis tant bien que mal par quelques enfants plus jeunes juchés sur des poneys. Au centre du groupe, perché sur le dos de Cobhar, le jeune Hamish criait à tue-tête, ses cheveux blonds au vent.

La bande fonçait au pas de charge vers l'un des innombrables murets de pierre qui séparaient les champs. L'un après l'autre, les jeunes hommes sautèrent l'obstacle avec l'aisance de cavaliers expérimentés.

Cobhar suivit. Il ralentit, prit son élan et bondit.

Il semblait avoir fait exactement ce que les autres avaient fait avant lui, et pourtant quelque chose clochait. Peut-être fut-ce une hésitation de son cavalier, le fait d'avoir un peu trop tiré sur les rênes, ou de ne pas avoir serré les cuisses assez fermement, mais les sabots avant du cheval heurtèrent le muret. La monture et l'enfant firent un vol plané suivi d'une culbute parmi les plus spectaculaires que j'aie jamais vues.

Je poussai un cri et Colum s'approcha derrière moi juste à temps pour voir Cobhar couché sur le flanc, la petite silhouette de Hamish gigotant sous lui. Malgré son infirmité, il fut à mes côtés en un éclair. Il se pencha à la fenêtre, l'air anxieux, la pluie ruisselant sur son manteau de velours.

Les adolescents se bousculèrent pour venir en aide à leur camarade. Lorsqu'ils s'écartèrent enfin, nous aperçûmes Hamish se relevant péniblement en se tenant le ventre. Il chancela jusqu'au muret et vomit. Puis il se laissa glisser dans l'herbe et resta assis, jambes écartées devant lui, fixant le ciel pluvieux. Lorsque je le vis tirer la langue pour attraper les gouttes, je posai une main sur l'épaule de Colum.

— Il va bien, le rassurai-je. Il a seulement eu le souffle coupé par le choc.

Colum ferma les yeux et poussa un long soupir. Son corps s'affaissa avec le relâchement de la tension. Je l'observai avec compassion.

— Vous l'aimez comme s'il était votre propre fils, n'est-ce pas ? demandai-je.

Une lueur alarmée traversa ses yeux. Il me fixa d'un regard d'une intensité presque insoutenable. On n'entendit plus que le tic-tac de la pendule résonnant dans la pièce. Puis une goutte de pluie coula le long de son nez et s'arrêta à son extrémité. Je l'essuyai machinalement avec mon mouchoir et son visage se détendit brusquement.

— Oui, répondit-il simplement.

Finalement, je ne parlai à Jamie que du projet de Colum de l'envoyer chasser avec le duc. J'étais convaincue cette fois que ses sentiments à l'égard de Laoghaire ne dépassaient pas la galanterie chevaleresque, mais j'ignorais comment il réagirait en apprenant que la jeune fille avait été séduite et mise enceinte par son oncle. Apparemment, Colum ne comptait pas faire appel aux services de Geillis, la faiseuse d'anges locale. Peut-être envisageait-il de marier Laoghaire à Dougal ou de lui trouver un autre époux avant que sa grossesse ne devienne trop visible. Quoi qu'il en soit, Dougal et Jamie allaient se trouver enfermés tous deux dans un relais de chasse pendant plusieurs jours et je jugeai préférable que l'ombre encombrante de Laoghaire ne soit pas de la partie.

— Humm, fit-il, songeur. Ce n'est pas une mauvaise idée. Rien de tel que la chasse pour consolider une amitié. Le duc et moi serons ensemble toute la journée, et le soir nous boirons du whisky au coin du feu.

Il acheva de lacer ma robe et déposa un baiser sur mon épaule.

— Je suis navré de te laisser seule, *Sassenach*, mais c'est pour une bonne cause.

— Ne t'inquiète pas pour moi, le rassurai-je.

De fait, je n'avais pas encore pris conscience qu'après son départ j'allais me trouver seule au château, ce qui n'était pas très rassurant.

— Tu es prêt pour aller dîner ? demandai-je.

Ses mains s'attardèrent sur mes hanches et il m'attira à lui.

— Mmm, je me passerais bien de dîner, susurra-t-il.

— Pas moi, rétorquai-je. Tu devras attendre.

Ce soir-là, à table, je suivais d'une oreille distraite le brouhaha des conversations quand un nom familier attira mon attention. C'était Murtagh, non loin de moi, qui parlait du duc de Sandringham.

— Sandringham ? Ah, l'enculeur de mignons ! dit Ned Gowan d'un air songeur.

— Quoi ! manqua de s'étrangler un jeune soldat.

— Je crois savoir que notre cher duc est un amateur de jolis garçons, expliqua Ned.

— Mmm, renchérit Rupert, la bouche pleine comme d'habitude. Il s'intéressait de près au petit Jamie, lors de sa dernière visite. C'était quand, Dougal ? En 38 ? 39 ?

— En 37, répondit Dougal de l'autre bout de la table. Il faut dire que notre cher Jamie était mignon à croquer, n'est-ce pas, mon neveu ?

Jamie hocha la tête.

— Mouais, heureusement que je courais vite, par-dessus le marché, répondit-il en déclenchant des rugissements de rire.

— Je ne savais pas que tu faisais partie de ses conquêtes, le taquina Dougal. J'en connais qui ont troqué un derrière en feu contre un domaine ou un titre.

— Tu auras remarqué que je n'ai ni l'un ni l'autre, rétorqua Jamie du tac au tac.

— Ne me dis pas qu'il ne t'a pas approché !

— Si, justement, d'un peu trop près à mon goût.

— C'est pour ça que tu nous as quittés si brusquement et que tu es rentré chez ton papa ? demanda Rupert.

— Oui.

— Comment ça ! Mais tu aurais dû venir m'en parler, cher neveu, lança Dougal d'un air moqueur.

— Vieille ordure, répliqua Jamie, si je t'en avais parlé, tu aurais glissé du sirop de pavot dans ma bière et tu m'aurais livré pieds et poings liés dans le lit du duc en guise de cadeau de bienvenue !

La tablée rit de plus belle et Jamie esquiva de justesse un oignon cru que Dougal lui lança depuis l'autre bout de la table.

— Pourtant, intervint Rupert, je crois me souvenir de t'avoir vu te glisser dans la chambre du duc, une nuit. Tu es sûr de ne rien nous cacher ?

Ce fut au tour de Jamie de lancer un oignon à la figure de Rupert.

— Non, dit-il en riant. Je suis encore vierge, de ce côté-là du moins. Mais si ça vous intéresse autant, je peux vous raconter comment ça s'est passé.

— Oui, oui ! entonnèrent les dîneurs à l'unisson.

Jamie se versa une nouvelle chope de bière et se cala sur son banc dans la posture classique du conteur. Je remarquai que Colum, de l'autre côté de la table, tendait l'oreille, aussi attentif que les chahuteurs assis à nos côtés.

— Eh bien... commença-t-il, à l'époque j'étais encore très naïf, je n'avais que seize ans à peine (l'assemblée se mit à le huer)... Enfin, naïf sur ce sujet précis. Mais je trouvais quand même étranges certaines allusions du duc. Il était sans cesse à me caresser comme si j'étais son chien et voulait toujours voir ce que j'avais dans mon *sporran*. Un jour, il m'a surpris en train de me laver dans la rivière et a insisté pour me frotter le dos. Quand il a eu fini avec le dos, il a tenu à me frotter le reste et j'ai commencé à me sentir très mal à l'aise, puis il a glissé une main sous mon kilt et là, j'ai finalement compris. J'étais peut-être naïf, mais pas complètement idiot.

» Je m'en suis sorti en plongeant dans l'eau et en traversant le loch à la nage. Son Altesse n'allait pas risquer d'abîmer ses beaux habits dans la vase. Après cet épisode, j'ai veillé à ne jamais me retrouver seul avec lui. Il m'a surpris une ou deux fois dans le jardin ou la cour, mais j'ai toujours eu le temps de m'enfuir, en m'en tirant avec quelques baisers sur l'oreille. La seule fois où j'ai vraiment cru que mon compte était bon, ce fut quand il m'a coincé dans les écuries.

— Dans *mes* écuries ? rugit le vieil Alec.

Il se leva et interpella Colum à l'autre bout de la table.

— Tu veilleras à ce que cet homme reste en dehors de mon territoire. Je ne veux pas qu'il aille effrayer les chevaux, duc ou pas !... Ni qu'il trouble mes garçons ! ajouta-t-il après un instant de réflexion.

Jamie reprit le fil de son histoire, imperturbable. Les deux filles de Dougal buvaient ses paroles, la bouche entrouverte.

— Un jour, donc, je travaillais dans un box, penché

au-dessus de la mangeoire (autres remarques grivoises), quand j'entends un bruit derrière moi. Avant même que j'aie pu me retourner, j'ai senti qu'on rabattait mon kilt sur ma taille et que quelque chose de dur s'écrasait contre mon derrière.

Il agita une main pour faire taire le tumulte naissant.

— Je ne tenais pas particulièrement à me faire sodomiser dans un box, mais je ne voyais pas d'issue. J'ai serré les dents en espérant que ça ne ferait pas trop mal quand le cheval — c'était un grand hongre noir, celui qu'on nous avait donné à Brocklebury, Ned, et que Colum a revendu par la suite à Breadalbin. Enfin, bref, le cheval n'a pas aimé les sons que faisait le duc. Il ne supportait pas les bruits aigus au point que je ne pouvais pas le sortir quand il y avait des enfants qui jouaient dans le pré, parce que leurs cris l'effrayaient.

» Or, comme vous le savez, Son Altesse a une voix criarde. Elle était encore plus haut perchée qu'à l'ordinaire du fait de l'excitation. Le cheval s'est mis à piaffer et à ruer dans son box. Il a écrasé le duc contre le mur avec sa croupe. Dès que j'ai pu m'échapper, j'ai sauté dans la mangeoire, contourné le cheval et j'ai planté là le duc.

Jamie s'arrêta pour reprendre son souffle et siffler une gorgée de bière

— Toutefois, le duc ne s'en est pas tenu là. Il était passé si près du but qu'il était plus que jamais déterminé à m'avoir, quel qu'en soit le prix. Aussi, le lendemain, il a annoncé aux MacKenzie que son valet était gravement malade et leur a demandé s'il pouvait emprunter mes services pour l'aider à sa toilette.

Colum se couvrit le visage des deux mains, feignant la honte, pour le plus grand amusement de l'assemblée. Jamie se tourna vers Rupert.

— C'est pourquoi tu m'as vu entrer chez le duc un soir. Contraint et forcé, si l'on peut dire.

— Tu aurais dû m'en parler, intervint Colum sur un ton de reproche. Je ne t'aurais pas obligé à y aller.

Jamie haussa les épaules.

— Ma modestie naturelle m'en a empêché, mon oncle. En outre, vous étiez en pleines négociations avec le duc. Je ne voulais pas risquer de les compromettre en vous obligeant à lui demander de me laisser en paix.

— Que c'est généreux de ta part ! railla Colum. Tu t'es donc sacrifié pour mes intérêts ?

— Vous savez fort bien que vos intérêts sont ce que j'ai de plus cher au monde, mon oncle, répliqua Jamie.

Sa réplique fit mouche, et je sentis le laird tiquer.

— Non, en fait, reprit Jamie, je ne me suis rendu dans la chambre du duc que parce que je n'ai pas osé désobéir, loyauté familiale mise à part.

— Et tu es ressorti le trou du cul en chou-fleur ! s'époumona Rupert.

— Exactement, répondit Jamie, mais pas pour les raisons que tu crois. Avant de monter, je suis allé trouver Mme FitzGibbons et je l'ai suppliée de me donner du sirop de figue en prétextant être constipé. J'ai vu où elle rangeait son flacon. Je suis revenu un peu plus tard et je l'ai vidé entièrement.

La salle hurla de rire, y compris la mère Fitz qui devint si rouge que je craignis une apoplexie. Elle se leva cérémonieusement et tira l'oreille de Jamie.

— Alors voilà où était passé mon sirop, petit chenapan ! Le meilleur laxatif que j'aie jamais réussi !

— Ah, pour ça, il était radical ! l'assura Jamie, hilare.

— Je pense bien ! Je n'en avais jamais fait d'aussi puissant ! J'imagine l'état de tes intestins après l'avoir sifflé d'un trait !

— Je n'étais pas beau à voir, mais au moins je n'étais plus consommable par le duc. Il a paru soulagé quand je l'ai supplié de me laisser me retirer. Toutefois, je ne pouvais pas lui faire le coup deux fois de suite. Aussi, dès que les crampes se sont calmées, j'ai volé un cheval dans les écuries et j'ai filé. Il m'a fallu une journée entière pour arriver jusqu'à chez moi, car je devais m'arrêter sur le bord de la route toutes les dix minutes.

Dougal fit signe qu'on lui apporte une nouvelle carafe de bière qu'il fit passer à Jamie.

— Je m'en souviens, dit-il en souriant. Ton père m'a adressé une lettre disant que tu en avais assez appris pour le moment. A l'époque, le ton de sa lettre m'a paru bizarre, mais je ne savais pas pourquoi.

— Vous feriez bien de préparer des stocks de sirop de figue, madame FitzGibbons, déclara Rupert. Notre ami Jamie va en avoir besoin. A moins que tu ne comptes sur ta nouvelle épouse pour te protéger ?

Il me lança un regard entendu avant d'ajouter :

— D'après ce qu'on dit, c'est elle qui aura besoin d'être protégée. Il paraît que le valet du duc ne partage pas les goûts de son maître, mais qu'il est tout aussi entreprenant.

Jamie se leva de table et me tendit la main pour m'aider à me lever à mon tour.

— Dans ce cas, répondit-il, nous devrons rester dos à dos pour protéger nos arrières !

Rupert roula des yeux horrifiés.

— Vos arrières ! Il me semblait bien qu'on avait oublié un détail en te préparant pour tes noces. Pas étonnant que tu ne lui aies pas encore fait un enfant !

La main de Jamie se referma sur mon épaule et il m'entraîna vers la porte. Nous prîmes la fuite sous un déluge de rires et de commentaires lubriques.

Une fois dans le couloir sombre, nous nous arrêtâmes pour reprendre notre souffle. Jamie s'adossa au mur, plié en deux. Je me laissai glisser à terre, secouée par le fou rire.

Quand nous eûmes repris nos esprits, il me hissa debout et me plaqua contre lui.

— Alors, c'est vrai qu'on ne fait pas des enfants dos à dos ? ricana-t-il.

Il prit mon visage entre ses mains et colla son front contre le mien. Nous nous regardâmes longuement dans les yeux, si près l'un de l'autre que je ne voyais plus qu'un écran bleu et son souffle chaud se confondait avec le mien.

— Face à face, c'est ça ?

L'exaltation du rire cédait peu à peu la place dans mon sang à une autre sensation tout aussi puissante. J'effleurai ses lèvres du bout de ma langue, tandis que mes mains s'affairaient plus bas.

— La face n'est pas la partie la plus importante. Mais tu commences à apprendre, lui répondis-je.

Le lendemain, j'étais au dispensaire, écoutant patiemment une vieille femme du village — une parente de l'une des cuisinières — qui débattait à n'en plus finir sur la relation entre les maux de gorge de sa belle-fille et sa propre crise d'amygdalite purulente (je ne voyais pas le rapport !) quand Jamie fit irruption dans la pièce,

41

suivi de près par Alec, tous deux manifestement surexcités et préoccupés.

Jamie écarta le tire-langue que je venais d'introduire dans la gorge de la vieille en espérant la faire taire et me saisit les deux mains.

— Mais que se...

Je fus interrompue par Alec, se hissant par-dessus l'épaule de Jamie pour regarder mes paumes tendues.

— Mouais, à la rigueur... mais son bras ?

— Regarde par toi-même, répondit Jamie en étirant mon bras parallèlement au sien.

— Mmmmphm... ça pourrait marcher.

— Ça vous ennuierait de me dire de quoi il s'agit ? m'énervai-je.

Avant de finir ma phrase, j'étais entraînée malgré moi dans les escaliers, encadrée par les deux hommes, abandonnant ma patiente la bouche grande ouverte, l'air ahuri.

Quelques minutes plus tard, je fixais d'un œil dubitatif la croupe luisante et brune d'une jument. Le problème avait fini par m'être exposé en chemin, Jamie se chargeant des explications techniques qu'Alec ponctuait de remarques, d'interjections et d'imprécations.

Losgann, une des plus belles juments des écuries de Colum, n'arrivait pas à mettre bas. Elle était couchée sur le flanc, visiblement souffrante, son ventre volumineux se soulevant périodiquement. A quatre pattes dans le foin, le nez collé à l'arrière-train de la pauvre bête, je pouvais voir les lèvres de son vagin s'écarter légèrement à chaque contraction, mais rien de plus. Manifestement, le poulain se présentait par le flanc ou le bassin. Alec penchait pour la première hypothèse, Jamie pour la seconde, et ils en débattirent longuement jusqu'à ce que je m'impatiente et les interrompe pour leur demander ce qu'ils attendaient de moi, dans un cas comme dans l'autre.

Jamie me regarda comme si j'étais simplette.

— Mais que tu le retournes, bien sûr ! Il faut remettre ses pattes avant dans le bon sens pour qu'il puisse sortir.

— Rien que ça !

Je regardai Losgann, dont l'élégant nom signifiait en

fait « grenouille ». La jument avait une ossature fine, mais chevaline tout de même.

— Euh... vous voulez dire que je dois mettre ma main à l'intérieur de son vagin ?

Je baissai les yeux vers mon bras. Il passerait sûrement, mais après ?

Les deux hommes avaient de trop grosses mains. Roderick, le garçon d'écurie généralement appelé à la rescousse dans ces situations délicates, venait de se casser le bras. Je lui avais posé une éclisse moi-même deux jours plus tôt. Willie, l'autre garçon d'écurie, venait justement de partir à sa recherche pour qu'il me conseille et me soutienne moralement. Il arriva bientôt, vêtu uniquement de ses culottes en lambeaux, son torse nu et maigrelet luisant dans la pénombre du box.

— Ce sera pas de la tarte, commenta-t-il après avoir été mis au fait de la situation. C'est un coup de main à prendre, mais il faut aussi de la force.

— Ne t'inquiète pas, intervint Jamie. Claire est nettement plus costaude que toi. Si tu lui dis ce qu'il faut faire, elle te le retournera en un rien de temps.

Flattée par une telle confiance mais néanmoins anxieuse, je me rassurai en me répétant que ce ne serait pas plus dur que d'assister un chirurgien opérant un abdomen. J'enfilai un tablier et des culottes dans un box voisin et m'enduisis le bras de graisse de suif jusqu'à l'épaule.

Puis je pris une profonde inspiration et introduisis ma main dans le vagin de la jument.

Au début, je ne sentis pas grand-chose, si ce n'est des creux, des bosses et des surfaces lisses et chaudes. Je fermai les yeux pour mieux me concentrer. Les parties lisses devaient être les flancs du poulain, les creux et les bosses, ses pattes ou la tête. Il me fallait trouver les pattes avant. Petit à petit, je m'habituai aux sensations sous mes doigts. A chaque contraction, je devais rester parfaitement immobile. Les muscles extraordinairement puissants de l'utérus se refermaient sur mon bras comme un étau et m'auraient brisé les os comme des allumettes.

Enfin, mes doigts rencontrèrent une forme que je reconnus.

— Je touche ses naseaux ! triomphai-je. J'ai trouvé la tête !

— Parfait ! Surtout ne lâche pas prise.

Alec s'accroupit anxieusement à mes côtés, caressant le flanc de la jument pour la rassurer. Je serrai les dents et reposai mon front contre la croupe tandis qu'une nouvelle contraction me broyait le poignet. Enfin, je trouvai la courbe d'une orbite et la petite saillie d'une oreille repliée. J'attendis que passe une autre contraction, puis je suivis la ligne du cou jusqu'à l'épaule.

— Il a la tête renversée sur l'épaule, rapportai-je. Au moins, la tête est orientée dans la bonne direction.

— Bon, dit Jamie. Normalement, les pattes devraient être pliées sous le poitrail. Essaie de trouver le genou.

Je poursuivis mon inspection à tâtons, le bras enfoncé jusqu'à l'épaule dans la tiédeur moite de la jument, progressant à l'aveuglette pour atteindre mon but. J'avais l'impression d'accoucher moi-même et ce n'était pas une mince affaire.

Enfin, ma main rencontra un sabot. Je sentis la surface arrondie et le bord tranchant de la corne encore intacte. Suivant les instructions angoissées, parfois contradictoires, de mes guides, je tirai et poussai, aidant la lourde masse à pivoter sur elle-même, tirant à moi une patte, repoussant l'autre, suant et gémissant à l'unisson avec la jument.

Puis, soudain, tout s'enclencha. Une contraction se relâcha et le poulain glissa d'une masse dans la bonne position. J'attendis sans bouger la contraction suivante, puis un petit museau rose et humide apparut brusquement, poussant ma main hors de sa route. Les petits naseaux se dilatèrent brièvement, comme s'ils testaient cette nouvelle sensation, puis le museau disparut.

— La prochaine sera la bonne ! exulta Alec en sautillant sur place, son arthrite soudain évanouie. Allez, Losgann, allez, ma belle, ma douce grenouillette !

La jument lui répondit par un grognement compulsif. Ses pattes arrière se détendirent brusquement et le poulain glissa doucement dans la paille fraîche.

Je me laissai tomber en arrière, gloussant comme une dinde. J'étais couverte de graisse, de placenta visqueux et de sang. Je dégageais une odeur pestilentielle. Mais j'étais euphorique.

Je regardai Willie et Roderick s'occuper du nouveau-né, le frottant énergiquement avec de la paille. Lorsque Losgann se tourna et se mit à lécher son petit, nous poussâmes tous des cris de joie, la contemplant, les larmes aux yeux, qui le poussait doucement du bout du museau pour l'inciter à se dresser sur ses pattes branlantes.

— Du sacré bon travail ! Du sacré bon travail ! répétait Alec, exubérant, manquant de m'étouffer en me serrant dans ses bras.

Jamie dut m'aider à me changer et à enfiler ma robe. Mes doigts étaient trop raides pour la boutonner toute seule. Je savais que mon bras serait couvert de bleus le lendemain matin, mais je me sentais en pleine forme, sereine et heureuse.

Une pluie diluvienne s'était abattue sans interruption pendant plusieurs jours. Aussi, quand je me réveillai un beau matin pour découvrir un ciel parfaitement bleu, je me sentis comme une marmotte sortant de son trou au printemps. Ce jour-là, Geillis choisit de me rendre visite. Elle glissa dans le dispensaire en flottant comme si elle était montée sur roulettes.

— Geillis ! Que fais-tu là ? m'exclamai-je.

— Je suis venue apporter du safran d'Espagne à Mme FitzGibbons. Elle en a besoin pour l'arrivée du duc.

— Encore des épices ! Si cet homme avale la moitié des plats qu'elle lui prépare, il faudra le faire rouler pour le ramener chez lui.

— Il n'a pas besoin de ça ! Il paraît qu'il est déjà gras comme un cochon. Mais assez parlé du duc. Tout le monde n'a que son nom à la bouche depuis des semaines. Tu n'aurais pas envie de m'accompagner pour une promenade ? J'ai besoin de ramasser un peu de mousse. Bouillie dans le lait avec un peu de laine de mouton, elle fait une merveilleuse lotion pour les mains.

Pour achever de me convaincre, elle agita sous mon nez ses belles mains aux longs doigts effilés.

Je levai les yeux vers la meurtrière. Des particules de poussière dansaient gaiement dans un rayon de soleil doré. Un parfum de fruits mûrs et d'herbe fraîchement coupée flottait dans la pièce.

— Pourquoi pas ?

Pendant que je prenais des paniers et des bocaux vides, Geillis se promenait dans le dispensaire, saisissant ici et là des objets qu'elle reposait après les avoir inspectés. Elle s'arrêta devant une petite table.

— Qu'est-ce que c'est que ça ?

Elle tenait un petit bouquet d'herbes séchées noué avec des fils tressés : noirs, blancs et rouges.

— D'après Jamie, c'est un charme maléfique.

— Il a raison. Où l'as-tu trouvé ?

— Sous mon oreiller.

Je lui racontai comment nous l'avions découvert et la réaction de Jamie.

— Le lendemain matin, je suis allée le récupérer sous la fenêtre. Je comptais justement te l'amener, au cas où tu saurais m'en dire plus sur ce sujet, puis j'ai oublié.

Elle le retourna dans ses mains, l'examinant attentivement.

— Non, aucune idée. Mais on peut peut-être savoir qui te l'a adressé.

— Vraiment ?

— Viens chez moi demain matin, je t'expliquerai comment faire.

Refusant d'en dire davantage, elle fila vers la porte dans un frou-frou de jupons, l'air de dire « qui m'aime me suive ».

Elle me conduisit dans les collines, tantôt en suivant un sentier, tantôt à travers champs. A une heure de marche du village, elle s'arrêta au bord d'un petit ruisseau bordé de saules. Là, nous cueillîmes les dernières fleurs de l'été, les baies mûres du début de l'automne et les gros champignons jaunes qui poussaient au pied des arbres.

La silhouette de Geillis disparut dans les fougères tandis que je m'arrêtais pour gratter un peu d'écorce de tremble dans mon panier. Les particules de sève qui suintaient sur l'écorce ridée ressemblaient à des gouttes de sang givrées, leur surface pourpre luisant au soleil.

Un bruit me tira de ma rêverie et je tournai la tête dans sa direction.

Je l'entendis à nouveau. Cela ressemblait à un vagissement aigu. Il provenait du sommet de la colline, où un gros rocher était en équilibre sur la crête. Je posai mon panier et me mis à grimper.

— Geillis ! hurlai-je. Viens ! Quelqu'un a abandonné un bébé.

Un bruit de glissade et de jurons étouffés précéda l'apparition de Geillis, tirant frénétiquement sur sa jupe prise dans les ronces. Son visage était rougi par l'effort et des brindilles étaient prises dans ses cheveux.

— Mais qu'est-ce qui se passe...

En m'apercevant, elle bondit vers moi.

— Par tous les saints ! Claire, repose-le, vite !

Elle m'arracha le bébé des bras et le reposa où je l'avais trouvé, dans un petit creux du rocher. Une écuelle en bois remplie à moitié de lait frais avait été posée à côté de son panier, et, à ses pieds, un bouquet de fleurs des champs noué avec du fil rouge.

— Mais il est souffrant ! protestai-je, voulant lui reprendre l'enfant. Qui a pu laisser un bébé malade seul ici ?

De fait, le nourrisson était visiblement mal en point. Son petit visage fripé était verdâtre et des cernes bleus marquaient ses yeux. Il agitait faiblement ses menus poignets sous la couverture. Lorsque je l'avais soulevé, il avait laissé retomber les bras en arrière et je me demandai où il trouvait encore la force de crier.

— Ses parents, rétorqua Geillis, me prenant par le bras. Laisse-le. Filons d'ici.

— Ses parents ? m'indignai-je. Mais...

— C'est un enfant substitué, s'impatienta-t-elle. Laisse-le et viens. Tout de suite !

Elle m'entraîna de force et nous dégringolâmes le versant de la colline. Une fois au pied, pantelante, je la forçai à s'arrêter.

— Vas-tu me dire ce que ça signifie ? On ne peut pas abandonner un enfant malade dans la nature. Et que veux-tu dire par un « enfant substitué » ?

— Ne me dis pas que tu ignores ce que ça veut dire ! dit-elle en levant les yeux au ciel. Parfois, les fées volent un enfant humain et le remplacent par un des leurs. On les reconnaît facilement : ils pleurent et s'agitent sans arrêt et ils ne grandissent pas.

— Enfin, Geillis, tu ne crois pas ces bêtises ?

Elle me dévisagea d'un air soupçonneux, s'interrogeant manifestement sur ma santé mentale. Puis elle retrouva son expression habituelle de cynisme amusé.

— Bien sûr que non, répondit-elle enfin. Mais les gens du village, eux, y croient.

Elle lança un regard inquiet vers la colline, mais aucun son ne parvenait plus du rocher.

— On ne peut pas rester ici, sa famille doit être tapie dans les parages.

La mort dans l'âme, je me laissai entraîner vers le village.

— Mais pourquoi l'ont-ils abandonné sur ce rocher ? demandai-je un peu plus tard, assise sur une pierre pour enlever mes bas avant de traverser un ruisseau. Ils espèrent que les fées viendront le soigner ?

Je ne pouvais m'ôter le nourrisson de l'esprit. J'ignorais de quoi il souffrait, mais je pouvais peut-être le sauver. Je tentai de me convaincre qu'après avoir laissé Geillis au village, je pourrais revenir le chercher. Il ne faudrait pas trop tarder. A l'est, des nuages gris pâle assombrissaient rapidement le ciel. Une lueur rosée pointait encore à l'ouest. La nuit tomberait dans moins d'une demi-heure.

Geillis remonta ses jupes et avança dans l'eau glacée.

— Non... ou plutôt oui. C'est l'une des collines aux fées, un endroit où il ne fait pas bon s'attarder après la nuit tombée. Si on y laisse un enfant substitué toute une nuit, les esprits des bois viennent le reprendre et remettent à sa place le petit humain qu'ils ont enlevé.

— Oui, sauf que ce bébé n'est pas un esprit, objectai-je, mais un enfant malade. Il ne résistera sans doute pas à une nuit à la belle étoile !

— Précisément, répondit Geillis platement. Demain matin, il sera mort. Et je prie le Seigneur que personne ne nous ait vues nous en approcher !

— Mort ? Mais c'est trop affreux, Geillis. Je ne peux pas le laisser. Il faut absolument que je retourne le chercher.

Je tournai les talons et retraversai le cours d'eau.

Elle bondit sur moi comme une lionne et je me retrouvai plaquée la tête la première dans le ruisseau. Je me débattis pour reprendre mon souffle, crachant, toussant et projetant de grandes gerbes autour de moi.

Enfin, je parvins tant bien que mal à me retourner et restai assise, les fesses dans l'eau glacée, abasourdie.

Geillis se tenait devant moi, les mains sur les hanches.

— Tu es vraiment folle, ma pauvre ! hurla-t-elle. Il n'y a rien à faire ! Tu m'entends ? Rien ! C'est comme si cet enfant était déjà mort ! Si tu crois que je vais te laisser risquer ta vie et la mienne pour une de tes idées saugrenues ! Ah, tu es bien une Anglaise !

Me prenant sous les aisselles, elle me hissa debout.

— Claire, écoute-moi bien. Si tu retournes auprès de cet enfant et qu'il meurt, ce qui est certain, crois-moi, la famille te tiendra pour responsable. Tu ne vois donc pas le danger ? Tu ne sais donc pas ce qu'on dit de toi au village ?

Je restai pétrifiée, grelottante, déchirée entre son souci évident pour ma sécurité et la vision du nourrisson mourant lentement de froid seul dans la nuit.

— Non, dis-je enfin. Geillis, je ne peux pas. Je te promets d'être prudente, mais je dois y aller.

Je me libérai de son étreinte et escaladai la berge, dérapant dans la vase.

J'entendis un cri étouffé d'exaspération derrière moi, suivi d'un bruit d'éclaboussures puis de branchages foulés dans l'autre direction. Au moins, elle ne se mettrait plus en travers de ma route.

La nuit tombait rapidement et je hâtai le pas. Il me fallait absolument retrouver la bonne colline avant qu'il fasse noir. Il y en avait plusieurs, toutes approximativement de la même hauteur. Je ne savais pas trop comme j'allais pouvoir me glisser discrètement dans le château avec un nouveau-né braillant dans mes bras, mais il serait bien temps d'y songer plus tard.

Je finis par retrouver la colline grâce à un bosquet de jeunes mélèzes qui poussaient à ses pieds. Entre-temps, la nuit était tombée. La forêt était étrangement silencieuse. On n'entendait que les grincements des troncs et le soupir des branchages bercés par la brise. On s'attendait presque à voir surgir un fantôme derrière chaque arbre.

« Ce foutu endroit est vraiment hanté ! » grognai-je en escaladant la pente, glissant et trébuchant à chaque pas. Je ne croyais pas si bien dire. Mon cœur faillit lâcher quand une silhouette sombre se glissa devant moi et qu'une main m'attrapa le bras. Je poussai un hurlement et frappai violemment l'intrus.

— Comment, mais c'est toi ? m'écriai-je en reconnaissant Jamie. Qu'est-ce que tu fais là ?

Je me laissai aller contre lui, le cœur battant tandis qu'il m'entraînait vers le bas de la colline.

— Quand j'ai vu qu'il se faisait tard, je suis venu à ta rencontre. J'ai croisé Geillis Duncan près du ruisseau et elle m'a dit où tu étais.

— Mais l'enfant... commençai-je en voulant repartir dans l'autre sens.

— Il est mort, dit-il brièvement. J'en viens.

Je le suivis sans plus discuter. Oppressée par l'obscurité et les bruits sinistres de la forêt, je ne dis plus un mot jusqu'à ce que nous ayons atteint les premiers champs.

— As-tu une idée du danger que tu cours à te promener seule la nuit dans la forêt ? demanda soudain Jamie.

Il ne semblait pas fâché, tout juste surpris.

— Non... enfin, si. Je suis désolée de t'avoir inquiété. Mais je ne pouvais pas abandonner cet enfant. Non, vraiment pas.

— Oui, je sais.

Il me serra contre lui.

— Tu as bon cœur, *Sassenach*. Mais tu ne sais pas à qui tu as affaire.

— A des fées, c'est ça ? Les superstitions ne me font pas peur. Tu y crois, toi, aux fées ?

Il hésita un long moment.

— Non. Mais pour rien au monde je ne passerais une nuit sur une colline aux fées. La différence, tu vois, c'est que j'ai reçu une instruction, *Sassenach*. Chez Dougal, j'ai eu un bon précepteur allemand qui m'a appris le latin et le grec. Plus tard, à dix-huit ans, j'ai étudié l'histoire et la philosophie en France. J'ai eu tout loisir de m'apercevoir que le monde ne s'arrêtait pas aux collines et à la lande des Highlands, aux chevaux des eaux et aux lutins de la forêt. En revanche, la plupart des gens d'ici ne se sont jamais éloignés de chez eux de plus d'une journée de marche, généralement pour se rendre au Serment de leur clan, ce qui peut arriver deux fois au cours d'une existence.

Leur univers se limite aux lochs et aux falaises. Tout ce qu'ils connaissent du monde, c'est ce que leur en dit le père Bain dans ses sermons à la messe du dimanche. Ça et les contes...

Il retint une branche d'aulne pour me laisser passer. Nous étions de nouveau sur le sentier que Geillis et moi avions suivi l'après-midi. Une fois de plus, je m'émerveillai devant son aptitude à retrouver son chemin dans l'obscurité la plus totale.

— Lorsque nous sommes dans le grand hall, ces contes ne sont que des divertissements, mis en scène par Gwyllyn et arrosés de vin et de bière. Mais, dans la région et même au village, les histoires de fées et de sorcières régissent la vie de tous les jours. Je suppose que, derrière chaque légende, se cache une part de vérité...

Je revis en pensée les yeux d'ambre du cheval des eaux.

— Les parents de ce nouveau-né préfèrent sans doute croire que c'est l'enfant des fées qui est mort, tandis que le leur vit pour l'éternité, heureux et en bonne santé, parmi les esprits des bois. Cela soulage leur douleur.

Bientôt, nous arrivâmes en vue de Leoch. Je n'avais jamais imaginé que les lumières de ce château austère m'apparaîtraient un jour comme le phare de la civilisation dans un océan d'obscurantisme.

Toutefois, en approchant, je constatai que les lumières en question ne venaient pas des étroites meurtrières mais de dizaines de guirlandes de lampions suspendues au parapet.

— Il s'est passé quelque chose ! m'alarmai-je en me tournant vers Jamie.

En le voyant à la lumière, je m'aperçus soudain qu'il portait une chemise en lin immaculé et son plus beau — et unique — manteau de velours.

— Oui, acquiesça-t-il. C'est la raison pour laquelle je suis venu te chercher. Le duc est enfin arrivé.

Le duc ne ressemblait en rien à l'idée que je m'en étais faite. Je ne savais pas au juste à quoi m'attendre, mais certes pas à ce bel homme grand et athlétique,

51

au teint hâlé et aux yeux bleu pâle toujours légèrement plissés comme s'il suivait un vol de faisan à contre-jour.

Je me demandais si les histoires qu'on m'avait racontées à son sujet n'étaient pas finalement des racontars exagérés lorsque je remarquai que tous les garçons de moins de dix-huit ans présents dans le hall se tenaient légèrement en retrait, les yeux pudiquement baissés. De toute évidence, ils avaient été mis en garde.

Cependant, lorsqu'on me présenta au duc, j'eus un mal fou à garder mon sérieux. Il se pencha pour me baiser la main et déclara d'une voix de souris étranglée :

— Mais quel plaisir de rencontrer une compatriote dans ces contrées reculées, madame !

Épuisé par le voyage, le duc se retira de bonne heure avec sa suite. Mais le lendemain soir, un grand dîner fut donné en son honneur. Après le festin et le concert, Jamie et moi rejoignîmes la table de Colum où se trouvaient déjà Dougal et le duc. Sandringham, volubile, loua le vin de Colum et le paysage des Highlands puis, de sa voix de fausset, nous raconta avec un luxe de détails les horreurs de son voyage. Nous écoutions poliment.

— A la sortie de Stirling, un essieu s'est brisé qui nous immobilisa trois jours durant... sous une pluie diluvienne, naturellement !... le temps que mon valet de pied trouve un ferronnier. A peine un jour et demi plus tard, nous rebondîmes sur l'ornière la plus abyssale de tout le comté et l'essieu s'est de nouveau brisé ! Ensuite ce fut l'un de nos chevaux qui se déferra. Nous dûmes délester la berline et marcher derrière, dans la boue, messieurs, dans la boue !...

A mesure qu'il nous contait ses mésaventures, je noyais mon hilarité dans le vin, une grave erreur de jugement sans doute.

— Mais le gibier, MacKenzie, le gibier ! s'exclama à un moment le duc, extatique. Je ne m'étonne pas de l'excellence de votre table. Que ne donnerais-je pour abattre un cerf comme celui que nous avons vu il y a deux jours ! Une bête superbe, absolument superbe. Il a filé sous le nez de nos chevaux et nous avons bien failli casser à nouveau un essieu.

Colum leva la carafe de vin et lança un regard interrogateur à la ronde. Tout en remplissant les verres tendus, il déclara calmement :

— Nous pourrions peut-être vous organiser une petite partie de chasse, Votre Grâce ? Mon neveu est un excellent chasseur.

Il lança un regard à Jamie, qui acquiesça sans lever les yeux.

Colum reposa sa carafe et poursuivit :

— Oui, je suis sûr que nous pourrons arranger cela. Disons au début de la semaine prochaine ? Il est encore trop tôt pour les faisans, mais les cerfs foisonnent.

Se tournant vers Dougal, assis à mes côtés, il suggéra :

— Mon frère pourra peut-être vous accompagner ? Si vous prenez la direction du nord, il vous montrera les terres dont nous parlions plus tôt.

— Excellent, excellent ! jubila le duc.

Il tapota la cuisse de Jamie avec un air satisfait. Ce dernier se raidit, mais se contenta de sourire aimablement, et la main du duc s'attarda quelques instants. Puis il croisa mon regard. Otant alors sa main, il m'adressa un large sourire et me glissa :

— Qui ne tente rien n'a rien !

Je ne pus m'empêcher de sourire à mon tour. Décidément, ce duc m'était finalement bien sympathique.

Dans l'excitation de l'arrivée de notre hôte illustre, j'avais oublié la proposition de Geillis de m'aider à découvrir l'expéditeur de notre charme maléfique. Toutefois, après l'épisode déplaisant de la colline aux fées, je n'étais pas certaine de vouloir me prêter à ses expériences.

Cependant ma curiosité l'emporta et deux jours plus tard, lorsque Colum demanda à Jamie d'aller chercher les Duncan et de les escorter jusqu'au château pour le banquet du duc, je décidai de l'accompagner.

Ce jeudi après-midi, Jamie et moi nous retrouvâmes donc dans le salon des Duncan, engagés dans une conversation amicale bien qu'un peu empruntée avec le procureur, tandis que sa femme finissait de s'habiller à l'étage. Arthur venait de se remettre de sa dernière attaque de gastrite, mais n'avait toujours pas l'air très en forme. Comme tous les obèses qui ont maigri trop vite, la graisse n'avait pas fondu de façon proportionnée. Sa bedaine étirait toujours la soie verte de son gilet, tandis que ses joues creusées par le jeûne pendouillaient mollement en formant des plis de chair.

— Je pourrais peut-être aller aider Geillis à sa coiffure ? suggérai-je. Je lui ai apporté de nouveaux rubans.

Ne leur laissant pas le temps de protester, je grimpai quatre à quatre les escaliers qui montaient aux appartements de Geillis.

Elle m'y attendait.

— Grimpons dans mon grenier, proposa-t-elle. Il faut faire vite mais ça ne prendra pas longtemps.

Je la suivis dans l'étroit escalier en colimaçon. La porte du grenier était verrouillée. Elle sortit de sa poche une clef ouvragée d'une longueur impressionnante, et la lourde porte s'ouvrit en glissant sans bruit sur ses gonds bien huilés.

Le sanctuaire de Geillis était une petite pièce mansardée. Tous les murs étaient couverts de rayonnages ployant sous les bocaux, les fioles et les boîtes. Des sacs d'herbes sèches soigneusement fermés avec des rubans de couleurs différentes étaient suspendus aux poutres. Toutefois, cela n'avait rien à voir avec l'atmosphère aérée et claire de la distillerie un étage plus bas.

Sur l'une des étagères étaient alignés de vieux livres ne portant aucune inscription. Je caressai du bout du doigt les reliures anciennes. La plupart étaient en agneau, mais certaines avaient une texture singulière, molle et grasse au toucher. L'une en particulier semblait être en peau de poisson. Je sortis un volume et l'ouvris précautionneusement. Il était rédigé à la main dans un mélange de vieux français et de latin. Sur la page de garde, le titre était encore lisible : *L'Grimoire d'le Comte St. Germain.*

Je remis le livre à sa place, légèrement inquiète. Un livre de magie ! Je sentis le regard de Geillis dans mon dos. Elle m'observait avec un air espiègle et curieux. Qu'allais-je faire, maintenant que je savais ?

— Alors, comme ça, ce n'est pas qu'une rumeur ? dis-je en souriant. Tu es vraiment une sorcière.

Je me demandais jusqu'où ses activités la menaient. Y croyait-elle vraiment elle-même ou n'était-ce qu'un expédient pour tromper l'ennui de son mariage avec Arthur ? Quel genre de magie pratiquait-elle au juste ?

— Oh, rassure-toi, ce n'est que de la magie blanche ! annonça-t-elle en lisant dans mes pensées.

— Tant mieux. Je me vois mal dansant autour d'un feu de bois au clair de lune, chevauchant des balais et baisant le cul du diable !

Geillis éclata de rire.

— On ne baise pas grand-chose par ici. Quoique, si j'avais un petit démon comme ton mari dans mon lit, je m'y mettrais peut-être.

— Au fait... commençai-je.

Elle s'était déjà retournée, toute à ses préparatifs.

Après avoir vérifié que la porte était bien verrouillée, elle fouilla dans un cabinet en chêne encastré sous la fenêtre. Elle en sortit une grande bassine en terre cuite et un long cierge dans un bougeoir en céramique. D'un autre placard, elle extirpa une vieille couverture qu'elle étala sur le sol.

— Que comptes-tu faire exactement ? m'inquiétai-je.

Jusque-là rien de bien satanique, mais après tout, qu'en savais-je ? Je n'étais qu'une apprentie sorcière.

— Invoquer... répondit-elle mystérieusement en rabattant les bords de la couverture parallèlement aux lattes du plancher.

— Invoquer qui ?

Elle se redressa et lissa ses cheveux en arrière.

— Oh, n'importe qui ou quoi.... fantômes, esprits, visions... tout ce qui pourrait nous être utile. On commence toujours de la même façon, mais les herbes et les incantations changent selon les besoins. Ce qu'il nous faudrait, c'est une vision... pour voir qui t'a envoyé ce mauvais sort. Ainsi on pourra le faire se retourner contre lui ou elle.

— Euh... c'est que...

Je ne souhaitais pas me venger, j'étais juste curieuse, non seulement de savoir qui m'en voulait mais aussi de voir à quoi ressemblait une incantation.

Déposant la bassine au milieu de la couverture, elle y versa de l'eau en expliquant :

— On peut utiliser n'importe quel récipient suffisamment grand pour qu'on puisse y voir son reflet, quoique le grimoire préconise un bassin en argent. Même une mare ou une flaque d'eau peuvent convenir pour des incantations à l'extérieur, à condition qu'elles soient dans un endroit calme et désert.

Elle tira rapidement les lourds rideaux devant les fenêtres, nous plongeant dans le noir. Je distinguai à peine sa silhouette gracile se déplaçant dans l'obscurité jusqu'à ce qu'elle allume le cierge.

Elle le déposa près de la bassine puis rajouta de l'eau dans celle-ci jusqu'à la remplir à ras bord. En me penchant au-dessus, je vérifiai qu'effectivement mon visage s'y reflétait mieux que dans n'importe quel miroir du château. Me voyant faire, Geillis expliqua qu'outre sa fonction dans les incantations, ce système était parfait pour se coiffer.

— Ne le bouscule pas, prévint-elle, ou tu vas mettre de l'eau partout.

Quelque chose dans l'aspect pratique de sa remarque, si prosaïque au milieu de ces préparatifs occultes, me rappela quelqu'un. Observant sa silhouette svelte et élégante penchée sur le récipient, je fouillai ma mémoire. Puis cela me revint. Bien sûr, même si elle ne ressemblait en rien à la vieille dame penchée au-dessus de son service à thé dans le bureau du révérend Wakefield, ce ton de voix était exactement le même que celui de Mme Graham.

Sans doute était-ce une attitude qu'elles partageaient, un pragmatisme qui concevait l'occultisme comme une simple série de phénomènes aussi communs que la météorologie. C'était une science qui requérait une certaine prudence, comme quand on fait la cuisine avec des instruments tranchants, mais rien qui justifiât qu'on en ait peur.

Geillis choisit trois bocaux sur ses étagères, et versa une petite quantité de chacun dans le récipient d'un minuscule brasero. Elle alluma le charbon sous le récipient à la flamme de sa chandelle et souffla sur le feu pour l'attiser. Bientôt, une volute de fumée parfumée s'éleva dans la pièce. Satisfaite, Geillis s'assit sur le sol, les genoux élégamment repliés sous elle.

— Parfait !

— Qu'est-ce qu'on fait, maintenant ? demandai-je en prenant place en face d'elle.

56

La flamme de la chandelle se reflétait dans l'eau qui semblait luminescente.

Ses grands yeux gris brillaient d'excitation. Elle agita les mains à la surface de l'eau, puis les glissa entre ses cuisses.

— Ne dis rien, ordonna-t-elle. Détends-toi. Écoute les battements de ton cœur. Tu les entends ? Respire profondément et calmement.

Malgré son regard alerte, elle parlait lentement et doucement, d'une voix profonde qui n'avait plus rien à voir avec son ton enjoué habituel.

Je suivis ses instructions, écoutant les battements de mon cœur à mesure que ma respiration prenait un rythme régulier. Je crus reconnaître une odeur de romarin dans la fumée, mais la nature des deux autres herbes m'échappait : de la digitale, peut-être, ou de la potentille ? Les fleurs violettes que j'avais entr'aperçues ressemblaient à de la belladone, mais c'était impossible... Quelles qu'elles soient, le ralentissement de mon rythme cardiaque ne pouvait être uniquement dû à la force de suggestion de Geillis. Je sentais un poids sur ma poitrine, ralentissant ma respiration sans que j'aie à faire le moindre effort.

Geillis était assise parfaitement immobile, me dévisageant fixement. Elle esquissa un petit signe de tête et je me penchai docilement au-dessus de l'eau.

Elle se mit alors à parler, sur un ton régulier et détaché qui me fit de nouveau penser à Mme Graham appelant le soleil au centre du cromlech.

Elle s'exprimait dans une langue qui m'était inconnue et pourtant étrangement familière, comme si elle parlait un ton trop bas pour que je puisse en détacher les mots. Je sentis mes mains devenir insensibles et voulus changer de position, mais j'en étais incapable. La voix continuait, douce et persuasive. Cette fois, je compris ce qu'elle disait, mais j'étais incapable de fixer ses paroles dans mon esprit.

Une chose était sûre, soit j'étais en train d'être hypnotisée, soit j'étais sous l'emprise d'une drogue. Mon esprit se raccrocha de toutes ses forces à la conscience, résistant à l'attraction de la fumée parfumée. Je voyais mon reflet dans l'eau lumineuse, mes pupilles rétrécies comme deux têtes d'épingle, mes yeux écarquillés comme ceux d'une chouette. Le mot « opium » flotta dans mes pensées embuées.

— Qui es-tu ?

Je n'aurais pu dire laquelle de nous deux avait posé la question, mais je sentis mes lèvres frémir et articuler :

— Claire.

— Qui t'a envoyée ?

— Je suis venue.

— Pourquoi es-tu venue ?

— Je ne peux pas le dire.

— Pourquoi pas ?

— Personne ne me croirait.

— Moi, je te crois, Claire, dis-le-moi.

Soudain un vacarme retentissant rompit le charme. Geillis sursauta, heurtant la bassine du genou et troublant le reflet.

— Geillis ? Mon trésor ? appela une voix aimable mais impérieuse. Nous devons y aller, mon cœur. Les chevaux sont prêts et tu n'es toujours pas habillée.

Geillis jura entre ses dents et se précipita pour ouvrir grandes les fenêtres. L'air frais me fouetta le visage, me faisant cligner des yeux et dissipant immédiatement le brouillard dans ma tête.

Elle m'aida à me relever.

— Tu ne te sens pas un peu bizarre ? me demanda-t-elle en me dévisageant d'un air curieux. Il y a des gens à qui ça fait cet effet. Tu ferais mieux de t'allonger sur mon lit pendant que je finis de m'habiller.

Je me laissai tomber sur l'édredon dans la chambre à l'étage au-dessous, écoutant les bruissements d'étoffe de Geillis enfermée dans son cabinet de toilette, me demandant ce qui venait de m'arriver. Manifestement, elle ne s'intéressait pas le moins du monde à mon charme ni à son expéditeur, mais uniquement à mon identité. A mesure que je reprenais mes esprits, je me demandai si après tout Geillis n'espionnait pas pour le compte de Colum. En tant qu'épouse du procureur et guérisseuse, elle était au fait de tout ce qui se passait dans le comté. Et qui d'autre que Colum pouvait autant s'intéresser à mes origines ?

Que se serait-il passé si Arthur ne nous avait pas interrompues ? Aurais-je entendu l'incontournable :

« En vous réveillant, vous ne vous souviendrez de rien » ? Mais voilà : je me souvenais très bien de tout et je me posais des questions.

Je n'eus pas le temps d'interroger Geillis à ce sujet. La porte de la chambre s'ouvrit violemment et Arthur fit irruption dans la pièce. Il alla droit au cabinet de toilette de Geillis, frappa une fois et entra.

J'entendis un petit cri de surprise, puis plus rien.

Arthur Duncan réapparut, livide, les yeux écarquillés, le regard fixé droit devant lui. Il prit appui sur la poignée de la porte comme s'il allait tomber. Croyant qu'il venait de subir une nouvelle attaque, je me précipitai vers lui, mais il se redressa et traversa la pièce en chancelant légèrement sans me voir.

Je frappai à mon tour à la porte du cabinet.

— Geillis ? Tu vas bien ?

Il y eut un silence puis, d'une voix parfaitement composée, elle répondit :

— Mais bien sûr. Je n'en ai plus que pour une minute.

Lorsque nous descendîmes enfin les escaliers, nous trouvâmes Arthur, apparemment remis, trinquant avec Jamie. Il semblait légèrement ailleurs, mais complimenta néanmoins sa femme sur sa tenue et envoya le valet chercher les chevaux.

Quand nous arrivâmes au château, le banquet venait de commencer. Le procureur et son épouse furent conduits à la table d'honneur, tandis que Jamie et moi, d'un rang inférieur, nous asseyions auprès de Rupert et de Ned Gowan.

Mme FitzGibbons s'était surpassée. Le visage radieux, elle accueillait d'un sourire les compliments qui pleuvaient sur son passage tandis que des montagnes de nourriture et de boisson s'entassaient sur les tables.

Le dîner était délicieux. Je n'avais encore jamais mangé de faisan farci aux noix et au miel et en étais à ma troisième assiette quand Ned Gowan, m'observant d'un air amusé, me demanda si j'avais goûté au cochon de lait.

Ma réponse fut interrompue par un brouhaha de l'autre côté de la salle. Colum se leva de table et se dirigea vers moi, le vieil Alec McMahon sur ses talons.

— Décidément, vos talents sont sans limites,

madame Fraser ! Non contente de bander nos plaies et de soigner nos malades, j'apprends que vous aidez nos bêtes à mettre bas. Bientôt, nous ferons appel à vous pour ressusciter nos morts.

Tout le monde se mit à rire, sauf un ou deux attablés qui lancèrent des regards inquiets vers le père Bain. Fort heureusement, celui-ci était trop occupé à se bâfrer de rôti d'agneau.

— Permettez-moi de vous offrir ceci en signe de ma gratitude, reprit Colum.

Il me tendit un petit coffret en bois gravé aux armes des MacKenzie. Jusqu'alors, je n'avais pas réalisé tout le prix qu'on attachait à Losgann et remerciai mentalement le ciel que sa mise bas se soit bien passée.

— Je vous remercie, mais je ne peux pas l'accepter, me défendis-je. Je n'ai rien fait de bien extraordinaire. J'ai simplement la chance d'avoir les mains si petites.

— Dans ce cas, insista Colum, considérez-le comme un cadeau de mariage. Je serais très honoré que vous l'acceptiez.

Sur un signe de tête de Jamie, j'acceptai le coffret et l'ouvris. Il contenait un magnifique rosaire en perles de jais finement ciselées, avec un crucifix incrusté d'argent.

— C'est superbe ! m'émerveillai-je.

Cela dit, je me demandais bien ce que je pourrais en faire. Si j'étais théoriquement catholique, j'avais été élevée par oncle Lamb, un agnostique impénitent, et n'avais qu'une vague notion de la signification d'un rosaire. Je remerciai néanmoins Colum chaleureusement et confiai le rosaire à Jamie qui le rangea dans son *sporran*.

Au même moment, un bruit de chute retentit derrière moi. En me tournant, je ne vis d'abord que des dos et des nuques de gens agglutinés. Colum se fraya un passage dans la mêlée. Tandis que les gens s'écartaient respectueusement pour le laisser passer, j'aperçus la forme rebondie d'Arthur Duncan allongée sur le sol, secouée de spasmes. Il battait convulsivement des mains devant lui, roulant des yeux affolés, repoussant ceux qui s'approchaient pour lui prêter secours. Sa femme se jeta à ses côtés et tenta vainement de lui mettre la tête sur ses genoux. Le procureur planta ses talons dans le sol et cambra les reins, émettant des bruits d'étouffement.

Geillis lança un regard paniqué autour d'elle. Comprenant qu'elle me cherchait, je pris le chemin le plus court et le moins encombré, à savoir je rampai à quatre pattes sous la table.

Rejoignant Geillis, je pris le visage d'Arthur entre mes mains et tentai d'écarter ses mâchoires. Aux bruits qu'il faisait, je crus qu'un morceau de viande s'était logé dans sa trachée.

Cependant, il avait les mâchoires crispées et un filet de bave s'écoulait de ses lèvres bleuies, ce qui semblait contredire cette première hypothèse.

— Vite, tournez-le sur le côté, ordonnai-je.

Aussitôt, plusieurs mains firent rouler le corps massif sur le flanc. Je pressai de toutes mes forces entre ses deux omoplates, puis lui assenai plusieurs coups secs. Le dos tressaillit légèrement, mais je n'observai pas le sursaut qu'aurait dû produire le délogement de l'obstruction.

Je saisis une des épaules charnues et roulai à nouveau le corps sur le dos. Geillis se pencha au-dessus du visage contorsionné, appelant son nom, massant sa gorge violacée. Les yeux d'Arthur se révulsèrent et il se mit à trembler de tous ses membres. Ses mains, tordues par l'agonie, se projetèrent brusquement en avant, frappant l'un des invités au visage.

Il cessa bientôt de haleter et son corps se relâcha. Il resta étendu immobile sur le sol comme un gros sac d'orge. Je cherchai hâtivement son pouls et remarquai du coin de l'œil que Geillis en faisait autant, enfonçant deux doigts de chaque côté de sa gorge à la recherche de la carotide.

Il était trop tard. Le cœur d'Arthur Duncan, surmené pour avoir pompé du sang dans cette charpente massive depuis des années, avait cessé de lutter.

Je tentai toutes les techniques de réanimation que je connaissais : battements de bras, massage cardiaque, bouche-à-bouche, rien n'y fit. Arthur Duncan était bel et bien mort.

Je me redressai avec lassitude tandis que le père Bain, après m'avoir lancé un regard noir, s'agenouillait auprès de la dépouille du procureur pour lui administrer les derniers sacrements. Mes bras et mes mains étaient endoloris et je ressentais d'étranges picotements dans le visage. Le brouhaha autour de moi me paraissait lointain, comme si un épais rideau me séparait de la foule. Je fermai les yeux et me frottai vigoureusement les lèvres, essayant d'effacer ce goût de mort.

Malgré la mort du procureur, la chasse au cerf du duc ne fut reportée que d'une semaine.

Le départ imminent de Jamie acheva de me déprimer. Je commençais juste à m'apercevoir à quel point le retrouver au dîner après une longue journée de travail m'emplissait de joie, tout comme le simple fait de l'entrevoir par hasard pendant la journée. Avec le temps, je dépendais de plus en plus de sa compagnie, solide et rassurante au sein des complexités politiques de la vie au château. En outre, pour être parfaitement honnête, je n'aspirais qu'à retrouver ses étreintes douces et chaudes dans notre lit, et à être réveillée par ses baisers joyeux le matin. Autant dire que j'appréhendais son départ.

Il me serra contre lui et j'enfouis ma tête sous son menton.

— Tu vas me manquer, Jamie.

Il me serra plus fort.

— Toi aussi, *Sassenach*. Je n'aurais jamais pensé avoir autant de mal à te quitter.

Il me caressa doucement le dos, traçant lentement le contour de mes vertèbres.

— Jamie... tu feras attention ?

— A qui, au duc ou au cheval ? plaisanta-t-il.

Il avait décidé de monter Donas pendant la chasse, ce qui m'angoissait au plus haut point. J'avais des visions de l'énorme bête s'élançant d'une falaise ou piétinant Jamie sous ses sabots furieux.

— Aux deux, répondis-je. Si tu te casses une jambe en tombant de cheval, tu seras à la merci du duc !

— C'est vrai, mais Dougal sera là pour me protéger.

— Tu parles ! Il te cassera l'autre jambe !

Il rit et se pencha pour m'embrasser.

— Je serai très prudent, *mo duinne*. Tu me promets d'en faire autant ?

— Oui. Tu veux parler de celui ou celle qui a caché le charme dans notre lit ?

Il redevint grave.

— Peut-être. Je ne pense pas que tu sois réellement en danger, sinon je ne te laisserais pas seule. Mais... on ne sait jamais. Oh ! et évite cette Geillis Duncan.

— Pourquoi ?

— On raconte partout que cette femme est une sorcière... et de nombreuses histoires circulent à son sujet depuis la mort de son mari. Je ne veux pas que tu t'approches d'elle, *Sassenach*.

— Tu crois vraiment que c'est une sorcière ?

Ses mains m'attirèrent à lui. Je l'enlaçai, me pressant contre son torse.

— Non, dit-il après une brève pause. Mais ce que je pense n'a pas d'importance. C'est ce que les autres croient dont tu dois te méfier. Alors, tu me le promets ?

Compte tenu de la scène qui s'était produite chez Geillis, je n'eus aucune réticence à lui jurer de ne pas la revoir en son absence. Je pressai mes lèvres contre le téton de Jamie et le titillai du bout de la langue. Il poussa un petit grognement de plaisir.

— Écarte les cuisses, me chuchota-t-il. Je veux être sûr que tu te souviendras de moi pendant mon absence.

Quelque temps plus tard, je me réveillai en sursaut, grelottant de froid. Cherchant à tâtons à mes côtés, je ne trouvai pas Jamie. Je me redressai sur un coude et le découvris assis sur un tabouret à mon chevet, l'édredon jeté sur ses épaules.

— Excuse-moi, chuchota-t-il. Je ne voulais pas te réveiller.

— Que se passe-t-il ? Que fais-tu debout ?

Il faisait encore noir, mais je pouvais distinguer son air penaud.

— Ce n'est rien... J'ai rêvé que tu t'étais perdue et que je n'arrivais pas à te retrouver. Ça m'a réveillé et... j'ai eu envie de te regarder, de fixer ton image dans ma mémoire... pour m'en souvenir quand je serai au loin. J'ai enlevé l'édredon. Excuse-moi, je ne voulais pas que tu aies froid.

— Ce n'est pas grave. Viens te coucher, tu dois être glacé.

La nuit était fraîche et silencieuse. On se serait crus seuls au monde.

Il se glissa à mes côtés et se blottit contre moi. Ses mains caressèrent ma nuque et mon dos.

— *Mo duinne*, je devrais plutôt dire *mo airgeadach*, mon argentée. La nuit, tes cheveux ont des reflets d'argent et ta peau est comme du velours blanc. *Calman geal*, ma colombe blanche.

Je me pressai contre lui, massant son sexe de ma cuisse. Je poussai un soupir de contentement en le sentant me pénétrer, dur et solide. Je cambrai les reins, il remua doucement, profondément. Je gémis et il ralentit.

— Je suis désolé, murmura-t-il. Je ne voulais pas te faire mal. Mais je veux être en toi et rester en toi, au plus profond. Je veux laisser en toi mon empreinte. Je veux rester en toi jusqu'à l'aube et partir en te laissant endormie.

Je m'écrasai contre lui.

— Tu ne me feras pas mal, l'assurai-je.

Après le départ de Jamie, je broyai du noir. Je soignais mes patients au dispensaire, travaillais dans les jardins et m'occupais l'esprit en furetant dans la bibliothèque de Colum, mais les journées me paraissaient interminables.

Il était parti depuis près de deux semaines quand je croisai Laoghaire dans le couloir qui menait aux cuisines. Depuis le jour où je l'avais aperçue sur le palier devant le bureau de Colum, je l'observais de temps à autre du coin de l'œil. Elle était rayonnante, mais on devinait chez elle une nette tension intérieure. Elle était distraite et lunatique, ce qui n'avait rien d'étonnant vu les circonstances.

Ce jour-là, elle semblait particulièrement énervée.

— Madame Fraser ! s'écria-t-elle. J'ai un message pour vous.

La veuve Duncan était souffrante et faisait demander si je pouvais venir la soigner.

J'hésitai, me rappelant les injonctions de Jamie, mais les forces conjuguées de la compassion et de l'ennui me firent prendre la route du village dans l'heure, ma sacoche de remèdes attachée à ma selle.

En arrivant, je trouvai la maison Duncan dans un état d'abandon. Le désordre régnait partout. Personne n'ayant répondu à mes coups sur la porte, j'entrai dans le vestibule désert puis dans le salon dont le sol était jonché de livres et de verres sales. Les coussins du sofa étaient sens dessus dessous et une épaisse couche de poussière recouvrait les meubles. Aucun serviteur ne répondit à mes appels et, lorsque j'entrai dans la cuisine, je la trouvai aussi déserte et sale que le reste de la maison.

De plus en plus inquiète, je montai au premier. Il n'y avait personne dans la chambre des maîtres, mais j'entendis un grattement dans la distillerie à l'étage au-dessus.

Poussant la porte, je découvris Geillis assise dans un fauteuil, les pieds sur le comptoir. Elle avait bu. Il y avait un verre et une carafe posés à côté d'elle et une forte odeur de whisky flottait dans la pièce.

Elle parut stupéfaite de me voir, mais parvint à se lever en souriant. Ses yeux avaient du mal à se fixer sur un point en particulier, mais elle m'avait l'air en parfaite santé.

— Que se passe-t-il ? demandai-je. Tu n'es pas malade ?

Elle eut un hoquet de surprise.

— Malade, moi, mais pas du tout ! Les domestiques sont tous partis et il n'y a rien à manger dans la maison. Mais il y a à boire. Je te sers un verre ?

Elle se dirigea en titubant vers le comptoir. Je la rattrapai par la manche.

— Mais... tu ne m'as pas fait demander ?

Elle ouvrit de grands yeux ronds.

— Moi ? Mais non.

— Alors pourquoi...

Un bruit au-dehors m'interrompit. C'était un grondement sourd et lointain. J'avais déjà entendu un brouhaha similaire, un jour où je me tenais dans cette même pièce. Mes paumes devinrent moites à l'idée de devoir faire face à la foule qui le générait.

J'essuyai mes mains sur ma jupe. Le grondement se rapprochait. Il n'était plus temps de poser des questions.

25

Au bûcher, les sorcières !

Devant moi, les épaules couvertes de toile grise s'écartèrent et laissèrent place à un gouffre noir. On me poussa brutalement dans le dos et je me sentis glisser dans le vide la tête la première. J'atterris au fond d'une sorte de fosse plongée dans l'obscurité et emplie de frémissements et de mouvements. Je poussai un cri et agitai les bras devant moi pour écarter les innombrables petites choses qui couraient sur mon corps avant de me cogner contre une masse plus grande. Celle-ci poussa un cri à son tour et répondit à mon coup par un autre coup.

Je parvins à rouler de côté mais un mètre plus loin je heurtai un mur, déclenchant une avalanche de poussière. Je me recroquevillai dans mon coin, tentant de reprendre mon souffle et mon calme, tendant l'oreille. Il y avait quelque chose de vivant dans ce noir, avec un souffle rauque.

— Qui est là ? demanda soudain une voix effrayée mais néanmoins forte. Claire, c'est toi ?

— Geillis ! m'écriai-je.

Je tendis les bras devant moi et rencontrai ses mains pareillement tendues. Nous nous serrâmes l'une contre l'autre, nous balançant légèrement dans le noir.

— Il y a quelqu'un d'autre ici à part nous ? demandai-je.

Loin au-dessus de nos têtes, on distinguait de faibles lueurs qui ne parvenaient pas jusqu'à nous. Lorsque mes yeux s'accoutumèrent à l'obscurité, je pus tout juste deviner le visage qui se dressait à ma hauteur.

Elle émit un petit rire nerveux.

— Quelques rats et autres vermines. Pouah ! Il y a une puanteur à vomir.

— Mais où nous sommes ?

— Dans le puits aux voleurs.

Il y eut un bruit de chaînes au-dessus de nos têtes, et

nous fûmes soudain aveuglées par un rayon de lumière. Je me plaquai contre la paroi, juste à temps pour éviter une pluie de boue et de détritus qui tombait du toit de notre prison. Un petit bruit sourd suivit le déluge. Geillis se pencha et ramassa un objet au sol. La trappe au-dessus de nous resta ouverte et je vis qu'elle tenait une miche de pain dur, pleine de boue. Elle l'essuya vigoureusement sur sa jupe.

— C'est le dîner, annonça-t-elle. Tu as faim ?

La trappe était toujours ouverte mais on ne voyait rien venir, à part de temps à autre un projectile lancé par un badaud. Il se mit à pleuvoir. Il faisait froid et humide. C'étaient sans doute les conditions idéales pour les mécréants à qui ce cachot était destiné : voleurs, blasphémateurs, adultères et... sorcières.

Geillis et moi nous blottîmes l'une contre l'autre pour nous tenir chaud. Nous ne parlions pas beaucoup. Nous n'avions pas grand-chose à dire, et encore moins à faire, si ce n'était prendre notre mal en patience.

Au-dessus de nous, le trou s'assombrit peu à peu à mesure que la nuit tombait. Puis ce fut de nouveau le noir complet.

— A ton avis, combien de temps ils vont nous garder ici ?

Geillis étira ses jambes.

— Pas trop longtemps. Ils doivent attendre les juges ecclésiastiques. Arthur a reçu des lettres le mois dernier annonçant leur visite pour la seconde semaine d'octobre. Ils ne devraient plus tarder.

— Parle-moi de ces examinateurs. Que va-t-il se passer ?

— Je n'en sais trop rien. Je n'ai jamais assisté à un procès de sorcières, mais j'en ai entendu parler, naturellement.

Elle marqua une pause avant de reprendre :

— Ils ne s'attendent pas à devoir tenir un procès. Ils viennent pour régler une affaire de terrains. Au moins, ils n'apporteront pas avec eux leurs piques à sorcières !

— Des piques à sorcières ?

— Les sorcières ne sentent pas la douleur, paraît-il, expliqua Geillis. Et elles ne saignent pas non plus.

Le piqueur de sorcière, équipé d'un arsenal d'aiguilles, de scalpels et autres outils tranchants, était chargé de tester cette résistance à la douleur. Je me souvenais vaguement d'avoir lu quelque chose à ce sujet dans un des livres de Frank. Mais je pensais que cette pratique s'était éteinte au XVIIe siècle. D'un autre côté, Cranesmuir n'était pas franchement à l'avant-garde du progrès.

— Dans ce cas, je regrette qu'ils n'en aient pas, soupirai-je. Nous serions vite disculpées. Enfin, je parle pour moi. Je suppose que, s'ils te transpercent le corps de part en part, il en sortira de l'eau glacée !

— Ne compte pas trop dessus ! J'ai entendu parler de piqueurs armés d'aiguilles spéciales qui se rétractent quand on les presse contre la peau.

— Mais pourquoi ? Pourquoi voudrait-on nous accuser de sorcellerie coûte que coûte ?

— Tu ne comprends donc toujours pas ? Ils veulent notre mort. Peu importent les chefs d'accusation ou les preuves. Quoi qu'il arrive, nous finirons sur le bûcher.

La nuit précédente, j'avais été trop impressionnée par la hargne de la foule et la misère de notre geôle pour me poser trop de questions. Je commençais tout juste à réagir.

— Mais pourquoi, Geillis ? Qu'est-ce qu'on leur a fait ?

Je devinai son haussement d'épaules.

— Si ça peut te consoler, tu n'étais sans doute pas prévue au programme. C'est une histoire entre Colum et moi. Tu as eu la malchance d'être là au mauvais moment. Si tu étais restée au château, il ne te serait sans doute rien arrivé, *Sassenach* ou pas.

Le terme de *Sassenach*, utilisé dans son sens le plus péjoratif, me fit soudain penser à l'homme qui m'appelait ainsi avec affection. J'enveloppai mes genoux de mes bras pour contenir le sentiment de panique et de solitude qui m'envahissait.

— Au fait, pourquoi es-tu venue chez moi ? demanda Geillis.

— Je croyais que tu m'avais demandé de venir. Une

68

des filles au château m'a transmis un message en m'affirmant qu'il venait de toi.

— Ah, je vois... Laoghaire, n'est-ce pas ?

Je reposai ma tête contre la paroi suintante et puante. Geillis se rapprocha de moi. Amies ou ennemies, nous n'avions que nos deux corps comme unique source de chaleur dans ce puits humide.

— Comment as-tu deviné que c'était Laoghaire ?

— C'est elle qui a glissé le charme sous ton oreiller. Je t'avais prévenue qu'un bon nombre de ces jeunes oies blanches te détestaient pour leur avoir enlevé le jeune rouquin sous le nez. Elle a sans doute pensé qu'une fois que tu serais éliminée, elle pourrait avoir une nouvelle chance avec lui.

J'en restai abasourdie.

— Mais... c'est une idée absurde !

Le rire de Geillis était éraillé par le froid et la soif.

— Il suffit de voir comment Jamie te regarde pour le deviner. Mais elle ne connaît pas encore la vie. A cet âge-là, on croit tout savoir ! Attends qu'elle ait connu quelques hommes et elle deviendra plus maligne.

— Ce n'est pas ce que je voulais dire ! Ce n'est pas Jamie qui l'intéresse. Elle attend un enfant de Dougal MacKenzie !

— Quoi ?

L'espace d'un instant, Geillis parut sincèrement choquée. Ses doigts s'enfoncèrent dans la chair de mon bras.

— Qu'est-ce qui te fait dire ça ? demanda-t-elle.

Je lui racontai avoir surpris Laoghaire sur le palier de Colum et lui rapportai mes conclusions.

Geillis se mit à rire.

— Ah, ce n'est que ça ! Elle aura entendu les frères MacKenzie parler de moi et elle a cru que Colum était au courant au sujet du charme. Elle risque de prendre une sérieuse raclée, car il a formellement interdit qu'on se livre à la sorcellerie au château.

— C'est *toi* qui lui as donné le charme ? demandai-je, interloquée.

Geillis se raidit.

— Je ne le lui ai pas donné, je lui ai vendu.

— Ça ne revient pas au même ?

— Bien sûr que non ! s'impatienta-t-elle. Il s'agit de

commerce, rien d'autre. Je ne trahis jamais les secrets d'un client. Et puis, elle ne m'a pas dit à qui elle le destinait. N'oublie pas que je t'avais mise en garde !

— Tu es trop bonne, répondis-je amèrement. Si elle a placé le mauvais sort sous mon oreiller, c'est qu'elle voulait vraiment récupérer Jamie. Ce qui explique qu'elle m'ait envoyée chez toi sous un faux prétexte. Mais alors, que vient faire Dougal dans cette histoire ?

Geillis hésita avant d'avouer :

— Cette fille n'est pas plus enceinte de Dougal que toi.

— Comment peux-tu en être si sûre ?

Elle chercha ma main dans le noir puis la posa sur son ventre.

— Parce que celle qu'il a engrossée, c'est moi, dit-elle simplement.

— Qu'a dit Colum au juste ? demanda plus tard Geillis. « Je veillerai à ce qu'on s'occupe d'elle. » Hum, je suppose que c'est sa façon de régler le problème.

Je restai silencieuse un long moment, passant en revue les événements des derniers jours.

— Dis-moi, Geillis, dis-je enfin, les maux d'estomac de ton mari...

— De l'arsenic blanc, soupira-t-elle. J'ai cru que ça l'achèverait avant que l'enfant ne devienne trop visible, mais il a tenu plus longtemps que je ne le pensais.

Je revis l'expression horrifiée d'Arthur Duncan lorsqu'il était ressorti du cabinet de toilette de sa femme, le jour de sa mort.

— Je vois. Il s'est aperçu que tu étais enceinte le jour du banquet du duc, quand il t'a vue à moitié dévêtue. Et... je suppose qu'il avait de bonnes raisons de savoir que l'enfant n'était pas de lui.

Un petit rire retentit dans le noir.

— Le salpêtre me coûtait la peau des fesses, mais ça en valait le coup.

Je frissonnai légèrement.

— C'est pour ça que tu as couru de risque de l'assassiner en public, pendant le banquet ? Autrement, il t'aurait dénoncée comme adultère... ou empoisonneuse. Tu crois qu'il avait compris au sujet de l'arsenic ?

— Oh oui, il savait. Il ne voulait pas le reconnaître, bien entendu, mais il savait. Je nous revois encore, assis l'un en face de l'autre à table le soir. « Encore un peu de liqueur, mon trésor ? » ou : « Je te ressers de la soupe d'orge, que j'ai faite moi-même ? » Il me regardait de ses yeux de merlan frit et il répondait non, prétextant qu'il n'avait pas d'appétit. Et plus tard, dans la nuit, je l'entendais redescendre à la cuisine pour se goinfrer à l'office, se croyant en sécurité parce qu'il ne mangeait pas des plats que je lui tendais.

Elle parlait d'une voix claire et amusée, comme si elle me rapportait les derniers potins locaux.

— Il n'a jamais deviné que c'était le tonique qu'il buvait. Il ne prenait aucun des remèdes que je lui préparais et faisait venir un tonique breveté de Londres. Ça lui coûtait une fortune ! Or, la préparation contenait déjà de l'arsenic, il n'a même pas remarqué la différence de goût après que j'en ai rajouté un peu.

J'avais entendu dire que la vanité était la plus grande faiblesse des assassins. Ce devait être vrai, car elle poursuivit, me racontant fièrement ce qu'elle avait accompli :

— C'était un peu risqué de le tuer devant tout le monde, mais il me fallait faire vite.

Je repensai aux lèvres bleues du procureur et à la légère paralysie des miennes après lui avoir fait du bouche-à-bouche. Pour tuer aussi vite, elle avait dû utiliser un poison bien plus fulgurant que l'arsenic.

Et moi qui avais cru que Dougal avait une liaison avec Laoghaire ! Mais dans ce cas, même si Colum désapprouvait la conduite de son frère, rien n'aurait empêché Dougal d'épouser la jeune fille. Il était veuf et donc libre.

Mais une liaison adultérine avec la femme du procureur ! C'était une autre paire de manches. Les peines pour adultère étaient très sévères. Colum pouvait difficilement étouffer une affaire de cette gravité. D'un autre côté, je le voyais mal condamner son frère à une flagellation publique ou au bannissement. Quant à Geillis, elle considérait sans doute que commettre un meurtre valait mieux que d'avoir le visage marqué au fer rouge ou de moisir en prison à broyer du chanvre douze heures par jour.

Aussi, à l'instar de Colum, elle avait pris des mesures préventives. Et moi, je me retrouvais coincée entre les deux.

— Mais l'enfant ? commençai-je. Tu as sûrement...

— Que veux-tu, les accidents arrivent, ma chère ! Au début, j'ai voulu m'en débarrasser, puis j'ai pensé que c'était peut-être le meilleur moyen de le forcer à m'épouser, une fois qu'Arthur serait mort.

Un terrible soupçon m'envahit.

— Mais la femme de Dougal était encore en vie, à l'époque. Ne me dis pas que c'est toi qui l'as...

— J'y ai pensé, mais Dieu m'a épargné cette peine. J'ai pensé que c'était un signe. Tout aurait fonctionné parfaitement, sans Colum MacKenzie.

— C'est Dougal que tu voulais, ou simplement sa position et son argent ?

— Oh, pour ce qui est de l'argent, je ne manque de rien, dit-elle avec une certaine satisfaction. Je savais où Arthur gardait les clefs du coffre dans lequel il rangeait tous ses papiers et ses billets. En contrefaisant sa signature, j'ai détourné près de dix mille livres au cours des deux dernières années.

— Mais pourquoi ?

— Pour la gloire de l'Écosse.

— Quoi ?

L'espace d'un instant, je crus avoir mal entendu. Puis je décidai que l'une d'entre nous ne tournait décidément pas rond. Vu les circonstances, tout portait à croire que c'était elle.

— Que veux-tu dire par la gloire de l'Écosse ?

Je m'écartai légèrement. Sa grossesse lui était peut-être montée à la tête.

— Tu n'as pas besoin d'avoir peur de moi, je ne suis pas folle.

Son ton cynique me fit rougir.

— Ah, non ? Tu viens toi-même de t'accuser de contrefaçon, de vol et de meurtre. Il vaut peut-être mieux que tu sois folle, autrement....

— Je ne suis ni folle ni dépravée. Je suis simplement une patriote.

Je compris soudain.

— Une jacobite !

Le mystère s'éclaircissait. Je comprenais mieux pourquoi Dougal, en apparence le loyal porte-parole de son frère, prenait sur lui de collecter des fonds au profit de la maison des Stuarts. Et pourquoi Geillis Duncan, une femme qui aurait pu mener n'importe quel homme devant l'autel, avait jeté son dévolu sur deux spécimens aussi dissemblables qu'Arthur Duncan et Dougal Mac-Kenzie. L'un pour son argent et sa position, l'autre pour son pouvoir de persuasion sur le petit peuple.

— Colum aurait été l'homme idéal, soupira-t-elle. Quel dommage ! Son malheur a fait le mien. C'est lui qu'il m'aurait fallu. Ensemble nous aurions pu.... bah, tant pis. C'était le seul homme que je voulais vraiment, et le seul que mes armes ne pouvaient atteindre.

— Alors tu t'es contentée de Dougal.

— Oui. Un homme fort et puissant, avec quelques biens et l'estime du peuple. Mais, en fait, il n'est jamais que les jambes et le sexe de Colum.

Elle gloussa légèrement.

— C'est Colum qui a la force. Presque autant que moi.

Son orgueil commençait à m'agacer.

— Tu oublies que Colum possède aussi quelque chose que tu n'as pas, tel que le sens de la compassion.

— Ah oui. Toute la pitié et la compassion du monde, c'est ça ? Qu'il se les garde ! Il lui reste deux ans à vivre, tout au plus.

— Et toi, combien de temps te reste-t-il à vivre ? demandai-je.

— Un peu moins, je suppose, répondit-elle sans faiblir. Peu importe. J'ai réalisé beaucoup de choses dans le temps qui m'était imparti. Dix mille livres ont été détournées vers la France. Toute la région est prête à accueillir le prince. A l'heure du soulèvement, si je suis encore de ce monde, je saurai que j'y ai contribué un peu.

Elle était assise juste sous la trappe de notre geôle. Mes yeux étaient assez accoutumés à l'obscurité pour discerner ses traits pâles. Elle se tourna brusquement vers moi.

— Quoi qu'il arrive désormais, Claire, je ne regrette rien.

— « Je ne regrette que d'avoir une seule vie à donner à ma patrie » ? citai-je avec ironie.

— Si tu veux.

Nous restâmes silencieuses un long moment. L'obscurité de notre cachot était presque palpable, pesant lourdement sur ma poitrine, imprégnant mes poumons de l'odeur de la mort. Je me recroquevillai, posant la tête sur mes genoux, et me laissai aller à une torpeur inconfortable, à mi-chemin entre le froid et la terreur sourde.

— Tu l'aimes vraiment, ton mari ? demanda soudain Geillis.

Je relevai la tête. J'ignorais l'heure qu'il était. Une étoile brillait faiblement dans la nuit, pas assez pour éclairer notre puits.

— Qui ça, Jamie ?

— Tu en as beaucoup d'autres ? En tout cas, c'est le nom que tu appelais dans ton sommeil.

— Je ne savais pas.

— Alors, tu l'aimes ?

Je serrai mes genoux contre moi, me balançant doucement d'avant en arrière. Les juges arriveraient sans doute d'ici un jour ou deux. Il était un peu tard pour tergiverser. Si j'avais encore du mal à admettre que j'étais en danger de mort, je commençais à comprendre l'instinct qui poussait les condamnés à vouloir se confesser la veille de leur exécution.

— Je veux dire l'aimer vraiment, insista Geillis. Je sais bien que tu as envie de lui et qu'il te le rend bien. Les hommes, ça ne pense qu'à ça. Mais l'aimes-tu sincèrement ?

— Oui, répondis-je avant de reposer ma tête sur mes genoux.

Je me tus, me laissant de nouveau envahir par la torpeur, puis je l'entendis marmonner comme en elle-même :

— Alors, c'est possible.

Les juges arrivèrent le lendemain. Depuis le fond de notre cachot, nous perçûmes l'excitation suscitée par leur entrée dans le village. Les villageois les acclamèrent sur leur passage, puis le martèlement des sabots s'estompa sur les pavés de la grand-rue tandis qu'ils s'éloignaient vers la place.

— Ils sont là, murmura Geillis.

Nous nous prîmes les mains pour nous redonner du courage, nos divergences soudain dissipées par la peur.

— Eh bien, dis-je en tentant de me montrer plus courageuse que je ne l'étais, mieux vaut sans doute brûler vive que mourir de froid.

En attendant, nous continuâmes à grelotter. Il fallut attendre le lendemain midi pour que la trappe de notre prison soit brutalement ouverte et qu'on nous hisse hors de notre puits.

Sans doute pour pouvoir accueillir la foule, le procès se tenait sur la place du village devant la maison Duncan. Je vis Geillis lancer un bref regard indifférent vers les croisées vertes de son salon, puis se détourner sans trahir la moindre émotion.

Les deux juges étaient assis sur des tabourets matelassés derrière une table installée sur la place. L'un d'eux était grand et maigre, l'autre petit et obèse. Ils me rappelaient les personnages d'une bande dessinée américaine. Ignorant leurs noms, je les baptisai mentalement Mutt et Jeff.

La plupart des villageois étaient là. En regardant autour de moi, j'aperçus bon nombre de mes anciens patients. En revanche, aucun des habitants du château n'était présent.

Ce fut John MacRae, l'homme à tout faire du village, qui lut d'une voix ferme les chefs d'accusation pesant sur les personnes de Geillis Duncan et de Claire Fraser :

— « Seront présentées devant la cour les preuves que lesdites accusées se sont rendues coupables du crime de meurtre par sorcellerie du sieur Arthur Duncan et de l'enfant de Janet Robinson ; du sabotage de la barque de Thomas MacKenzie ; de la propagation d'une maladie des entrailles au sein de la communauté de Cranesmuir...

La liste était longue. Colum n'y était pas allé de main morte.

Après cette lecture édifiante, on fit s'avancer les témoins. La plupart étaient des villageois que je ne connaissais pas. Je fus soulagée de constater qu'aucun de mes ex-patients n'en faisait partie.

Les témoignages étaient pour la plupart absurdes. Bon nombre de témoins avaient manifestement été soudoyés pour venir raconter des inepties devant la cour. Toutefois, certaines des dépositions présentaient d'indubitables accents de vérité. La jeune Janet Robinson, par exemple, fut traînée devant les juges par son père, pâle et tremblante, un gros bleu sur la joue, pour avouer qu'elle avait été fécondée par un homme marié et avait cherché à se débarrasser de l'enfant par l'intermédiaire de Geillis Duncan.

— Elle m'a donné un philtre à boire et une formule magique à répéter trois fois au lever de la lune, sanglota-t-elle.

Son regard terrifié allait sans cesse de son père à Geillis. Elle se demandait manifestement lequel des deux était le plus dangereux.

— Elle m'a dit que ça ferait revenir mon sang.

— Et ? demanda Jeff, intéressé.

— La première fois, ça n'a pas marché, Votre Honneur. Mais j'ai recommencé au coucher de la lune, et là, mon sang est revenu.

— Revenu ! s'exclama une vieille qui devait être sa mère. Votre Honneur, la pauvre enfant s'est presque vidée de tout son sang ! Ce n'est que parce qu'elle s'est crue à l'article de la mort qu'elle nous a tout avoué !

Mme Robinson se lança alors dans une longue explication où aucun détail, même les plus scabreux, ne nous fut épargné. Les juges eurent toutes les peines du monde à la faire taire pour laisser place au témoin suivant.

Jusque-là, personne ne semblait avoir rien de particulier à me reprocher. Seul le fait que j'aie assisté à l'agonie d'Arthur et posé les mains sur lui me désignait comme en partie responsable de sa mort. Je commençais à penser que Geillis avait raison. Je n'étais pas la cible de Colum. Cela signifiait peut-être que je pourrais m'en sortir. C'est du moins ce que j'espérais, jusqu'à ce qu'apparaisse la femme de la colline.

— Avez-vous une accusation à porter à l'encontre de l'une des femmes ici présentes ? demanda le grand juge.

La petite femme voûtée, enveloppée dans un châle jaune, roulait des yeux apeurés. Elle n'osait pas regarder les juges et se tortillait sur ses jambes au milieu de la place. Elle hocha la tête brièvement et la foule se tut pour l'écouter.

Elle parla d'une voix si basse que Mutt dut lui demander de répéter.

Quelques mois plus tôt, elle avait accouché d'un bel enfant mâle en bonne santé. Toutefois, celui-ci était rapidement devenu chétif et jaunâtre. Déduisant qu'il s'agissait non de son propre enfant, mais d'un substitut déposé par les fées, son mari et elle l'avaient conduit au sommet de la colline de Croich Gorm. Puis, tapis dans le sous-bois, ils avaient attendu que les esprits viennent rechercher le petit et leur rendre le leur. C'est là qu'ils avaient vu les deux dames ici présentes prendre l'enfant dans leurs bras et réciter d'étranges incantations.

La pauvre femme se tordait les mains sous son tablier.

— Nous avons attendu longtemps, messieurs les juges. Puis, à la nuit tombée, est arrivé un grand démon, une gigantesque ombre noire surgie des ténèbres sans le moindre bruit. Il s'est penché au-dessus de l'endroit où on avait déposé l'enfant.

Un murmure épouvanté parcourut l'assemblée. Je sentis les cheveux se hérisser sur ma nuque, même si je savais que le « grand démon » en question n'était autre que Jamie venu vérifier si l'enfant était encore en vie. Je serrai les dents, me demandant ce qui allait suivre.

— Enfin, au lever du soleil, mon homme et moi, on est allés voir. Et là, on a trouvé l'enfant des fées mort, mais pas une trace de notre petit.

Elle s'effondra en sanglots en se cachant le visage dans son tablier.

Comme si le témoignage de la mère avait été une sorte de signal, la foule s'écarta pour laisser passer Peter, le conducteur de chariot. Lors du témoignage de la malheureuse, j'avais nettement senti l'hostilité de l'assemblée à mon égard. Il ne me manquait plus que ce grand imbécile vienne raconter à la cour la scène au bord du loch !

Appréciant son heure de gloire, le conducteur se redressa fièrement et, d'un geste théâtral, pointa le doigt vers moi.

— Ô combien vous avez raison de l'appeler sorcière, seigneurs ! J'ai vu, de mes propres yeux, cette ensorceleuse invoquer un cheval des eaux hors du loch maudit pour lui donner ses ordres ! Une créature monstrueuse, grande comme un sapin, avec un cou de serpent bleu, des yeux gros comme des pommes, et un regard de voleur d'âmes !

Les juges semblèrent impressionnés et échangèrent des conciliabules pendant quelques minutes tandis que Peter me toisait d'un air triomphant.

Enfin, le gros juge fit un signe impérieux à John MacRae qui attendait, légèrement en retrait.

— Emmenez cet homme et attachez-le au pilori pour état d'ébriété sur la voie publique. Ceci est une cour de justice. Nous n'avons pas de temps à perdre avec des ivrognes en proie aux hallucinations. Un cheval des eaux ! Peuh ! Pour qui nous prend-on ?

Peter en resta tellement abasourdi qu'il se laissa emmener par John MacRae sans protester. La bouche grande ouverte, il me lançait des regards incrédules. Je ne pus m'empêcher de lui adresser un petit salut d'adieu.

Malheureusement, après ce bref entracte, la séance reprit de plus belle et les choses se gâtèrent sérieusement. Il y eut une procession de jeunes filles et de femmes venues jurer s'être procuré des charmes et des filtres auprès de Geillis Duncan dans le but avoué de provoquer la maladie, de se débarrasser d'un enfant indésirable et d'ensorceler un homme. Toutes sans exception affirmèrent que les sorts avaient marché, une belle publicité pour la praticienne, pensai-je avec cynisme. Bien que personne ne puisse raconter la même chose sur moi, des témoins déclarèrent m'avoir vue à plusieurs reprises dans la distillerie de Mme Duncan, à préparer des remèdes et à broyer des plantes, ce qui était vrai.

Jusque-là, rien qui pût m'être fatal. Il y eut également un certain nombre de gens pour dire que je les avais guéris de leurs maux en n'utilisant rien d'autre que des remèdes traditionnels et sans sortilèges ou autres formules magiques. Vu le pouvoir de l'opinion publique, il fallait un certain courage pour s'avancer seul et témoigner à ma décharge.

J'étais restée debout si longtemps que j'en avais mal aux pieds. Si les juges avaient droit à un relatif confort, les accusées, elles, devaient rester plantées devant tout le monde. Toutefois, lorsque le témoin suivant apparut, j'en oubliai mes pieds.

Avec un sens inné de la scène qui rivalisait avec celui de Colum, le père Bain fit irruption hors de son église en laissant les portes grandes ouvertes. Il s'avança sur la place, boitant fortement, se soutenant sur une béquille en bois. Une fois au cœur de la place, il s'inclina devant les juges puis se tourna vers le public, balayant la foule de son regard d'acier jusqu'à ce qu'il ait obtenu le silence complet. Satisfait, il s'écria d'une voix cinglante :

— C'est vous-mêmes qui êtes jugés, gens de Cranesmuir ! « Et devant lui marchait la pestilence, et des charbons ardents se consumaient sous ses pieds ! » Oui ! Vous vous êtes détournés du chemin de la vérité ! Vous avez semé le vent, et vous voilà pris dans la tornade !

J'ignorais qu'il avait de tels dons d'orateur. Ou peut-être n'était-il capable de ces envolées lyriques que sous l'effet de ses crises de goutte. Sa voix tonna de nouveau :

— La pestilence sera bientôt sur vous et vous succomberez sous le poids de vos péchés, à moins de purifier vos âmes ! Vous avez accueilli la grande putain de Babylone en votre sein. (Je supposais qu'il faisait allusion à moi, car il me lança un regard noir au même moment.) Vous avez vendu vos âmes à l'ennemi et serré dans vos bras la vipère anglaise. A présent, préparez-vous à essuyer la vengeance du Seigneur ! Délivrez-vous de l'étrangère, et même de l'étranger qui la flatte par de douces paroles. Car sa demeure est l'enfer et ses chemins conduisent à la mort. Repentez-vous, gens de Cranesmuir, avant qu'il ne soit trop tard ! Tombez à genoux et priez qu'Il vous pardonne ! Débarrassez-vous de la catin anglaise et renoncez à votre infâme commerce avec les suppôts de Satan !

Il arracha le rosaire pendu à sa ceinture et brandit le crucifix devant moi.

Tout cela était fort amusant, mais je voyais Mutt commencer à s'agiter sur son tabouret. Ce devait être la jalousie professionnelle.

— Euh, révérend, appela-t-il. Avez-vous des preuves de la culpabilité de ces deux femmes ?

— Oui, Votre Honneur.

Une fois sa première explosion oratoire éteinte, il redevint plus calme. Il pointa un doigt menaçant dans ma direction et je dus me retenir de ne pas faire un pas en arrière.

— A midi, un mardi, il y a deux semaines, j'ai rencontré cette femme dans les jardins de Leoch. En usant de pouvoirs surnaturels, elle a fait surgir une meute de chiens enragés tout droit de l'enfer. Elle leur a ordonné de me poursuivre, si bien que je suis tombé à terre devant eux, en péril de mort. Bien que grièvement blessé à la jambe, j'ai voulu fuir sa présence. Cette abjecte succube a alors tenté de m'attirer dans son antre de pécheresse afin de souiller mon corps de ses attouchements obscènes. Lorsque j'ai résisté, elle m'a jeté un mauvais sort !

— C'est ridicule ! m'indignai-je. Vous déformez mes propos.

— Démens-tu, pécheresse, avoir prononcé les paroles suivantes : « Venez avec moi, mon père, ou vos plaies vont s'infecter et devenir putrides » ?

— En effet, j'ai dû dire quelque chose comme ça, convins-je.

— Ah !

Le prêtre écarta les pans de sa soutane. Un chiffon souillé de sang et imbibé de pus jaunâtre ceignait sa cuisse. Au-dessus et au-dessous, la chair pâle était gonflée, avec des raies rougeâtres qui irradiaient de sous le tissu.

— Bon sang ! m'exclamai-je. Je vous l'avais bien dit : la plaie s'est infectée. Vous êtes content, maintenant ? Si vous ne la traitez pas au plus tôt, vous allez en mourir !

Un murmure choqué se répandit dans la foule. Même Mutt et Jeff semblaient surpris.

Le père Bain secoua lentement la tête.

— Vous l'avez entendue ? L'audace de cette femme ne connaît pas de bornes. Elle me jette un sort de mort, à moi, un homme de Dieu, devant un tribunal de l'Église !

Le grondement de la foule s'intensifia. Le père Bain dut hausser la voix pour se faire entendre :

— Je vous laisse, messieurs, devant vos responsabili-

tés, mais n'oubliez pas l'injonction de Notre-Seigneur :
« Qui vend son âme au diable doit être purifié par le
feu ! »

La prestation spectaculaire du père Bain clôtura les
témoignages. Manifestement, personne ne pouvait riva-
liser avec lui. Les juges annoncèrent une courte pause
et se firent servir des rafraîchissements dans l'auberge.
Pendant ce temps, nous attendîmes sur la place.

J'en profitai pour tester les liens qui attachaient mes
poignets. Le cuir des lanières crissa légèrement, mais
tint bon. C'est sans doute le moment où arrive le jeune
héros, pensai-je en tentant de me calmer, fendant la
foule sur son destrier blanc, saisissant au vol l'héroïne
en pâmoison et l'emportant, assise devant lui sur sa
selle.

Hélas, mon jeune héros était en ce moment même
perdu dans les bois, repoussant les avances d'un noble
hors d'âge et massacrant des cerfs innocents. Jamie ne
serait probablement même pas de retour à temps pour
recueillir mes cendres et les disperser au vent.

Trop absorbée par mes sombres pensées, je n'entendis pas tout de suite les claquements de sabots sur le
pavé. Ce furent les murmures de la foule et les têtes qui
se tournaient vers l'entrée du village qui attirèrent enfin
mon attention.

Les exclamations de surprise s'intensifièrent et la
foule s'écarta pour laisser passer le cavalier, que je ne
voyais toujours pas. L'espace d'un instant, je me repris
à espérer follement. Et si Jamie était quand même revenu ? Les avances du duc s'étaient peut-être faites trop
pressantes, ou le cerf trop rare. Je me hissai sur la
pointe des pieds pour tenter d'apercevoir le visage du
nouveau venu.

Les derniers villageois s'effacèrent en maugréant. Le
cheval, un grand bai, glissa ses naseaux entre deux pai-
res d'épaules. Sous le regard ébahi de tous, y compris
le mien, Ned Gowan sauta prestement à terre.

Jeff écarquilla des yeux ronds devant le petit homme
frêle.

— Et qui êtes-vous, monsieur ? demanda-t-il en se
trémoussant sur son tabouret, impressionné par les

souliers à boucles d'argent et le manteau de velours de l'intrus.

Être au service du clan MacKenzie avait certainement quelques avantages.

— Je me nomme Ned Gowan, Vos Seigneuries, répondit-il. Défenseur de la loi.

Mutt rentra les épaules, son grand corps mal à l'aise sur le petit tabouret branlant. Je le fixai durement, lui souhaitant une hernie discale. Si je devais être brûlée vive pour avoir le mauvais œil, autant que je meure pour quelque chose.

— Défenseur de la loi ? grogna-t-il. Et que nous vaut l'honneur...

La perruque grise de Ned Gowan s'inclina gracieusement.

— Je suis venu offrir mes humbles services à Mme Fraser, Vos Seigneuries. Une dame dont je peux attester l'intégrité. Qui est aussi généreuse et bénéfique dans l'administration de ses soins qu'elle est cultivée dans l'art de la santé.

Bravo ! pensai-je. Un bon point pour la défense. Je vis Geillis esquisser un demi-sourire, mi-admiratif mi-ironique. Si Ned Gowan ne correspondait pas tout à fait à l'image qu'on se faisait du Prince Charmant, je n'allais pas me montrer tatillonne en la matière. Je prendrais mes défenseurs comme ils se présenteraient.

Après une autre révérence vers les juges et une troisième, non moins formelle, vers moi, maître Gowan se redressa, coinça ses pouces sous sa ceinture et, son cœur romantique et galant prêt à livrer une dure bataille, il se lança dans la mêlée en usant de la meilleure arme de la loi, à savoir l'ennui mortel.

Et pour être ennuyeux, il l'était. Avec l'impitoyable précision d'une broyeuse mécanique, il reprit un à un les chefs d'accusation et les passa à la moulinette du statut et de la cause du précédent.

Ce fut une noble prestation. Il parla, parla et parla encore, ne s'interrompant que pour laisser respectueusement les juges respirer avant de replonger aussitôt dans un nouvel assaut de logorrhée.

Étant donné que ma vie était en jeu et que mon avenir dépendait entièrement de l'éloquence de ce petit homme chétif, j'aurais dû littéralement boire ses paroles. Pourtant, je ne pus réprimer un bâillement. Je me balançais d'un pied sur l'autre pour soulager mes jambes douloureuses, en venant presque à souhaiter qu'on me brûle tout de suite pour mettre un terme à cette torture.

La foule semblait être du même avis et l'excitation survoltée du matin avait cédé la place à la lassitude. La petite voix aigrelette de maître Gowan résonnait sur la place en un refrain lancinant, et les badauds commençaient un à un à rentrer chez eux, se rappelant soudain qu'ils avaient des bêtes à traire ou des parquets à cirer, sûrs que rien d'intéressant ne pourrait survenir tant que la voix mortelle poursuivrait sa litanie.

Lorsque Ned Gowan eut terminé sa première présentation, le soir était tombé et le petit juge gras annonça que la séance était levée jusqu'au lendemain matin.

Après un bref conciliabule entre Ned Gowan, Jeff et John MacRae, on me conduisit vers l'auberge, encadrée par deux grands villageois. Jetant un regard par-dessus mon épaule, j'aperçus Geillis entraînée dans la direction opposée, le dos droit, refusant de se laisser presser.

Dans l'arrière-salle de l'auberge, on dénoua enfin mes poignets et on apporta une chandelle. Ned Gowan apparut quelques minutes plus tard, portant un verre de bière et un plateau de viande avec du pain.

— Je n'ai pu leur arracher que quelques minutes avec vous, ma chère, alors écoutez-moi attentivement.

Il se pencha vers moi d'un air de conspirateur. Ses yeux brillaient et, hormis le fait que sa perruque était légèrement de guingois, il ne semblait pas fatigué le moins du monde.

— Oh, monsieur Gowan, que je suis contente de vous voir ! m'exclamai-je.

— Oui, oui, ma chère, mais nous verrons cela plus tard.

Il me tapota gentiment la main.

— J'ai réussi à les convaincre d'examiner votre cas indépendamment de celui de Mme Duncan, ce qui est un point positif. Il semblerait qu'initialement, il n'était pas prévu de vous juger, mais que vous avez été arrêtée du fait de vos liens avec cette s... avec Mme Duncan. Toutefois, reprit-il, je ne vous cacherai pas que vous n'êtes pas sortie d'affaire. L'opinion du village vous est franchement hostile. Mais pourquoi diable avez-vous touché à cet enfant ? s'échauffa-t-il soudain.

J'ouvris la bouche pour répondre, mais il me fit taire d'un geste de la main.

— Bon, peu importe à présent. Il nous faut jouer sur le fait que vous êtes anglaise, d'où votre ignorance des us et coutumes de la région... sans pour autant insister sur votre étrangeté. Il faut faire traîner les choses le plus longtemps possible. Le temps est de notre côté. Ces procès tournent facilement à la boucherie quand ils sont jugés dans le feu de l'action, car il faut satisfaire la soif de sang de ces gens.

La soif de sang. C'était exactement le sentiment que m'avaient inspiré les visages de la foule. Ici et là, j'avais bien vu des expressions de doute ou de sympathie, mais il fallait un caractère bien trempé pour oser se démarquer de la masse et Cranesmuir m'en paraissait dépourvu. A une exception près... ce petit avocat d'Édimbourg, sec comme une branche de bois mort mais aussi tenace que sa vieille sacoche de cuir à laquelle il ressemblait tant.

— Plus nous ferons durer les choses, moins ils seront enclins à prendre des mesures expéditives, aussi vous devez vous contenter de rester silencieuse. Je m'occupe de leur parler. Et priez le ciel que je sois entendu.

— Vous avez toute ma confiance, dis-je en tentant un sourire.

Un bruit à la porte me fit sursauter. J'entendis des voix de l'autre côté. Suivant mon regard, M. Gowan hocha la tête.

— Je vais devoir vous quitter momentanément. Je me suis arrangé pour que vous puissiez passer la nuit ici.

Il regarda autour de lui. Nous étions dans une petite remise attenante à l'auberge où on rangeait des provisions et du matériel divers. Il y faisait froid et noir mais c'était une nette amélioration par rapport au puits aux voleurs.

La porte s'ouvrit et l'aubergiste apparut, une chandelle à la main. Ned Gowan se leva pour partir, mais je le retins par la manche. Il y avait une chose que je devais savoir.

— Maître... c'est Colum qui vous a envoyé ?

— Non.

Son visage ridé semblait gêné.

— Je suis venu... de mon propre chef.

Il remit son chapeau et se tourna vers la porte après m'avoir saluée brièvement.

Ma nouvelle geôle était sommaire, mais il y avait néanmoins une petite carafe de vin et une miche de pain, propre cette fois, posées sur un fût. Une vieille couverture était roulée sur le sol.

Je m'enveloppai dans la couverture et m'assis sur un petit tonneau pour dîner de mon repas frugal.

Ainsi, ce n'était pas Colum qui avait envoyé le petit avocat. Savait-il seulement que Ned Gowan était venu à mon secours ? Il avait sans doute interdit aux habitants du château de descendre au village, craignant qu'ils ne soient happés par la chasse aux sorcières. Le vent de peur et d'hystérie qui soufflait sur Cranesmuir était palpable, je le sentais presque battre contre les cloisons de mon piteux abri.

Un éclat de voix dans la pièce d'à côté attira mon attention. Le compte à rebours avant mon exécution avait peut-être déjà commencé. Mais même quelques heures avant la mort, un peu de sommeil serait le bienvenu. Je me blottis sous ma couverture pour étouffer les bruits du dehors et essayai fortement de n'éprouver rien d'autre que de la gratitude.

Après une nuit passablement agitée, on me réveilla peu après l'aube pour me traîner à nouveau sur la place, où il fallut attendre une bonne heure avant que les juges daignent se montrer.

Frais et dispos après un bon petit déjeuner, ils se mirent immédiatement au travail. Jeff se tourna vers John MacRae qui avait repris son poste derrière les accusés.

— Faute de preuves tangibles, nous sommes dans l'impossibilité de trancher, annonça-t-il.

La foule émit un grondement scandalisé. Jeff se haussa sur son tabouret et balaya l'assistance d'un regard autoritaire.

— Conduisez les accusées au bord du loch ! tonna-t-il.

Quelques interjections fusant ici et là éveillèrent mes

pires soupçons. John MacRae saisit Geillis et moi, chacune par un bras, et nous poussa devant lui. Les villageois s'en mêlèrent. Des mains rageuses arrachaient des fragments de ma jupe, me pinçant et me poussant. Un sombre crétin caché quelque part avait sorti un tambour et battait un roulement désordonné. La foule entonna un chant dont je ne saisis pas les paroles au milieu des cris. C'était sans doute mieux ainsi.

La procession traversa le pré jusqu'à la rive du loch où un ponton avançait sur l'eau. On nous poussa jusqu'au bout de ce dernier et nos juges prirent place avec leurs tabourets sur la berge tandis que John MacRae faisait reculer la foule.

— Apportez des cordes ! cria-t-il.

Quelqu'un se précipita avec une corde. MacRae s'en empara et s'approcha de moi d'un pas hésitant. Il lança un regard incertain vers les juges dont la mine sévère sembla le rassurer.

— Ayez l'amabilité d'ôter vos souliers et vos vêtements, madame, ordonna-t-il.

— Et peut-on savoir pour quoi faire ? rétorquai-je, croisant les bras.

Il sursauta, ne s'étant manifestement pas attendu à la moindre résistance de ma part.

— C'est la procédure d'usage pour l'épreuve de l'eau. Les suspects doivent avoir le pouce droit attaché au gros orteil gauche avec une corde de chanvre. De même, le pouce gauche sera attaché au gros orteil droit. Puis...

Il lança un regard éloquent vers les eaux noires du loch. Deux pêcheurs se tenaient pieds nus dans la vase, les pantalons retroussés jusqu'aux mollets. Avec un grand sourire, l'un d'eux saisit une pierre et la lança au loin sur la surface argentée. Elle fit ricochet puis coula à pic.

— Plongée dans l'eau, expliqua le petit juge, une sorcière remonte à la surface, car la pureté du loch rejette son âme souillée. Une femme innocente, elle, reste au fond.

— Si j'ai bien compris, j'ai le choix entre me laisser brûler vive comme sorcière ou prouver mon innocence en me noyant, c'est bien ça ? m'énervai-je. Eh bien, n'y comptez pas !

Je claquai mon talon sur le ponton.

Le petit juge se redressa comme un crapaud menacé.

— Vous n'avez pas le droit de vous adresser à cette cour sans autorisation, femme ! Vous osez entraver l'exercice de la loi de l'Église ?

— Vous voulez dire que je refuse de me laisser noyer ? Un peu, oui !

Je surpris trop tard les grimaces de Geillis qui agitait frénétiquement la tête.

Le juge se tourna vers MacRae.

— Déshabillez-la et ligotez-la.

J'entendis un soupir collectif sur la rive, l'expression non pas d'une perplexité outrée mais d'une joie non dissimulée. Je compris alors ce que signifiait la haine, pas la leur, la mienne.

N'ayant plus grand-chose à perdre, je décidai au moins de ne pas leur faciliter la tâche. Des mains rugueuses s'abattirent sur moi, tirant sur mon justaucorps.

— Lâche-moi, sale pouilleux ! m'écriai-je en envoyant un grand coup de pied dans l'entrejambe de l'un des hommes qui tentaient d'arracher mes vêtements.

La douleur le plia en deux mais son corps disparut aussitôt sous une avalanche de visages grimaçants, hurlants et vociférants. D'autres mains me saisirent et me poussèrent violemment en avant, me soulevant à demi au-dessus de la mêlée des corps qui se bousculaient pour ne rien perdre de la curée.

Quelqu'un me frappa au ventre et j'en perdis le souffle. Mon corselet était virtuellement en lambeaux et le reste fut arraché sans grande difficulté. Je n'ai jamais été d'une pruderie excessive, mais me retrouver à moitié nue devant une foule me criant des insultes, avec des mains moites m'écrasant les seins, me remplit d'une humiliation et d'une haine que je n'aurais pu imaginer auparavant.

John MacRae me noua les poignets, laissant une longueur de plusieurs mètres. Il eut la décence de paraître gêné et évitait de croiser mon regard, mais il était clair que je ne devais attendre aucune indulgence de sa part : il était autant à la merci de la foule que moi.

Geillis n'était pas loin, subissant sans doute le même sort. J'aperçus sa chevelure dorée. MacRae lança la corde par-dessus une branche et je me sentis tirée vers le haut, les bras tendus au-dessus de la tête. Je serrai les dents et me raccrochai à ma fureur, la seule chose qui me permettait encore de maîtriser ma peur. Derrière moi, j'entendais les clameurs de la foule :

— Allez, John ! Tire sur la corde et fais-lui sentir le cuir de ton fouet !

Sensible à la théâtralité de sa profession, John MacRae marqua une pause et s'inclina devant le public. Puis il s'approcha de moi pour ajuster ma position de sorte que je sois face au tronc d'arbre, mon visage frôlant l'écorce. Puis il recula de deux pas, brandit son fouet et l'abattit sur moi.

Le choc surpassa la douleur. Ce n'est qu'après plusieurs coups que je me rendis compte que MacRae faisait de son mieux pour m'éviter le pire. Toutefois, un ou deux coups avaient suffi à fendre la peau.

Je fermai les yeux, la joue écrasée contre l'écorce, essayant de toutes mes forces de me convaincre que j'étais ailleurs. Soudain, une voix me rappela immédiatement à la douloureuse réalité.

— Claire !

La corde se détendit légèrement, juste assez pour me permettre de me retourner. MacRae eut un mouvement de surprise, recula d'un pas, trébucha contre une racine, et tomba à la renverse, atterrissant sur les fesses, le bras toujours levé. La foule exulta, se mettant aussitôt à le huer et à lui lancer des mottes de terre.

Mes cheveux me tombaient devant les yeux, me collant au visage avec la transpiration, les larmes et la crasse accumulée au cours de ma captivité. Secouant la tête, je parvins à entrevoir entre deux mèches celui que mes oreilles avaient déjà reconnu.

Jamie se frayait un passage dans la foule, le visage décomposé par la fureur, poussant sans ménagement ceux qui se trouvaient sur son chemin.

Je me sentis comme le général MacAuliffe à Bastogne, apercevant au loin la IIIe armée de Patton. En dépit de la terrible menace qui pesait sur nous, jamais l'apparition inopinée de quelqu'un ne m'avait rendue aussi heureuse.

— L'homme de la sorcière ! C'est son mari ! Saleté

de Fraser ! Vendu ! s'écriait-on ici et là. Saisissez-le ! Brûlez-le ! Brûlez-les tous !

L'hystérie de la foule, momentanément suspendue par l'accident du bourreau, redoubla d'ardeur.

Les deux assistants de MacRae bondirent sur Jamie et l'immobilisèrent. Un homme pendu à chaque bras, il parvint à diriger sa main vers sa ceinture. Croyant qu'il allait dégainer sa dague, l'un des hommes lui assena un grand coup de poing dans le ventre.

Jamie encaissa le coup, puis se redressa et écrasa le nez de celui qui l'avait frappé d'un coup de coude. Un bras ainsi libéré, il plongea la main dans son *sporran*, leva le bras et approcha tant bien que mal de moi :

— Claire ! Ne bouge pas !

J'aurais difficilement pu bouger de toute façon. Je sentis quelque chose me glisser sur les joues et aperçus les perles noires du rosaire de jais tombant sur mes épaules, le crucifix se balançant entre mes seins nus.

Les visages des premières rangées me regardèrent avec une expression de stupeur horrifiée. Leur silence soudain se propagea à ceux qui se tenaient derrière, et les rugissements de la foule s'éteignirent progressivement. La voix de Jamie retentit :

— Détachez-la !

Personne ne bougea.

— J'ai dit : détachez-la !

MacRae, extirpé de sa transe par la vision apocalyptique du diable roux qui se tenait devant lui, se secoua et trancha la corde d'un coup de couteau. La tension dans mes bras se relâcha brusquement. Je chancelai et serais certainement tombée si une main puissante et familière ne m'avait rattrapée de justesse par le coude et remise d'aplomb. Je me retrouvai le nez contre la poitrine de Jamie, et j'oubliai provisoirement mon angoisse pour me repaître de cette sensation de bonheur.

Je dus sans doute perdre connaissance quelques instants, ou peut-être fut-ce l'effet de l'immense soulagement qui m'avait envahie. Quand je revins à moi, le bras de Jamie ceignait ma taille et son plaid avait été jeté sur mes épaules, cachant ma nudité aux yeux des villageois. Un brouhaha s'élevait autour de nous, mais ce n'étaient plus les cris hystériques de la foule réclamant le sang.

La voix de Jeff — ou était-ce Mutt ? — retentit au-dessus de la confusion.

— Qui êtes-vous ? De quel droit osez-vous vous interposer dans l'exercice de la justice ?

Je sentais plus que je ne voyais la foule se presser vers nous. Jamie était fort, mais il était seul contre la multitude. Je me blottis contre lui. Son bras gauche se resserra sur moi tandis que sa main droite se posait sur la garde de son épée. La lame jaillit hors de son fourreau avec un chuintement métallique qui arrêta net tous ceux qui s'approchaient de trop près.

Toutefois, cela ne suffit pas à impressionner les juges. Entre les plis de mon plaid, je pouvais voir Jeff fusiller Jamie du regard. Mutt semblait plus perplexe qu'agacé par cette soudaine intrusion.

— Vous osez brandir une arme contre des représentants de la justice divine ? vociféra le petit juge gras.

— Je la brandis pour défendre cette femme et la vérité. Que ceux qui s'y opposent avancent et ils en découdront avant d'aller en répondre devant Dieu.

Le juge était scandalisé.

— Vous n'avez rien à faire devant cette cour, monsieur ! J'exige que vous vous rendiez immédiatement. Vous serez jugé en temps et heure !

Jamie avait beau paraître sûr de lui, je sentais son cœur battre à toute allure.

— J'ai juré devant Dieu de protéger cette femme. Vous considérez sans doute votre autorité supérieure à celle de Notre-Seigneur ?

Le silence qui suivit fut entrecoupé par quelques ricanements nerveux ici et là. D'une main sur mon épaule, Jamie me fit tourner face à la foule. Je ne pouvais supporter de regarder dans les yeux tous ces gens qui, quelques minutes auparavant, réclamaient ma mort à cor et à cri, mais je savais qu'il le fallait. Je redressai le menton et fixai mon regard sur un point derrière les visages, une petite embarcation au milieu du loch.

Jamie ôta doucement le plaid, l'abaissant jusqu'à dévoiler mes épaules. Il prit le rosaire entre ses doigts.

— Le jais n'est-il pas supposé brûler la peau des sorcières ? demanda-t-il aux juges. Et que dire de la croix de Notre-Seigneur Jésus-Christ ? Regardez donc !

Il souleva les perles. Ma peau était blanche, intacte. Un murmure estomaqué parcourut la foule.

Colum MacKenzie avait bien raison de craindre Jamie. Outre son courage et sa présence d'esprit, il avait hérité de son sens de la mise en scène. Craignant que je ne dévoile qu'il n'était pas le véritable père de Hamish, Colum avait espéré se débarrasser de moi. C'était compréhensible, mais pas pardonnable.

La foule hésitait. L'hystérie s'était dissipée, mais pouvait encore resurgir comme un ressac pour nous engloutir. Jeff et Mutt échangèrent un regard incertain. Pris de court par ce nouveau rebondissement, ils avaient clairement perdu le contrôle de la situation.

Soudain, Geillis avança d'un pas ferme sur le ponton. Elle agita sa chevelure blonde avec un geste de défi et lança :

— Cette femme n'est pas une sorcière. Mais moi, j'en suis une !

La prestation de Jamie, si brillante soit-elle, fut aussitôt éclipsée. Le rugissement de la foule noya complètement les cris et les appels au calme des juges.

Il m'était impossible de deviner ce qu'elle ressentait. Son regard était clair et droit, avec cette lueur amusée qui lui était habituelle. Elle se tenait droite dans ses vêtements en lambeaux et toisait ses accusateurs. Lorsque le tumulte se fut un peu apaisé, elle se remit à parler, sans prendre la peine de hausser la voix, forçant la foule à se taire pour l'entendre.

— Moi, Geillis Duncan, j'affirme être une sorcière et la maîtresse de Lucifer.

Il y eut un autre rugissement du public en délire, et elle attendit patiemment qu'il s'estompe pour reprendre :

— J'avoue avoir assassiné mon mari, Arthur Duncan, en usant de sorcellerie, conformément aux ordres de mon maître. Par pure malice, j'ai jeté un sort à l'enfant substitué, afin qu'il meure et que l'enfant humain reste auprès des fées.

Elle fit un geste dans ma direction.

— J'ai profité de l'ignorance de Claire Fraser pour la

91

manipuler et servir mes desseins. Elle n'a jamais été au fait de mes intentions et ne sert pas mon maître.

La foule grondait. Les gens se poussaient pour mieux voir. Elle tendit les deux mains devant elle.

— N'avancez pas ! s'écria-t-elle. Écoutez le vent qui se lève ! Prenez garde, gens de Cranesmuir, ignorez-vous que mon maître se déplace en chevauchant le vent ?

Elle baissa la tête et poussa un cri de triomphe, un cri aigu et inhumain. Ses grands yeux verts fixaient le vide. Elle semblait plongée dans une transe.

De fait, le vent se levait vraiment. Je pouvais voir les nuages orageux s'amonceler loin au-dessus du loch. Les villageois lancèrent des regards inquiets autour d'eux. Certains se mirent à reculer.

Geillis se mit alors à tourner sur elle-même, la tête renversée en arrière, ses mains gracieusement tendues au-dessus d'elle comme une ballerine de boîte à musique. Je n'en croyais pas mes yeux.

Pendant qu'elle tournait, sa longue chevelure lui cachait le visage. Brusquement, elle s'interrompit et écarta ses mèches. J'aperçus alors clairement ses yeux qui me regardaient. Le masque de transe avait disparu et ses lèvres articulèrent un mot. Puis, aussi soudainement, elle reprit sa danse folle et se remit à hurler.

Le mot que j'avais lu sur ses lèvres était : « Fuyez ! »

S'interrompant à nouveau, elle prit un air d'exultation démente, saisit le vestige de corselet qui lui restait sur le corps et l'arracha, montrant à la foule ce que je savais déjà, le secret qu'Arthur avait appris quelques heures avant sa mort : un ventre plein d'une grossesse de six mois.

Je me tenais près d'elle, pétrifiée. Jamie, lui, n'eut pas tant d'hésitation. Me prenant par la main, brandissant son épée de l'autre, il se jeta dans la foule, bousculant les villageois médusés. Il émit un sifflement strident entre ses dents.

Concentrés sur le spectacle qui se tenait sur le ponton, peu de gens nous prêtèrent attention. Et lorsque certains d'entre eux se mirent à crier et à tenter de nous retenir, j'entendis un bruit de sabots martelant la terre du chemin.

Donas n'était pas grégaire et le montrait bien. Il mordit la première main qui tenta de saisir ses rênes. Puis il rua en balayant l'air à grands coups de sabot, envoyant rouler à terre quelques intrépides qui prirent aussitôt la fuite.

Jamie me jeta en travers de la selle comme un sac de pommes de terre et grimpa dans le même mouvement. Nous ouvrant la voie à grands coups d'épée, il fit franchir à Donas les dernières rangées de villageois. Lorsque le chemin fut dégagé devant nous, il éperonna notre monture et nous filâmes au grand galop, laissant derrière nous le loch, le village et le château de Leoch.

J'étais à plat ventre sur la selle, et les secousses me permettaient à peine de respirer. Je me débattis pour tenter de parler à Jamie, de lui hurler quelque chose.

Car ce n'était pas la vision de la grossesse de Geillis qui m'avait glacé le sang. En la regardant tourner sur elle-même, les bras en l'air, j'avais aperçu ce qu'elle-même avait dû voir quand on m'avait arraché mes vêtements. Une marque identique à la mienne. Ici, en ce temps, la marque de Satan ou celle d'un grand sorcier. Mais, pour ceux de mon époque, la simple et banale petite cicatrice ronde du vaccin du BCG.

L'eau soulagea mon visage tuméfié et atténua la brûlure de la corde autour de mes poignets. Je plongeai mes mains en coupe dans le ruisseau et bus lentement, laissant avec gratitude le liquide frais s'écouler dans ma gorge.

Jamie disparut quelques minutes puis revint avec une poignée de feuilles vert sombre, mâchant quelque chose. Il recracha une substance verdâtre dans sa paume et commença à me l'appliquer doucement sur le dos. La sensation de brûlure s'atténua aussitôt considérablement.

— Qu'est-ce... qu'est-ce que c'est ? balbutiai-je entre deux sanglots.

— Du cresson. Tu n'es pas la seule à t'y connaître en plantes, *Sassenach*.

— Ça... ça a quel goût ?

— Affreux, répondit-il, laconique.

Il acheva son application et remonta délicatement le plaid sur mes épaules.

— Les entailles ne sont pas très profondes. Je ne crois pas que tu seras... marquée.

Il parlait d'un ton bourru, mais ses doigts sur ma peau étaient très doux, ce qui me fit de nouveau fondre en larmes.

— Excuse-moi, marmonnai-je. Je... je ne sais pas ce que j'ai. Je ne peux plus m'arrêter de pleurer.

— C'est normal. C'est le choc... et la douleur. Pour moi, c'était la même chose. Après la flagellation, j'ai vomi, puis je me suis mis à pleurer pendant qu'on nettoyait mes plaies. Ensuite, j'ai commencé à trembler.

Il essuya soigneusement mon visage avec un coin du plaid, puis plaça une main sous mon menton et me força à le regarder dans les yeux.

— Et quand j'ai enfin cessé de trembler, *Sassenach*, j'ai remercié le ciel pour la douleur que je ressentais, car elle signifiait que j'étais encore en vie.

Il me lâcha en hochant la tête.

— Quand tu en seras à ce stade, préviens-moi, j'aurai un ou deux autres conseils à te donner.

Il se leva et alla s'accroupir au bord du ruisseau pour laver le mouchoir ensanglanté dans l'eau claire.

— Pourquoi es-tu revenu ? demandai-je quand il revint vers moi.

J'avais cessé de pleurer, mais je tremblais toujours comme une feuille et me blottis sous mon plaid.

— C'est Alec McMahon, répondit-il en souriant. Je lui avais demandé de veiller sur toi pendant mon absence. Quand les villageois t'ont emmenée, toi et Mme Duncan, il a chevauché toute la nuit et tout le jour pour me retrouver. Et j'ai galopé comme un diable pour venir te chercher. Bon sang, c'est un sacré cheval !

Il lança un regard admiratif vers Donas, attaché à un arbre près de la berge, sa robe moite luisant comme du cuivre.

— Il va falloir que je le cache, dit-il d'un air songeur. Je doute qu'on nous ait suivis, mais nous ne sommes pas encore assez loin de Cranesmuir. Tu peux marcher ?

Je grimpai derrière lui le versant abrupt d'une colline, provoquant des éboulis sur mon passage. Les ronces retenaient ma jupe. En haut du talus, quelques jeunes aulnes aux troncs entrelacés formaient un toit de verdure au-dessus des fougères. Jamie dégagea un espace assez grand pour que je puisse y ramper, puis referma l'entrée avec des branches cassées. Il recula d'un pas pour évaluer l'efficacité de ma cachette et hocha la tête d'un air satisfait.

— Personne ne te trouvera là-dessous. Essaie de dormir et ne n'inquiète pas si je ne reviens pas tout de suite. Je vais chasser quelque chose sur le chemin du retour. Nous n'avons rien à manger et je ne veux pas attirer l'attention en m'arrêtant dans une ferme. Rabats le tartan sur ta tête et veille à ce qu'il couvre bien ta chemise. Le blanc se voit de loin.

Épuisée par la peur, la douleur et la pure fatigue, je m'endormis presque aussitôt, l'odeur âcre des fougères s'élevant autour de moi comme de l'encens.

Je me réveillai en sursaut en sentant quelque chose me tirer le pied. Je me redressai brusquement, me heurtant le crâne aux branches au-dessus de moi. Prise de panique, je me débattis violemment en faisant s'écrouler ma cabane de branches et de fougères. Je parvins à me dégager tant bien que mal pour apercevoir Jamie, accroupi non loin de là devant deux lapins embrochés sur une branche au-dessus d'un feu de bois, m'observant sortir de ma tanière effondrée. La nuit était presque tombée.

Jamie me tendit une main pour m'aider. Mes nausées avaient disparu et j'étais affamée.

— Nous nous enfoncerons dans la forêt après dîner, *Sassenach*, indiqua Jamie en arrachant une cuisse de lapin. Je ne tiens pas à dormir près du ruisseau. Si quelqu'un approchait, je ne l'entendrais pas à cause du bruit de l'eau.

Nous dînâmes en silence. Les horreurs vécues pendant la matinée et tout ce que nous avions laissé derrière nous nous oppressaient tous les deux. En outre, j'avais le cœur serré par un profond sentiment de deuil. J'avais perdu une amie. Ma seule amie. Je m'étais souvent interrogée sur les motivations de Geillis, mais je ne pouvais douter qu'elle m'avait sauvé la vie. Se sachant condamnée, elle avait fait de son mieux pour que je puisse m'enfuir. Le feu, presque invisible pendant la journée, devint plus lumineux à mesure que la lumière disparaissait. Je fixais les flammes, la peau croustillante des lapins qui brunissait à vue d'œil. Une goutte de sang suinta d'un os brisé et tomba dans le feu en grésillant. Soudain, ma bouchée se coinça dans ma gorge. Je reposai ma cuisse en hâte et détournai le regard.

Toujours en silence nous nous éloignâmes du ruisseau et découvrîmes un petit coin confortable au bord d'une clairière. Autour de nous, les collines ondulaient. Jamie choisit un emplacement surélevé d'où l'on pouvait voir la route qui menait au village. Le crépuscule accentuait provisoirement toutes les couleurs du paysage, parsemant la nature de joyaux : une émeraude resplendissante dans le creux d'un rocher, une améthyste aux reflets changeants dans les buissons de bruyère, des rubis incandescents dans les baies qui couronnaient les collines. Au loin, on devinait la silhouette du château de Leoch au pied du mont Ben Aden. Elle disparut bientôt avec la tombée de la nuit.

Jamie dressa un petit feu dans un coin abrité et s'assit près de lui. Il regarda les flammes un long moment sans mot dire. Enfin, il leva les yeux vers moi, les mains nouées autour de ses genoux.

— Je t'ai déjà promis de ne jamais te poser de questions auxquelles tu ne voudrais pas répondre, Claire. Mais il y a une chose que je dois savoir, pour ta sécurité et pour la mienne.

Il hésita.

— Je dois savoir la vérité, Claire. Tu es une sorcière ?

Je le regardai bouche bée.

— Une sorcière ? C'est... vraiment ce que tu es en train de me demander ?

Je crus un instant qu'il voulait plaisanter, mais son visage était grave.

Il me saisit par les épaules et plongea son regard dans le mien comme s'il cherchait à lire dans mes pensées.

— Il faut que je sache, Claire ! Je t'en prie, tu dois me le dire !

— Et si j'en étais une ? Si tu avais sincèrement cru que j'étais une sorcière, tu serais quand même venu à mon secours ?

— Je t'aurais suivie jusqu'à sur le bûcher ! s'écria-t-il. Et jusqu'en enfer, si nécessaire. Mais je prie que le Seigneur ait pitié de mon âme, et de la tienne. Dis-moi la vérité !

Je me dégageai violemment. La tension était trop forte. Je laissai tomber la tête en arrière et partis d'un éclat de rire hystérique. Livide, Jamie me dévisageait d'un air désespéré. Me rendant compte que mon comportement allait finir par le rendre fou d'angoisse, je parvins à me maîtriser et le regardai en haletant.

— Oui, dis-je. Oui, je suis une sorcière ! Pour toi, je ne peux que l'être. Je n'ai jamais eu la variole, mais je peux traverser une pièce pleine de malades agonisants sans jamais l'attraper. Je peux soigner les malades, respirer le même air qu'eux, toucher leur corps et la maladie ne m'atteindra jamais. Je ne peux attraper ni le choléra ni le tétanos. Pour toi, ce ne peut être que de la magie, parce que tu n'as jamais entendu parler de vaccin.

Je dus attendre de reprendre mon souffle avant de poursuivre :

— Si je sais des choses sur Jonathan Randall... c'est parce qu'on m'avait déjà parlé de lui. Je sais quand il est né et quand il mourra. Je sais ce qu'il a fait et ce qu'il fera. Je suis au courant au sujet de Sandringham parce que... Frank me l'a dit. Il connaissait Randall parce que c'est son... ô Seigneur !

Je fermai les yeux en espérant que ma tête allait s'arrêter de tourner.

— Et Colum... croit que je suis une sorcière parce que je sais que Hamish n'est pas son fils. Je sais... qu'il ne peut pas avoir d'enfants. Mais il a cru que je savais qui était le vrai père... J'ai d'abord pensé que c'était toi, puis je me suis rendu compte que ce n'était pas possible et...

Je parlais à toute vitesse, essayant de maîtriser le vertige qui s'était emparé de moi.

— Tout ce que je t'ai dit sur moi est vrai. Tout. Je n'ai pas de famille, je n'ai pas d'histoire, parce que je ne suis pas encore née. Tu sais quand je suis née ? repris-je avec véhémence. Le 20 octobre 1918. Tu m'entends ?

Il ne bougeait pas, comme si aucun de mes mots ne parvenait jusqu'à lui.

— En 1918 ! répétai-je. C'est dans près de deux cents ans, tu m'entends ?

— Oui, je t'entends, répondit-il doucement.

— Tu crois que je suis complètement folle, n'est-ce pas ? m'écriai-je. Avoue-le ! Tu me prends pour une folle ? C'est normal, c'est la seule explication. Tu ne *peux* pas me croire, Jamie. C'est une histoire trop invraisemblable.

J'étais de nouveau sur le point de fondre en larmes. Après tout ce temps passé à cacher la vérité, je constatais que Jamie, celui que j'aimais, celui en lequel j'avais le plus confiance, ne pouvait pas me croire.

— C'est à cause des menhirs... sur une colline aux fées. Les pierres dressées. Les pierres de Merlin. C'est par là que je suis arrivée.

Sanglotant à moitié, j'étais de moins en moins cohérente.

— C'était il y a deux cents ans, comme dans les histoires... sauf que dans les histoires, les gens reviennent toujours, moi, je n'ai pas pu...

Je me détournai, pleurant à chaudes larmes, enfouissant mon visage dans mes mains. Un long silence s'abattit sur la forêt. Quand je relevai enfin la tête, je pensais qu'il était parti. Mais il était toujours là, assis les mains sur ses genoux, perdu dans ses pensées. Les poils sur ses avant-bras étaient dressés et je compris qu'il avait peur de moi.

— Jamie... commençai-je, le cœur écrasé par une solitude insoutenable. Oh, Jamie...

Je voulus m'approcher de lui, mais mes jambes me lâchèrent et je tombai à genoux, privée de force. Il vint vers moi et posa ses mains sur mes épaules. Il avait son visage des jours de combat, à mi-chemin entre l'effort extrême et une certitude tranquille.

— Je te crois, dit-il fermement. Je n'ai pas tout saisi, mais je te crois, Claire. Écoute-moi. Nous sommes liés par la vérité, tous les deux. Et je croirai toujours ce que tu me dis. Maintenant, repose-toi. Tu me raconteras la suite plus tard. Et je te croirai.

Il me serra contre lui jusqu'à ce que je cesse de trembler.

— Mais tu ne peux pas me croire, gémis-je.

— Ce n'est pas à toi de me dire ce que je suis capable de faire ou pas, *mo duinne*, répondit-il avec un sourire.

Au fait, quel âge as-tu ? Je n'ai jamais pensé à te le demander.

La question me prit tellement de court qu'il me fallut quelques instants avant de répondre :

— Vingt-sept ans, ou peut-être vingt-huit à présent.

Il parut perplexe. A vingt-huit ans, les femmes de cette époque étaient déjà vieilles.

— Oh, fit-il. J'ai toujours cru que tu avais à peu près mon âge... ou moins.

Il resta immobile un instant, puis déposa un baiser sur mon front.

— Joyeux anniversaire, *Sassenach*, chuchota-t-il.

— Quoi ?

— J'ai dit « Joyeux anniversaire ». Nous sommes le 20 octobre.

— Ah bon ? J'ai perdu le fil du temps.

Nous restâmes un long moment blottis l'un contre l'autre, nous balançant légèrement. Puis il me souleva et me porta près du feu où il avait posé la selle de Donas. Là, nous nous assîmes de nouveau, ma tête dans le creux de son épaule.

— Bon, raconte-moi tout, dit-il enfin.

Je lui racontai toute mon histoire sur un ton hésitant, mais cohérent cette fois. Je me sentais insensibilisée par la fatigue, mais soulagée, comme un lièvre qui vient de semer un renard et qui attend, tapi sous la racine d'un arbre. Ce n'était pas un refuge, mais un répit. Je lui parlai également de Frank.

— Frank, soupira-t-il. Alors, il n'est pas mort.

— Il n'est pas encore né, précisai-je. Et moi non plus.

Il me caressa doucement les cheveux en silence.

— Mais alors, quand je t'ai retrouvée à Fort William, tu essayais de rentrer chez toi, vers les pierres et... vers Frank. Voilà pourquoi tu m'avais désobéi.

— Oui.

— Et je t'ai battue pour ça, soupira-t-il.

— Tu ne pouvais pas savoir et je ne pouvais rien te dire.

— Non, tu as sans doute raison. Dors, maintenant, *mo duinne*, personne ne te fera de mal tant que je serai là.

Mes yeux se fermaient déjà, je fis un dernier effort pour lui demander :

— Tu me crois vraiment, Jamie ?

Il soupira et esquissa un sourire ironique.

— Oui, je te crois, *Sassenach*. Mais tout aurait été beaucoup plus facile si tu t'étais contentée d'être une simple sorcière.

Je dormis comme une souche, me réveillant avec un terrible mal au crâne et le corps rompu de courbatures. Jamie avait déniché une poignée de flocons d'avoine et m'obligea à les manger mélangés avec un peu d'eau.

Il était lent et doux avec moi, mais parlait peu. Après ce petit déjeuner plutôt indigeste, il ramassa nos affaires et sella Donas.

Grimpée derrière lui, je ne lui demandai même pas où nous allions. Je me contentai d'appuyer ma joue contre son dos et de me laisser bercer par les mouvements du cheval.

Nous longeâmes la rive du Loch Madoch, parmi des paysages mornes sous un ciel grisâtre que traversaient des vols de canards et d'oies sauvages.

Le deuxième jour, la brume se dissipa vers midi et un soleil pâle se diffusa dans les prés remplis d'ajoncs et de genêts. Quelques kilomètres après nous être écartés du loch, nous débouchâmes sur un sentier étroit et prîmes la direction du nord-ouest. Le chemin serpentait entre des collines basses qui devinrent bientôt des massifs de granit. Nous rencontrions peu de voyageurs sur notre route, mais nous nous enfoncions prudemment dans les sous-bois chaque fois que nous entendions au loin des claquements de sabot.

Bientôt, la végétation devint plus dense et nous entrâmes dans une forêt de pins. Ce soir-là, nous dormîmes près d'une clairière. Jamie me réveilla au beau milieu de la nuit et me fit l'amour, doucement, tendrement et sans un mot. Je contemplai les étoiles à travers notre toit de verdure et me rendormis avec la chaleur rassurante de son corps sur le mien.

Le lendemain matin, Jamie parut de meilleure humeur, du moins plus tranquille, comme quelqu'un qui est enfin parvenu à prendre une décision difficile. Il me promit du thé chaud pour le dîner, ce qui serait un réconfort non négligeable vu la fraîcheur des nuits.

Nous reprîmes la route, nous frayant un passage entre les gros rochers.

Je ne prêtais pas beaucoup attention au paysage, préférant rêvasser en appréciant la chaleur du soleil, mais j'aperçus soudain une formation rocheuse familière qui me rappela brusquement à la réalité. Je venais de comprendre où nous allions et pourquoi.

— Jamie !

Il se retourna sur la selle.

— Tu ne l'avais pas encore compris ?

— Que nous venions ici ? Non, bien sûr que non !

Mon estomac se noua. La colline de Craigh na Dun n'était plus qu'à un kilomètre. J'apercevais déjà sa masse ronde se détachant dans la brume matinale.

Cela faisait six mois que je tentais de revenir à cet endroit. A présent que j'y étais enfin, j'aurais voulu être ailleurs. De là où nous étions, les menhirs étaient invisibles, mais il semblait émaner de l'endroit une terreur sourde qui glaçait le sang.

Le sentier qui grimpait sur la colline était trop abrupt pour Donas. Nous dûmes l'attacher à un arbre et continuer à pied.

Lorsque nous arrivâmes au sommet, j'étais à bout de souffle. Jamie, lui, ne semblait pas fatigué le moins du monde. Il me prit par la main et m'attira à lui, me regardant fixement comme s'il voulait enregistrer mes traits dans sa mémoire.

— C'est bien ici que ça s'est passé, non ? demanda-t-il.

— Oui, répondis-je dans un souffle, hypnotisée par le cercle de menhirs. C'est exactement comme je l'ai vu la dernière fois.

Jamie me suivit à l'intérieur du cercle, puis, identifiant le menhir fendu, il m'y entraîna fermement.

— C'est celui-ci ? demanda-t-il.

— Oui. Attention ! m'écriai-je en tentant de le retenir. Ne t'approche pas trop !

Son regard hésitait entre moi et le menhir, l'air sceptique. Il avait sans doute raison de l'être. Je me mis soudain à douter de ma propre histoire.

— Je... je... ne sais pas du tout comment ça marche. Peut-être que la porte s'est refermée derrière moi, ou peut-être qu'elle ne s'ouvre qu'à un certain moment de l'année. Quand je suis venue, c'était aux environs de Beltane.

Jamie lança un regard vers le ciel.

— Nous sommes presque à la Toussaint. Ce devrait être l'époque idéale, non ? Quand tu... es passée, qu'est-ce que tu as fait ?

Je tentai de me rappeler. Mes mains étaient glacées et je les glissai sous mes aisselles pour les réchauffer.

— J'ai fait le tour du cercle, comme ça, pour regarder. Je n'ai pas suivi de parcours particulier. Puis je suis arrivée devant la pierre fendue et j'ai entendu un bourdonnement, comme une ruche...

De fait il y avait effectivement comme un bourdonnement d'abeille. Je reculai précipitamment d'un pas.

— Il est encore là, le bruit ! m'écriai-je en me jetant dans les bras de Jamie.

Il s'écarta, le visage blême, et me tourna de nouveau vers le menhir.

— Et ensuite ?

Le vent sifflait dans mes oreilles, mais sa voix retentissait clairement.

— J'ai posé la main sur la roche.

— Fais-le.

Il me poussa en avant et, voyant que je ne réagissais pas, il me saisit le poignet et appliqua fermement ma paume sur la surface froide.

Le chaos bondit et me happa.

Le soleil cessa de tournoyer derrière mes yeux et le hurlement s'estompa pour céder la place à un autre cri persistant, celui de Jamie appelant mon nom.

Je me sentais trop secouée pour ouvrir les yeux, mais je battis faiblement l'air de ma main pour lui montrer que j'étais encore en vie.

— Ça va, ça va, fis-je.

— Ô mon Dieu, Claire !

Il m'écrasa contre son torse.

— Seigneur, Claire, j'ai cru que tu étais morte. Tu... as commencé à... partir. Tu avais cette horrible expression sur le visage, comme si tu étais absolument terrifiée. Je... je t'ai tirée en arrière, pour t'éloigner de la pierre. Je n'aurais pas dû... pardonne-moi.

Entrouvrant les yeux, je vis son visage choqué et apeuré.

— Ce n'est rien.

J'esquissai un sourire.

— Au moins, haletai-je, nous savons que ça marche encore !

— Ô mon Dieu, oui, ça marche.

Il me laissa quelques instants, le temps d'aller tremper son mouchoir dans une flaque d'eau de pluie au creux d'un rocher, et revint le passer sur mon visage, murmurant des paroles de réconfort, se confondant en excuses. Enfin, je me sentis en état de me relever.

— Ainsi, tu ne m'avais pas vraiment crue ? lançai-je, vindicative. Tu es enfin convaincu, cette fois ?

— Oui.

Soudain, il se redressa, marcha vers le menhir fendu et le frappa du plat de la main.

Il ne se passa rien. Et il revint s'asseoir près de moi, les épaules affaissées.

— Ça marche peut-être uniquement avec les femmes, suggérai-je. Ce sont toujours des femmes dans les légendes. Ou peut-être que ce n'est que moi.

— En tout cas, ce n'est pas moi. Je vais essayer à nouveau.

— Jamie, je t'en supplie, fais attention ! m'écriai-je en le voyant courir vers le menhir, le frapper, se jeter contre lui, traverser la fente en long et en large.

Il ne se passait toujours rien. Quant à moi, je tremblais rien qu'à l'idée d'approcher à nouveau de cette porte démente.

Et pourtant... Pourtant, quand j'avais commencé à être aspirée par le chaos, Frank m'était venu en tête. Je l'avais *senti*. J'en étais sûre. Quelque part dans ce vide, il y avait eu une minuscule lueur, et il était dedans. Je le savais. Tout comme je savais qu'il y avait eu un autre point de lumière, où se tenait celui qui était à présent assis à côté de moi, fixant la pierre, les joues couvertes de transpiration en dépit de l'air frais.

Enfin, Jamie se tourna vers moi et me saisit les deux mains. Il les porta à ses lèvres et les embrassa.

— Claire... il ne sert à rien d'attendre davantage. Nous devons nous séparer.

Mes lèvres étaient trop crispées pour pouvoir parler,

mais, comme d'habitude, il lui suffit de lire mes pensées sur mon visage.

— Claire, répéta-t-il. Ta vie est de l'autre côté de... cette chose. Tu as une maison, là-bas, un foyer, tout ce à quoi tu es habituée... Et il y a... Frank.

— Oui. Il y a Frank.

Il me prit les épaules, m'aida à me lever et me secoua doucement.

— Il n'y a rien pour toi, ici. Rien que la violence et le danger. Pars !

Il me poussa en avant, me faisant pivoter vers le cercle de pierres. Je fis volte-face et lui repris les mains.

— Tu es sûr qu'il n'y a vraiment rien pour moi ici ?

Je soutins son regard. Il était plein de douleur et de désir. L'angoisse qui me tenaillait devait être manifeste, car il hésita puis se tourna vers l'est et me montra la pente.

— Tu vois ce groupe de chênes, là-bas ? A mi-chemin ?

Je suivis son regard et aperçus effectivement une chaumière en ruine, abandonnée sur une colline désolée.

— Je vais m'y installer jusqu'à la tombée de la nuit... pour être sûr que tout s'est bien passé.

Il fermait les yeux, comme s'il ne supportait plus de me voir.

— Adieu.

Il tourna les talons et s'éloigna.

— Jamie ! appelai-je.

Il s'arrêta et resta immobile quelques instants, luttant pour contenir son émotion.

— Oui ?

— Il y a quelque chose... que je voudrais te dire avant de partir.

— Ce n'est pas la peine. Non, pars, *Sassenach*. Je t'en prie. Tu ne dois pas tarder.

Il allait s'éloigner mais je le retins par la manche.

— Jamie, écoute-moi. Il le faut ! C'est au sujet du soulèvement... du prince Charlie et de son armée. Écoute-moi ! Colum a raison ! Tu m'entends ? C'est Colum qui a raison, pas Dougal !

— Qu'est-ce que tu veux dire ?

— Il y aura bien un soulèvement, mais il échouera.

L'armée du prince Charlie remportera quelques victoires, mais tout finira dans un bain de sang, à Culloden. Alors les clans, les Highlanders, tous ceux qui ont suivi le Prétendant seront massacrés. Des milliers de Highlanders périront pendant la bataille de Culloden. Les survivants seront pourchassés et tués. Les clans seront écrasés et ne se redresseront jamais. Pas de ton vivant, ni du mien.

Il me dévisageait, le regard vide.

— Jamie, reste en dehors de ça ! le suppliai-je. Essaie de convaincre les tiens de ne pas s'en mêler non plus. Mais surtout, pour l'amour de Dieu, si tu...

J'allais dire « si tu m'aimes », mais les mots s'étranglèrent dans ma gorge. J'allais le perdre pour toujours, et si je n'avais pas pu lui avouer mon amour avant, ce n'était plus le moment de le faire.

— Ne va pas en France, dis-je doucement. Pars plutôt pour l'Amérique, l'Espagne ou l'Italie. Mais, au nom de tous ceux qui t'aiment, Jamie, ne mets jamais le pied sur le champ de bataille de Culloden.

Il continuait à me dévisager sans rien dire. Je me demandai s'il m'avait seulement entendue.

Après quelques instants, il hocha la tête.

— Oui, j'ai compris.

Il laissa retomber ma main.

— Que Dieu te garde... *mo duinne*.

Il dévala le sentier de la colline, glissant dans la boue, se rattrapant au passage aux branches de sapin, sans se retourner. Je le regardai disparaître, avançant tel un homme blessé qui sait qu'il doit poursuivre sa route coûte que coûte, mais sent sa vie s'écouler lentement entre les doigts qu'il a posés sur sa plaie.

Mes genoux tremblaient. Je m'assis doucement sur un rocher et croisai les jambes, observant des moineaux qui s'affairaient autour de moi. Plus loin, j'apercevais le toit de la chaumière qui abritait mon passé. Derrière moi, la pierre fendue. Et mon avenir.

Je restai là tout l'après-midi, essayant de bannir toutes les émotions hors de mon esprit et de me concentrer sur la raison. Jamie était logique en affirmant que je devais retourner chez moi et retrouver ma maison, la sécurité, Frank, et même les petits conforts de la vie moderne qui me manquaient cruellement de temps à autre : les bains chauds et l'eau courante, sans parler de considérations moins futiles telles que des soins médicaux dignes de ce nom et des moyens de transport confortables.

Pourtant, malgré les inconvénients et les dangers de cet endroit, je devais reconnaître que certains aspects m'avaient plu. Si les routes n'étaient pas très sûres, au moins le paysage n'était pas tapissé de béton, ni pollué par le bruit et la puanteur des automobiles et autres moyens de transport dangereux. La vie ici était beaucoup plus simple, et les gens aussi. Pas moins intelligents, mais plus directs, avec quelques exceptions notables telles que Colum MacKenzie.

Du fait de la profession d'oncle Lamb, j'avais vécu dans des lieux plus rustiques et sauvages que celui-ci. Je m'adaptais facilement à la vie à la dure sans que la « civilisation » me manque outre mesure.

Le raisonnement rationnel ne m'était pas d'un grand recours. Je me tournai alors vers les émotions et reconstruisis les détails de mes deux vies conjugales, ce qui acheva de me déprimer, si bien que, au bout de quelques minutes à peine, je me remis à sangloter.

Si on laissait de côté les émotions, qu'en était-il du devoir ? J'avais donné ma main à Frank de tout cœur. Je l'avais aussi donnée à Jamie, avec l'intention de la reprendre au premier tournant. Lequel allais-je encore trahir, cette fois ?

Le soir commençait à tomber et j'en étais toujours au même point. Je me levai et avançai vers le menhir, un pas après l'autre, lentement. Je fis une pause et répétai l'opération dans le sens inverse. Un pas, puis un autre, puis un autre encore. Avant même de comprendre que ma décision était prise, je dévalais la pente de la colline, me laissant gifler par les branches, glissant et dégringolant dans la gadoue.

Lorsque j'arrivai près de la chaumière, haletante et terrifiée à l'idée qu'il ait pu partir déjà, je fus rassurée d'apercevoir Donas paissant dans le pré.

Je poussai doucement la porte. Il était dans la première pièce, allongé sur un banc de chêne. Il dormait couché sur le dos, les mains croisées sur le ventre, la bouche entrouverte. Les derniers rayons de lumière faisaient luire son visage comme un masque de métal.

Je le regardai un long moment sans bouger, le cœur empli d'une tendresse infinie. M'approchant tout doucement, je me glissai à ses côtés et passai son bras sur mon épaule. A demi conscient, il écarta une de mes mèches qui lui chatouillait le nez. Puis il réalisa soudain que j'étais là, sursauta et nous fit tomber tous deux sur le sol.

— Pousse-toi, tu m'étouffes, haletai-je.

Au lieu de me laisser respirer, il me couvrit de baisers.

Nous restâmes enlacés sur le sol un long moment. Puis il murmura dans mon oreille :

— Pourquoi ?

— Parce que c'est comme ça. J'étais à deux doigts de partir, les bains chauds ont bien failli l'emporter.

Ayant dit cette ânerie, je m'effondrai de nouveau en larmes, pleurant à la fois de joie pour l'homme que je tenais dans mes bras et de tristesse pour celui que je ne verrais plus jamais.

Ce ne fut qu'une fois la nuit tombée que Jamie se redressa et me porta jusqu'au banc. Là, il m'assit sur ses genoux. La porte de la chaumière était restée grande ouverte, et nous pouvions voir les étoiles illuminer la vallée.

— Sais-tu qu'il faut des milliers et des milliers d'années pour que la lumière de ces étoiles parvienne jusqu'à nous ? D'ailleurs, certaines sont déjà peut-être mortes, mais on ne le sait pas car on aperçoit encore leur lumière.

— Ah oui ? Non, je l'ignorais.

Je dus m'endormir la tête sur son épaule car je me réveillai quelque temps plus tard sur un matelas de fortune fait avec le tapis de selle roulé. Il était couché à côté de moi.

— Rendors-toi, *mo duinne*. Demain matin, je t'emmène chez nous.

Nous nous levâmes juste avant l'aube et prîmes la direction du sud, soulagés de quitter Craigh na Dun.

— Où va-t-on, Jamie ?

J'étais soudain joyeuse de pouvoir, pour la première fois, envisager un avenir avec lui, même si je laissais derrière moi ma dernière chance de retrouver l'homme qui m'avait... m'aurait aimée un jour ?

Il arrêta le cheval et se tourna vers la colline que nous venions de quitter. Le cercle de menhirs était invisible mais la silhouette menaçante du massif rocheux se dressait sur la ligne d'horizon.

— J'aurais aimé le combattre pour toi ! dit-il soudainement.

Ses yeux bleus étaient sombres et songeurs.

— Ce n'était pas ton combat, Jamie, mais le mien. Et puis, tu l'as emporté de toute façon.

— Ce n'est pas ce que je voulais dire. Si je l'avais combattu d'homme à homme et que j'avais gagné, tu n'aurais pas de regrets. Si jamais...

— Il n'y a plus de « si », je les ai tous passés en revue hier et je suis toujours ici.

— Dieu merci, sourit-il. Et que Dieu te vienne en aide. Quoique je ne comprenne jamais pourquoi.

Je passai mes bras autour de sa taille.

— Parce que je ne peux pas vivre sans toi, Jamie Fraser, et c'est tout. Alors, où va-t-on ?

— Pendant qu'on grimpait sur cette colline, hier, j'ai prié de toutes mes forces. Pas pour que tu restes, ça ne me semblait pas juste. J'ai prié d'avoir la force de te laisser partir. J'ai dit : « Seigneur, si j'ai jamais fait preuve de courage dans ma vie, c'est aujourd'hui qu'il m'en faut. Aidez-moi. Rendez-moi assez fort pour ne pas tomber à ses genoux et la supplier de rester. »

Il me regarda en souriant.

— C'est l'épreuve la plus dure que j'aie jamais traversée, *Sassenach*.

Il éperonna le cheval et nous repartîmes au petit trot.

— A présent, reprit-il, je me sens prêt à affronter la seconde épreuve la plus difficile de ma vie. Nous rentrons à la maison, *Sassenach*, à Lallybroch !

CINQUIÈME PARTIE

Lallybroch

26

Le retour du laird

Les premiers jours, nous nous contentâmes de jouir du plaisir d'être ensemble, échangeant peu de paroles. Nous chevauchions sur les vastes étendues plates de la lande, mes bras autour de sa taille, nous repaissant du soleil. Quels que soient les problèmes qui nous attendaient — et ils étaient nombreux —, nous étions réunis. Pour toujours. Je n'en demandais pas plus.

Puis peu à peu le premier choc de notre bonheur retrouvé s'estompa pour laisser la place à la sérénité. Puisant tout notre plaisir dans la compagnie l'un de l'autre, nous nous remîmes à discuter. Nous parlions des paysages que nous traversions, puis, peu à peu, de mon époque, de cette existence que j'avais laissée derrière moi. Il était fasciné par le portrait que je lui dressais de la vie moderne, bien que la majeure partie de mes histoires lui parussent sans doute plus invraisemblables que des contes de fées. Il était particulièrement fasciné par mes descriptions d'automobiles, de tanks et d'avions et me les faisait répéter encore et encore, avec le plus de détails possible. Par un accord tacite, nous évitions d'aborder le sujet de Frank.

Puis nos conversations revinrent peu à peu à notre conjoncture présente : Colum, le château, la chasse au cerf et le duc.

— Il m'a l'air d'un homme sur qui on peut compter, observa Jamie.

Le terrain étant devenu accidenté, nous marchions à côté de Donas, ce qui facilitait nos échanges.

— Mmm, à moi aussi, mais...

— Oh oui, je sais. On ne peut pas se fier aux apparences, de nos jours. Toutefois, nous nous sommes entendus. Un soir, nous nous sommes assis côte à côte près du feu. Il est nettement plus malin qu'il n'en a l'air. Il est parfaitement conscient de l'effet que produit sa voix et je crois qu'il en joue pour paraître plus idiot qu'il ne l'est. Cela lui laisse tout loisir d'observer les intrigues qui se trament autour de lui.

— C'est bien ce que je crains. Tu lui as parlé de... tes problèmes ?

— Un peu. Il connaissait mon nom, bien sûr. Il se souvenait de moi.

A la mémoire des incidents survenus au château toutes ces années plus tôt, il se mit à rire.

— Tu lui as rappelé ce qui s'était passé ?

Il sourit, le vent d'automne ébouriffant ses cheveux.

— Oh ! je n'en ai pas eu besoin ! Il m'a demandé si je souffrais toujours de ces coliques. J'ai réussi à garder mon sérieux et lui ai répondu que, depuis, mon état s'était nettement amélioré, mais que je sentais venir une petite crise. Il s'est mis à rire et a déclaré qu'il espérait que ça n'incommoderait pas trop ma jolie épouse.

» Je lui ai touché deux mots de ma situation, ajouta-t-il. Je lui ai dit que j'étais un hors-la-loi sans avoir commis de crime, mais que j'avais peu de chance de prouver mon innocence. Il a paru compatir, mais j'ai évité de lui donner des détails tels que la prime offerte pour ma capture. Je n'avais pas encore décidé si je pouvais ou non lui faire confiance quand le vieil Alec a fait irruption comme un beau diable dans le campement. Murtagh et moi sommes partis sur-le-champ.

— Où est passé Murtagh ? Il est rentré avec toi à Leoch ?

J'espérais que le petit homme au visage de fouine n'était pas tombé entre les griffes de Colum ou des villageois de Cranesmuir.

— Il est parti avec moi mais son cheval ne pouvait pas suivre Donas. Ne t'inquiète pas pour lui, c'est un sacré débrouillard et un joyeux luron qui a plus d'un tour dans son sac.

— Joyeux ? Je ne crois pas l'avoir jamais vu sourire. Et toi ?

— Oh si, au moins deux fois !

— Depuis combien de temps le connais-tu ?

— Vingt-trois ans. C'est mon parrain.

— Ah, je comprends mieux. Je ne pensais pas qu'il se serait donné la peine de venir à mon secours.

— Bien sûr que si. Il t'aime bien.

— Si tu le dis...

Puisque nous en étions à discuter des événements récents, je pris une profonde inspiration et posai la question qui me brûlait les lèvres depuis un certain temps.

— Dis-moi, Jamie...

— Oui ?

— Geillis Duncan. Tu crois... qu'ils vont vraiment la brûler ?

Il fronça légèrement les sourcils et hocha la tête.

— C'est fort probable, mais ils attendront que l'enfant naisse. C'est ça qui t'ennuie ?

— Entre autres. Regarde ça.

Je tentai vainement de retrousser ma manche volumineuse puis, m'énervant, je tirai sur l'encolure jusqu'à dénuder mon épaule pour lui montrer la cicatrice de ma vaccination.

— Mon Dieu ! souffla-t-il, après que je lui eus expliqué ce que c'était. Alors c'est pour ça que... elle vient de la même époque que toi ?

— Je ne sais pas. Tout ce que je peux dire, c'est qu'elle est probablement née après 1920. C'est à cette date qu'ont commencé les campagnes de vaccination de masse.

Je me tournai vers la haute falaise au sommet couvert de nuages qui nous séparait de Leoch.

— Je suppose que je ne le saurai jamais.

Il me serra contre lui.

— Ne pleure pas pour elle. C'est une méchante femme, une meurtrière, à défaut d'être une sorcière. Elle a bien assassiné son mari, non ?

— Oui, frissonnai-je en revoyant le visage bleu d'Arthur Duncan.

— Je ne comprends toujours pas pourquoi elle l'a tué, dit Jamie en secouant la tête d'un air perplexe. Il avait de l'argent, une bonne position, et il ne la battait sans doute pas.

Je le dévisageai, mi-amusée, mi-exaspérée.

— Parce que c'est là ta définition d'un bon mari ?

— Eh bien... oui. Que voulait-elle de plus ?

— Que voulait-elle *de plus* ?

Je fus si surprise que je restai sans voix un instant avant d'éclater de rire.

— Qu'est-ce qu'il y a de si drôle ?

— C'est que... hoquetai-je. Si, pour toi, un bon mari c'est un homme riche avec une bonne situation et qui ne bat pas sa femme, où te situeras-tu ?

— Oh ! fit-il. Ben... je n'ai jamais dit que j'étais un bon mari, *Sassenach*. Et toi non plus. Je suis un « sadique » comme tu dis, et bien d'autres choses que je n'ose pas répéter. Tout sauf un bon mari.

— Bien, je suis contente de te l'entendre dire. Au moins, je n'aurai pas besoin de t'empoisonner au cyanure.

— Au cyanure ? Qu'est-ce que c'est ?

— Le poison qui a tué Arthur. Il est fulgurant. Assez répandu à mon époque, mais pas à la tienne. Rien qu'en lui faisant du bouche-à-bouche, j'ai eu les lèvres paralysées. J'aurais dû comprendre tout de suite, au sujet de Geillis. Elle l'a sans doute obtenu en broyant des noyaux de cerises ou de pêches, mais ça a dû être très difficile.

— Elle t'a dit pourquoi elle l'avait tué ?

— Oui, ça et bien d'autres choses encore. S'il reste quelque chose à grignoter dans tes sacoches, tu ferais bien de le sortir et je te raconterai.

Nous arrivâmes dans la vallée de Broch Tuarach le lendemain. En descendant une colline, j'aperçus au loin un cavalier solitaire galopant dans notre direction. C'était le premier être humain que je voyais depuis que nous avions quitté Cranesmuir.

L'homme qui approchait était gras et bien habillé, avec un foulard immaculé autour du cou sur une veste en serge grise dont les pans tombaient sur ses culottes.

Nous voyagions depuis plusieurs jours, dormant à la belle étoile, nous lavant dans les ruisseaux et nous nourrissant des lapins et des poissons qu'attrapait Jamie ainsi que des plantes et des baies que je trouvais au hasard de la route. Nos efforts réunis nous avaient assuré un régime plus sain et plus varié que celui de Leoch, quoique imprévisible.

En revanche, notre aspect laissait à désirer, ce qui expliquait probablement pourquoi, en nous apercevant, le cavalier hésita quelques instants et faillit prendre une autre direction avant de se raviser et d'approcher au petit trot.

Couverts d'une épaisse poussière rouge, nos vêtements en lambeaux, les cheveux en désordre et parsemés de brindilles, nous devions avoir l'air de deux sauvages des Highlands.

— C'est Jock Graham, me chuchota Jamie. Il vient de Murch Nardagh.

L'homme s'arrêta à quelques mètres et nous inspecta des pieds à la tête d'un air soupçonneux. Ses yeux bouffis et plissés s'arrêtèrent longuement sur Jamie, puis s'écarquillèrent brusquement.

— Lallybroch ? s'écria-t-il, incrédule.

Jamie acquiesça d'un sourire. Avec un air de propriétaire fort déplacé, il posa une main sur ma cuisse et annonça fièrement :

— Et voici ma femme, la nouvelle dame de Broch Tuarach.

La mâchoire de Jock Graham s'abaissa encore de quelques centimètres avant qu'il ne se reprenne et balbutie en ôtant respectueusement son chapeau :

— Ah... mes... hommages... madame.

Se tournant vers Jamie, il poursuivit, essayant de détourner son regard de ma cuisse nue et tachée de jus de sureau qui apparaissait sous les lambeaux de ma jupe :

— Vous... euh... rentrez au domaine, laird ?

— Oui. Tu y es passé récemment, Jock ? demanda Jamie.

— Oh oui. Tout le monde va bien. Ils seront ravis de vous revoir. Alors, bonne route, Fraser !

Sur ce, il fit tourner son cheval et reprit sa route.

Nous le regardâmes s'éloigner. Soudain, à quelques centaines de mètres, il tira sur les rênes et se tourna vers nous. Mettant ses mains en porte-voix, il cria :

— Et bienvenue à la maison !

Puis il disparut derrière une colline.

Broch Tuarach signifie « la tour orientée vers le nord ». Vu du flanc de la montagne, le *broch* qui donnait son nom au domaine n'était que l'une de ces collines faites de rochers comme nous en avions vu des dizaines tout au long de notre périple.

Nous descendîmes un sentier pentu entre deux flancs escarpés, menant le cheval entre les rochers. Puis, le chemin devint moins accidenté, zigzaguant dans les champs et passant devant quelques hameaux isolés. Enfin nous atteignîmes une petite route sinueuse qui menait à la maison.

Elle était plus grande que je me l'étais imaginé : c'était un beau manoir blanc de trois étages, les fenêtres soulignées de linteaux en pierre grise, avec un haut toit en ardoise aux nombreuses cheminées et plusieurs dépendances aux façades blanchies à la chaux, agglutinées tout autour comme des poussins autour d'une poule. La vieille tour en pierre, située sur un talus à l'arrière de la maison, s'élevait à une vingtaine de mètres de hauteur, avec un toit pointu comme un chapeau de sorcière, bordé de trois rangées de meurtrières.

Au moment où nous approchions, un terrible vacarme retentit du côté des communs et Donas rua. Je dégringolai de selle, atterrissant sur la route poudreuse.

Je me relevai pour me trouver entourée d'une meute de chiens hurlant et montrant les dents d'un air menaçant.

— Bran ! Luke ! *Sheas !* hurla Jamie.

Les chiens s'aplatirent au sol à quelques mètres de moi, l'air confus. Ils continuèrent toutefois à gronder jusqu'à ce que Jamie parle à nouveau.

— *Sheas, mo maise !* Debout, bande de voyous !

Ce qu'ils firent. Le plus grand se mit à agiter la queue d'un air incertain, bientôt imité par les autres.

— Claire, tiens les rênes de Donas et éloigne-le. Il a peur. Avance lentement et ils ne te feront rien.

J'obtempérai sans discuter tandis que Jamie se laissait renifler et lécher par les chiens qui commençaient à le reconnaître. En fait de meute, ils n'étaient que quatre et, une fois calmés, ils paraissaient aussi inoffensifs que des caniches, même si le plus grand m'arrivait à la taille.

Une fois ces retrouvailles terminées, nous nous dirigeâmes vers le manoir, escortés par les molosses. Sur le perron, Jamie hésita.

— On devrait peut-être frapper ? suggérai-je, un peu inquiète.

Il me lança un regard sidéré.

— Je suis chez moi, rétorqua-t-il en poussant la porte.

Il me conduisit dans la maison, sans prêter garde aux regards ébahis des domestiques sur notre passage. Nous entrâmes dans un salon où trônait une énorme cheminée au manteau en marbre luisant. Ici et là, des objets en argent reflétaient la lumière du soleil de fin d'après-midi. Tout d'abord je crus que la pièce était déserte, puis, du coin de l'œil, je perçus un mouvement près de la cheminée.

Elle était plus petite que je ne l'aurais cru. Avec un frère comme Jamie, je m'étais attendue à une femme de ma taille, voire plus grande, mais elle dépassait à peine le mètre cinquante-cinq. Elle nous tournait le dos, en train de chercher quelque chose dans un cabinet de porcelaine.

En l'apercevant, Jamie resta figé sur place.

— Jenny !

Elle se retourna et j'eus juste le temps d'entrevoir des sourcils noirs de jais et des yeux bleus écarquillés qui dévoraient un visage pâle avant qu'elle ne se lance dans les bras de son frère.

Elle avait beau être petite, Jamie chancela sous son étreinte. Il passa ses bras autour d'elle par réflexe tandis qu'elle pressait son visage contre son torse et ils restèrent enlacés un long moment. Le visage de Jamie exprimait un mélange d'incertitude et de joie qui me fit presque me sentir une intruse.

Elle lui murmura quelque chose en gaélique et le visage de Jamie se décomposa. Il l'empoigna par le bras et la repoussa.

Ils avaient les mêmes yeux bleu nuit légèrement bridés, les mêmes pommettes saillantes, le même nez fin, un rien trop long. Mais elle était aussi brune que Jamie était roux, avec des cascades de cheveux noirs bouclés retenus en arrière par un ruban vert.

Elle était très belle, avec des traits fins et une peau d'albâtre. Elle était aussi en état de grossesse très avancé.

Jamie, lui, était blême.

— Jenny, murmura-t-il. Oh, Jenny, *mo cridh*.

Son attention fut détournée par l'apparition d'un enfant sur le pas de la porte. Jenny s'écarta de son frère sans remarquer son air sombre. Prenant l'enfant par la main, elle le fit entrer dans le salon, lui chuchotant des paroles d'encouragement. Il résistait un peu, son pouce dans la bouche, inspectant les deux étrangers, caché derrière les jupes de sa mère.

Car on ne pouvait douter qu'elle était sa mère. Il avait sa tignasse noire et bouclée et ses épaules carrées, même si ses traits ne ressemblaient pas à ceux de Jenny.

— Voici le petit Jamie, annonça-t-elle fièrement. Jamie, voici ton oncle Jamie, *mo cridh*, celui dont je t'ai donné le nom.

— Mon nom ? Tu lui as donné mon nom ?

Jamie avait l'air d'un boxeur qui vient de prendre un uppercut dans l'estomac. Il recula d'un pas et heurta une chaise sur laquelle il se laissa tomber de tout son poids. Puis il enfouit son visage dans ses mains.

Cette fois, sa sœur remarqua que quelque chose n'allait pas. Elle lui toucha l'épaule.

— Jamie, que se passe-t-il, mon chéri ? Tu ne te sens pas bien ?

Il releva la tête, les yeux pleins de larmes.

— Je ne peux pas croire que tu aies fait une chose pareille, Jenny. Tu crois que je n'ai pas assez souffert de ce qui s'est passé... de ce que j'ai laissé t'arriver ? Il fallait encore que tu donnes mon nom au bâtard de Randall, pour me le faire payer jusqu'à la fin de mes jours ?

Le visage de Jenny, déjà pâle, perdit cette fois toute couleur.

— Le bâtard de Randall ? Tu veux dire, de Jonathan Randall ? Le capitaine des dragons ?

— Oui, celui-là même ! Qui d'autre, bon sang ! Tu l'as déjà oublié ?

Jenny regarda son frère d'un air soupçonneux, un sourcil arqué.

— Tu as perdu la tête, mon frère ? Ou est-ce que tu as bu avant de venir ?

— Je n'aurais jamais dû revenir ! marmonna Jamie.

Il se leva et la contourna, évitant soigneusement de

la toucher. Elle se tint droite, sans bouger, puis le rattrapa par le bras.

— Dis-moi si je me trompe, mon frère, mais j'ai la nette impression que tu m'accuses d'avoir fait la putain avec le capitaine Randall, et je me demande bien si tu n'aurais pas des vers en train de te bouffer la cervelle !

— Des vers ? J'aimerais bien, ma sœur. Je préférerais même être mort plutôt que de savoir que ma sœur est tombée aussi bas.

Il la saisit par les épaules et la secoua comme un prunier.

— Pourquoi, Jenny ? Pourquoi ? Te savoir déshonorée par ma faute était déjà terrible, mais ça...

Il se tourna brusquement vers la porte. Une vieille femme, qui était entrée discrètement et tenait l'enfant dans ses jupes, eut un mouvement de recul.

— Je n'aurais jamais dû revenir, répéta Jamie. Je vais repartir sur-le-champ.

— Certainement pas, Jamie Fraser ! s'écria sa sœur. En tout cas, pas avant de m'avoir écoutée. Assieds-toi et je te parlerai du capitaine Randall, si c'est ce que tu veux.

— Je ne veux pas le savoir ! Je ne veux pas l'entendre ! hurla Jamie.

Il se tourna vers la fenêtre. Elle vint se placer derrière lui et voulut lui toucher le bras mais il la repoussa.

— Laisse-moi ! Ne me parle pas ! Je ne supporterai pas de l'entendre !

— Ah oui ?

Elle foudroya le dos de son frère du regard et croisa les bras, l'air de réfléchir. Puis, aussi rapide que l'éclair, elle se pencha en avant et glissa une main sous son kilt.

Jamie laissa échapper un cri de stupéfaction et se raidit.

— C'est là que les hommes sont le plus sensibles, dit-elle en se tournant vers moi avec un petit sourire, et les animaux aussi. Il y en a qui ne feront rien à moins qu'on ne les prenne par les bourses. Alors maintenant, tu vas enfin m'écouter poliment ? Ou tu préfères que je te les écrase encore un peu plus ?

Il ne bougeait pas, le visage cramoisi, et respirait profondément entre ses mâchoires crispées.

— C'est bon, je vais t'écouter ! Et après je te tordrai le cou, Janet ! Lâche-moi !

Dès qu'elle l'eut lâché, il fit volte-face et se rua vers elle.

— Qu'est-ce qui te prend ? vociféra-t-il. Tu oses m'humilier devant ma femme ?

Jenny ne semblait guère impressionnée. Elle nous regarda tous les deux d'un air sardonique.

— Si c'est ta femme, je suppose qu'elle connaît mieux tes parties intimes que moi. Personnellement, je ne les ai pas revues depuis que tu es en âge de prendre tes bains tout seul. Elles se sont sacrément développées depuis, il me semble !

Le visage de Jamie subit plusieurs transformations successives et inquiétantes, tandis que les diktats du monde civilisé luttaient en lui contre l'impulsion primitive d'étrangler sa sœur. La civilisation finit par l'emporter et il siffla entre ses dents :

— Laisse mes bourses en dehors de ça. Puisque tu tiens tant à me parler de Randall, vas-y. Dis-moi pourquoi tu as désobéi à mes ordres et tu as choisi de te déshonorer, toi et les tiens.

Jenny plaça ses mains sur ses hanches et bomba le torse, prête au combat.

— Désobéi à tes ordres ? C'est donc ça qui te ronge, Jamie, n'est-ce pas ? Tu sais tout mieux que les autres et nous n'avons plus qu'à courber le dos. Figure-toi que, si je t'avais obéi ce jour-là, tu serais mort sur le pas de la porte, père aurait été pendu pour s'être vengé en assassinant Randall, et nos terres auraient été confisquées par la Couronne. Sans parler de ce qui me serait arrivé, à moi, sans famille et sans toit. Je serais sans doute en train de mendier sur les routes.

— Il aurait mieux valu devenir mendiante que putain ! aboya Jamie. J'aurais préféré la mort, entraînant père et nos terres en enfer avec moi, et tu le sais !

— Oui, je le sais. Mais tu n'es qu'un idiot, Jamie Fraser, et tu l'as toujours été !

— Regarde qui parle ! Non contente de souiller ton nom et le mien, tu dois répandre le scandale autour de toi et crier ta honte à tout le voisinage !

— Tu n'as pas le droit de me parler comme ça, frère

ou pas ! Que veux-tu dire, « ma honte » ? Tu n'es qu'un misérable crétin qui ne sait...

— Ce que je veux dire ? Que tu n'as pas besoin de t'exhiber devant tout le monde avec ton ventre gonflé comme un crapaud...

Elle prit son élan et lui envoya une gifle retentissante. Il encaissa le coup, posant une main sur sa joue où l'on voyait encore les traces de doigts. Les yeux de Jenny lançaient des éclairs de fureur et elle respirait lentement. Les paroles se déversaient entre ses dents serrées comme un torrent.

— Tu m'as traitée de crapaud ? Espèce de sale couard... tu n'as rien trouvé de mieux à faire que de me laisser seule ici, sans me donner de nouvelles, te croyant mort ou emprisonné. Et puis, un beau jour, tu reviens, comme si de rien n'était, avec une femme par-dessus le marché, pour me traiter de crapaud et de traînée, et...

— Je ne t'ai pas traitée de traînée.

Je jugeai le moment opportun de les laisser en tête à tête et m'éclipsai discrètement dans le hall. Après un petit sourire embarrassé à la vieille femme, je sortis dans la cour, trouvai un banc sous une pergola et m'y assis, contemplant le paysage autour de moi.

Derrière la pergola s'étendait un petit jardin fermé de murets. On y voyait les dernières roses de l'automne. Plus loin se dressait ce que Jamie m'avait décrit comme le *doocot*, un pigeonnier strié de petits orifices d'où les oiseaux entraient et sortaient sans interruption.

Autour du manoir se trouvaient également une grange, un silo, un grenier à blé, un poulailler, un chenil et une chapelle abandonnée. Il restait un petit bâtiment dont je ne connaissais pas l'usage. Le vent d'automne soufflait de cette direction. Je humai l'air et sentis le parfum riche de la levure et de l'orge. C'était la brasserie où l'on faisait la bière et l'ale du domaine.

Le sentier qui partait du manoir grimpait une petite colline. Comme je levais les yeux vers son sommet, un groupe d'hommes apparut, se détachant sur le ciel du soir. Ils s'arrêtèrent un moment, comme s'ils se saluaient avant de se séparer, puis un un seul d'entre eux descendit vers le manoir, les autres coupant à travers champs vers un hameau qui se dessinait au loin.

L'homme qui s'approchait boitait. Lorsqu'il passa la grille, je compris pourquoi. Sa jambe droite était coupée juste au-dessus du genou et avait été remplacée par une prothèse en bois.

En dépit de sa démarche clopinante, il semblait jeune. De fait, lorsqu'il approcha du jardin, je constatai qu'il avait une vingtaine d'années. Il était presque aussi grand que Jamie, mais plus étroit d'épaules, et mince, presque maigre.

Il s'arrêta devant la pergola, prit appui sur les montants et me regarda avec intérêt. Son épaisse chevelure châtaine lui tombait sur le front. Ses yeux brillaient d'une lueur chaleureuse.

Les éclats de voix nous parvenaient par les fenêtres grandes ouvertes du salon. Si tous les mots n'étaient pas distincts, on pouvait sans mal suivre le déroulement du combat.

— Sale garce, mêle-toi de ce qui te regarde... vociférait Jamie, ou quelque chose du genre.

— Tu n'as même pas la décence de... répondait sa sœur dont la voix se perdit dans le vent.

Le nouveau venu m'adressa un sourire.

— Je vois que Jamie est rentré, dit-il simplement.

Je fis oui de la tête, me demandant si je devais me présenter. Il ne m'en laissa pas le temps.

— Je suis Ian Murray, se présenta-t-il, le mari de Jenny. Et vous devez être...

— La *Sassenach* que Jamie a épousée, terminai-je pour lui. Je m'appelle Claire. Vous étiez donc au courant ?

Il rit pendant que je réfléchissais à toute allure : le « mari » de Jenny ?

— Oh ! bien sûr ! C'est Joe Orr qui nous a prévenus. Il l'a entendu dire chez un ferrailleur d'Ardaigh. Les secrets ne font jamais long feu dans les Highlands. Vous devriez le savoir, même si vous n'êtes pas mariée depuis longtemps. Cela fait des semaines que Jenny se demande à quoi vous ressemblez.

— Putain ! hurla Jamie à l'intérieur.

Le mari de Jenny ne sourcilla pas et continua à m'examiner avec une curiosité amicale.

— Vous êtes jolie fille, dit-il sans détour. Vous aimez vraiment Jamie ?

— Euh... oui.

J'avais beau m'être habituée à la franchise des Highlanders, je me laissais encore parfois surprendre.

Il plissa les lèvres et hocha la tête d'un air satisfait avant de s'asseoir à mes côtés.

— Il vaut mieux leur laisser encore quelques minutes, suggéra-t-il avec un signe de tête vers la maison où les insultes fusaient à présent en gaélique. De toute façon, les Fraser n'écoutent jamais ce qu'on leur dit quand ils sont en rogne. Mais, une fois qu'ils sont à bout de souffle, on arrive parfois à leur faire entendre raison.

— Oui, j'avais remarqué.

Il se mit à rire.

— Je vois que vous avez été mariée suffisamment longtemps pour le découvrir ! On a su comment Dougal avait obligé Jamie à se marier, mais, d'après Jenny, même la force de persuasion de Dougal n'aurait pu convaincre Jamie de faire quelque chose contre son gré. Maintenant que je vous vois, je comprends mieux.

— Je suppose qu'il avait ses raisons, répondis-je, mon attention partagée entre mon interlocuteur et les cris venant du salon. J'espère simplement que je n'y suis... que c'est pas...

Ian interpréta correctement mes paroles hésitantes et mes regards vers la maison.

— Oh ! ne vous inquiétez pas, votre présence y est sans doute pour quelque chose, mais elle s'en prendrait à lui que vous soyez là ou non. Elle adore Jamie, vous savez, et son absence la rendait folle d'inquiétude, surtout après la mort soudaine de leur père. Vous êtes au courant ?

— Oui, Jamie m'a tout raconté.

— Ah. Et puis, naturellement, il y a l'enfant qu'elle attend.

— Oui, j'avais remarqué ça aussi.

— Le contraire serait étonnant, non ?

Nous nous mîmes à rire.

— La grossesse la rend encore plus irritable, expliqua-t-il, on ne peut pas lui en vouloir. Il faut une certaine dose d'inconscience pour oser la contrarier alors qu'elle en est à son neuvième mois.

Il se pencha en arrière, étirant sa jambe de bois devant lui.

— Je l'ai perdue avec Fergus nic Leodhas. Un coup de mitraille. Elle me fait un peu mal en fin de journée.

Il massa la chair juste au-dessus du bourrelet de cuir qui finissait le morceau de bois.

— Vous avez essayé de la frotter avec du baume de Giléade ? Ou bien de l'eau poivrée et de la rue bouillie ?

— Non, je n'ai pas encore essayé l'eau poivrée, répondit-il, intéressé. Je demanderai à Jenny si elle sait la préparer.

— Je serais ravie de le faire pour vous. Si nous restons assez longtemps...

Nous continuâmes à bavarder de tout et de rien un bon moment, une oreille toujours tendue vers le salon.

— Je crois qu'on peut y aller maintenant, dit finalement Ian. Si l'un d'eux cesse de brailler quelques secondes et entend ce que l'autre lui dit, il risque de se vexer.

— J'espère au moins qu'ils n'en viendront pas aux mains.

Ian ricana.

— Oh ! je ne crois pas que Jamie la frapperait. Il sait faire face aux provocations. Quant à Jenny, elle lui fichera peut-être une gifle, mais pas plus.

— C'est déjà fait.

— Ah, je vois. Heureusement, nos fusils sont enfermés à clef et tous les couteaux sont dans la cuisine. Je ne pense pas qu'ils risquent grand-chose.

Il s'arrêta devant la porte et me lança un clin d'œil.

— J'aimerais pouvoir en dire autant de vous et moi.

A l'intérieur, les servantes battirent en retraite en voyant arriver Ian. Seule la gouvernante resta dans l'antichambre, le petit Jamie toujours caché sous ses jupes, semblant fascinée par la réunion de famille de l'autre côté de la porte. Lorsque Ian lui parla, elle sursauta en se posant la main sur le cœur.

Ian prit le petit garçon dans ses bras et entra dans le salon. Nous nous arrêtâmes sur le pas de la porte pour voir où ils en étaient. Le frère et la sœur marquaient une pause pour reprendre leur souffle, les yeux brillants.

Le petit Jamie courut vers sa mère en tendant les bras. Elle le souleva et roucoula :

— Mon chéri, tu peux dire à ton oncle quel âge tu as ?

Intimidé, l'enfant enfouit son visage dans le corsage de sa mère.

— Puisqu'il ne veut pas, je vais te le dire, moi. Il a eu deux ans au mois d'août. Si tu sais compter — ce qui reste à voir —, tu constateras qu'il a été conçu six mois avant le jour où Randall est venu ici, le seul d'ailleurs où je l'ai vu.

— Ce n'est pas ce qu'on m'a raconté, rétorqua Jamie. Tout le monde sait que cet homme a été ton amant et que cet enfant est de lui. Je veux bien croire que le nouveau bâtard dans ton ventre n'est pas de Randall puisqu'il était en France jusqu'en mars. Donc, tu n'es pas seulement une putain, mais une putain peu regardante. Alors, quel enfant de salaud t'a engrossée, cette fois ?

Le jeune homme à mes côtés toussota délicatement dans le creux de sa main.

— Humm... c'est moi. Et le premier aussi est de moi, d'ailleurs.

Il prit l'enfant des bras de sa mère et le présenta de face.

— Il me ressemble, non ?

De fait, c'était frappant. Côte à côte, le père et le fils étaient presque identiques, mis à part les joues rondes du second et le nez busqué du premier. Jamie ferma la bouche et déglutit, ne sachant manifestement plus quoi dire.

— Ian... alors, vous êtes mariés ?

— Bien sûr, répondit son beau-frère avec un sourire.

— Je vois... euh... c'est... euh... c'est généreux de ta part, Ian. Vraiment.

— Comment ça, « généreux de ta part » ? glapit Jenny. Tu veux dire qu'il m'a épousée malgré ma condition de femme souillée ?

— Ce ne sont pas des propos de salon, intervint Ian en prenant Jamie par l'épaule et en l'éloignant prudemment hors de portée des poings de Jenny, mais tu seras peut-être intéressé de savoir que ta sœur était vierge la nuit de nos noces. Je suis bien placé pour le savoir.

La fureur de Jenny se trouva soudain partagée entre son frère et son mari.

— Comment oses-tu dire ce genre de choses en ma présence, Ian Murray ? fulmina-t-elle. Ma nuit de noces ne regarde que moi et toi, et certainement pas *lui* ! Pourquoi ne pas lui montrer nos draps tachés de sang, pendant que tu y es ?

— Bonne idée, au moins on en aurait terminé une fois pour toutes, rétorqua Ian. Allez, *mi dhu*, ne t'énerve pas comme ça, c'est mauvais pour le bébé et vos cris font peur au petit Jamie.

Il caressa les cheveux du garçonnet qui roulait des yeux effarés, ne sachant pas encore s'il allait fondre en larmes. D'un signe de tête, Ian m'indiqua Jamie.

Comprenant son message, je pris Jamie par le bras et l'entraînai vers un fauteuil dans un coin neutre de la pièce. En posant ma main sur son épaule, je sentis que la tension commençait à se relâcher.

Ian esquissa un sourire dans sa direction.

— Jamie, je suis content de te voir. Nous sommes tous heureux que tu sois revenu parmi nous, et nous sommes également ravis d'accueillir ta femme. N'est-ce pas, *mi dhu* ?

Les lèvres de Jenny se serrèrent puis s'entrouvrirent à peine pour lâcher :

— Tout dépend.

Jamie se frotta le menton et redressa la tête, prêt pour un nouveau round.

— Pourtant, je t'ai vue entrer dans la maison avec Randall, s'entêta-t-il. Et d'après ce qu'il m'en a dit plus tard... comment se fait-il qu'il sache que tu as un grain de beauté sur le sein ?

Elle ricana bruyamment.

— Te souviens-tu seulement de ce qui s'est passé, ce jour-là, ou est-ce que le capitaine t'avait battu au point de t'abrutir plus que tu ne l'es déjà ?

— Et comment que je m'en souviens ! Je ne suis pas près de l'oublier !

— Alors tu te rappelleras sans doute le coup de genou que je lui ai envoyé dans ses parties intimes ?

Jamie haussa les épaules en faisant :

— Mmmouais...

Jenny le toisa avec un sourire ironique.

— Eh bien, si ta femme ici présente — tu aurais pu au moins me la présenter, comment s'appelle-t-elle ? Tu n'as vraiment pas de manières, Jamie —, eh bien donc, si ta femme te faisait la même chose, et Dieu sait que tu le mérites, tu crois vraiment que tu serais en mesure de l'honorer dans les minutes qui suivent ?

Jamie, qui avait ouvert la bouche pour rétorquer, se ravisa. Il dévisagea sa sœur un long moment, puis les commissures de ses lèvres se tordirent légèrement.

— Tout dépend.

Il observait Jenny avec l'air sceptique d'un petit frère qui écoute les contes de fées que lui raconte sa grande sœur, se sentant trop âgé pour être dupe mais la croyant malgré lui.

— Vraiment ? dit-il enfin.

Jenny se tourna vers Ian.

— C'est bon, va chercher les draps, ordonna-t-elle.

— Non, non, je te crois ! se ravisa Jamie. C'est juste que... de la manière dont il s'est comporté avec moi par la suite....

Jenny se détendit. Elle s'adossa à Ian et prit son enfant sur ses genoux avec un air victorieux.

— Que veux-tu, expliqua-t-elle, après ce qu'il m'avait promis dehors, il ne pouvait pas avouer devant tous ses hommes qu'il n'était pas à la hauteur de ses engagements, non ? Il fallait qu'il joue le jeu jusqu'au bout, et je dois dire que ce ne fut pas une partie de plaisir. Il m'a frappée plusieurs fois et m'a déchiré ma robe. Je me suis évanouie et, à mon réveil, les Anglais étaient partis, et toi avec.

Jamie poussa un long soupir et ferma les yeux. Je posai une main sur la sienne et la pressai doucement.

— D'accord, Jenny, reprit-il, mais dis-moi alors une chose : quand tu es entrée dans la maison avec lui, tu savais déjà qu'il ne te ferait rien ?

Elle ne répondit pas tout de suite, mais fixa longuement son frère. Enfin, elle fit non de la tête et esquissa un sourire.

Sentant que Jamie allait protester, elle leva une main pour le faire taire.

— Tu étais prêt à sacrifier ta vie pour mon honneur, et je serais incapable de sacrifier mon honneur pour te sauver la vie ? Ou essaies-tu de dire que ton amour pour moi est plus fort que le mien ? Parce que, si c'est le cas, Jamie Fraser, laisse-moi te dire que tu te trompes !

Jamie voulut protester une fois de plus, mais elle ne lui en laissa pas le temps, profitant de son avantage.

— Parce que je t'aime, petit frère, même si tu n'es qu'un crétin et une tête de mule. Et je ne t'aurais pas laissé te faire tuer sur le pas de la porte, simplement parce que tu étais trop têtu pour la boucler.

Encaissant les insultes, non sans peine, Jamie cherCha vainement une réponse adéquate. Enfin, résigné, il poussa un soupir.

— C'est bon, c'est bon. J'avais tort. Je te demande pardon.

Le frère et la sœur se dévisagèrent un long moment, mais Jenny resta de marbre. Elle l'observait, se mordillant les lèvres, sans sourciller.

— Puisque je t'ai dit que je m'excusais, s'impatientat-il. Que veux-tu de plus ? Que je me mette à genoux ? Je le ferai si c'est ce que tu demandes !

Elle secoua lentement la tête.

— Non, je ne veux pas que tu t'agenouilles dans ta propre maison. Lève-toi.

Jamie s'exécuta. Posant l'enfant à terre, elle traversa le salon et s'approcha de lui.

— Enlève ta chemise.

— Il n'en est pas question !

Elle tira sur les pans de sa chemise et tendit la main vers les boutons. Manifestement, il allait devoir obéir ou se laisser déshabiller devant tout le monde. Il repoussa la main de sa sœur et déboutonna sa chemise dignement. Puis il se retourna pour lui montrer son dos nu.

Elle contempla la chair meurtrie avec le même regard vide que j'avais déjà observé chez Jamie quand il voulait cacher son émotion. Enfin, elle hocha la tête, comme pour confirmer ce qu'elle suspectait depuis longtemps.

— Tu as dû avoir très mal.

— Oui.

— Tu as pleuré ?

Il serra involontairement les poings.

— Oui !

Jenny revint se placer devant lui, son petit menton pointu levé vers lui, ses yeux en amande brillant.

— Moi aussi, dit-elle doucement. Tous les jours depuis que tu es parti.

L'émotion qui se lisait sur leurs visages était telle que je me levai et m'éclipsai discrètement vers la cuisine. Au moment où la porte se refermait derrière moi, j'aperçus le frère et la sœur dans les bras l'un de l'autre, les cheveux roux mêlés aux cheveux noirs formant une seule et même tignasse bicolore.

27

La dernière raison

Nous passâmes notre première nuit à Lallybroch dans une chambre spacieuse où, contents et repus, nous dormîmes comme des loirs. Le lendemain, tandis que Jamie faisait le tour du domaine, son neveu perché sur ses épaules, et que Ian était au verger, je passai de longues heures dans le salon en tête à tête avec ma nouvelle belle-sœur. Elle faisait du raccommodage tandis que j'embobinais des pelotes de laine et que je triais des étoffes en soie. Nous discutions de choses et d'autres tout en nous épiant du coin de l'œil. Jamie et Jenny étaient unis à jamais par une enfance passée côte à côte, mais ces liens avaient été desserrés par l'absence, le soupçon, puis le mariage. Ian faisait partie de leur paysage commun depuis toujours, tandis que j'étais entièrement nouvelle. La conversation était amicale, mais chargée de sous-entendus relatifs à Jamie.

— Alors, comme ça, tu t'occupes de cette maison depuis la mort de votre mère ?

— Oui, depuis que j'ai dix ans.

Je l'ai soigné et aimé quand c'était un gamin. Que feras-tu de l'homme que j'ai aidé à se construire ?

— Jamie m'a dit que tu étais une très bonne guérisseuse.

— Je lui ai soigné l'épaule quand nous nous sommes rencontrés.

Oui, je suis compétente, et bonne. Je prendrai soin de lui.

— J'ai entendu dire que votre mariage a été plutôt soudain ? As-tu épousé mon frère pour ses terres et son argent ?

— Oh oui, je n'ai su son vrai nom de famille que juste avant la cérémonie.

Je ne savais pas qu'il était laird. Je l'ai épousé pour lui-même.

Et ainsi de suite jusqu'à l'heure du déjeuner puis tout au long de l'après-midi. Nous échangeâmes des opinions, des informations, et même quelques plaisanteries, chacune prenant la mesure de l'autre. Je me demandais bien ce qu'elle pensait de moi, mais elle était aussi forte que son frère pour cacher ses sentiments quand elle le voulait.

Lorsque la pendule sur la cheminée frappa cinq heures, Jenny bâilla et s'étira. Le vêtement qu'elle était en train de repriser glissa au sol. La voyant faire des efforts maladroits pour se pencher, je me précipitai pour le ramasser.

— Merci... Claire.

C'était la première fois qu'elle prononçait mon nom et elle l'accompagna d'un sourire timide, que je lui retournai aussitôt.

Au même moment, nous fûmes interrompues par Mme Crook, la gouvernante, qui passa son long nez dans l'entrebâillement de la porte et demanda avec inquiétude si nous avions vu le petit maître Jamie.

Jenny reposa sa couture de côté avec un soupir.

— Il a encore filé ? Ne vous inquiétez pas, Lizzie. Il est sans doute avec son père ou son oncle. Nous allons jeter un œil, d'accord, Claire ? Un peu d'air frais nous fera du bien avant le dîner.

Elle se leva péniblement de son fauteuil et, posant les mains sur son ventre arrondi, gémit en faisant la grimace.

— Plus que trois semaines. Il est temps, je n'en peux plus !

Nous nous promenâmes lentement dans le jardin, Jenny me faisant visiter les lieux, m'indiquant la brasserie et la chapelle, m'expliquant l'histoire du domaine, me donnant les dates de construction des différents édifices.

Au moment où nous approchions du pigeonnier, nous entendîmes des voix près de la pergola.

— Le voilà, le petit sacripant, attends que je mette la main dessus ! menaça Jenny.

— Un instant ! l'arrêtai-je, reconnaissant la voix plus grave de Jamie.

— Ne t'inquiète pas, disait-il. Tu apprendras. Ce n'est pas facile quand ta petite queue ne dépasse pas ton nombril.

Je passai ma tête dans l'angle et le découvris assis sur une souche en pleine conversation avec son homonyme. Ce dernier se débattait virilement avec les plis de son petit sarrau.

— Qu'est-ce que tu fais à cet enfant ? demandai-je, intriguée.

— Je lui apprends l'art difficile de ne pas se pisser sur ses souliers. C'est la moindre des choses de la part d'un oncle.

— Tu aurais plus tôt fait de lui montrer.

— Oh, mais nous avons déjà fait quelques expériences. Sauf que, la dernière fois, nous avons eu un petit accident.

Il lui lança un regard complice.

— Oh, ne me regarde pas comme ça ! Je n'y étais pour rien. Je t'avais bien dit de ne pas bouger !

— Hum, intervint Jenny.

Son regard réprobateur allait et venait entre son fils et son frère. L'enfant répondit en rabattant sa blouse par-dessus sa tête mais l'oncle ne parut nullement intimidé. Il caressa les cheveux de son neveu.

— Chaque chose en son temps, petit garnement, et, Dieu merci, il est temps de dîner.

Le lendemain après-midi, Jamie me fit visiter la maison. Construite en 1702, elle était moderne pour l'époque, comportant des innovations telles que des poêles en faïence et un grand four en brique encastré dans un mur de la cuisine, afin que le pain ne soit plus cuit dans le foyer de la cheminée. Les murs du couloir du rez-de-chaussée, de l'escalier et du petit salon étaient couverts de tableaux, avec çà et là des scènes pastorales, la plupart étant des portraits de famille.

Je m'arrêtai devant un portrait de Jenny jeune fille. Elle était assise sur le muret du jardin avec, en toile de fond, une vigne vierge rouge. A côté d'elle, sur le muret, plusieurs moineaux, une grive, une alouette et même un faisan se disputaient la primauté de se tenir près de leur maîtresse qui riait aux éclats. Ce tableau n'avait rien des poses formelles des autres portraits, où des ancêtres lançaient des regards menaçants depuis leur cadre comme si leur collerette les étranglait.

— C'est ma mère qui l'a peint, expliqua Jamie. Elle en a peint plusieurs autres qui sont dans l'escalier, mais c'est celui-ci que je préfère.

Il effleura du doigt les petites silhouettes sur la toile.

— C'étaient les oiseaux apprivoisés de Jenny. Chaque fois qu'on trouvait un oiseau avec une patte ou une aile cassée, on le lui apportait et elle le remettait d'aplomb en quelques jours. Ils mangeaient dans le creux de sa main. Celui-ci m'a toujours fait penser à Ian.

Il indiqua le faisan, les ailes déployées pour garder son équilibre, contemplant sa maîtresse avec un regard adorateur.

— Tu es un monstre, Jamie. Il y en a un de toi ?

— Oui, celui-là, près de la fenêtre.

Deux petits rouquins se tenaient d'un air solennel près d'un énorme chien de chasse. Le plus grand devait être Willie, le frère aîné de Jamie qui était mort de la variole à l'âge de onze ans. Jamie, lui, ne devait pas avoir plus de deux ans quand le tableau avait été peint. Il se dressait fièrement entre les jambes de son frère aîné, une main posée sur la tête du chien.

Jamie m'avait parlé de Willie une nuit, lorsque nous étions en route pour Lallybroch. Il avait sorti de son *sporran* un morceau d'écorce de cerisier sur lequel était sculpté un serpent.

— Willie me l'a offert pour mon cinquième anniversaire, avait-il dit en le caressant du doigt.

Il me l'avait tendu. Au recto, je remarquai des lettres gravées.

— Qu'est-ce que c'est ? S-a-w-n-y. Sawny ?

— C'est moi. C'est le surnom qu'il m'avait donné.

Les deux visages sur le tableau se ressemblaient

comme deux gouttes d'eau. Décidément, tous les enfants Fraser avaient ce regard qui semblait défier la terre entière.

— Tu l'aimais beaucoup ? demandai-je.

— Je le vénérais. Il avait cinq ans de plus que moi et, pour moi, c'était Dieu. Je le suivais partout, quand il le voulait bien...

Il se détourna vers la bibliothèque. Comprenant que je devais le laisser seul quelques instants, je m'approchai de la fenêtre.

De ce côté de la maison, on apercevait l'ombre d'une haute colline rocailleuse qui se détachait sous la bruine. Elle me rappela Craigh na Dun. Six mois s'étaient écoulés depuis mon arrivée, mais j'avais l'impression que cela faisait bien plus...

Jamie vint se placer derrière moi à la fenêtre. Regardant au loin, il murmura :

— Il y avait une autre raison. La principale.

— Une raison pourquoi ?

— Pour t'épouser.

— Ah ?

Je ne savais trop à quoi m'attendre. Peut-être une nouvelle révélation au sujet de ses affaires de famille.

— Parce que je te désirais, plus que tout au monde.

Je me tournai vers lui, abasourdie. Voyant mon expression, il reprit :

— Quand j'ai demandé à mon père comment reconnaître la femme que je devais épouser, il m'a répondu que, le moment venu, je n'aurais aucun doute. Et il avait raison. Quand je me suis réveillé dans le noir, sous cet arbre sur la route de Leoch, avec toi assise à califourchon sur moi, me maudissant parce que je pissais le sang, je me suis dit : « Jamie Fraser, c'est elle, même si tu ne peux pas voir à quoi elle ressemble et qu'elle pèse autant qu'un cheval de trait. »

Je fis un pas vers lui et il recula, continuant à toute allure :

— Je me suis dit : « Elle t'a déjà réparé deux fois en quelques heures. Compte tenu du train de vie chez les MacKenzie, autant prendre une femme qui sait arrêter les saignements et remettre les os en place. » Et puis, je me suis dit aussi : « Si c'est aussi agréable quand elle te touche la clavicule, imagine ce que ce doit être si sa main descend plus bas... »

Toujours reculant, il faillit heurter un fauteuil et esquiva de justesse le coussin que je lui lançai à la figure.

— Bien sûr, ce pouvait être l'effet des quatre mois passés dans un monastère, mais ensuite il y a eu ce voyage dans la nuit avec toi sur ma selle, et ce joli cul bien dodu entre mes cuisses, et ta tête qui cognait ma poitrine. Je me suis dit...

Il riait si fort qu'il avait du mal à reprendre son souffle.

— « Jamie, que je me suis dit, elle a beau être une garce de *Sassenach*... avec une langue de vipère... avec un arrière-train comme ça... qu'importe si elle ressemble à une vache... »

Cette fois je bondis sur lui et nous tombâmes avec un bruit qui fit trembler toute la maison. Assise une nouvelle fois à califourchon sur lui, je le tenais à ma merci.

— Tu veux dire que tu m'as épousée par amour ?

Il luttait pour retrouver son souffle.

— Ce... n'est pas... ce que... je viens de dire ?

Immobilisant mes deux mains dans l'une des siennes, il glissa son autre main sous ma jupe, pinçant cette partie de mon anatomie dont il venait de chanter les louanges.

Au même instant, Jenny entra dans la pièce pour y chercher son nécessaire de couture. Nous apercevant sur le sol, elle croisa les bras avec une moue amusée.

— Qu'est-ce que tu manigances, mon cher frère ?

— Je fais la cour à ma femme, haleta-t-il.

— Tu pourrais trouver un endroit plus approprié, rétorqua-t-elle. Le parquet va te laisser des échardes dans les fesses.

Si Lallybroch était un endroit paisible, on y travaillait dur. Au premier chant du coq, tout le monde s'agitait et le domaine se mettait en branle comme un mécanisme d'horlogerie jusqu'au tomber de la nuit, lorsque chaque rouage qui le composait commençait à ralentir avant de s'éloigner en quête de son dîner et d'une bonne nuit de sommeil, pour retrouver sa place comme par magie le lendemain matin.

Chaque homme, femme et enfant semblait occuper un rôle essentiel de la machinerie, au point que je me demandai comment le domaine avait pu survivre ces dernières années sans un maître pour le diriger. Les mains de Jamie et les miennes furent exploitées au maximum de leurs possibilités, et, pour la première fois, je compris la sévérité des dictons écossais concernant la paresse. L'oisiveté n'était pas qu'un signe de décrépitude morale, mais une insulte à l'ordre naturel des choses.

Certes, il y avait bien quelques moments, de brefs laps de temps, trop rares, hélas, où tout semblait s'arrêter, et l'existence trouvait un parfait point d'équilibre. Je savourais un tel répit, deux ou trois jours après notre arrivée à Lallybroch. Assise sur la clôture derrière le manoir, je contemplais les champs fauves qui s'étendaient à perte de vue sur les collines environnantes. La ligne des arbres qui longeait le col que nous avions franchi pour venir jusqu'ici se détachait sur le gris perle du ciel. Les distances devenaient floues à mesure que les ombres se confondaient avec le crépuscule.

Une brise fraîche annonçait du gel pendant la nuit mais, absorbée par la beauté du paysage, je ne me décidais pas à rentrer. Je ne vis même pas Jamie approcher avec un lourd manteau qu'il me glissa sur les épaules. Il me serra contre lui.

— Je t'ai vue frissonner depuis la fenêtre du salon, dit-il en prenant mes mains dans les siennes. Tu vas prendre froid.

— Et toi, alors ?

Malgré la fraîcheur mordante, il ne portait qu'une chemise et son kilt.

— Moi, j'ai l'habitude. Les Écossais ne sont pas des mauviettes délicates comme vous autres, les gens du Sud.

Il déposa un baiser sur le bout de mon nez. Je me blottis contre lui et l'embrassai sauvagement, me réchauffant à la chaleur de sa bouche jusqu'à ce que nos deux corps soient à la même température. Le vent, dans mon dos, rabattait mes cheveux sur mon visage. Il écarta mes mèches en les lissant en arrière, et les derniers rayons du soleil filtraient à travers elles.

— Avec la lumière t'illuminant par-derrière, on dirait

que tu portes une auréole. Tu es comme un ange couronné d'or.

— Pourquoi tu ne me l'as pas dit plus tôt ?

Il savait parfaitement de quoi je voulais parler. Il
haussa les épaules avant de répondre :

— Bah, je savais qu'au fond de toi tu ne voulais pas
m'épouser. Je ne voulais pas t'ennuyer ou t'embarras-
ser, alors qu'il était évident que tu ne partageais mon
lit que par respect des vœux que tu avais prononcés
malgré toi.

Il sourit, devançant mes protestations.

— La première nuit, du moins. J'ai quand même ma
fierté...

Je l'attirai de nouveau à moi. Toujours assise sur la
clôture, je nouai mes jambes autour de ses fesses et
rabattis le manteau sur lui.

— Mon amour, murmura-t-il. Oh, mon amour, j'ai
tant envie de toi !

— Aimer et désirer, ce n'est pas tout à fait la même
chose.

Il émit un petit rire rauque.

— Pour moi, en tout cas, c'est très proche, *Sassenach*.

Je pouvais sentir la puissance de son désir, dur et
pressant. Il recula brusquement d'un pas et me souleva
dans ses bras.

— Où va-t-on ? demandai-je en le voyant tourner le
dos à la maison.

— Chercher une meule de foin.

28

Le caleçon des Fraser

Je trouvais peu à peu ma place dans la gestion du
domaine. Comme Jenny ne pouvait plus faire la longue
marche jusqu'aux fermes des métayers, je pris l'habitude de leur rendre visite moi-même, tantôt accompagnée de Jamie, tantôt avec Ian. J'emportais de la
nourriture et des médicaments. Je soignais les malades

de mon mieux et émettais des suggestions pour améliorer l'hygiène et la santé, qui étaient accueillies avec plus ou moins bonne grâce.

A Lallybroch, j'essayais de me rendre utile dans la maison et les jardins. Outre le charmant jardinet ornemental, le manoir disposait de plusieurs carrés de simples et d'un immense potager rempli de navets, de salades et de courges.

Jamie rattrapait le temps perdu en étant partout à la fois : dans le bureau avec les registres comptables, dans les champs avec les métayers, dans l'écurie avec Ian. Pour lui, c'était plus qu'un devoir ou une passion. Nous ne pourrions pas rester éternellement à Lallybroch. Il tenait à laisser des directives claires pour que le domaine continue de fonctionner pendant son absence, jusqu'à qu'il... ou plutôt que *nous* puissions revenir et vivre définitivement.

Je savais qu'il nous faudrait partir tôt ou tard. Pourtant, dans l'atmosphère paisible de Lallybroch et grâce à la compagnie chaleureuse de Jenny, de Ian et du petit Jamie, j'avais l'impression d'être enfin chez moi.

Un matin après le petit déjeuner, Jamie se leva de table en annonçant qu'il comptait se rendre de l'autre côté de la vallée pour voir un cheval que Martin Mack avait mis en vente.

Jenny se tourna vers lui, l'air soucieux.

— Tu crois que c'est raisonnable, Jamie ? On a vu plusieurs patrouilles anglaises dans le comté, le mois dernier.

Il haussa les épaules, prenant son manteau sur la chaise.

— Je ferai attention.

— Oh, Jamie ! lança Ian qui entrait au même moment, les bras chargés de bûches. Tu pourrais faire un tour au moulin, ce matin ? Jock est passé hier pour nous dire que la roue était coincée. J'y ai jeté un œil, mais nous n'avons rien pu faire. Une saleté a dû se prendre dans une des aubes, au fond de l'eau.

Il frappa le sol de sa jambe en bois.

— Je peux encore marcher, Dieu merci, et monter, mais pas question de nager. Je patauge tout juste comme un chien.

Jamie reposa son manteau.

— Tant mieux, Ian, autrement je suis sûr que tu passerais tes matinées à barboter dans l'étang au lieu de travailler. J'y vais.

Se tournant vers moi, il ajouta :

— Tu veux venir, *Sassenach* ? Il fait beau, ce matin, tu pourras emporter ton petit panier.

Il lança un clin d'œil ironique à l'énorme panier qui me servait pour mes cueillettes.

— Je file me changer, attends-moi.

Sur ce, il grimpa quatre à quatre les marches de l'escalier.

Ian et moi échangeâmes un sourire. Si Ian regrettait de ne plus pouvoir tout faire, ce sentiment était largement atténué par le plaisir de voir l'enthousiasme de Jamie.

— C'est bon de l'avoir de nouveau à la maison, me confia-t-il.

— Ah, si seulement nous pouvions rester ! soupirai-je.

Ses doux yeux bruns s'emplirent d'inquiétude.

— Vous n'allez quand même pas nous quitter tout de suite ?

— Non, mais il faut partir avant les premières neiges.

Jamie avait décidé que la meilleure solution était de nous rendre à Beauly, siège du clan des Fraser. Là-bas, son grand-père, lord Lovat, pourrait peut-être nous aider. Et sinon, il pourrait au moins nous arranger la traversée vers la France.

Ian hocha la tête, rassuré.

— Ça va, il vous reste encore quelques semaines.

Une fois que le meunier fut sorti de son repaire et que les présentations hâtives furent faites, je m'installai confortablement sur la berge de l'étang pendant que Jamie écoutait les explications du problème. Puis le meunier rentra dans son moulin pour tenter de faire tourner sa meule. Jamie attendit quelques minutes et commença à se déshabiller.

— Rien à faire, m'informa-t-il. Ian avait raison, quelque chose s'est coincé sous la roue. Il va falloir que je plonge.

Lorsqu'il ôta son kilt, j'en restai le souffle coupé.

— Que se passe-t-il ? demanda-t-il en voyant ma mine effarée. Tu n'as jamais vu un homme en caleçon ?

— Pas... des... comme ça ! balbutiai-je.

Il portait un caleçon en flanelle qui semblait dater d'un autre âge. Il avait dû être rouge, mais, à force d'être rapiécé, il n'était plus qu'un étourdissant carnaval de couleurs. Son premier propriétaire devait faire quelques centimètres de tour de taille de plus, car il bâillait lamentablement sur le ventre plat de Jamie, au point qu'il était obligé de le tenir d'une main.

— C'est celui de ton grand-père ou de ta grand-mère ? demandai-je en tentant de réprimer un fou rire.

— De mon père, répondit-il sèchement. Tu ne voulais tout de même pas que je plonge nu comme un ver devant tout le monde ?

Prenant un air digne, il avança dans l'étang. Parvenu près de la roue, il prit une profonde inspiration et plongea, suivi de son caleçon en flanelle rouge qui descendit en montgolfière derrière lui. Passant la tête par la fenêtre de son moulin, le meunier lançait des encouragements et des conseils chaque fois que Jamie réapparaissait à la surface.

Le bord de l'étang était plein de plantes aquatiques et je me mis à fouiller du bout de mon bâton en quête de racines de mauve et d'œnanthe. J'en avais presque rempli mon panier quand un toussotement poli derrière moi me fit sursauter.

C'était une très vieille dame, appuyée sur une canne en aubépine, portant des vêtements qu'elle devait posséder depuis cinquante ans et qui paraissaient maintenant trop grands sur sa carcasse rabougrie.

— Bien le bonjour, dit-elle d'une voix éraillée en hochant la tête comme si elle était retenue par une poulie.

Quelques mèches argentées s'échappaient de son fichu blanc et encadraient ses joues rebondies comme deux vieilles pommes ridées.

— Bonjour, répondis-je.

J'allais me lever du tronc d'arbre sur lequel je venais de m'installer mais elle vint s'asseoir près de moi avec une agilité étonnante. J'espérai qu'elle pourrait se relever aussi facilement.

— Je suis... commençai-je.

— Vous devez être la nouvelle maîtresse de Lally-broch, bien sûr. Je suis Mme MacNab, la mère Mac-Nab, comme on dit, pour me différencier de l'armée de mes brus qui s'appellent toutes MacNab aussi.

Elle tendit une main noueuse vers mon panier et en inspecta le contenu.

— De la mauve... ah, c'est bon pour la toux. Mais surtout ne vous avisez pas d'utiliser ceci, ma belle, pré-vint-elle en me montrant un tubercule brun. On dirait une racine de lis, mais ne vous y fiez pas.

— Qu'est-ce que c'est ?

— De la langue de serpent. Mangez-en et vous ferez des galipettes sous la table.

Elle extirpa la plante incriminée et la jeta au milieu de l'étang. Puis elle prit carrément le panier sur ses genoux et farfouilla dedans. Je l'observai, mi-amusée mi-agacée. Enfin, elle me le rendit d'un air satisfait.

— Ça va, ma fille, vous n'êtes pas trop sotte pour une *Sassenach*. Vous savez reconnaître la bétoine de l'épi-nard sauvage.

Elle lança un regard vers l'étang où la tête de Jamie venait de réapparaître pour quelques secondes.

— Je vois que le laird ne vous a pas épousée unique-ment pour votre joli visage.

— Merci, dis-je en décidant qu'il s'agissait d'un com-pliment.

Les yeux de la vieille fixèrent mon ventre.

— Vous ne lui avez pas encore donné d'héritier ? Des feuilles de framboisier, voilà ce qu'il vous faut. Faites-les bouillir avec une poignée de boutons d'églantine, et buvez-en entre le premier croissant et la pleine lune. Puis, pendant la lune décroissante, purgez-vous les intestins avec de l'épine-vinette.

— Ah... fis-je.

— Je voulais demander une petite faveur au laird, poursuivit-elle. Mais je vois qu'il est occupé, alors c'est à vous que je m'adresse.

— Soit, acceptai-je faiblement, ne voyant pas com-ment je pourrais l'en empêcher de toute façon.

— C'est au sujet de Rabbie, mon petit-fils. J'en ai seize, voyez-vous, dont trois Robert. Alors il y a Bob, Rob et le petit dernier, Rabbie.

— Félicitations.

— Je voudrais que le laird prenne l'enfant aux écuries.

— C'est que, je ne sais...

— C'est à cause de son père, voyez-vous, dit-elle en se penchant vers moi d'un air de conspirateur. C'est pas que je sois contre un peu de sévérité, surtout avec les garçons. Si le Seigneur ne voulait pas qu'on les punisse de temps à autre, il ne leur aurait pas mis le diable dans la peau, comme je dis souvent. Mais de là à faire coucher un enfant sur la terre battue, avec un bleu plus gros qu'un poing au milieu du visage ! Et tout ça pour avoir chipé un petit pain !

— Vous voulez dire que Rabbie est battu par son père ?

Elle acquiesça.

— Oui, ce n'est pas ce que je viens de dire ? En temps normal, je ne m'en mêlerais pas. Après tout, c'est au père de savoir comment élever ses enfants, mais... il faut bien dire que Rabbie a toujours été mon préféré. Et ce n'est pas sa faute si son père n'est qu'un bon à rien d'ivrogne... Si ce n'est pas honteux pour une mère d'avoir à dire ces choses-là, mais que voulez-vous, c'est la triste vérité !

Elle se tourna vers moi et agita un doigt sous mon nez.

— Faut dire que le père de Ronald avait lui aussi tendance à lever le coude. Mais il n'a jamais levé la main sur moi ni sur les enfants... enfin, pas après la première fois... C'est qu'il a bien essayé, une fois. Mais j'ai aussitôt sorti le tisonnier du feu et je lui en ai collé une sur le crâne... Ah, mais !... J'ai cru que je l'avais tué. J'ai pleuré comme une madeleine en lui tenant la tête sur mes genoux, me demandant ce que j'allais devenir, une veuve avec douze bouches à nourrir ! Heureusement qu'il est revenu à lui, j'étais sacrément soulagée ! Depuis ce jour-là, il n'a plus jamais levé la main sur moi ni sur les petits. J'en ai eu treize ! dit-elle fièrement. Et j'en ai élevé dix.

— Félicitations, répétai-je.

— Des feuilles de framboisier, enchaîna-t-elle en posant une main sur mon genou. Croyez-moi, ma fille, il n'y a que ça ! Et si ça ne marche toujours pas, venez me trouver, et je vous ferai un breuvage avec des extraits de mauve avec un œuf cru battu. Ça fait monter la graine de votre mari tout droit dans vos entrailles et vous serez gonflée comme une citrouille avant Pâques.

— Mmmmphm... fis-je. Et vous voudriez que Jamie, euh... le laird, prenne votre petit-fils comme garçon d'écurie pour l'éloigner de son père, c'est bien ça ?

— Oui. Mon petit Rabbie est un bon travailleur et le laird ne sera pas...

Le vieux visage ridé se figea. Lançant un regard par-dessus mon épaule, je compris pourquoi. Six dragons approchaient à cheval, descendant précautionneusement la colline.

Avec une remarquable présence d'esprit, Mme MacNab se redressa et se rassit sur les vêtements de Jamie, étalant ses jupes autour d'elle.

Au même instant, Jamie rejaillit au milieu de l'étang pour reprendre une bouffée d'air. L'appeler pour le prévenir aurait attiré l'attention des soldats, mais heureusement ce ne fut pas la peine. Il replongea aussitôt après avoir lâché un « Merde[1] ! » qui résonna à la surface de l'eau.

La vieille femme et moi restâmes immobiles, le visage de marbre, observant les dragons approcher. Au dernier moment, alors qu'ils contournaient le moulin, elle se tourna rapidement vers moi et posa un doigt sur ses lèvres, m'indiquant que je devais la laisser parler et surtout ne pas leur faire entendre que j'étais anglaise. Je n'eus même pas le temps de lui répondre. Les chevaux s'arrêtèrent à quelques mètres de nous.

— Bonjour, mesdames, lança leur chef.

C'était un caporal, mais Dieu merci ce n'était pas Hawkins. Un bref tour d'horizon me rassura. Aucun de ces hommes n'était parmi ceux que j'avais vus à Fort William.

— Nous avons aperçu le moulin depuis le sommet de la colline. Peut-être accepterez-vous de nous vendre un sac de farine ?

Ne sachant pas à laquelle s'adresser, il nous parlait à toutes les deux.

Mme MacNab fut glaciale, mais courtoise.

1. En français dans le texte. *(N.d.T.)*

140

— Bonjour. Si vous avez fait tout ce détour pour de la farine, vous allez être déçus. Le moulin est en panne en ce moment. Peut-être la prochaine fois que vous repasserez par là.

— Oh, quel est le problème ? demanda le caporal.

C'était un aimable jeune homme de petite taille au teint rose. Il descendit de cheval et s'approcha de la berge pour voir la roue de plus près. Le meunier qui sortait la tête juste à ce moment pour indiquer à Jamie où en était la meule l'aperçut et la rentra juste à temps.

Le caporal appela l'un de ses hommes qui vint lui faire la courte échelle pour l'aider à grimper sur le toit de chaume. Debout, il arrivait tout juste à attraper les aubes de la grande roue. Il s'y suspendit et tira de toutes ses forces. Puis il se pencha pour crier au meunier d'essayer de tourner la meule à la main.

Je faisais de mon mieux pour ne pas regarder vers l'étang. Je ne m'y connaissais pas suffisamment en moulin, mais je craignais qu'en se remettant brusquement à tourner la roue n'attire et ne broie tout ce qui se trouvait sous l'eau à proximité. Apparemment, mes craintes n'étaient pas vaines, car Mme MacNab intervint en lançant à l'un des soldats qui se tenaient près de nous :

— Vous devriez dire à votre chef qu'il redescende de là, mon garçon. Il va se briser le cou ou casser la roue. Il ne devrait pas se mêler de choses qu'il ne connaît pas.

— Oh, ne vous inquiétez pas, madame, répondit le jeune homme. Le père du caporal Silver possède un moulin dans le Hampshire. Personne ne s'y connaît mieux en moulins.

Mme MacNab et moi échangeâmes un regard consterné. Après avoir vainement tenté de faire tourner la roue de force, le caporal redescendit du toit et vint vers nous. Il était en nage et essuya son visage rougi par l'effort sur un grand mouchoir d'une propreté douteuse.

— Je n'arrive pas à la bouger d'en haut et cet idiot de meunier ne semble pas parler un mot d'anglais.

Il lança un regard vers le bâton noueux de Mme MacNab puis vers moi.

— Peut-être que la jeune dame pourrait nous servir d'interprète.

Mme MacNab étendit un bras protecteur devant moi, me tirant par la manche.

— Excusez ma belle-fille, mais elle n'a plus tout à fait sa tête depuis qu'elle a mis au monde un enfant mort-né. Elle n'a pas dit un mot depuis, la pauvre enfant. Je ne peux pas la laisser seule une minute, elle serait capable de se jeter dans l'eau par désespoir.

Je m'efforçai de prendre une mine affligée, ce qui ne fut guère difficile, vu mon état d'angoisse.

Le caporal parut déconcerté.

— Oh... euh... bien.

Il avança vers l'étang, regardant le moulin d'un air inquiet.

— Rien à faire, dit-il enfin à l'un de ses hommes, il va falloir que je plonge pour voir ce qui coince.

Il enleva sa veste rouge et commença à déboutonner ses manchettes. Je lançai un regard horrifié à Mme MacNab. S'il y avait suffisamment d'air sous le moulin pour respirer, il ne devait pas y avoir beaucoup de place où se cacher.

J'envisageais sans grand espoir de feindre une crise d'épilepsie quand la grande roue émit un couinement strident. Elle décrivit un demi-arc de cercle, s'arrêta, puis repartit en une rotation régulière, les aubes dégoulinant d'eau verdâtre.

Le caporal cessa son strip-tease, admirant le moulin.

— Ça, par exemple, Collins ! Je me demande bien ce qui pouvait la coincer !

Comme pour lui répondre, un morceau d'étoffe bariolée apparut au sommet de la roue. Il resta suspendu à l'une des aubes puis, lorsque celle-ci replongea dans l'eau, flotta à la surface de l'étang en dérivant vers nous. Un vieux dragon le repêcha au bout d'un bâton et le présenta gaiement à son chef, qui le saisit et l'inspecta d'un air perplexe.

— Hmmm... Je me demande d'où ça peut venir. Ce devait être pris dans les rouages. C'est étrange qu'un bout de chiffon puisse bloquer une roue aussi grande, n'est-ce pas, Collins ?

— Oui, chef, répondit poliment le dénommé Collins.

Manifestement, le vieux dragon ne partageait pas la passion de son caporal pour les vieux moulins écossais.

Après avoir retourné le caleçon de Jamie plusieurs

fois dans ses mains, le caporal haussa les épaules et le tendit à Collins.

— C'est de la flanelle de bonne qualité. Elle pourra nous servir pour lustrer les bottes. Ça nous fera un petit souvenir, hein, Collins ?

Sur ce, il s'inclina poliment devant Mme MacNab et moi, et remonta en selle.

Les dragons avaient à peine disparu de l'autre côté de la colline que Jamie jaillit hors de l'eau, prenant une bouffée d'air explosive.

Sa peau était blême, parcourue de veines violacées comme un marbre de Carrare. Ses dents claquaient si fort que je ne saisis pas ses premiers mots qui, de toute manière, étaient en gaélique.

Mme MacNab dut les comprendre, car elle en resta bouche bée.

Jamie commença à sortir de l'eau en se tenant les côtes, puis aperçut la vieille femme à côté de moi.

— Madame MacNab ! dit-il en s'arrêtant net, l'eau au niveau de la taille.

— Laird. Une belle journée, non ?

— Un p-p-peu fraîche.

Il me lança un regard interrogateur et je haussai les épaules, l'air impuissant.

— Nous sommes tous heureux de vous savoir de nouveau parmi nous, laird. Mes fils et moi-même espérons que vous serez définitivement de retour sous peu.

— M-m-merci, madame MacNab.

Ne prêtant pas attention aux regards implorants qu'il me lançait, elle posa ses mains noueuses sur ses genoux et se redressa d'un air digne.

— Laird, j'ai une faveur à vous demander, commença-t-elle. C'est au sujet...

— Madame MacNab, l'interrompit Jamie. Je vous l'accorde, quelle qu'elle soit, à condition que vous me laissiez me rhabiller avant que je me sois définitivement gelé les burnes.

143

29

Le prix de la sincérité

Le soir, après le dîner, nous passions généralement au salon avec Jenny et Ian pour bavarder tranquillement ou écouter les histoires de Jenny.

Ce soir-là, toutefois, c'était mon tour et je tins Ian et Jenny en haleine en leur racontant la scène avec Mme MacNab et les dragons.

— « C'est pas que je sois contre un peu de sévérité, surtout avec les garçons. Si le Seigneur ne voulait pas qu'on les punisse de temps à autre, il ne leur aurait pas mis le diable dans la peau, comme je dis souvent. »

Mon imitation de la mère MacNab remporta un franc succès. Jenny essuya les larmes qui lui coulaient le long des joues.

— Seigneur, elle sait de quoi elle parle ! Elle a eu combien de fils déjà, Ian ? Huit ?

Ian acquiesça.

— Au moins. Je ne me souviens même pas de tous leurs noms. Quand on était petits, Jamie et moi, il y avait toujours deux ou trois MacNab pour venir pêcher ou nager avec nous.

— Vous avez grandi ensemble ? demandai-je.

Jamie et Ian échangèrent un sourire complice.

— Oh oui, pour ça, on se connaît bien, rit Jamie. Le père de Ian était le régisseur de Lallybroch, comme Ian aujourd'hui. A plusieurs reprises, on s'est retrouvés coude à coude, à devoir expliquer à l'un ou l'autre de nos pères respectifs à quel point les apparences étaient trompeuses, ou, lorsque ça ne prenait pas, pourquoi les circonstances exigeaient qu'on atténue notre châtiment.

— Oui, et quand cela ne marchait pas non plus, renchérit Ian, je me suis souvent retrouvé penché en avant sur la clôture, attendant mon tour à côté du laird Fraser ici présent, l'écoutant beugler de toutes ses forces.

— Ce n'est pas vrai, s'indigna Jamie, je ne beuglais jamais.

— Appelle ça comme tu veux, mais tu faisais un sacré boucan !

— Vous faisiez tous les deux du boucan, intervint Jenny, et pas seulement en beuglant. Jamie essayait toujours de négocier, même pendant qu'il recevait sa raclée.

— Oui, tu aurais dû être avocat, Jamie, convint Ian. Mais je sais pas pourquoi je te laissais toujours parler à ma place, tu ne faisais souvent qu'aggraver notre cas.

— Tu veux parler du *broch* ? dit Jamie en riant de plus belle.

— Oui, répondit Ian.

Se tournant vers moi, il pointa un doigt vers l'ouest, où se dressait la vieille tour.

— Un jour, m'expliqua-t-il, pour éviter une raclée, Jamie a mis au point un argument particulièrement percutant : il a déclaré à Brian qu'avoir recours à la force pour faire valoir son point de vue n'était pas civilisé. « Le châtiment corporel est un acte barbare, a-t-il annoncé, et, qui plus est, désuet. Battre quelqu'un simplement parce qu'il a commis un geste dont les implications ne correspondent pas à votre point de vue n'est pas une punition constructive... »

— Et comment Brian a-t-il réagi ? demandai-je.

— Oh ! très bien ! Son père hochait la tête chaque fois que Jamie s'interrompait pour reprendre son souffle. Quand il a eu fini, Brian a dit : « Je vois. » Puis il s'est tourné vers la fenêtre, penchant la tête, l'air de réfléchir à la question. Enfin, il s'est tourné vers nous et nous a demandé de le suivre à l'écurie.

— Là, continua Jamie, il nous a donné à chacun un balai, une brosse et un seau et nous a montré la tour. Il a déclaré que je l'avais convaincu et qu'il avait décidé de nous donner une punition plus « constructive ».

Ian leva les yeux au ciel.

— La tour fait bien vingt mètres de haut, expliqua-t-il, et près de dix mètres de large, avec trois étages. On l'a balayée de bas en haut, puis on a brossé les planchers de haut en bas. Il nous a fallu cinq jours. Encore aujourd'hui, j'ai un goût de paille rancie dans la bouche quand je tousse.

— Et tu as essayé de me tuer le troisième jour, entonna Jamie en se massant le crâne. J'ai encore la cicatrice derrière l'oreille, là où tu m'as assommé avec le balai.

— Peuh ! rétorqua Ian. C'est le jour où tu m'as cassé le nez pour la deuxième fois, alors on était quitte.

— Ah, vous les Murray, vous êtes d'un rancunier !

— Voyons voir, dis-je en comptant sur mes doigts. Selon toi, les Fraser sont cabochards, les Campbell faux culs, les MacKenzie charmants mais sournois, les Graham stupides. Et quelle est la caractéristique principale des Murray ?

— On peut compter sur eux pour la bagarre, répondirent en chœur Jamie et Ian avant d'éclater de rire.

— C'est vrai, reprit Jamie. Le tout, c'est de s'assurer qu'ils sont bien de votre côté.

Jenny secoua la tête d'un air réprobateur devant son frère et son mari. Ils repartirent de plus belle d'un grand éclat de rire.

— Et dire qu'ils n'ont encore rien bu ! Viens avec moi, Claire, on va voir si Mme Crook a préparé des biscuits pour prendre avec le porto.

Revenant au salon un quart d'heure plus tard avec un plateau chargé, je surpris Ian demandant à Jamie :

— Alors, c'est vrai, tu ne nous en veux pas ?

— De quoi ?

— De nous être mariés sans ton consentement.

Jenny, qui marchait derrière moi, s'arrêta net.

Jamie, affalé dans un fauteuil, les pieds sur un coffre, marqua une pause avant de répondre :

— Vous ne saviez pas où j'étais, et vous ne saviez même pas si je reviendrais un jour.

Ian, penché en avant, les coudes sur les genoux, fronça les sourcils.

— C'est que... je trouvais que ce n'était pas juste... moi, un infirme.

— Jenny aurait pu tomber pire, l'interrompit Jamie, tu aurais pu être cul-de-jatte !

Ian rougit légèrement. Jamie toussota et se tourna vers lui.

— Mais dis-moi, comment se fait-il que vous vous soyez mariés finalement, si tu étais réticent ?

— Parce que tu crois qu'on m'a laissé le choix ? Je ne fais pas le poids devant une Fraser ! Un jour, expliqua-t-il, elle est venue me trouver aux champs pendant que je réparais un essieu. Je me suis extirpé de sous la carriole, crotté jusqu'au cou, et elle était là, devant moi, ressemblant à un buisson couvert de papillons. Elle m'a toisé de haut en bas et elle m'a dit...

Il se gratta la tête, cherchant à se souvenir.

— Bref, je ne sais plus ce qu'elle m'a dit, mais quelques minutes plus tard elle m'embrassait, moi couvert de boue. Puis elle a annoncé : « Parfait, puisque c'est comme ça, on se mariera le jour de la Saint-Martin. »

Il haussa les épaules d'un air résigné.

— J'ai eu beau lui dire que c'était impossible, le jour de la Saint-Martin, je me suis retrouvé devant le prêtre et déclarant : « Je te prends, Janet, pour le meilleur et pour le pire », et à faire tout un tas de promesses impossibles.

Jamie se renversa dans son fauteuil en riant.

— Oui, ça me rappelle quelque chose. On se sent tout bizarre, non ?

Ian sourit, sa gêne oubliée.

— Pour ça, oui. Ça me fait encore la même impression parfois, quand j'aperçois Jenny par hasard, debout sur une colline au soleil. Chaque fois je me dis : « Seigneur, ce n'est pas possible, elle n'est pas à moi, c'est trop beau pour être vrai. » Enfin, tu sais ce dont je parle. Je peux voir que c'est la même chose entre toi et Claire. Je me trompe ?

Jamie fit non de la tête, l'air songeur.

— Non, soupira-t-il. Et c'est bien comme ça.

Tout en dégustant du porto et des biscuits, Ian et Jamie poursuivirent leurs réminiscences, parlant de leur enfance et de leurs pères. William, le père de Ian, était mort le printemps dernier, laissant son fils gérer seul le domaine.

— Tu te souviens du jour où on a accompagné ton père chez le forgeron ?

— Oui, il n'arrêtait pas de nous demander si on ne voulait pas aller au petit coin...

Les deux hommes riaient si fort qu'ils ne purent terminer leur histoire.

— Des crapauds, m'expliqua succinctement Jenny. Ils en avaient chacun cinq ou six cachés sous leur chemise.

— Seigneur ! s'exclama Ian. Il y en a un qui a grimpé hors de ton col et qui a sauté sous le nez du forgeron ! J'ai cru mourir !

— Je me demande comment mon père ne m'a pas tordu le cou, cette fois-là, dit Jamie. C'est un miracle que j'aie survécu jusqu'à l'âge adulte.

Ian lança un regard attendri vers sa propre progéniture, occupée à empiler des cubes en bois près du feu.

— Un jour viendra où il faudra que je le corrige à mon tour. Il est si... *petit*.

Jamie regarda son neveu d'un air cynique.

— Bah, je suis sûr qu'il sera aussi insupportable que toi et moi, laisse-lui le temps. Après tout, nous devions avoir l'air tout aussi innocents à cet âge...

— Tu ne crois pas si bien dire, intervint Jenny, plaçant un verre de cidre dans la main de son mari.

Elle tapota son frère sur le haut du crâne.

— Tu étais si mignon, Jamie ! Je me souviens qu'un soir, on était tous réunis autour de ton lit, tu ne devais pas avoir plus de deux ans. Et nous sommes convenus que tu étais le plus joli bébé du monde. Tu avais de grosses joues bien rondes et des bouclettes si charmantes !

L'ex-plus beau bébé du monde devint cramoisi et siffla son verre cul sec, évitant soigneusement de croiser mon regard.

— Ça n'a pas duré très longtemps, reprit Jenny. Quel âge avais-tu quand tu as reçu ta première raclée ? Sept ans ?

— Non, huit. Sacrebleu, qu'est-ce que j'ai eu mal ! Douze coups de baguette sur les fesses, et père n'a pas faibli du début à la fin. Il ne faiblissait jamais. Une fois qu'il a eu terminé, il s'est assis sur un rocher pendant que je me reculottais. Lorsque j'ai cessé de pleurnicher, il m'a appelé à lui. Il m'a pris entre ses genoux et m'a dit : « C'était la première fois, Jamie, et sans doute pas la dernière. Tu en recevras peut-être une centaine d'autres avant de devenir un homme. Parfois, je le ferai avec joie, selon ce que tu auras fait. La plupart du temps, ce ne sera pas un plaisir, mais je le ferai quand même, parce qu'on doit toujours payer pour les bêtises qu'on a faites. » Puis il m'a serré dans ses bras et m'a dit : « Maintenant, rentre à la maison te faire consoler par ta mère. » Comme j'allais protester, il a ajouté : « Non, je sais bien que tu n'en as pas besoin, mais elle, si. » Alors je suis rentré à la maison, et ma mère m'a donné des tartines et de la confiture.

Jenny partit d'un grand éclat de rire.

— Je viens juste de me souvenir, dit-elle. Père disait toujours que, lorsque tu avais reçu ta raclée et qu'il te renvoyait à la maison, tu t'arrêtais à mi-chemin et tu l'attendais pour lui demander : « Dis, père, est-ce que ça t'a fait plaisir, cette fois ? » Et quand il te répondait non, tu disais : « Eh bien, moi non plus ! »

Nous nous mîmes tous à rire, puis Jenny regarda tendrement son frère.

— Il adorait raconter cette histoire. Il disait toujours que tu le faisais mourir.

Le sourire s'effaça aussitôt du visage de Jamie et il baissa les yeux.

— Oui, dit-il doucement. C'est bien ce que j'ai fait, non ?

Jenny et Ian échangèrent un regard consterné et je détournai les yeux, ne sachant que dire. Pendant un long moment, on n'entendit plus que le crépitement des bûches dans la cheminée. Puis Jenny, après un bref regard inquiet vers Ian, reposa son verre et tapota le genou de son frère.

— Jamie, ce n'était pas ta faute.

Il releva la tête et esquissa un petit sourire.

— Non ? La faute à qui, alors ?

Elle prit une profonde inspiration et répondit :

— La mienne.

Il la dévisagea d'un air incrédule.

— Jamie... Je suis en grande partie responsable de ce qui vous est arrivé à tous les deux, père et toi.

Il prit sa main dans la sienne et la caressa doucement.

— Tu dis des sottises, sœurette. Tu as fait ton possible pour me sauver la vie. Tu as eu raison. Si tu n'étais pas rentrée dans la maison avec Randall, il m'aurait sans doute tué sur place.

Elle le dévisagea longuement, le front plissé.

— Non, je ne regrette pas d'être rentrée avec lui, ce n'est pas ça. C'est que, quand je l'ai conduit dans ma chambre... je... je... je ne savais pas trop à quoi m'attendre. Il avait l'air très énervé. Il était tout rouge et ne semblait plus sûr de lui, ce qui m'a paru étrange. Il m'a poussée sur le lit et puis il s'est tenu là, debout, à se frotter. Au début, j'ai cru que je l'avais vraiment blessé avec mon genou, mais pourtant je n'avais pas frappé si fort...

Ses joues étaient rouges. Elle lança un regard de biais vers Ian avant de poursuivre :

— J'ai compris depuis qu'il essayait de... se préparer. Je ne voulais pas lui montrer qu'il me faisait peur, alors je me suis redressée sur le lit et je l'ai fixé. Ça l'a mis en rogne et il m'a ordonné de me retourner. Mais j'ai refusé et j'ai continué à le narguer. Il s'est déboutonné et... je me suis mise à rire.

— Tu as fait quoi ? demanda Jamie, interdit.

— J'ai ri... Je savais parfaitement comment un homme était fait. Je vous avais vus nus, toi, Willie et Ian. Mais il...

Ses lèvres ne purent réprimer un petit sourire.

— ... il était si... ridicule, rouge comme une pivoine, à frotter frénétiquement sa chose à demi molle...

Ian manqua de s'étrangler et elle se mordit les lèvres.

— Autant dire que ça ne lui a pas plu du tout, alors j'ai ri de plus belle. C'est à ce moment qu'il m'a attrapée et a déchiré ma robe. Je l'ai giflé et il m'a frappée au visage, assez fort pour me faire voir trente-six chandelles. Cette fois, ça a semblé lui plaire davantage. Il a grimpé sur le lit. Même étourdie, j'ai continué à rire. Je lui ai dit qu'il n'était pas un homme, qu'il était incapable de faire l'amour à une femme. J'ai... achevé de déchirer mon corsage et je... l'ai nargué en lui montrant mes seins. Je lui ai dit qu'il avait peur de moi, parce qu'il savait qu'il était tout juste bon à tripoter les animaux de ferme et les valets d'écurie...

— Jenny... souffla Jamie, en secouant la tête d'un air ahuri.

— Eh bien oui, quoi ! se défendit-elle. C'est tout ce que j'ai trouvé à lui dire. J'ai bien vu que ça le mettait hors de lui, mais il était clair qu'il n'était pas en état de me faire... quoi que ce soit. J'ai montré son sexe du doigt et j'ai ri encore et encore. Alors il a voulu m'étrangler et ma tête a heurté le montant du lit... Quand je me suis réveillée, il n'y avait plus personne.

Ses beaux yeux bleus étaient remplis de larmes

— Jamie, pardonne-moi. Je sais que, si je ne l'avais pas mis dans une telle rogne, il ne t'aurait pas traité comme il l'a fait, et puis père...

— Jenny, *mo cridh*, ne pleure pas, la consola Jamie en s'agenouillant auprès d'elle.

De son côté, Ian semblait pétrifié.

Jamie la berça doucement entre ses bras.

— Tout doux, ma petite colombe. Tu as eu raison, Jenny. Ce n'est pas ta faute et sans doute pas la mienne non plus. Il est venu ici parce qu'on lui avait donné l'ordre de semer la pagaille. Il aurait traité n'importe qui de la même manière. Il était venu pour provoquer les Highlanders et les monter contre les Anglais, afin de servir ses fins... et celles de l'homme qui l'avait envoyé.

Jenny cessa de sangloter et releva des yeux stupéfaits.

— Pour monter les gens contre les Anglais ? Mais pourquoi ?

— Afin d'identifier ceux qui seraient susceptibles de soutenir le prince Charles dans l'éventualité d'un nouveau soulèvement. Je ne sais pas encore de quel côté se situe l'employeur de Randall. Peut-être veut-il faire tenir les fidèles du prince à l'œil, et confisquer leurs terres, ou peut-être est-il lui-même pour le prince et veut-il que les Highlanders soient prêts, le moment venu. Je ne sais pas, mais cela n'a plus d'importance. Tout ce qui compte, c'est que tu sois saine et sauve et que je sois revenu. Je serai bientôt de retour pour de bon, *mo cridh*, je te le promets.

Elle prit ses mains entre les siennes et les embrassa. Puis elle sortit un mouchoir de sa manche et se moucha avant de se tourner vers Ian qui se tenait à ses côtés, immobile, l'air à la fois furieux et blessé. Elle lui posa doucement une main sur le bras.

— Tu estimes que j'aurais dû t'en parler ?

Il ne sourcilla pas, mais son regard était dur.

— Oui.

— Ian, je ne t'ai rien dit de peur de te perdre. Mon frère avait disparu, mon père était mort. Je ne voulais pas que tu me quittes à ton tour car tu m'es encore plus cher que ma famille, mon amour.

Lançant un regard vers Jamie, elle ajouta :

— Ce qui n'est pas peu dire.

Le visage de Ian était tiraillé entre l'amour et l'orgueil blessé. Jamie se leva et me toucha l'épaule. Nous quittâmes discrètement le salon, les laissant tous les deux en tête à tête devant les braises mourantes.

30

Conversations au coin du feu

Si les révélations de Jenny avaient rouvert de vieilles blessures entre elle et Ian, celles-ci semblaient être pansées le lendemain.

Nous nous prélassâmes au salon après le dîner, Ian et Jamie discutant des affaires du domaine dans un coin, accompagnés d'une carafe de vin de sureau pendant que Jenny détendait ses chevilles gonflées en reposant ses pieds sur un tabouret. J'en profitai pour consigner par écrit quelques-unes des recettes qu'elle m'avait indiquées au cours de la journée.

POUR TRAITER LES FURONCLES

Faire tremper trois clous en fer une semaine dans de l'ale aigre. Ajouter des copeaux de cèdre, laisser reposer. Lorsque tous les copeaux sont tombés au fond, la mixture est prête. Appliquer trois fois par jour, à compter du premier quart de lune.

CHANDELLES À LA CIRE D'ABEILLE

Drainer le miel des rayons. Enlever les abeilles mortes. Faire fondre le rayon dans une petite quantité d'eau dans un grand chaudron. Enlever les abeilles, les ailes et autres impuretés qui remontent à la surface. Drainer l'eau et la remplacer. Mélanger fréquemment pendant une demi-heure, puis laisser reposer. Drainer l'eau et la garder pour sucrer. Purifier à l'eau claire encore deux fois.

Je commençais à avoir des crampes à la main et je n'en étais pas encore à la confection des moules et des mèches.

— Jenny, combien de temps faut-il pour faire les chandelles, en comptant toutes les étapes ?

Elle reposa la petite chemise qu'elle était en train de coudre et réfléchit.

— Une demi-journée pour prélever les rayons des ruches, deux pour drainer le miel, un seul s'il est chaud, un jour pour purifier la cire, à moins qu'il n'y en ait beaucoup ou qu'elle soit très sale, dans ce cas deux jours ; une demi-journée pour faire les mèches, un ou deux jours pour les moules, une demi-journée pour faire fondre la cire, remplir les moules et les suspendre à sécher. Disons une semaine en tout.

Je vins m'asseoir près d'elle pour admirer le minuscule vêtement qu'elle brodait avec des points pratiquement invisibles. Son ventre rond se souleva brusquement, comme si son petit occupant changeait de position. Je le regardai, fascinée. Je n'avais jamais côtoyé de si près une femme enceinte pendant si longtemps et je ne m'étais pas rendu compte de toute l'activité qui se déroulait dans ses entrailles.

— Tu veux le sentir ? demanda-t-elle.

Elle me prit la main et la posa sur son ventre.

— Attends un peu, il ne va pas tarder à donner un autre coup de pied. Ils n'aiment pas du tout quand on est penchée en arrière comme ça. Ils s'agitent.

Elle n'avait pas plutôt parlé que je sentis une secousse vigoureuse sous ma paume.

— Mon Dieu ! m'exclamai-je. Qu'est-ce qu'il est fort !

— Oui, ce sera un beau gaillard, comme son frère et son père.

Elle sourit tendrement à Ian, qui s'était momentanément interrompu pour contempler sa femme et son ventre rond.

— Voire même un bon à rien de rouquin comme son oncle, ajouta-t-elle en haussant légèrement la voix.

— Hein, quoi ? demanda Jamie levant le nez de ses comptes. Vous me parliez ?

— Je me demande si c'est « rouquin » ou « bon à rien » qui a attiré son attention, me chuchota Jenny.

» Rien, *mo cridh*, reprit-elle à voix haute. Nous nous demandions simplement si le petit aurait la malchance de ressembler à son oncle.

L'oncle en question se leva et vint s'asseoir sur le tabouret, déplaçant les pieds de sa sœur et les reposant sur ses genoux.

— Masse-les-moi, supplia celle-ci. Tu sais bien mieux le faire que Ian.

Il s'exécuta et Jenny ferma les yeux de plaisir. Elle laissa tomber la petite chemise sur son ventre qui continua à remuer comme pour protester. Comme moi un peu plus tôt, Jamie semblait fasciné par les mouvements sous la peau.

— Ça ne te fait pas mal ? demanda-t-il. Ce doit être étrange d'avoir quelqu'un qui fait des sauts périlleux dans ton ventre !

Jenny rouvrit les yeux et grimaça.

— Mmm. Parfois j'ai l'impression d'avoir le foie en compote, mais généralement c'est plutôt agréable. C'est comme si...

Elle hésita.

— C'est difficile à expliquer à un homme, nous n'avons pas les mêmes sensations puisque nos corps sont différents. C'est un peu comme si tu cherchais à me faire comprendre ce que signifie recevoir un coup de pied dans les roubignoles.

— Ah, ça, je pourrais te le décrire sans problème, se récria Jamie.

Il se plia en deux, s'étreignant lui-même, roulant des yeux, et émit un grognement sourd.

— Hein, que c'est comme ça, Ian ? demanda-t-il à son beau-frère qui riait aux éclats.

— Dans ce cas, répliqua Jenny, je suis vraiment soulagée de ne pas en avoir !

— Non, sincèrement, se calma Jamie, dis-moi ce que ça fait. Ou sinon, décris-le à Claire. Elle comprendra, elle, puisque c'est une femme, même si elle n'a pas encore eu d'enfant.

Je tiquai légèrement, mais ne dis rien.

— Soit, convint Jenny. C'est comme si... ta peau devenait soudain très fine. Tes sensations sont aiguisées, tu sens tout ce qui t'effleure, même tes vêtements, et pas uniquement sur ton ventre, mais partout : sur tes jambes, tes hanches et ta poitrine. Tes seins gonflent et s'alourdissent... ils deviennent très sensibles au bout.

Ses petits doigts aux ongles ras décrivirent un cercle autour de ses mamelons qui pointaient sous le justaucorps.

— Et naturellement, tu te sens maladroite. Tu prends plus de place que d'habitude et tu te cognes partout.

Elle plaça ses deux mains sur son ventre.

— Mais bien sûr, c'est là que tu ressens le plus de choses. Les premiers jours, c'est comme si tu avais le ventre rempli d'air, avec de grosses bulles qui flottent dans ton estomac. Plus tard, quand l'enfant commence à bouger, c'est comme si un poisson avait mordu à ta ligne, puis s'était libéré. Tu sens quelques coups secs, puis plus rien.

— Ce doit être rassurant de savoir qu'il est là, bien en vie, suggéra Jamie.

— Oh, oui ! Mais ils dorment la plupart du temps, tu sais. Parfois, quand tu ne sens rien pendant longtemps, tu as peur qu'il ne soit mort, alors tu essaies de le réveiller.

Pour illustrer ses propos, elle appuya fermement d'un côté de son ventre. Aussitôt, il y eut une forte poussée de l'autre côté.

— Et quand il répond d'un coup de pied, tu pousses un soupir de soulagement, conclut-elle. Vers la fin, tu es gonflée de partout. Ce n'est pas douloureux, tu te sens comme un fruit mûr sur le point d'éclater. Tu as envie d'être touchée, très doucement... partout.

Ses yeux étaient fixés sur ceux de Ian. Ils semblaient unis par un fort sentiment d'intimité, comme s'ils s'étaient raconté cette histoire maintes fois, sans jamais s'en lasser.

— Enfin, le dernier mois, le lait commence à monter. Tu sens tes seins se remplir, petit à petit, un peu plus chaque fois que l'enfant bouge. Un beau jour, ton ventre durcit. Ça ne fait pas mal. Tu te sens juste un peu essoufflée et tes seins te chatouillent. Tu as l'impression qu'ils vont exploser à moins qu'on ne les tète.

Elle ferma les yeux et s'enfonça dans le fauteuil, caressant lentement son ventre.

Nous étions tous en transe dans la pièce enfumée, saisis par une sensation de désir intense de nous unir et de procréer. Sans regarder Jamie je savais que tous les poils de son corps étaient hérissés.

Jenny rouvrit les yeux et posa sur son mari un regard riche de tendresse et de promesses.

— Un peu avant la naissance, l'enfant remue tout le temps et c'est comme si tu avais ton homme en toi, comme quand il te pénètre profondément et se déverse en toi. Tu as la sensation d'un autre pouls qui bat en toi, mais beaucoup plus fort. Il résonne dans les parois de ton ventre et te remplit.

Jenny se tourna brusquement vers moi et le charme fut brisé.

— C'est ce que les hommes cherchent, tu sais, expliqua-t-elle. Ils essaient de retourner dans le ventre de la femme.

Un peu plus tard, Jenny se leva et se dirigea vers la porte, lançant derrière elle un regard qui fit se lever Ian comme un aimant attiré par le pôle Nord. Avant de sortir, elle lança à son frère :

— Tu n'oublieras pas d'éteindre le feu ?

J'étirai longuement mes muscles fatigués. Les mains de Jamie glissèrent sur mes hanches et je m'adossai contre lui, attirant ses doigts sur mon ventre, les imaginant caressant la courbe douce d'une grossesse qui se faisait attendre.

En me retournant pour l'embrasser, je remarquai le petit corps couché en chien de fusil devant le foyer.

— Ils ont oublié Jamie, chuchotai-je.

Généralement, l'enfant dormait dans la chambre de ses parents. Ce soir, il s'était endormi près du feu pendant que nous discutions doucement en buvant notre vin, mais personne n'avait songé à le mettre au lit.

— Jenny n'oublie jamais rien, répondit mon Jamie. Je suppose que Ian et elle voulaient rester seuls pour une fois.

Ses doigts tripotaient les lacets de ma jupe.

156

— Il peut bien passer la nuit ici, ajouta-t-il.

— Mais s'il se réveille ?

Ses mains s'affairaient déjà sur mon corsage.

— Bah ! Il faut bien qu'il apprenne un jour. Au moins, il sera un peu moins niais que son oncle.

Il jeta plusieurs coussins sur le sol et s'y allongea en me tirant vers lui.

La lueur des flammes dansait sur les cicatrices de son dos, comme s'il était l'homme d'acier que je l'avais accusé d'être un jour. Je le caressai et il frissonna sous mes doigts.

— Tu crois que Jenny a raison ? demandai-je. Les hommes cherchent-ils vraiment à retourner dans le ventre de leur mère ? C'est pour ça qu'ils nous font l'amour ?

Il se mit à rire.

— Ce n'est pas la première chose à laquelle je pense quand je me couche près de toi, loin s'en faut. Mais...

Il prit mes seins dans le creux de ses mains, et ses lèvres se refermèrent sur mon mamelon.

— ... d'un autre côté, elle n'a pas tout à fait tort. Parfois, ce serait bon de retourner à l'intérieur, bien au chaud et en sécurité. C'est peut-être le fait de savoir que c'est impossible qui nous pousse à faire des enfants. Ne pouvant y retourner nous-mêmes, on peut du moins offrir à nos fils ce précieux cadeau, pour un temps...

Il secoua la tête comme un chien mouillé qui s'ébroue.

— Ne fais pas attention à ce que je dis, *Sassenach*. Le vin de sureau m'a ramolli le cerveau.

31

Le laird reçoit

On frappa à la porte et Jenny entra dans la chambre, portant un vêtement bleu sur le bras et un chapeau dans l'autre main. Elle inspecta son frère d'un œil critique puis hocha la tête.

— Mmm, pour ce qui est de la chemise, ça ira. Je t'ai sorti ta plus belle veste. Tu as forci un peu des épaules depuis la dernière fois. Quant à tes cheveux, c'est un désastre !

— Mes cheveux ? s'indigna-t-il. Qu'est-ce qu'ils ont, mes cheveux ?

Sans perdre de temps, elle le poussa vers un tabouret près de la fenêtre et le força à s'asseoir. Depuis que j'avais rencontré Jamie, ses cheveux avaient considérablement poussé et lui tombaient à présent sur les épaules. Il les retenait généralement derrière la tête avec un lacet de cuir. Elle le dénoua et les lui ébouriffa consciencieusement.

— Tu veux que je te dise ce qu'elle a, ta tignasse ? C'est un vrai nid à rats !

Elle extirpa délicatement un morceau de feuille de chêne de la masse hirsute et le posa sur la table.

— Où étais-tu hier ? En train de fourrager sous les arbres comme un cochon ?

— Aïe !

— Cesse de remuer, *Roy*.

Plissant le front d'un air concentré, elle s'empara d'une brosse et commença à démêler les longues mèches, lissant sa belle chevelure où se mêlaient les reflets auburn, cuivre, cannelle et or, rendue plus flamboyante encore par les rayons du soleil matinal.

— Je me demande bien pourquoi le Seigneur a jugé bon de gaspiller des cheveux pareils sur un homme, grogna-t-elle. Par endroits, on dirait la robe d'un cerf rouge.

— Ils sont beaux, n'est-ce pas ? m'émerveillai-je à mon tour. Regarde, sur le haut du crâne le soleil les a décolorés en laissant des mèches dorées.

L'objet de notre admiration se rebella.

— Si vous n'arrêtez pas tout de suite, je me rase la tête ! menaça-t-il.

Sa sœur le frappa avec le dos de sa brosse. Il glapit et allait exercer des représailles quand elle lui tira les cheveux en arrière.

— Arrête de gigoter, ordonna-t-elle.

Elle sépara la chevelure en trois mèches épaisses, qu'elle tressa soigneusement.

— Tu ne vas quand même pas te présenter devant tes métayers en ayant l'air d'un sauvage ! bougonna-t-elle.

Jamie marmonna quelques paroles inintelligibles, mais se laissa faire. Quand elle eut terminé et lié la tresse avec un petit bout de ficelle, elle fouilla dans sa poche et en sortit un ruban de soie bleue qu'elle noua d'un air triomphal.

— Voilà ! s'exclama-t-elle, satisfaite. Il n'est pas beau comme ça ?

Elle se tourna vers moi, et je fus bien forcée de reconnaître que, les cheveux tirés en arrière, propre, avec sa chemise blanche et ses pantalons gris, il avait une allure folle.

— C'est surtout le ruban, répondis-je en pouffant de rire. Il est de la même couleur que ses yeux.

Jamie fusilla sa sœur du regard.

— Non ! Pas de ruban ! On n'est pas en France, ni à la cour du roi Geordie ! Je me fiche si c'est la couleur du manteau de la Vierge. Pas de ruban, Janet !

— Bon, d'accord, nigaud ! soupira-t-elle.

Elle dénoua le ruban et recula d'un pas.

— Voilà, tu es fin prêt.

Puis elle se tourna vers moi.

— Mmmm, fit-elle, en tapotant du pied d'un air dubitatif.

Étant arrivée au manoir pratiquement en haillons, il avait fallu me confectionner d'urgence deux nouvelles robes, l'une en serge grise pour tous les jours, une autre en soie pour des occasions telles que celle-ci. Plus douée pour recoudre des plaies que des étoffes, j'avais aidé à couper la soie et à poser les épingles, mais avais laissé le soin de la couture à Jenny et à Mme Crook.

Elles avaient fait un travail superbe et la robe en soie jaune moulait mon buste comme un gant, avec des plis profonds qui retombaient derrière les épaules et allaient se mêler au drapé luxuriant de la jupe. Devant mon refus catégorique de porter un corset, elles avaient rivalisé d'ingéniosité en cousant des baleines à l'intérieur du bustier.

Jenny m'inspecta des pieds à la tête. Puis, avec un soupir résigné, elle m'indiqua le tabouret.

— A toi.

Elle ôta les brindilles et les miettes de feuilles de chêne de ma chevelure, les déposant minutieusement sur la table à côté de celles glanées sur le crâne de Jamie. Une fois qu'elle m'eut coiffée à sa guise, elle sortit un petit bonnet en dentelle de son tablier.

— Voilà, ma chère, annonça-t-elle en le fixant avec

des épingles. Vous avez enfin l'air d'une dame respectable.

Prenant cette remarque comme un compliment, je marmonnai quelques remerciements.

— Tu as des bijoux ? demanda-t-elle soudain.

Je fis non de la tête.

— Je n'avais que les perles que Jamie m'a offertes pour notre mariage, mais elles sont restées à Leoch.

— Ah, j'allais oublier ! s'écria Jamie.

Il fouilla dans le *sporran* posé sur la table et en sortit le collier de perles baroques.

— Mais d'où les sors-tu ? m'étonnai-je.

— Murtagh nous les a ramenées, tôt ce matin. Il est retourné à Leoch pendant le procès et a ramassé tout ce qu'il pouvait porter, pensant qu'on en aurait besoin si on survivait. Il nous a cherchés sur la route, mais il ne pouvait pas savoir qu'on avait fait un détour par... la colline.

— Il est encore là ?

Jamie vint se poster derrière moi pour m'attacher le collier.

— Oui, il est en bas en train de dévorer tout ce qu'il trouve dans les cuisines et de conter fleurette à Mme Crook.

Hormis quand il chantait, je n'avais jamais entendu le petit homme sombre dire plus d'une dizaine de mots à la suite depuis que je le connaissais, et je le voyais mal « contant fleurette » à quiconque. Il devait se sentir très à l'aise à Lallybroch.

— Mais qui est-il au juste ? Un parent à vous ?

Jamie et Jenny échangèrent un regard surpris.

— Ben... oui, fit Jenny.

Se tournant vers son frère, elle l'interrogea :

— Il est... quoi donc ? L'oncle du cousin germain de père, c'est bien ça ?

— Le neveu, corrigea-t-il. Tu ne te souviens pas ? L'oncle Leo avait deux fils et puis...

Je pressai mes mains contre mes oreilles, les suppliant de ne pas remettre ça. Mon geste parut rappeler quelque chose à Jenny, qui claqua soudain des doigts.

— Des boucles d'oreilles ! s'écria-t-elle.

Elle sortit précipitamment de la pièce.

— Pourquoi ta sœur t'appelle-t-elle Roy ? demandai-je, intriguée.

Il était en train d'ajuster son foulard devant le miroir, avec cet air grave de celui qui s'apprête à affronter un adversaire dans un combat mortel qu'ont tous les hommes quand ils nouent leur cravate.

— Ah, ça ! Ce n'est pas le prénom anglais, mais un surnom gaélique, à cause de la couleur de mes cheveux. Le vrai mot est *ruadh*, « rouge ».

Tout en parlant, il retourna le contenu de son *sporran* sur la table, triant les objets du bout du doigt.

— Mon Dieu, je n'ai jamais vu un tel fourbi ! Jamie, tu es pire qu'une pie !

— Ce n'est pas un fourbi, toutes ces choses me sont utiles, se défendit-il.

Je regardai le petit tas et en dressai l'inventaire.

— Bon, que le fil à pêche et les hameçons te servent, je veux bien. La lanière de cuir, c'est pour les collets, je suppose ? La bourre et les balles sont pour tes pistolets, d'accord. Et je comprends aussi la valeur sentimentale du petit serpent que Willie t'a donné. Mais une coquille d'escargot ? Et un morceau de verre ? Et ça, qu'est-ce que c'est que cette saleté ?

Je me penchai pour mieux voir. C'était une petite masse de poils sombres.

— Jamie ! Mais pourquoi te promènes-tu avec une patte de taupe desséchée ?

— C'est contre les rhumatismes, dit-il en remettant précipitamment l'objet dans son *sporran*.

— Ah ! raillai-je. Voilà donc pourquoi tu ne grinces pas !

J'extirpai une petite bible de la pile et la feuilletai tandis qu'il rangeait ses trésors.

— Alexander William Roderick MacGregor, lus-je à voix haute sur la page de garde. Tu m'as dit un jour que tu avais une dette envers lui, que voulais-tu dire ?

— Je t'ai déjà raconté que c'était un prisonnier mort à Fort William, non ?

— Oui.

— Je ne l'ai pas connu personnellement. Il est mort un mois avant mon arrivée. Mais le médecin qui m'a donné cette bible m'a longuement parlé de lui pendant qu'il soignait mon dos. Je crois qu'il avait besoin de soulager sa conscience, il ne pouvait en parler à personne d'autre à la garnison.

Alex MacGregor, âgé de dix-huit ans à peine, avait été arrêté pour le délit mineur de vol de bétail. C'était un joli garçon au tempérament tranquille, qui aurait normalement dû purger sa peine et être relâché sans incident. Toutefois, une semaine avant sa libération, il avait été retrouvé pendu dans sa cellule.

— D'après le médecin, il ne faisait aucun doute qu'il s'était pendu tout seul, poursuivit Jamie. Il ne m'a pas dit précisément ce qu'il en pensait, mais il m'a confié que le capitaine Randall avait eu un entretien en tête à tête avec le garçon une semaine plus tôt.

Je déglutis.

— Et tu crois que...

— Non. J'en suis *sûr*, et le médecin aussi. Je suppose que le sergent-major était également au courant, c'est pour quoi il est mort.

Il posa ses mains à plat sur la bible, observant ses longs doigts de fermier et de guerrier. Puis il fit disparaître le petit livre dans son *sporran*.

— Un jour, *mo duinne*, ces deux mains feront la peau de Jack Randall. Et lorsque ce sera fait, j'enverrai ce livre à la mère d'Alex MacGregor, avec un message lui annonçant que son fils a été vengé.

Jenny revint dans la pièce au même moment, resplendissante dans une robe bleue, portant une grande boîte en cuir usé.

— Jamie, les Curran sont déjà là, ainsi que Willie Murray et les Jeffry. Tu ferais mieux de descendre et de prendre un second petit déjeuner avec eux. J'ai mis du pain frais et des harengs salés sur la table, et Mme Crook est en train de préparer des crêpes.

Il sortit. Je l'entendis dévaler les premières marches de l'escalier, puis, se rappelant probablement son rang, il acheva sa descente d'un pas plus lent et plus digne.

Déposant la boîte sur le lit, Jenny l'ouvrit, révélant un mélange de bijoux et de colifichets. Cela ne ressemblait pas du tout à la Jenny Murray que je connaissais, organisée et ordonnée, qui dirigeait d'une main de fer la maisonnée de l'aube au crépuscule.

Elle fouilla dans le tas puis, surprenant mon regard amusé, elle me sourit.

— Voilà une éternité que je me dis que je dois y mettre de l'ordre. Mais quand j'étais petite, ma mère me laissait jouer avec sa boîte, et c'était comme de découvrir un trésor. J'ai peur qu'une fois rangée, elle ne perde sa magie. C'est idiot, non ?

— Non, pas du tout, ris-je.

Nous passâmes en revue le trésor de la famille Fraser, examinant un à un les joyaux de quatre générations de femmes.

— Ceci appartenait à ma grand-mère, expliqua Jenny en me montrant une broche en argent en forme de croissant de lune.

Un petit diamant brillait au sommet comme une étoile.

Je remarquai un curieux éclat au fond de la boîte.

— Et ça, qu'est-ce que c'est ?

— Ah, ça ! Je ne les ai jamais portés, ils ne me vont pas. Mais tu peux les prendre. Tu es grande, comme ma mère. Ils étaient à elle.

C'était une paire de bracelets chacun façonné dans la courbe d'une défense de sanglier. L'ivoire était magnifiquement patiné par le temps et couronné des deux côtés par une gaine en argent finement ciselée d'un motif fleuri.

— Oh, ils sont superbes ! m'enthousiasmai-je. Je n'ai jamais rien vu d'aussi... merveilleusement barbare !

Jenny parut amusée.

— Oui, tu peux le dire. Quelqu'un les avait offerts à maman pour son mariage, mais elle n'a jamais voulu nous dire qui. Mon père la taquinait parfois au sujet de son admirateur secret, mais elle se contentait de sourire d'un air mystérieux. Tiens, essaie-les.

L'ivoire était frais et lourd au bout de mon bras. Je ne pouvais m'empêcher de caresser la surface lisse et douce.

— Ils te vont bien, déclara Jenny, et ils sont parfaits avec ta robe jaune. Allez, mets ces boucles d'oreilles et descendons faire notre devoir.

Murtagh était assis devant la table de la cuisine, dévorant à pleines dents un morceau de jambon perché au bout de son poignard. Passant derrière lui avec un plateau, Mme Crook glissa trois petits pains encore chauds dans son assiette sans même s'arrêter.

Jenny s'affairait de-ci de-là, préparant et surveillant. Marquant une pause, elle lança un regard à l'assiette de Murtagh, déjà presque vide.

— Ne t'empiffre pas tant, mon homme. Après tout, il y a déjà un porc dans la porcherie.

— Vous n'allez quand même pas laisser un parent mourir de faim ? grogna-t-il, sans cesser de mâcher.

— Moi ? Certainement pas ! Après tout, ce n'est que la quatrième fois que tu te ressers. Mme Crook, appela-t-elle, lorsque vous en aurez terminé avec les petits pains, donnez donc à ce pauvre affamé un bol de porridge pour combler les trous. Il ne faudrait pas que ce malheureux tourne de l'œil sur notre perron !

Quand il me vit sur le pas de la porte, Murtagh s'étrangla sur son morceau de jambon.

— Mmmmphm, fit-il après que Jenny lui eut tapé dans le dos.

— Moi aussi, je suis ravie de vous voir, répondis-je. Au fait, merci infiniment.

— Mmmmphm ?

— Pour avoir rapporté nos affaires de Leoch, précisai-je.

— Mmmmphm, fit-il encore en agitant une main pour dire que ce n'était rien.

Il en profita pour attraper le beurrier.

— J'ai aussi rapporté vos plantes, dit-il en faisant un signe vers la fenêtre. Elles sont dans la cour, dans mes sacoches.

— Vous m'avez rapporté ma sacoche à pharmacie ? C'est fantastique !

Certaines de mes simples étaient rares et j'avais eu un mal fou à les trouver et à les préparer.

— Mais comment avez-vous fait ? l'interrogeai-je. J'espère que vous n'avez pas rencontré trop de difficultés.

Après avoir réchappé aux horreurs du procès pour sorcellerie, je m'étais souvent demandé comment les habitants du château avaient pris mon arrestation et mon évasion.

— Bah, pas tant que ça !

Je dus attendre qu'il ait fini de mastiquer pour avoir la suite.

— Mme Fitz vous les avait mises de côté dans une boîte. J'ai d'abord été la voir parce que je ne savais pas trop comment on allait me recevoir au château.

— Vous avez bien fait. J'imagine mal Mme Fitz poussant des cris d'orfraie en vous voyant.

— Mouais. Je savais bien qu'elle n'allait pas appeler au secours. On était bons amis, la mère Fitz et moi, il y a longtemps.

— Ah, je vois, une ancienne flamme ! le taquinai-je, l'imaginant tendrement enlacé avec la volumineuse matrone.

Murtagh me lança un regard glacial.

— Vous seriez bien gentille de rester polie en parlant de cette dame. Son mari était le frère de ma mère. Et elle était très inquiète à votre sujet, je peux vous le dire !

Je baissai les yeux, gênée.

— Désolée. Je me demandais seulement ce que les gens du château avaient pensé quand... quand j'ai...

— Ils ne s'en sont pas aperçus tout de suite. Quand vous n'êtes pas venue dîner, ils ont pensé que vous vous étiez attardée dans les champs ou que vous étiez montée directement vous coucher. La porte de votre chambre était fermée. Le lendemain, on ne parlait que de l'arrestation de Mme Duncan, et personne n'a pensé à vous. Le messager qui a apporté la nouvelle du village n'a parlé que de la veuve du procureur.

Personne n'avait de raison de s'apercevoir de mon absence, pensai-je, mis à part ceux qui avaient besoin de soins. Dès le départ de Jamie, j'avais passé le plus clair de mon temps dans la bibliothèque de Colum.

— Et Colum ? demandai-je.

Murtagh haussa les épaules, cherchant des yeux quelque chose à manger sur la table. Ne trouvant rien, il se cala contre le dossier de sa chaise, croisant les bras sur son ventre plat.

— Quand il a entendu la nouvelle, il a aussitôt fait fermer les portes du château et a interdit à tous de descendre au village, de peur qu'ils ne soient entraînés dans la chasse aux sorcières. Le deuxième jour, Mme Fitz s'est mise à vous chercher. Elle a interrogé toutes les filles de cuisine. Elles ne savaient rien, sauf une, qui pensait vous avoir vue partir dans la direction du village. Selon elle, vous auriez pris refuge dans une des maisons, en attendant que l'affaire se tasse.

Il s'interrompit pour lâcher un rot sonore.

Je n'avais pas besoin d'un dessin pour savoir qui était cette innocente jeune fille si observatrice.

— Mme Fitz a mis le château sens dessus dessous, puis elle a obligé Colum à envoyer un homme au village. Quand ils ont appris ce qui s'était passé....

Une lueur amusée traversa son regard.

— La mère Fitz ne m'a pas tout raconté, mais j'imagine qu'elle a dû rendre la vie du laird encore plus misérable que d'habitude, le harcelant pour qu'il envoie des hommes vous libérer, par la force si nécessaire. Lui, de son côté, il s'est défendu de son mieux en soutenant qu'il était déjà trop tard, que tout résidait entre les mains des juges, et patati et patata.

Finalement, ni l'un ni l'autre ne l'avait emporté. Ned Gowan, avec son talent inné pour le compromis, avait tranché pour eux en offrant de se rendre au procès, non pas en tant que représentant du laird, mais à titre personnel, pour me défendre.

— Mme Fitz croit-elle que je suis une sorcière ? demandai-je.

Murtagh émit un petit rire.

— Je serais étonné que la vieille croie aux sorcières, et les plus jeunes non plus, d'ailleurs. Y a que des hommes pour croire au mauvais sort et à la magie des femmes, alors que c'est une chose naturelle chez elles.

— Je commence à comprendre pourquoi vous ne vous êtes jamais marié.

— Vous croyez vraiment ? rétorqua-t-il d'un air piqué.

Il se leva brusquement et se tourna vers Jenny qui venait d'entrer.

— Je dois y aller. Vous transmettrez mes respects au laird. Je ne veux pas le déranger, il doit être très occupé.

Jenny lui tendit un grand sac en toile, plein à craquer de provisions.

— Pour la route, expliqua-t-elle avec un clin d'œil.

Ils disparurent dans le couloir en plaisantant et je restai seule dans la cuisine, songeuse, caressant les bracelets en ivoire d'Ellen MacKenzie. Une porte claquant au loin me rappela sur terre. Je me secouai et m'apprêtai à prendre ma place comme dame de Lallybroch.

Si Lallybroch était d'ordinaire un endroit animé, ce jour-là, ce fut le chaos le plus total. Les métayers se succédèrent tout au long de la journée. Beaucoup ne restaient que le temps de payer leur loyer. D'autres s'attardaient, se promenant dans le domaine, visitant les lieux avec des amis, prenant des rafraîchissements dans le salon. Jenny, épanouie dans sa robe bleue, et Mme Crook, raide dans son tablier blanc amidonné, faisaient l'aller et retour entre la cuisine et le salon, surveillant les deux servantes qui titubaient sous les énormes plateaux chargés de galettes d'avoine, de tartelettes aux fruits et autres délices.

Jamie me présenta officiellement aux invités présents dans le salon et le boudoir, puis se retira dans son bureau avec Ian pour recevoir les métayers individuellement, discuter avec eux des semailles du prochain printemps, les consulter sur les ventes de blé et de laine, prendre note des activités du domaine et mettre les choses en ordre pour les saisons à venir.

J'errai gaiement dans la maison, échangeant des mondanités avec les invités, servant les boissons, aidant aux cuisines ou me contentant de me faire toute petite dans un coin pour mieux observer les allées et venues.

Me souvenant de la promesse que Jamie avait faite à la vieille femme près du moulin, j'attendais avec curiosité l'arrivée de Ronald MacNab.

Il fit son apparition peu après midi, perché sur une mule squelettique, un petit garçon grimpé derrière lui. Je les observai depuis la fenêtre du boudoir, me rappelant la description de Mme MacNab.

Si le terme d'« ivrogne » était peut-être une exagération, la mère avait dressé un portrait relativement fidèle de son fils. Les longs cheveux gras de Ronald MacNab pendouillaient lamentablement sur son col grisâtre. Sa chemise était d'une propreté douteuse. Il devait avoir un ou deux ans de moins que Jamie, pourtant il en paraissait quinze de plus. Son visage osseux était couvert de couperose, avec de petits yeux ternes et injectés de sang.

Quant à l'enfant, il était crasseux et mal vêtu. Pis

encore, il ne quittait pas son père d'une semelle, la tête basse, tressaillant chaque fois que celui-ci se retournait ou lui parlait sèchement. Jamie, qui l'accueillit à la porte de son bureau, lança un regard entendu vers Jenny qui lui apportait une nouvelle carafe de vin.

Elle lui répondit d'un hochement de tête à peine perceptible et lui tendit la carafe. Puis, prenant fermement l'enfant par la main, elle l'entraîna vers la cuisine.

— Viens avec moi, mon petit, j'ai des biscuits pour toi, ou tu préfères peut-être une tranche de cake aux fruits ?

Jamie salua Ronald MacNab et s'effaça pour le laisser entrer dans le bureau. Avant de refermer la porte, il croisa mon regard et me fit un petit signe de tête vers la cuisine. J'acquiesçai et emboîtai le pas à Jenny et au jeune Rabbie.

Je les trouvai plongés dans une aimable conversation avec Mme Crook, qui transvasait à la louche le punch d'une grosse marmite dans une coupe en cristal. Elle en versa un peu dans un bol en bois et le tendit au garçon. Celui-ci l'inspecta d'un air soupçonneux avant de l'accepter. Jenny continua de papoter gaiement tout en chargeant des plateaux, tandis que la petite créature à demi sauvage lui répondait par des grognements inintelligibles.

— Ta chemise est un peu sale, observa-t-elle en se penchant vers lui pour retourner son col. Enlève-la, je vais te la laver avant que tu ne rentres chez toi.

« Un peu sale » était un euphémisme, mais le garçon se raidit, sur la défensive. Je me tenais derrière et, sur un geste de Jenny, je le retins par les bras avant qu'il puisse filer.

Il se débattit comme un beau diable, mais Jenny et Mme Crook se joignirent à la mêlée, et nous parvînmes enfin à lui ôter sa chemise.

— Seigneur ! soupira Jenny.

Elle tenait la tête de l'enfant fermement coincée sous son bras, exposant son dos maigre et crasseux, couvert de croûtes et de zébrures. Certaines marques étaient anciennes, ne laissant qu'une ombre sur les os saillants, d'autres étaient encore fraîches et violacées. Sans lâcher l'enfant, Jenny lui parla doucement, l'amadouant jusqu'à ce qu'il se détende. Elle me montra le hall d'un geste du menton.

— Claire, tu ferais bien d'aller prévenir Jamie.

Je frappai discrètement à la porte du bureau, tenant un plat de galettes d'avoine tartinées de miel en guise de prétexte.

Ma mine consternée tandis que je servais MacNab dut suffire à Jamie, car je n'eus pas même besoin de lui toucher deux mots en privé. Il me fixa un moment d'un air méditatif, puis se tourna vers son métayer.

— Bien, Ronnie, reprit-il, nous sommes donc d'accord pour ce qui est de la parcelle de blé. Mais je voulais te parler d'autre chose. Je crois que tu as un fils qui s'appelle Rabbie. J'aurais besoin d'un garçon de sa taille pour travailler aux écuries. Tu veux bien le laisser venir au manoir ?

Les longs doigts de Jamie jouaient avec sa plume d'oie. Ian, assis devant une autre petite table à l'écart, posa son menton sur son poing, étudiant Ronald Mac-Nab avec intérêt.

Ce dernier avait l'air renfrogné de celui qui n'est pas soûl mais aimerait bien l'être.

— Non, j'ai besoin de lui, répondit-il sèchement.

— Naturellement, je te paierai pour ses services.

L'autre grogna et s'agita sur sa chaise.

— C'est ma mère qui est venue vous trouver, hein ? J'ai dit non et c'est non. C'est mon fils et j'en ferai ce que je veux. Il restera à la maison.

Jamie dévisagea longuement MacNab, puis replongea le nez dans ses registres sans insister davantage.

Plus tard dans l'après-midi, tandis que les métayers prenaient progressivement congé, j'aperçus par la fenêtre Jamie se dirigeant d'un pas nonchalant vers la porcherie, un bras sur l'épaule de MacNab comme deux vieux camarades d'école. Les deux hommes disparurent derrière la bâtisse, sans doute pour discuter d'un détail agricole. Ils réapparurent quelques minutes plus tard, et revinrent vers la maison.

Jamie tenait toujours MacNab par les épaules, mais cette fois il semblait plutôt le soutenir qu'autre chose. Le visage du métayer était grisailleux et trempé de sueur. Il marchait d'un pas incertain, le dos courbé, semblant incapable de se redresser.

— Alors, on est d'accord, déclara joyeusement Jamie une fois devant la porte. Je suis sûr que ta femme sera ravie d'avoir quelques sous en plus, hein, Ronald ? Tiens, voilà ta mule. Belle bête, ma foi !

La vieille rosse décharnée avança vers son maître d'un air las, une gerbe de foin pendant entre ses dents jaunes.

Jamie donna une grande tape sur l'épaule de MacNab et l'aida à grimper en selle. Apparemment, le métayer avait besoin de toute l'aide qu'on pouvait lui donner. L'air hagard, il se retourna à peine quand Jamie lui lança gaiement :

— Bonne route, et bien le bonjour à Mme MacNab !

Jamie resta sur le porche, serrant les mains des derniers métayers et échangeant des plaisanteries, jusqu'à ce que la silhouette voûtée de MacNab eût disparu derrière la crête de la colline. Puis il se retourna et siffla entre ses doigts. Rabbie MacNab, avec son kilt taché et sa chemise déchirée mais propre, sortit en rampant de sous une carriole de foin.

— Alors, Rabbie, il semblerait que ton père ait accepté que tu restes avec nous pour travailler dans l'écurie. Je suis sûr que tu travailleras dur et que tu lui feras honneur, n'est-ce pas ?

Le garçon leva des petits yeux ronds et rouges vers Jamie, mais ne répondit rien. Jamie lui posa la main sur l'épaule et le poussa vers la maison.

— File à la cuisine. Un dîner t'attend, mais avant, n'oublie pas de te débarbouiller. Mme Crook n'aime pas les petits sauvages. Oh, et, Rabbie...

Il se pencha et murmura à l'oreille du garçon :

— N'oublie de te laver les oreilles ou Mme Crook s'en chargera elle-même. Elle m'a récuré les miennes, ce matin, regarde.

Il plaça les mains derrière ses oreilles et rabattit ses pavillons. L'enfant esquissa un sourire timide et fila vers la maison.

— Bravo, félicitai-je Jamie en passant un bras sous son coude pour aller dîner. Comment t'es-tu débrouillé ?

— J'ai entraîné Ronald derrière la porcherie et je lui ai filé un grand coup de poing dans le ventre. Puis je lui ai demandé s'il préférait se séparer de son fils ou de son foie.

Il fronça les sourcils.

— Ce n'est pas franchement correct de ma part, mais je ne voyais pas ce que je pouvais faire d'autre. Ce n'est pas uniquement à cause de ma promesse à la mère MacNab, mais Jenny m'a décrit le dos du gamin.

Il hésita.

— Tu sais, *Sassenach*, mon père me fouettait autant qu'il le jugeait nécessaire, c'est-à-dire souvent, mais je ne tremblais pas chaque fois qu'il m'adressait la parole. Je ne crois pas que le jeune Rabbie pourra en rire plus tard en en parlant au lit avec sa femme.

Il redressa les épaules, d'un air sombre.

— MacNab a raison, c'est son fils et c'est à lui de décider. Je ne suis que le laird, pas Dieu. Mais la frontière est parfois ténue entre la justice et la barbarie. J'espère simplement que je suis du bon côté.

Je me blottis contre lui.

— Tu as bien fait, Jamie.

— Tu crois ?

— J'en suis sûre.

Nous reprîmes le chemin de la maison, bras dessus bras dessous, mais au lieu d'entrer Jamie m'attira vers la colline derrière le manoir. Le soleil couchant teintait d'ambre les façades blanchies à la chaux des bâtiments. De là-haut, nous pouvions voir l'ensemble du domaine à nos pieds.

Je posai ma tête sur l'épaule de Jamie et il me serra doucement contre lui.

— Toute ta vie est ici, n'est-ce pas, Jamie ? Tu es né pour régner sur Lallybroch.

— Sans doute, *Sassenach*. Et toi ? Tu es née pour devenir quoi, au juste ? Une châtelaine ? Ou pour dormir à la belle étoile comme une bohémienne ? Pour être guérisseuse, la femme d'un professeur, ou celle d'un hors-la-loi ?

— Je suis née pour te rencontrer, répondis-je simplement en tendant les bras vers lui.

— Tu sais, observa-t-il en se libérant, tu ne l'as jamais dit.

— Toi non plus.

— Si, je l'ai dit. Le lendemain de notre arrivée. J'ai dit que je te désirais plus que toute autre chose.

— Et je t'ai répondu que désirer et aimer, ce n'était pas la même chose.

— Tu as sans doute raison, rit-il.

Il lissa mes cheveux et baisa mon front.

— Je t'ai désirée dès que j'ai posé les yeux sur toi, mais je t'ai aimée quand tu as pleuré dans mes bras et que tu m'as laissé te consoler, la première nuit à Leoch.

Le soleil se coucha derrière les sapins noirs et les premières étoiles s'allumèrent dans le ciel. C'était la mi-novembre et la brise du soir était fraîche. Jamie appuya son front contre le mien, noyant son regard dans mes yeux.

— Toi d'abord.

— Non, toi.

— Pourquoi ?

— J'ai peur.

— Peur de quoi, *Sassenach* ?

— De ne plus pouvoir m'arrêter de le dire.

Il lança un regard vers la ligne d'horizon où se levait la faucille de la lune.

— C'est bientôt l'hiver et les nuits rallongent, *mo duinne*.

— Serrée contre lui, je sentais son cœur battre.

— Je t'aime.

32

Un travail épuisant

Quelques jours plus tard, au coucher du soleil, je travaillais sur la colline à déterrer des bulbes de corydalis. Entendant un bruit de pas, je me retournai, pensant voir Jenny ou Mme Crook venues m'annoncer que le dîner était prêt. C'était Jamie, les cheveux mouillés par ses ablutions du soir. Il vint s'asseoir près de moi et nous regardâmes ensemble le soleil se coucher derrière les sapins, nimbant le paysage d'or et de pourpre. Il commençait à faire sombre et j'entendis Jenny nous appeler de la maison.

— Rentrons, proposai-je à contrecœur.

— Mmm... fit Jamie sans bouger d'un pouce.

Il avait le regard fixé au loin, comme s'il voulait enregistrer chaque détail du paysage dans sa mémoire.

— Que se passe-t-il ? Nous allons devoir partir bientôt, c'est ça ?

Mon cœur se serra à l'idée de quitter Lallybroch, mais il était trop dangereux de nous attarder plus longtemps. Les dragons anglais pouvaient revenir d'un jour à l'autre, avec des conséquences désastreuses.

— Mouais, demain ou après-demain au plus tard. Il y a des Anglais à Knockchoilum. C'est à une trentaine de kilomètres d'ici, mais à deux jours de cheval seulement par beau temps.

Je me levai péniblement, mais Jamie me retint par la main. Sa peau sentait bon le soleil. Il avait passé toute la semaine à aider aux récoltes. C'était un travail éreintant et Ian et lui avaient souvent du mal à garder les yeux ouverts pendant le dîner. Un soir, en revenant de la cuisine avec le dessert, je les avais trouvés tous deux profondément endormis, Jenny riant doucement devant les vestiges du repas. Ian était affalé sur sa chaise, le menton écrasé contre son torse, respirant profondément. Jamie, lui, était à moitié couché sur la table, la tête sur ses bras croisés, ronflant paisiblement entre la carafe de vin et le moulin à poivre.

Jenny me prit le plat des mains et nous servit toutes les deux.

— Ils bâillaient tellement que je me suis demandé ce qui arriverait si je me taisais quelques minutes, expliqua-t-elle. Alors je me suis tue, et deux minutes plus tard il n'y avait plus personne.

Elle lissa tendrement les cheveux de Ian.

— C'est pour ça qu'il y a peu de bébés qui naissent l'été, poursuivit-elle avec un clin d'œil. En novembre, les hommes ne restent pas éveillés assez longtemps le soir pour en faire à leur femme.

Je me mis à rire. Jamie remua à mes côtés et je posai une main sur sa nuque pour l'apaiser. Ses lèvres esquissèrent un doux sourire rêveur.

— C'est drôle, me confia Jenny. Je ne l'ai pas vu faire ça depuis qu'il était tout petit.

— Faire quoi ?

— Sourire dans son sommeil. Quand il était enfant, il souriait toujours en dormant. Parfois, maman et moi, on se relayait auprès de son berceau pour lui caresser la tête et voir si ça le faisait sourire. Ça ne ratait jamais.

Nous restâmes un moment à le regarder.

— Je me demande ce qui le fait sourire comme ça, dis-je enfin en l'observant avec fascination.

— Je suppose que c'est parce qu'il est heureux.

Nous ne devions pas partir le lendemain. Au beau milieu de la nuit, je fus réveillée par un bruit de conversation étouffée dans la chambre. J'ouvris les yeux pour découvrir Ian penché au-dessus du lit une chandelle à la main.

— Le bébé est en route, me dit Jamie en me voyant éveillée.

Il se redressa et bâilla.

— Ce n'est pas un peu tôt, Ian ?

— On ne peut jamais savoir. Le petit Jamie, lui, était en retard. Mieux vaut tôt que tard, je suppose.

Il esquissa un sourire nerveux. Jamie se tourna vers moi.

— *Sassenach*, tu sais mettre les enfants au monde ? Ou vaut-il mieux aller chercher une sage-femme ?

Je n'hésitai pas une seconde.

— Allez chercher une sage-femme.

Je n'avais vu que trois accouchements au cours de ma formation, tous dans un bloc opératoire stérile, la patiente anesthésiée et recouverte d'un drap ne laissant paraître que le périnée enflé d'une manière grotesque.

Jamie fila donc prévenir Mme Martins, la sage-femme, pendant que je suivais Ian dans les escaliers.

Jenny était assise sur une chaise près de la fenêtre, le dos confortablement calé. Elle avait enfilé une chemise de nuit usée, enlevé les draps du lit et étalé un vieil édredon sur le matelas. A présent, elle attendait.

Elle semblait ailleurs, comme si elle écoutait quelque chose au loin qu'elle seule pouvait entendre. Ian s'agitait nerveusement autour d'elle, déplaçant inutilement des objets, arpentant la chambre. Finalement, elle lui demanda de sortir.

— Va plutôt réveiller Mme Crook, Ian, dit-elle doucement. Qu'elle prépare les affaires dont Mme Martins aura besoin.

Elle fit une grimace et posa ses deux mains sur son ventre tendu. Je vis avec fascination celui-ci s'arrondir à vue d'œil et durcir. Elle se mordit les lèvres et respira bruyamment quelques instants avant de se détendre à nouveau. Son ventre avait repris sa forme normale, pendant légèrement en avant.

J'attendis nerveusement avec Jenny ce qui me parut une éternité. Jamie ne revenait toujours pas avec Mme Martins. J'avais entendu dire que le deuxième enfant naissait plus vite que le premier. Et si celui-ci décidait de venir au monde avant l'arrivée de la sage-femme ?

Au début, Jenny bavardait tranquillement avec moi, s'interrompant de temps à autre pour se pencher légèrement en avant en se tenant le ventre à mesure que les contractions se faisaient plus rapprochées et plus fortes. Mais elle perdit bientôt l'envie de faire la conversation. Elle se cala sur sa chaise, se reposant calmement entre les périodes de douleur de plus en plus longues. Enfin, elle me tendit la main.

— Aide-moi à marcher, Claire, demanda-t-elle d'une voix faible.

Nous fîmes plusieurs fois le tour de la chambre, nous arrêtant chaque fois qu'une contraction la prenait. Peu avant que la sage-femme arrive, Jenny s'allongea sur le lit.

Mme Martins avait un aspect rassurant, grande et mince, avec des épaules larges, des avant-bras musclés, et une expression douce et pragmatique qui inspirait confiance.

Elle commença son examen préliminaire. Tout lui parut normal. Mme Crook arriva avec une pile de linges propres et Mme Martins en prit un, le roula en boudin et le cala sous les reins de Jenny. J'aperçus alors un filet de sang noirâtre couler entre ses cuisses et lançai un regard inquiet vers la sage-femme.

Elle hocha la tête d'un air apaisant.

— Ce n'est rien. Ce n'est que quand le sang est rouge et abondant qu'il y a lieu de s'inquiéter.

Nous nous installâmes confortablement et attendîmes. Mme Martins parlait tranquillement avec Jenny, lui tenant la main et la réconfortant. A chaque contraction, elle lui massait fermement le creux des reins.

Les cheveux de Jenny étaient trempés de transpiration et son visage rougi par l'effort. En la regardant, je compris tout le sens du mot « travail ». Enfanter n'était pas de tout repos !

Pendant les deux heures qui suivirent, il ne se passa pratiquement rien. Jenny ne parlait presque plus. Chaque contraction la laissait pantelante, son visage virant du rouge vif au blafard en quelques secondes.

Après une dernière contraction particulièrement douloureuse, elle me fit signe d'approcher.

— Si l'enfant vit.... et que c'est une fille... elle s'appellera Margaret. Dis à Ian... de l'appeler Margaret Ellen.

— Oui, bien sûr, la réconfortai-je. Mais tu pourras le lui annoncer toi-même très prochainement. Il n'y en a plus pour très longtemps.

Elle secoua vigoureusement la tête pour m'indiquer le contraire et serra les dents pour affronter le prochain assaut. Mme Martins m'attira à part et me chuchota :

— Ne vous en faites pas, elles croient toujours qu'elles n'y survivront pas.

— Ah ! fis-je, un peu soulagée.

— Remarquez, reprit-elle, elles ont parfois raison.

Même Mme Martins parut légèrement inquiète en constatant que les contractions s'éternisaient sans grand résultat. Jenny commençait à se fatiguer. Après chaque douleur, son corps se relâchait, et il lui arrivait même de s'endormir. Puis, dès que les griffes impitoyables lui lacéraient de nouveau les entrailles, elle se réveillait en sursaut, luttant et grognant, tentant de rouler sur le côté pour soulager la douleur.

— Et si l'enfant était... à l'envers ? chuchotai-je timidement à Mme Martins.

La sage-femme ne répondit pas, mais son front était plissé d'inquiétude.

Dès la fin de la contraction suivante, elle retira le drap et retroussa la chemise de nuit. Elle palpa ici et là le ventre de ses doigts rapides et expérimentés. Elle dut s'y reprendre à deux ou trois fois, car la pression de ses mains semblait intensifier les contractions.

Enfin, elle recula d'un pas, observant d'un air concentré la malheureuse qui se tordait dans son lit. Jenny tirait tant sur les draps que l'un se déchira brusquement en deux. Comme s'il s'agissait d'un signal, Mme Martins me fit un signe énergique.

— Aidez-la à se cambrer un peu plus, m'ordonnat-elle sans se laisser impressionner par les cris de Jenny.

Elle posa les mains sur l'enfant à travers la paroi abdominale et tenta de le retourner. Jenny hurla et me tira violemment sur le bras.

Mme Martins fit une nouvelle tentative. Encore et encore. Incapable de s'empêcher de pousser, Jenny était au bord de l'éreintement, son corps ayant depuis longtemps dépassé les limites de l'endurance.

Puis il y eut un brusque mouvement de liquide et la masse amorphe de l'enfant pivota sous les mains de Mme Martins. D'un seul coup, la forme du ventre de Jenny se transforma.

— Poussez maintenant, s'écria Mme Martins.

Jenny s'exécuta et la sage-femme s'agenouilla au pied du lit. Apparemment, elle remarqua un progrès notable car elle se releva aussitôt et alla chercher une bouteille sur la table. Elle versa un peu de son contenu huileux dans ses mains et se mit à en oindre doucement l'entrecuisse de Jenny, lui parlant doucement, lui répétant que tout allait bien.

A la contraction suivante, Mme Martins posa les deux mains sur le ventre de Jenny et appuya fortement. Jenny poussa un cri aigu, mais la sage-femme continua de pousser jusqu'à la fin de la contraction.

— A la prochaine, vous pousserez avec moi, me demanda-t-elle. On y est presque.

Je plaçai mes mains sur celles de Mme Martins et, à son signal, nous nous mîmes à pousser toutes les trois. Jenny lâcha un profond grognement de victoire et une forme ronde apparut soudain entre ses cuisses. Elle étira les jambes, poussa une dernière fois et Margaret Ellen Murray surgit parmi nous, comme un porcelet huilé à souhait.

Quelque temps plus tard, je finis d'essuyer le visage

souriant de Jenny avec un linge humide et regardai par la fenêtre. Le soleil allait bientôt se coucher.

— Je vais bien, me rassura Jenny. Très bien.

Le sourire rayonnant avec lequel elle avait accueilli sa fille avait cédé la place à une expression de béatitude. Elle me toucha la manche.

— Va prévenir Ian, me dit-elle. Il doit être mort d'inquiétude.

Ce n'était pas tout à fait le cas, du moins à mes yeux cyniques. Le bureau où s'étaient réfugiés Ian et Jamie ressemblait à une scène de débauche. Une carafe vide attendait sur la console, accompagnée de plusieurs cadavres de bouteilles. Une forte odeur d'alcool flottait dans la pièce.

Le fier papa semblait avoir tourné de l'œil, la tête posée sur le bureau du laird. Le laird lui-même était encore conscient, mais avait le regard vitreux.

Outragée, je saisis Ian par les épaules et le secouai vigoureusement, ne prêtant pas garde à Jamie qui s'était redressé.

— Attends, *Sassenach*...

Ian releva lentement la tête avec une mine sinistre et des yeux implorants et je compris soudain qu'il s'attendait que je lui annonce que Jenny était morte en couches.

— Elle va bien, lui dis-je doucement. Tu as une petite fille.

Il laissa retomber sa tête sur le bureau et je m'éclipsai, laissant Jamie tapoter ses épaules secouées de sanglots.

Un peu plus tard, les survivants s'étant ressaisis et rafraîchis, les familles Murray-Fraser se réunirent dans la chambre de la nouvelle maman pour célébrer l'arrivée de Margaret. Cette dernière, lavée, poudrée et enveloppée dans une petite couverture, fut confiée à son père qui la reçut avec un air d'admiration béate.

— Bonjour, petite Maggie, chuchota-t-il en caressant le petit nez du bout du doigt.

Sa fille, peu impressionnée, ferma les yeux et urina sur la chemise de son père.

Pendant que nous réparions les dégâts, Jamie junior profita de l'hilarité générale pour échapper aux griffes de Mme Crook et se jeta sur le lit de ses parents. Jenny réprima une grimace de douleur et l'accueillit avec un sourire, faisant signe à la gouvernante qu'elle pouvait le laisser.

— Tu es *ma* maman ! déclara-t-il en enfouissant son nez sous l'aisselle de sa mère.

— Mais bien sûr, mon chéri, roucoula-t-elle.

Elle le serra dans ses bras et déposa un baiser sur le sommet de son crâne. Alors il se détendit, rassuré, glissa son pouce dans sa bouche et s'endormit aussitôt.

Lorsque ce fut son tour de tenir le bébé, Jamie s'avéra très compétent, soutenant le petit crâne duveteux dans la paume de sa main comme une balle. Il ne rendit l'enfant à sa mère qu'à contrecœur.

Lorsque nous retournâmes dans notre chambre, elle me parut bien vide et silencieuse après la chaleureuse réunion de famille que nous laissions derrière nous : Ian agenouillé près de sa femme, caressant la tête de son fils, tandis que Jenny allaitait Margaret. Je n'avais pas encore pris conscience de l'état de fatigue dans lequel je me trouvais. Près de vingt-quatre heures s'étaient écoulées depuis que Ian nous avait réveillés.

Jamie referma doucement la porte et vint se placer derrière moi sans un mot pour m'aider à dénouer les lacets de ma robe. Ses bras encerclèrent ma taille et je m'adossai contre lui. Je ne me sentais pas seulement épuisée, mais aussi pleine de tendresse, et un peu triste.

— Finalement, c'est aussi bien comme ça, me murmura-t-il à l'oreille.

— Quoi donc ?

— Que tu sois stérile.

Il ne pouvait voir mon visage, mais il me sentit sûrement me raidir.

— Oui, reprit-il, je le sais depuis belle lurette. C'est Geillis Duncan qui me l'a dit peu après notre mariage. Au début, je l'ai regretté, mais après je me suis dit que cela valait mieux ainsi. Avec la vie qu'on mène, que ferions-nous si tu attendais un enfant ! Et à présent, j'en suis même heureux. Je ne voudrais pas que tu souffres comme Jenny.

— Ça ne m'ennuierait pas, dis-je en repensant à la petite tête ronde et aux doigts minuscules.

— Moi si. J'ai vu la tête que faisait Ian. C'était

comme si on lui arrachait sa propre chair chaque fois que Jenny criait. Je peux endurer ma douleur, mais pas la tienne. Je ne le supporterais pas.

33

La Garde

Jenny se remit rapidement de la naissance de Margaret et, dès le lendemain, insista pour se lever. Devant les protestations conjuguées de Ian et de Jamie, elle accepta à contrecœur de ne pas travailler, se contentant de surveiller les activités ménagères depuis le canapé du salon, la petite Margaret dormant dans son berceau à côté d'elle.

Toutefois, incapable de rester à ne rien faire, moins de deux jours plus tard elle s'aventura dans la cuisine, puis dans le jardin. Assise sur le muret, le bébé dans les bras, elle me tenait compagnie tandis que j'arrachais les pieds de vigne morts tout en surveillant d'un œil l'énorme chaudron où l'on faisait bouillir le linge de la maison. Mme Crook et les servantes avaient déjà étendu les draps propres. J'attendais que l'eau refroidisse suffisamment pour la jeter.

Jamie junior « m'aidait », arrachant les plantes comme un forcené et projetant de la terre dans tous les sens. Le voyant soudain courir vers le chaudron, je lui criai de ne pas s'en approcher, puis, comme il poursuivait inexorablement sa route, je me précipitai derrière lui. Fort heureusement, la fonte s'était déjà rafraîchie. Lui ordonnant d'aller retrouver sa mère, j'inclinai le chaudron pour laisser l'eau tiède se déverser sur la terre. Accroupi derrière moi, Jamie junior battit joyeusement des mains sous la cascade encore fumante, projetant des gerbes d'eau boueuse sur mes jupes.

Sa mère sauta au pied du muret et lui tira l'oreille.

— Tu as perdu la tête, *gille* ? Regarde-toi ! Il va falloir de nouveau laver ta chemise toute propre ! Et regarde ce que tu as fait à la jupe de ta tante, tu n'as pas honte ?

— Ce n'est pas grave, protestai-je, voyant le menton du petit garnement commencer à trembler.

— Mais si, c'est grave ! Demande pardon à ta tante et file à la cuisine pour que Mme Crook te lave.

Elle lui donna une tape sur les fesses et l'enfant partit, tête baissée, vers la maison.

Au même moment, un bruit de sabots nous fit nous retourner.

— Ce doit être Jamie qui est de retour, dis-je en tendant l'oreille. Je ne l'attendais pas si tôt.

Jenny fit non de la tête, scrutant le sommet de la colline.

— Ce n'est pas son cheval.

De fait, à en juger par ses sourcils froncés, le cheval qui apparut quelques instants plus tard lui était inconnu. En revanche, l'homme perché sur la selle était familier. Elle se raidit puis se mit à courir vers le portail, serrant fortement le bébé contre elle.

— C'est Ian ! me lança-t-elle.

Il avait des bleus sur le visage et était couvert de poussière. Il se laissa glisser au pied de sa monture, pantelant, et Jenny le rattrapa de justesse avant qu'il ne s'effondre. C'est alors que je remarquai qu'il n'avait plus sa jambe en bois.

— Jamie... haleta-t-il. On est tombé sur la Garde près du moulin. Ils nous attendaient. Ils savaient qu'on passerait par là.

Mon sang se glaça.

— Il est vivant ?

— Oui... et indemne. Ils l'ont emmené dans la direction de Killin.

Jenny lui palpa le visage.

— Tu es blessé ?

Il fit non de la tête.

— Non. Ils ont juste pris mon cheval et ma jambe. Ils savaient bien que je ne pourrais pas les suivre.

Jenny scruta la ligne d'horizon où le soleil n'allait pas tarder à se coucher. Il devait être environ quatre heures. Ian suivit son regard et devança sa question.

— Il était près de midi quand ils nous sont tombés dessus. Il m'a fallu deux heures pour rejoindre la première ferme et emprunter un cheval.

Elle resta immobile quelques instants, réfléchissant intensément, puis elle se tourna vers moi d'un air décidé.

— Claire, conduis Ian à la maison et vois s'il a besoin de soins. Je file confier le bébé à Mme Crook et je prépare les chevaux.

Avant même que nous puissions protester, elle était partie.

— Mais... elle ne compte tout de même pas... m'exclamai-je. Elle ne va pas laisser le bébé !

Ian se reposa de tout son poids sur mon épaule tandis que nous avancions lentement vers la maison.

— Peut-être pas. Mais je ne crois pas non plus qu'elle va laisser les Anglais pendre son frère sans rien faire.

Lorsque nous atteignîmes l'endroit où Jamie et Ian étaient tombés dans l'embuscade, il faisait déjà nuit. Jenny sauta de son cheval et inspecta le sol comme un petit terrier, écartant les branches et marmonnant entre ses dents des paroles inintelligibles qui rappelaient fortement les jurons de son frère.

— Ils sont bien partis vers l'est, annonça-t-elle en époussetant calmement sa jupe et en suçant le dos de sa main écorchée par les ronces. On ne peut pas les suivre dans l'obscurité, mais au moins on sait quelle direction prendre demain matin.

Voyant ma mine angoissée, elle ajouta :

— Ne t'inquiète pas, vingt chevaux dans un sous-bois ne peuvent pas aller bien vite. Nous aurons tôt fait de les rattraper. La Garde a sans doute rejoint la route d'Eskadale. En coupant par les collines, on les retrouvera vers Midmains.

Nous attachâmes les chevaux et nous installâmes pour dormir à la belle étoile. Je regardai avec admiration Jenny faire un feu de camp.

— Quand on était petits, expliqua-t-elle, j'étais toujours sur les talons de Jamie et de Ian. Ils m'ont appris à faire du feu, à grimper aux arbres, et même à dépecer le gibier. Je n'ai pas ma pareille pour traquer une proie dans la forêt.

Elle dénoua les lacets de sa robe et je la vis avec stupeur dégager ses seins. Ils étaient énormes et paraissaient durs, gorgés de lait.

— Je ne peux pas m'éloigner du bébé trop longtemps, ils vont exploser, grimaça-t-elle en en prenant un dans sa main.

Au contact de ses doigts, du lait bleuâtre se mit à suinter au bout de son mamelon gonflé. Elle extirpa un mouchoir de sa poche et le glissa sous son sein. Puis, elle prit un petit bol en bois dans sa sacoche et le plaça sous le téton. Elle caressa doucement son sein du bout des doigts, pinçant délicatement le mamelon. Le lait se mit à sortir plus vite, puis soudain l'aréole autour du téton se contracta et un jet de lait jaillit avec une puissance surprenante.

— Seigneur, c'est toujours comme ça ? m'étonnai-je, honteuse de mon ignorance.

Jenny recueillit le liquide dans le bol et hocha la tête.

— En tétant, le bébé déclenche la réaction, puis il n'a plus qu'à avaler, le lait sort naturellement. Ouf, ça va mieux !

Elle jeta le contenu du bol sur la terre.

— Quel gâchis ! observa-t-elle. Mais c'est la seule solution.

Puis elle passa au sein suivant et répéta l'opération.

— Quel ennui ! soupira-t-elle. Mettre un enfant au monde ne cause que des ennuis. Mais on remet ça à chaque fois.

— Peut-être, admis-je. J'aimerais bien connaître ce genre d'ennuis.

— Ton temps viendra, me consola-t-elle, tu verras.

Je me mis à rire nerveusement.

— Encore faudrait-il retrouver le père !

Elle vida le deuxième bol et se recouvrit.

— On les retrouvera demain. Il le faut, car je dois retourner auprès de Maggie après-demain au plus tard.

— Et lorsqu'on les aura retrouvés ? Que ferons-nous ?

Elle haussa les épaules et commença à dérouler les couvertures.

— Tout dépend de Jamie. Espérons qu'il ne les aura pas trop provoqués et qu'il sera encore en état de marcher !

Jenny avait vu juste, nous rattrapâmes la Garde le lendemain.

Nous quittâmes notre campement avant l'aube, ne nous arrêtant que pour laisser à Jenny le temps de tirer encore un peu de lait. Elle connaissait la région comme sa poche, et je la suivis sans poser de questions tandis que nous avancions dans l'épais sous-bois.

Nous tombâmes sur eux vers midi. Je reconnus le cliquètement des harnais et les accents familiers. Jenny me fit signe de m'arrêter.

— Il y a un fjord en contrebas, ils s'y sont sûrement arrêtés pour faire boire leurs chevaux.

Nous attachâmes nos montures et nous glissâmes discrètement dans les fourrés. Elle me conduisit sur une corniche d'où l'on avait une vue imprenable sur le fjord. De là, nous apercevions pratiquement tous les hommes de la Garde, certains assis en train de manger tandis que d'autres conduisaient les chevaux par petits groupes jusqu'à l'eau. En revanche, Jamie n'était visible nulle part.

— Tu ne crois pas qu'ils l'ont tué ? paniquai-je.

Je recomptai un à un les hommes, sûre de m'être trompée. Ils étaient vingt, accompagnés de vingt-six chevaux. Tous étaient apparemment dans notre champ de vision, mais je ne voyais pas la moindre tignasse rousse parmi eux.

— Non, je ne pense pas, répondit Jenny. Mais il n'y a qu'un moyen de le savoir.

Elle commença à reculer de la corniche en rampant.

— Qu'est-ce que tu comptes faire ?

— Leur demander.

La route qui s'éloignait du fjord était étroite, un simple sentier bordé d'un épais rideau de sapins et d'aulnes. Les hommes de la Garde durent l'emprunter en file indienne.

Au moment où le dernier d'entre eux allait s'engager dans un coude du chemin, Jenny Murray jaillit d'entre les arbres. Effrayé, son cheval fit une embardée et le dragon jura en tentant de contrôler sa monture. Il ouvrit une bouche indignée pour demander ce que signifiait ce comportement, mais je ne lui laissai pas le temps de parler. Sortant d'un buisson derrière lui, je lui flanquai un grand coup derrière la tête avec une branche.

Pris par surprise, il perdit l'équilibre et son cheval rua, l'envoyant rouler sur le bas-côté. Il n'était pas assommé, simplement désarçonné. Jenny y remédia rapidement en lui assenant un coup sur le crâne avec une pierre.

Elle s'empara des rênes et me fit signe de le prendre sous les bras.

— Vite, enlève-le du chemin avant qu'ils ne s'aperçoivent de son absence !

Lorsque Robert MacDonald, de la Garde de Glen Elrive, reprit connaissance, il était solidement attaché à un tronc d'arbre, un pistolet pointé sous son nez.

— Qu'avez-vous fait de Jamie Fraser ? demanda Jenny.

MacDonald secoua la tête d'un air abruti, se demandant manifestement dans quel cauchemar il était tombé. Nous attendîmes patiemment qu'il se soit persuadé que son triste sort était bien réel et qu'il comprenne que le seul moyen de s'en sortir était encore de répondre aux questions des deux folles qui le tenaient en joue.

— Il est mort, dit-il platement.

Le doigt de Jenny se resserra sur la détente et il ajouta, paniqué :

— Ce n'est pas moi ! Je n'y suis pour rien !

Jamie, nous raconta-t-il, avait été jeté en travers d'une selle, les poings liés dans le dos, encadré par deux cavaliers fermant le convoi. Comme il s'était montré relativement docile, ceux-ci n'avaient pas pris de précautions particulières en traversant la rivière à une dizaine de kilomètres du moulin.

— Ce pauvre fou s'est laissé tomber de cheval au milieu de la rivière. On lui a tiré dessus et il a dû être touché car il a coulé à pic. La rivière se jette dans le fjord quelques kilomètres plus bas. Il y a des remous et elle est profonde. On a longé la berge pour le repêcher, mais il a dû être emporté par le courant. Je vous jure que c'est la vérité, alors maintenant, s'il vous plaît, mesdames, détachez-moi !

Malgré ses menaces, Jenny ne put rien en tirer de plus. Il nous répéta son histoire sans rien y changer, et nous dûmes nous en contenter. Jenny refusa de le détacher, mais elle relâcha légèrement ses liens de sorte qu'il puisse se dégager de lui-même... avec un peu de temps. Puis nous prîmes nos jambes à nos cous.

— Tu crois vraiment qu'il s'est noyé ? haletai-je quand nous eûmes rejoint nos chevaux.

— Impossible. Jamie nage comme un poisson et je l'ai déjà vu retenir sa respiration trois minutes d'affilée. Viens, on va fouiller la berge.

Nous redescendîmes vers la rivière, trébuchant sur les pierres, pataugeant dans l'eau glacée, nous écorchant le visage et les mains dans les ronces.

Enfin, Jenny laissa échapper un cri de victoire et j'accourus en projetant de grandes éclaboussures autour de moi. Je la rejoignis sur un rocher couvert de mousse au milieu de la rivière, dans un endroit peu profond.

Elle tenait une lanière de cuir, encore nouée en boucle. Un des côtés en était taché de sang.

— Il a réussi à se libérer les mains, annonça-t-elle. Comment t'es-tu donc débrouillé, Jamie ? murmura-t-elle.

Sur la berge à quelques mètres de là, nous découvrîmes un coin où l'herbe avait été foulée et où il s'était manifestement étendu pour reprendre son souffle. Je trouvai une tache brunâtre sur l'écorce d'un aulne.

— Il est blessé.

— Peut-être, mais il est encore capable de se déplacer, répondit Jenny, les yeux rivés sur le sol.

— Tu crois pouvoir suivre sa trace ? demandai-je, pleine d'espoir.

— Je ne suis pas très douée pour la chasse, mais si je ne peux pas traquer un animal de la taille de Jamie à travers les fougères sèches, je ne suis plus une Fraser.

De fait, un large sentier de fougères écrasées grimpait au flanc de la colline et disparaissait dans un épais taillis de bruyère. Là, la piste se perdait dans la nature et nos appels n'eurent aucun effet.

— Il est parti, soupira Jenny.

Elle s'assit sur une souche et s'éventa avec sa jupe. Je la trouvai soudain très pâle et réalisai que kidnapper et interroger des soldats aguerris sous la menace n'étaient pas des activités pour une femme qui avait accouché quelques jours plus tôt.

— Jenny, il faut que tu rentres à Lallybroch. De plus, Jamie y est peut-être déjà.

— Non, il ne ferait jamais ça. Les hommes de la Garde ne vont pas abandonner si facilement, surtout avec une récompense à la clef. Je suis sûre qu'ils ont envoyé quelqu'un au domaine, au cas où. Non, c'est vraiment le dernier endroit où il irait se réfugier.

Elle referma le col de sa robe. Malgré la brise fraîche, elle était en nage. Sur son corsage je pouvais voir des auréoles là où le lait suintait. Elle croisa mon regard et hocha la tête.

— Oui, je sais, il va falloir que je rentre bientôt. Mme Crook nourrit Maggie au lait de chèvre et à l'eau sucrée, mais elle ne peut pas se passer de moi très longtemps, ni moi d'elle. Mais ça m'embête de te laisser seule.

A vrai dire, je n'étais pas très rassurée à l'idée de me retrouver seule, fouillant les Highlands à la recherche d'un homme qui pouvait être n'importe où, mais je fis bonne figure.

— Je me débrouillerai. Ce pourrait être pire. Au moins, je sais qu'il est en vie.

— C'est vrai.

Elle lança un regard vers le soleil bas.

— Je resterai avec toi jusqu'à l'aube.

Blottie l'une contre l'autre devant le feu, nous ne parlâmes pas beaucoup. Jenny était inquiète au sujet de son bébé et je me demandais comment j'allais m'en sortir, livrée à moi-même, ne connaissant ni la géographie des lieux ni le gaélique.

Soudain, Jenny redressa la tête, tendant l'oreille. J'écoutai à mon tour, mais n'entendis rien. Suivant le regard de ma compagne, je fixai les ténèbres, sans rien voir non plus.

Lorsque je me retournai vers le feu, Murtagh était assis en face de nous, se réchauffant les mains au-dessus des flammes. En entendant mon cri d'effroi, Jenny fit volte-face à son tour et éclata de rire.

— J'aurais pu vous trancher la gorge à toutes les deux avant que vous regardiez dans la bonne direction.

— Ah, tu crois ça ? rétorqua Jenny.

Elle ouvrit la main et lui montra le *sgian dhu* qu'elle tenait, prêt à servir. Je ne l'avais même pas vue dégainer.

— Pas mal, convint notre visiteur. Est-ce que la *Sassenach* est aussi rapide ?

— Non, répondit Jenny en glissant le petit poignard

dans son bas. C'est pourquoi tu tombes à pic. C'est Ian qui t'a envoyé ?

Le petit homme hocha la tête.

— Vous avez retrouvé la Garde ?

Nous lui racontâmes tout ce que nous savions. En apprenant que Jamie s'était évadé, je crus voir un coin de sa lèvre tressaillir, mais parler de sourire aurait sans doute été exagéré.

Enfin, je vis Jenny rouler sa couverture et se lever.

— Où vas-tu ? demandai-je.

— A la maison. Tu n'as plus besoin de moi, maintenant qu'il est là.

Murtagh leva le nez vers le ciel. La lune pâle était à peine visible entre les nuages chargés de pluie.

— Tu peux attendre le matin. Le vent se lève et la nuit sera noire.

Jenny secoua la tête.

— Je connais mon chemin.

— Tu es aussi têtue que ton frère, si je peux me permettre. Tu n'as aucune raison de te précipiter chez toi. Je doute que ton homme ait eu le temps de mettre une autre donzelle dans ton lit depuis que tu es partie.

— C'est parce que tu ne vois pas plus loin que le bout de ton nez, *duine*, et il n'est pas bien long. Si tu ne sais pas encore qu'il ne faut jamais se mettre entre une mère qui allaite et un bébé affamé, c'est que tu es encore plus sot que tu n'en as l'air.

Murtagh leva les bras en signe de reddition.

— Bon, bon, fais comme tu veux. Je ne sais pas pourquoi j'essaie de faire entendre raison à un Fraser. Autant parler à un mur.

Jenny se mit à rire.

— Vieux bouc, lança-t-elle en jetant sa selle sur son cheval. Veille bien sur ma belle-sœur, et dès que vous aurez retrouvé Jamie, faites-le-moi savoir.

— Au fait, ajouta Murtagh, tu vas sans doute trouver une nouvelle fille de cuisine à ton retour.

Elle s'interrompit et se tourna vers lui.

— Qui donc ?

— La veuve MacNab.

Elle resta silencieuse un moment, fixant Murtagh.

— Comment est-ce arrivé ? demanda-t-elle enfin.

— Un incendie. Fais attention en traversant le grand champ, les cendres sont encore chaudes.

Il joignit ses mains en coupe et se baissa pour lui faire la courte échelle, mais elle fit non de la tête. Se tournant vers moi, elle me proposa :

— Claire, tu veux bien m'accompagner jusqu'au haut de la colline ?

Loin du feu, il faisait froid et humide. Mes jupes collaient à mes jambes, entravant mes pas. Jenny avançait dans le vent, tête baissée, mais je distinguais son profil pâle, ses lèvres serrées.

— C'est MacNab qui a vendu Jamie aux Anglais ? demandai-je.

— Sans doute. Ian a dû l'apprendre, à moins que ce ne soit l'un des métayers. Peu importe qui, du reste.

Les paroles de Jamie résonnèrent dans mon crâne. « La frontière est parfois ténue entre la justice et la barbarie. »

Je me rendis compte que Jenny me dévisageait d'un air interrogateur. Sur ce point du moins, nous nous situions du même côté de cette frontière sinistre et arbitraire.

Nous nous arrêtâmes au sommet de la colline. Plus bas, la silhouette de Murtagh n'était qu'un point noir près du feu. Jenny fouilla dans sa poche, puis me glissa une petite bourse en cuir dans la main.

— Ce sont les fermages. Tu en auras peut-être besoin.

Je protestai, insistant sur le fait que Jamie refuserait catégoriquement de prendre l'argent nécessaire à la gestion du domaine, mais elle ne voulut rien entendre.

Je finis par accepter et glissai la bourse dans ma poche. Elle insista également pour que je prenne le *sgian dhu*.

— C'est celui de Ian, mais nous en avons d'autres. Mets-le sous ta jarretière et ne l'enlève jamais, même pour dormir.

Elle marqua une pause. Elle avait quelque chose d'autre à me dire, mais hésitait.

— Jamie m'a dit, se décida-t-elle finalement, que tu aurais peut-être des choses importantes à me confier un jour... et que je devrais faire tout ce que tu me dirais... Tu as... quelque chose à m'annoncer ?

Jamie et moi avions discuté de la nécessité de préparer Lallybroch et ses habitants à la débâcle prochaine du soulèvement jacobite. Mais nous avions cru alors avoir tout le temps devant nous pour le faire. A présent, je n'avais plus que quelques minutes pour donner à cette femme qui m'était déjà chère assez d'informations pour sauver Lallybroch de la tornade qui allait balayer les Highlands.

Il n'est pas facile d'être prophète, et j'étais néophyte en la matière. Je ressentis soudain une grande sympathie à l'égard de Jérémie et de ses lamentations, et de Cassandre, si peu appréciée des siens. Sur la crête de cette colline écossaise, mes cheveux et mes jupes gonflés par le vent, je tournai mon visage vers le ciel sans étoiles et me préparai à prophétiser.

— Plantez des patates ! annonçai-je.

Jenny ouvrit la bouche, puis se reprit et acquiesça brièvement.

— Des pommes de terre, d'accord. Je crois qu'on en trouve dans la région d'Édimbourg. C'est loin, mais je peux en faire venir. Combien ?

— Le plus possible. On n'en plante pas encore dans les Highlands, mais ça viendra. Elles se conservent longtemps et leur rendement est bien meilleur que le blé. Plantez le plus possible de denrées qui peuvent être stockées. Il va y avoir une famine, très sévère, dans deux ans. Si vous avez des terres qui ne servent à rien, vendez-les contre de l'or. Il y aura une guerre, et des massacres. Les hommes seront pourchassés, ici et partout ailleurs dans les Highlands. Y a-t-il une cache à prêtre [1] à Lallybroch ?

— Non, le manoir a été construit après le Protectorat.

— Construisez-en une, ou trouvez un refuge sûr. J'espère que Jamie n'en aura pas besoin, mais cela servira sûrement à quelqu'un.

— Très bien. C'est tout ?

Son visage était sérieux et concentré. Je remerciai intérieurement Jamie de m'avoir préparé le terrain, et

---

1. *Priesthole* : chambre secrète destinée à cacher les prêtres catholiques lorsqu'ils furent proscrits aux XVIe et XVIIe siècles.

Jenny d'avoir une foi aveugle en son frère. Elle ne me demanda pas comment ni pourquoi, mais se contenta de noter mentalement tout ce que je lui disais, et je savais que mes instructions hâtives seraient suivies à la lettre.

— Je ne vois rien d'autre pour le moment, répondis-je.

Je tentai de sourire mais le résultat n'était guère convaincant.

Le sien en revanche était réconfortant. Elle effleura ma joue en guise d'adieu.

— Que Dieu t'accompagne, Claire. On se reverra... bientôt, j'en suis sûre... avec Jamie.

SIXIÈME PARTIE

La quête

34

Le récit de Dougal

Quels que soient les inconvénients de la civilisation, les avantages en sont indéniables, pensai-je, maussade. Prenez les téléphones, par exemple, ou encore les quotidiens. Ceux-ci étaient déjà monnaie courante dans les métropoles telles qu'Édimbourg ou même Perth, mais totalement inconnus dans les Highlands.

En l'absence de moyens de communication de masse, les nouvelles se propageaient de bouche à oreille à la vitesse du pas d'un homme. On finissait toujours par apprendre ce qu'on avait besoin de savoir, mais avec un retard de plusieurs semaines. Par conséquent, confrontés au problème de retrouver la trace de Jamie, nous ne pouvions compter que sur nous-mêmes, à moins que quelqu'un le connaissant ne le rencontre par hasard et n'en informe Lallybroch. Cela pouvait prendre des mois. En outre, l'hiver approchait à grands pas et il serait bientôt impossible de voyager jusqu'à Beauly. Accroupie devant le feu, je jetais des brindilles dans les flammes, retournant le problème sous tous les angles.

Quelle direction Jamie avait-il prise ? Pas celle de Lallybroch, et certainement pas celle des terres des MacKenzie. Vers le sud alors, pour retrouver Hugh Munro et ses anciens compagnons de vie sauvage ? Non, la route du nord-est, celle de Beauly, était la plus probable. Mais si je pouvais parvenir à cette déduction, les hommes de la Ronde le pouvaient aussi.

Murtagh revint avec du petit bois qu'il jeta sur le sol, puis il s'assit en tailleur et lança un regard vers le ciel. Les nuages filaient devant la lune.

— Il ne neigera pas avant une semaine ou deux. On pourra peut-être rejoindre Beauly avant.

Je fus flattée de constater qu'il en était arrivé à la même conclusion.

— Vous croyez vraiment qu'il y sera ?

Le petit homme haussa les épaules et resserra son plaid autour de son cou.

— Ch'ais pas, marmonna-t-il. C'est une sacrée trotte pour lui. Il doit rester caché pendant la journée et se tenir à l'écart des routes. Et il n'a pas de cheval.

Il se gratta la barbe d'un air songeur.

— On ne pourra pas le trouver. Mieux vaut le laisser nous retrouver.

— Comment ? En lançant des fusées traçantes ? rétorquai-je.

L'avantage, avec Murtagh, c'était qu'il n'y avait jamais de surprise. On pouvait lui balancer n'importe quoi, il restait imperturbable.

— Je vous ai amené votre sacoche de remèdes, dit-il avec un signe de tête vers sa selle. Vous vous êtes bâti une solide réputation tout autour de Lallybroch. Dans la région, tout le monde sait que vous êtes guérisseuse. Ça nous sera utile.

Sans autres explications, il s'enroula dans sa couverture et s'endormit, sans se soucier du vent dans les arbres, ni de la pluie qui commençait à tomber, ni de moi.

Je compris rapidement ce qu'il avait voulu dire. Voyageant à découvert en empruntant les routes principales, nous nous arrêtions à chaque chaumière et chaque hameau. Là, il passait en revue toute la population, repérait les malades et les blessés, puis me les amenait. Les médecins étaient rares dans ces endroits reculés, et il y avait toujours quelqu'un ayant besoin de soins.

Pendant que je m'affairais avec mes toniques et mes onguents, il bavardait nonchalamment avec les amis et parents du souffrant, prenant soin d'indiquer la route que nous suivions vers Beauly. Lorsqu'il n'y avait aucun patient, nous nous arrêtions quand même pour la nuit, nous abritant dans une chaumière ou une taverne. Là, Murtagh chantait pour divertir les clients et gagner notre dîner. Il insistait pour que je conserve l'argent que j'avais sur moi, arguant que nous en aurions sans doute besoin lorsque nous retrouverions Jamie.

Étant peu doué pour la conversation, il m'apprit quelques-unes de ses chansons en chemin.

— Vous ne chantez pas trop mal, observa-t-il un jour, après que j'eus entonné une de ses ballades écossaises avec plus ou moins de bonheur. Vous manquez d'entraînement, mais vous avez de la voix et vous chantez juste. Répétez-la encore une dernière fois et on la chantera ensemble ce soir. Il y a une petite taverne à Limraigh.

— Vous croyez vraiment que ça va marcher ? Je veux dire, ce que nous faisons depuis plusieurs jours ?

Il se retourna sur sa selle. N'étant pas un cavalier-né, il avait toujours l'air d'un chimpanzé de cirque. En revanche, il était encore frais et guilleret à la fin de la journée, alors que je pouvais à peine marcher.

— Oh, oui. Tôt ou tard, vous verrez. Vous avez de plus en plus de malades, non ?

En effet, à chaque étape le nombre de mes patients grossissait.

— C'est parce que la rumeur se propage, expliqua-t-il. Les gens se passent le mot, disant que vous avez des dons. C'est ce qu'il nous faut. Mais on peut faire encore mieux, voilà pourquoi vous chanterez avec moi, ce soir, et peut-être...

Il hésita et je devinai qu'il allait aborder un sujet épineux.

— Peut-être quoi ?

— Vous ne savez pas dire l'avenir, par hasard ? demanda-t-il prudemment.

Je comprenais son hésitation pour avoir vécu l'hystérie collective de la chasse aux sorcières de Cranesmuir.

— Un peu. Vous voulez que j'essaye ?

— Oui. Plus on aura à offrir, plus les gens viendront nous voir... et en parleront autour d'eux. Jamie finira bien par entendre parler de nous. Vous êtes prête à tenter le coup ?

— Si ça peut aider, pourquoi pas ?

C'est ainsi qu'un soir, à Limraigh, je fis mes débuts de chanteuse de taverne et de diseuse de bonne aventure et ce, je dois l'avouer, avec un grand succès. Je constatai que Mme Graham ne m'avait pas menti : c'étaient les visages et non les mains qui parlaient le plus.

— Vous savez, notre petit numéro pourrait faire un tabac ! fis-je remarquer un soir à Murtagh en rangeant nos gains de la soirée. Dommage qu'il n'y ait pas un music-hall digne de ce nom dans le coin. Je nous vois déjà : Murtagh le magicien et Gladys, sa fidèle assistante.

Murtagh accueillit ma remarque avec son grognement taciturne habituel. Mais vraiment nous formions un couple parfait. Sans doute était-ce parce que en dépit de nos personnalités diamétralement opposées nous étions unis par la même quête.

Le temps empirait de jour en jour, ralentissant considérablement notre course, et toujours pas un mot de Jamie. Puis, une nuit, à la sortie de Belladrum, nous tombâmes sur un camp de vrais bohémiens.

Je clignai des yeux, médusée : le petit groupe de roulottes bigarrées sur le bord de la route ressemblait à s'y méprendre aux campements des musiciens tziganes qui venaient s'installer à Hampstead Down chaque année.

Leurs occupants leur ressemblaient également : basanés, joyeux et hospitaliers. En entendant nos chevaux, une femme passa la tête par une fenêtre de sa roulotte et lança un cri. Aussitôt, la petite clairière s'anima d'une multitude de visages souriants.

— Confiez-moi votre bourse, ça vaut mieux, me souffla Murtagh, l'air toujours aussi lugubre, en voyant un jeune homme venir à notre rencontre sans se soucier de la pluie qui trempait sa chemise ouverte jusqu'au nombril. Et surtout, ajouta-t-il en hâte, ne tournez le dos à personne.

Je fus prudente mais les bohémiens nous accueillirent chaleureusement, nous offrant de partager leur repas. Il sentait délicieusement bon et j'acceptai avec joie, ignorant les spéculations pessimistes de Murtagh sur l'origine de la viande en question.

Ils parlaient peu l'anglais et encore moins le gaélique, s'exprimant surtout par gestes ou dans une sorte de langue bâtarde où je crus reconnaître quelques racines françaises. La roulotte dans laquelle nous nous trouvions était chaude et agréable. Hommes, femmes et enfants mangeaient sans façon dans des écuelles, assis n'importe où, trempant des morceaux de pain dans la sauce succulente. Je n'avais rien mangé d'aussi bon depuis des semaines et m'en remplis la panse. Ensuite, repue et épuisée, j'accompagnai tant bien que mal Murtagh dans ses chansons, faisant « la, la, la » quand je ne me souvenais plus des paroles.

Notre prestation reçut une ovation, puis ce fut leur tour. Un jeune homme chanta une complainte déchirante, accompagnée à la viole. Une fillette à la mine grave ponctuait son chant de coups de tambourin.

Alors qu'il avait été prudent en questionnant les villageois et les paysans, avec les bohémiens Murtagh se montra des plus directs. A ma grande surprise, il leur décrivit franchement celui que nous cherchions : un homme grand, avec des cheveux de feu et des yeux comme un ciel d'été. Les bohémiens échangèrent des regards interrogateurs et secouèrent la tête d'un air navré. Non, ils ne l'avaient pas vu. Toutefois, leur chef, le jeune homme à la chemise violette qui nous avait accueillis, nous fit comprendre à grand renfort de gesticulations que, s'ils le croisaient sur leur route, ils nous enverraient un messager.

Ils auraient pu tout autant promettre de nous suivre et de nous trancher la gorge, et Murtagh se comporta comme si cela avait été le cas. A peine sorti du campement, il lança nos chevaux au grand galop pendant plusieurs kilomètres, puis, parvenus à un croisement, nous bifurquâmes brusquement à travers champs et décrivîmes un grand détour avant de rejoindre la route un peu plus loin.

— Vous croyez vraiment qu'ils nous ont suivis ? demandai-je à bout de souffle.

— Je ne sais pas, mais vu qu'ils sont douze et nous deux, j'ai pensé qu'il valait mieux faire comme si.

Cela me parut sensé et je le suivis sans plus poser de questions tandis qu'il nous faisait encore décrire quelques manœuvres évasives. Enfin, nous entrâmes dans Rossmoor où nous trouvâmes refuge dans une grange.

Il neigea le lendemain. Quelques flocons, juste assez pour recouvrir la route d'une fine couche farineuse. Mais j'étais inquiète. Je pensais à Jamie, seul à découvert dans la lande, bravant les tempêtes de neige vêtu d'une unique chemise et du plaid qu'il portait lors de sa capture par la Garde.

Deux jours plus tard, le messager arriva.

Le soleil n'était pas encore couché, mais le paysage tout entier baignait déjà dans la pénombre. La grisaille des arbres nus le long du chemin se confondait avec le sentier, au point de le rendre, par endroits, pratiquement invisible. Je hâtai le pas, de peur de perdre le messager dans le noir, et manquai même piétiner l'ourlet traînant de son manteau. Lassé sans doute par ma maladresse, il émit un grognement impatient et me fit signe de passer devant lui, me guidant dans l'obscurité en posant une lourde main sur mon épaule.

J'avais l'impression de marcher depuis des heures. Je n'essayais même plus de mémoriser la route sinueuse que nous avions empruntée et qui serpentait entre les rochers et d'épais taillis. Je ne pouvais qu'espérer que Murtagh nous suivait discrètement, hors de vue mais à portée d'oreille. L'homme qui était venu me chercher à la taverne, un bohémien d'âge moyen qui ne parlait pas un mot d'anglais, avait refusé catégoriquement que je sois accompagnée, pointant avec insistance un doigt vers Murtagh puis vers le sol, pour indiquer qu'il devait rester dans la salle.

Ma lourde cape me protégeait à peine du vent glacial qui balayait la lande. Seul l'espoir de retrouver bientôt Jamie me donnait la force de continuer.

Enfin, mon guide me fit signe de m'arrêter, puis il sortit du sentier et disparut dans les ténèbres. J'attendis patiemment, les mains coincées sous mes aisselles pour les protéger du froid. Il réapparut aussi soudainement qu'il était parti, me faisant sursauter. D'un signe de tête, il m'enjoignit de le suivre avant de s'enfoncer à nouveau à travers un épais rideau d'aulnes morts.

L'entrée de la grotte était étroite. Une lampe tempête brûlait sur une corniche, projetant l'ombre immense de celui qui m'attendait.

Je me précipitai vers lui, ne comprenant qu'au dernier instant que ce n'était pas Jamie. La déception m'atteignit comme un coup de poing au ventre, et je dus reculer et déglutir à plusieurs reprises pour refouler la bile qui me montait à la gorge.

Je posai mes poings sur mes hanches, respirant profondément jusqu'à ce que j'aie retrouvé mon calme.

— Ce n'est pas vraiment votre territoire, dis-je enfin. Que faites-vous ici ?

Dougal MacKenzie avait suivi non sans une certaine compassion mes efforts pour me contrôler. Il me prit le bras pour m'entraîner dans la grotte. Un grand nombre de sacs étaient empilés dans un coin, plus que n'en pouvait porter un cheval. Donc il n'était pas seul. J'ignorais ce que contenaient ces sacs, mais c'était manifestement quelque chose qui n'était pas destiné à être vu de tous.

— Vous faites de la contrebande, à présent ? raillai-je.

Je n'eus pas besoin de réfléchir longuement pour rectifier ma pensée et répondre moi-même :

— Non, ce sont sans doute des vivres destinés au prince Charles. Je me trompe ?

Il ne daigna pas répondre et s'assit sur un rocher en face de moi, les mains sur les genoux.

— J'ai des nouvelles, annonça-t-il.

Je me préparai au pire. A en juger par sa mine sombre, les nouvelles en question n'étaient pas bonnes.

— Je vous écoute.

— Il est vivant, mais il a été arrêté près de Kiltorlity il y a environ dix jours. Il est tombé nez à nez sur une patrouille de six dragons et l'un d'entre eux l'a reconnu.

Le nœud dans mon estomac se desserra légèrement.

— Il est blessé ?

— Pas que je sache. Ils l'ont emmené à la prison de Wentworth.

— Wentworth, répétai-je machinalement.

Initialement l'une des grandes forteresses érigées sur la Frontière, elle avait été construite vers la fin du XVIe siècle, puis agrandie au fil des années. A présent l'immense structure de pierre occupait deux hectares de terrain, scellés derrière des murailles d'un mètre d'épaisseur. Mais même les murailles avaient une porte.

— Quoi d'autre ? demandai-je.

Son regard resta fixé sur le mien, inébranlable.

— Son procès a eu lieu il y a trois jours. Il a été condamné à la pendaison.

Le nœud se resserra et je fermai les yeux.

— Dans combien de temps ?

— Je ne sais pas, d'un jour à l'autre sans doute.

— Alors nous ne devons pas perdre de temps. Vous avez combien d'hommes avec vous ?

Au lieu de répondre, il se leva et vint vers moi. Me prenant les deux mains, il secoua lentement la tête.

— Non, ma petite. C'est sans espoir.

Je le repoussai brutalement.

— C'est faux ! Il y a forcément quelque chose à faire ! Vous venez de dire qu'il était encore en vie !

— Oui, mais j'ai précisé qu'il serait pendu d'un jour à l'autre ! répliqua-t-il sèchement. Wentworth n'est pas le puits aux voleurs de Cranesmuir ! Ils peuvent le pendre demain, ou après-demain, ou la semaine prochaine. Il est absolument impossible de prendre la prison de force avec dix hommes !

— Ah, non ? hurlai-je, soudain ivre de rage contre lui. Qu'en savez-vous ? Rien, vous n'en avez pas la moindre idée, voilà la vérité ! Vous ne voulez surtout pas risquer votre peau, ni votre misérable... butin !

Dougal tenta de me prendre les bras tandis que je martelais son poitrail d'une pluie de coups. Il parvint à m'immobiliser en m'étreignant jusqu'à ce que je cesse de me débattre.

— Claire, Claire, murmura-t-il. Vous savez bien que je ferais mon possible pour le libérer s'il y avait la moindre chance. Bon sang, Jamie est comme mon fils adoptif ! Mais il n'y a aucune solution, aucune ! Ce serait sacrifier vainement de braves garçons et Jamie ne le voudrait pas ! Vous le savez aussi bien que moi.

Les larmes me brûlaient les joues. Je tentai de me libérer mais il me serra plus fort.

— Claire, ma chère Claire, ce qui arrive à Jamie et à vous me brise le cœur. Venez avec moi, je vous protégerai. Je vais vous emmener chez moi.

Voyant mon air ahuri, il se reprit aussitôt.

— J'ai dit chez moi, à Beannachd, pas à Leoch. Vous ne pensez tout de même pas que je vous emmènerais près de Cranesmuir ? Non, vous serez en sécurité à Beannachd.

Il sourit tristement et un terrible soupçon m'envahit.

— En sécurité, ou à votre merci ?

En entendant le ton glacial de ma voix, il me lâcha.

— Que voulez-vous dire ?

— Vous avez éloigné Jamie de ses terres en prétendant que Jenny avait eu un enfant de Randall, afin que vous et votre cher frère puissiez l'avoir à l'œil. A présent qu'il est entre les mains des Anglais, vous avez perdu votre dernière chance de contrôler le domaine de Broch Tuarach à travers lui.

Il me dévisageait, abasourdi.

— Lorsque vous avez négocié le contrat de mariage de votre sœur, vous avez insisté pour que Broch Tuarach puisse éventuellement devenir la propriété d'une femme. Si Jamie meurt, Broch Tuarach m'appartiendra. C'est pourquoi vous cherchez à me séduire, à moins que vous n'ayez décidé de me forcer à vous épouser.

— Quoi ? Vous... vous croyez vraiment... que tout ceci est une conspiration ? Par sainte Agnès ! Vous croyez que je vous ai menti ?

— Non. Je vous crois. Vous n'auriez pas inventé que Jamie est en prison, c'est trop facile à vérifier. Je ne pense pas non plus que vous l'ayez dénoncé aux Anglais, même vous, vous ne feriez pas une chose pareille à une personne de votre sang. De plus, si c'était le cas, vos hommes l'auraient déjà appris. S'ils tolèrent beaucoup d'écarts de votre part, ils ne vous pardonneraient jamais d'avoir trahi un homme du clan.

Tout en parlant, un souvenir me revint.

— C'est vous qui avez attaqué Jamie près de la frontière, l'an dernier ?

Il écarquilla les yeux.

— Moi ? Bien sûr que non ! Je l'ai trouvé à moitié mort et je lui ai sauvé la vie !

— Si ce n'était pas vous, qui alors ?

— Je ne sais pas. Il y avait trois hommes qui chassaient avec lui, des hors-la-loi. Ils s'accusaient tous mutuellement.

Il haussa les épaules. Son visage était las, mais paraissait sincère.

— De toute façon, enchaîna-t-il, ça n'a plus grande importance maintenant. Deux d'entre eux sont morts et le troisième est derrière les barreaux.

Dans un sens, j'étais soulagée de savoir qu'il n'était

pas un assassin. Il n'avait plus aucune raison de me mentir, car j'étais sans défense. Il pouvait faire de moi ce qu'il voulait. Du moins le croyait-il sans doute. Je tâtai le petit poignard sous ma jupe pour me rassurer.

Malgré la faible lumière dans la grotte, je perçus une lueur d'indécision dans son regard. Il fit un pas vers moi, la main tendue, mais s'arrêta en me voyant me raidir.

— Claire, ma douce Claire, susurra-t-il.

Ainsi, il avait opté pour la séduction plutôt que pour la force.

— Claire, je sais tout le mal que tu penses de moi. Pourtant, je me consume pour toi, je te l'assure. Je rêve de toi depuis cette fameuse nuit, lors de l'Assemblée, quand je t'ai embrassée dans ce couloir.

Il posa sa main sur mon épaule et se pencha vers moi.

— Si je n'avais pas été marié quand Randall t'a menacée, je t'aurais épousée sur-le-champ et j'aurais envoyé cette ordure au diable.

Sa main se rapprochait dangereusement de ma nuque et je me blottis contre la paroi rocheuse. Ses doigts caressaient déjà les lacets qui retenaient ma cape.

Il dut croiser mon regard, car il s'arrêta net et laissa sa main là où elle était, sur la veine palpitante de mon cou.

— Même ainsi, reprit-il, malgré tout ce que j'éprouve pour toi, tu crois que j'abandonnerais Jamie s'il y avait le moindre espoir de le sauver ? Fraser est tout ce que j'ai qui se rapproche le plus d'un fils !

— Pas tout à fait. Il y a votre vrai fils. A moins qu'il n'y en ait deux à présent ?

Les doigts sur mon cou accentuèrent leur pression, l'espace d'une seconde, puis s'écartèrent.

— Que voulez-vous dire ?

Cette fois, il ne jouait plus. Son regard noir scrutait le mien. J'étais allée trop loin pour reculer.

— Que je sais qui est le vrai père de Hamish.

Malgré sa remarquable maîtrise, je vis la petite étincelle de panique traverser son regard.

J'avais fait mouche. En dépit du danger, je sentis un

bref moment d'exultation. Je ne m'étais pas trompée et ce que je savais était sans doute ma seule arme.

— Vraiment ? fit-il.

— Oui, et je suppose que Colum le sait aussi. C'est sans doute vous qui avez propagé la rumeur selon laquelle Jamie serait le vrai père, en le faisant croire à Geillis. Pourquoi ? Parce que Colum a commencé à avoir des soupçons et à interroger Letitia ? Elle n'a pas dû faire le poids face à son mari. A moins que Geillis n'ait suspecté que vous étiez l'amant de Letitia et que vous lui ayez fait croire que c'était Jamie pour la rassurer ? Geillis est une femme jalouse, mais elle n'a plus aucune raison de vouloir vous protéger.

Un sourire cruel apparut sur les lèvres de Dougal.

— Elle aurait du mal. La sorcière est morte.

— Morte !

— Brûlée. Ils l'ont plongée la tête la première dans un fût de poix, puis roulée dans la tourbe sèche. Ils l'ont ensuite attachée à un pieu et l'ont allumée comme une torche. Elle est partie au diable dans une colonne de flammes, sous des branches de sorbier.

Je crus tout d'abord que cette impitoyable suite de détails était censée m'impressionner, mais je me trompais. En me tournant vers lui, je vis que son visage était empreint d'une profonde tristesse. Il ne m'inspira toutefois aucune pitié.

— Ainsi, vous l'aimiez bien. On peut dire que ça lui a réussi ! Et l'enfant ? Qu'en avez-vous fait ?

— Je l'ai fait placer dans une bonne maison. C'est un fils, un beau garçon en bonne santé, en dépit de sa sorcière et adultère de mère !

— Et de son adultère et traître de père ! Votre femme, votre maîtresse, votre neveu, votre frère... y a-t-il quelqu'un que vous n'ayez pas encore trahi ou trompé ? Vous... vous...

Sa main s'abattit lourdement sur mon bras.

— Mon frère ? Vous croyez vraiment que je trahirais mon frère ?

Pour une raison ou une autre, ce détail l'avait piqué à vif. Il fulminait.

— Vous venez vous-même de reconnaître que vous couchiez avec sa femme dans son dos !

C'est alors que je compris.

— Vous étiez de mèche ! m'exclamai-je. Comme toujours.

Je pris sa main et la repoussai brutalement.

— Colum ne pouvait devenir laird à moins que vous ne meniez les guerres à sa place. Il ne pouvait assurer la cohésion du clan à moins que vous ne voyagiez pour lui. Il ne pouvait monter à cheval, ni voyager. Et il ne pouvait avoir de descendance pour transmettre son titre. Et vous, vous aviez juré d'être ses bras et ses jambes, vous pouviez tout aussi bien être son sexe !

La colère avait quitté le visage de Dougal. Il m'observait d'un air spéculateur, assis sur l'un des sacs, attendant que j'aie terminé.

— Et Letitia ? poursuivis-je. Elle était consentante ?

Compte tenu de la détermination dont savaient faire preuve les deux frères, ils n'auraient sans doute pas hésité à la forcer.

Dougal acquiesça.

— Oh pour ça, elle n'a pas dit non ! Elle ne m'aimait pas particulièrement, mais elle voulait un enfant, assez pour m'accepter dans son lit pendant les trois mois qu'il nous a fallu pour concevoir Hamish. Croyez-moi, ce n'était pas une partie de plaisir ! Cette femme est aussi excitante au lit qu'un bol de lait !

— Vous l'avez dit à Colum ?

Il me regarda longuement, puis sourit légèrement.

— Non. Je lui ai dit qu'elle était tendre et douce comme une pêche mûre et qu'elle était tout ce qu'un homme pouvait désirer.

Son sourire se transforma bientôt en grimace sardonique.

— Vous n'êtes pas vraiment ce que j'appellerais douce et tendre, observa-t-il, mais tout ce qu'un homme pourrait désirer....

Son regard se promena lascivement sur mon corps, s'arrêtant sur la rondeur de mes seins et de mes hanches. Sa main allait et venait inconsciemment le long de sa cuisse.

— Qui sait ? reprit-il comme s'il se parlait à lui-même. Je pourrais peut-être avoir un autre fils, légitime celui-là. Si vous n'avez pas encore eu d'enfant avec Jamie, c'est peut-être que vous êtes stérile. J'en prendrai le risque. Quoi qu'il en soit, le domaine en vaut la chandelle.

Il se leva subitement et fit un pas vers moi.

— Je suis sûr qu'en plantant ma graine dans ce sillon touffu, un peu chaque jour...

— Eh bien, vous en avez mis, du temps ! m'exclamai-je sèchement.

Un air incrédule s'inscrivit sur son visage avant qu'il ne comprenne que je m'adressais à un autre derrière lui.

— Je ne voulais pas interrompre votre charmante conversation, répondit Murtagh.

Il avança dans la grotte, pointant deux pistolets sur Dougal.

— Si vous ne souhaitez pas accepter sa proposition, je suggère qu'on s'en aille au plus vite, me lança-t-il. Autrement, c'est moi qui m'en irai.

— Personne ne bougera d'ici pour le moment, rétorquai-je.

Me tournant vers Dougal, j'ordonnai :

— Asseyez-vous.

Il fixait Murtagh comme s'il était une apparition.

— Où est passé Rupert ? demanda-t-il.

— Rupert ?

Murtagh se gratta le menton du bout d'un de ses pistolets.

— A l'heure qu'il est, il doit être à Belladrum. Il devrait être de retour avant l'aube, avec le fût de rhum qu'il croit que vous l'avez envoyé chercher. Vos autres hommes dorment tranquillement à Quinbrough.

Dougal eut l'élégance d'en rire. Il se rassit, les mains sagement posées sur les genoux. Un ange passa.

— Alors ? demanda-t-il enfin. Qu'est-ce qu'on fait ?

C'était une bonne question. Surprise de le trouver lui au lieu de Jamie, choquée par ses révélations, rendue furieuse par ses avances, je n'avais pas encore eu le temps d'y réfléchir. Heureusement, Murtagh fut plus rapide.

— Il nous faut de l'argent... et des hommes.

Il inspecta brièvement les sacs entassés près de la paroi.

— Non, conclut-il. Laissons ça au roi James. On prendra tout ce que vous avez sur vous.

Il indiqua le *sporran* de Dougal du bout son canon.

Résigné, celui-ci en sortit une petite bourse qu'il jeta à mes pieds.

— Vingt pièces d'or et une trentaine de shillings, indiqua-t-il. Je vous les offre avec plaisir.

Devant mon air sceptique, il se récria :

— Mais je vous l'assure ! Pensez de moi ce que vous voudrez. Jamie est mon neveu et si vous parvenez à le libérer, que Dieu vous bénisse ! Mais j'en doute fort.

Se tournant vers Murtagh, il ajouta :

— Quant aux hommes, n'y comptez pas. Si vous voulez vous faire tuer, libre à vous. J'offre même de vous enterrer moi-même, un de chaque côté de Jamie. Mais vous n'entraînerez pas mes hommes en enfer avec vous, pistolets ou pas.

Il croisa les bras et s'adossa contre la roche, nous observant calmement.

Murtagh pointait toujours ses armes sur lui. Il me lança un regard interrogateur, prêt à l'abattre sur ma demande.

— Je vous propose un marché, déclarai-je.

Dougal haussa un sourcil.

— Vous êtes en meilleure position que moi pour négocier. Quelle est votre offre ?

— Laissez-moi parler aux hommes. S'ils décident de nous suivre, vous ne vous y opposerez pas. Dans le cas contraire, nous partirons comme nous sommes venus... et nous vous rendrons même votre bourse.

Il parut amusé. Il m'inspecta soigneusement, comme s'il évaluait ma force de persuasion et mes talents d'orateur. Enfin, il hocha la tête.

— Marché conclu, dit-il.

Finalement, nous quittâmes la grotte avec la bourse de Dougal et cinq hommes. En plus de Murtagh et de moi-même, il y avait Rupert, John Whitlow, Willie MacMurtry et les deux jumeaux Rufus et Geordie Coulter. L'adhésion de Rupert à notre plan avait été décisive. Je voyais encore, non sans une certaine jubilation, l'expression médusée de Dougal lorsque son fidèle lieutenant avait avancé d'un pas, après m'avoir examinée d'un air dubitatif, et avait déclaré :

— D'accord, pourquoi pas ?

La prison de Wentworth était située à une cinquantaine de kilomètres. Cela représentait une demi-heure de voiture sur de bonnes routes goudronnées, mais deux jours de cheval à patauger dans la gadoue glacée. Les paroles de Dougal résonnaient dans ma tête : « D'un jour à l'autre. » Elles seules me tenaient en selle.

Pendant ce voyage interminable, je ressassai mon dernier entretien avec Dougal, et surtout ses dernières paroles.

Debout devant la grotte, pendant que Rupert et ses compagnons allaient chercher leurs chevaux, il m'avait prise à part et m'avait déclaré de but en blanc :

— J'ai un message pour vous... De la part de la sorcière.

— De Geillis ?

Je n'étais pas peu surprise.

— Je l'ai revue une dernière fois, quand je suis venu prendre l'enfant.

— Qu'a-t-elle dit ?

— Que si je vous revoyais un jour, je devais vous répéter deux choses, mot pour mot. La première était : « Je crois que c'est possible, mais je ne sais pas comment. » La seconde... ce n'était que des numéros. Elle me les a fait répéter mille fois, pour que je les mémorise, car je devais vous les donner dans l'ordre : un, neuf, six et sept.

« Je crois que c'est possible. » Cela ne pouvait avoir qu'un sens. Elle pensait qu'il était possible de retourner dans son époque, à travers le cercle de menhirs. Manifestement, elle n'avait pas essayé, et avait choisi de rester, au prix de sa vie. Elle devait avoir eu ses raisons. Dougal, peut-être ?

Quant aux numéros, je croyais comprendre. Elle les lui avait donnés séparément mais ils formaient un nombre. 1967. L'année de *sa* disparition dans le passé.

Je ressentis un petit frisson de curiosité et un profond regret. Quel dommage que je n'aie pas vu la cicatrice de son vaccin plus tôt ! D'un autre côté, elle m'aurait sans doute aidée à retourner plus tôt à Craigh na Dun, et j'aurais quitté Jamie à jamais !

Jamie. Sa pensée pesait comme du plomb dans ma tête, un pendule se balançant lentement au bout d'une corde. *D'un jour à l'autre.* La route s'étirait devant nous, interminable et sinistre, parfois interrompue par un marais couvert de givre ou une étendue d'eau qui avait été autrefois un pré ou la lande. Nous atteignîmes notre but le lendemain en début de soirée, sous une bruine glacée.

La forteresse noire se dressait contre un ciel chargé. Ce cube gigantesque, avec une tour à chaque angle, pouvait accueillir trois cents prisonniers, plus les quarante soldats de la garnison, leur commandant, le gouverneur et son équipe, sans compter la trentaine de cuisiniers, ordonnances, commis et autres domestiques nécessaires au fonctionnement d'un tel établissement. La prison de Wentworth.

Je contemplai les remparts menaçants en granit verdâtre d'Argyll. Ici et là, ils étaient percés de minuscules fenêtres. Certaines étaient éclairées, les autres, sans doute les cellules des prisonniers, restaient sombres. Je déglutis. Devant cet édifice massif aux murs imprenables, au portail monumental, aux gardes en veste rouge, je commençais à douter.

— Et si... et si on échoue ? demandai-je à Murtagh, la gorge sèche.

Il resta imperturbable, comme à son habitude. Sans même me regarder, le regard rivé sur les sombres murailles, il répondit calmement :

— Alors Dougal nous enterrera avec lui, un de chaque côté. Allez, ce n'est pas le moment de flancher.

SEPTIÈME PARTIE

Le sanctuaire

35

La prison de Wentworth

Sir Fletcher Gordon était un petit homme potelé dont le gilet rayé épousait les formes comme une seconde peau. Avec ses épaules tombantes et sa bedaine rebondie, il avait l'air d'un jambon dodu oublié sur le fauteuil du gouverneur.

Son crâne chauve et son teint rose ne faisaient rien pour arranger cet état de fait, quoique je n'aie jamais vu de jambon avec des yeux aussi bleus. Il feuilletait la liasse de papiers devant lui avec une lenteur délibérée.

— Ah, le voilà ! dit-il après avoir lu une page entière dans un silence interminable. Fraser James. Jugé pour meurtre. Condamné à la pendaison. Voyons voir... où est donc l'ordre d'exécution ?

Il marqua une nouvelle pause, approchant plusieurs feuilles de ses yeux myopes. J'enfonçai mes ongles dans la paume de ma main, faisant de mon mieux pour ne rien laisser paraître de mon agitation.

— Ah, date d'exécution : le 23 décembre. Oui, oui, il est encore là.

Je déglutis, tiraillée entre l'exultation et la panique. Il était encore en vie, pour deux jours. Et il était à deux pas d'ici, quelque part entre ces murs.

Je me penchai en avant sur ma chaise et tentai mon sourire le plus charmeur.

— Pourrais-je le voir, sir Fletcher ? Rien qu'un moment, au cas... où il voudrait me confier un message pour sa famille ?

Officiellement, j'étais une amie anglaise de la famille, ce qui m'avait permis d'entrer assez facilement dans Wentworth et de demander une audience à sir Fletcher, gouverneur de la prison. Demander à voir Jamie était plutôt risqué. Ne connaissant pas ma couverture, il pouvait me trahir s'il me voyait soudain sans être averti. De même, je pouvais fort bien me trahir toute seule : je n'étais pas sûre de conserver mon masque en le voyant. Mais l'étape suivante était d'abord de découvrir où il était enfermé. Dans ce dédale de couloirs, on ne pouvait espérer le retrouver sans indications précises.

Sir Fletcher fronça les sourcils. De toute évidence, cette requête de la part d'une simple relation de la famille l'ennuyait. Mais ce n'était pas un homme insensible. Il secoua la tête d'un air navré.

— Non, chère madame, je crains que ce ne soit impossible. La prison est surpeuplée ces temps-ci et nous n'avons plus assez de place pour autoriser des entretiens en tête à tête. Et cet homme se trouve actuellement...

Il consulta son registre.

— ... dans l'une des cellules collectives de l'aile ouest, avec quelques autres condamnés à mort. C'est un endroit bien trop périlleux pour vous. De plus, on ne peut décemment pas vous laisser seule en compagnie de cet homme, c'est un dangereux criminel. Il est écrit ici que les gardes ont dû l'enchaîner dès son arrivée chez nous.

Je dus me retenir de le frapper.

Il secoua encore la tête, son poitrail de rouge-gorge gonflé par ses soupirs désolés.

— Encore, si vous étiez une parente directe...

Il releva la tête, papillonnant des yeux. Je serrai les dents, résolue à ne pas craquer. Il eut une soudaine inspiration.

— A moins que...

Il ne termina pas sa phrase. Il se leva et se dirigea vers la porte derrière laquelle un garde était en faction. Il lui murmura quelque chose et le soldat disparut.

Sir Fletcher revint s'asseoir à son bureau, saisissant au vol une carafe et deux coupes sur une console. J'acceptai avec grâce le verre de clairet, j'en avais grand besoin.

Nous en étions au deuxième verre quand le garde revint. Il entra sans frapper, plaça une boîte en bois devant le gouverneur et sortit. Je remarquai au passage le coup d'œil entendu qu'il m'avait lancé. Je portais une robe empruntée à une connaissance de Rupert qui vivait dans la ville voisine et, au parfum qui s'en dégageait, j'avais une petite idée sur la profession de la dame en question. J'espérai seulement que le garde n'avait pas reconnu la robe.

Après avoir vidé sa coupe, sir Fletcher ouvrit la boîte. C'était un simple rectangle en bois brut, avec un couvercle coulissant. Il y avait une inscription à la craie sur un côté que je lus à l'envers : FRAYSER.

— Ce sont les effets personnels du prisonnier, expliqua-t-il. D'ordinaire, nous les adressons à celui que le condamné nous désigne comme son plus proche parent. Mais cet homme a refusé catégoriquement de nous dire quoi que ce soit sur sa famille. Ils ne sont sans doute pas en très bons termes. Cela n'a rien d'exceptionnel, bien sûr, mais c'est regrettable vu les circonstances. J'ose à peine vous le demander, madame Beauchamp, mais... puisque vous connaissez la famille, auriez-vous l'obligeance de confier ces effets à la personne la plus indiquée ?

Je n'osai pas ouvrir la bouche. Je me contentai d'acquiescer et de baisser le nez dans mon verre de clairet.

Sir Fletcher parut soulagé, bien que je ne sache pas si c'était de se débarrasser de la boîte ou de mon départ imminent.

— C'est très aimable de votre part, madame Beauchamp. Je sais que c'est une tâche bien ingrate que je vous confie là et je suis très sensible à votre geste, croyez-le.

— P-p-pas du tout, balbutiai-je.

Je parvins à me lever et à prendre la boîte. Elle mesurait à peu près vingt centimètres sur dix et faisait une quinzaine de centimètres de profondeur. Une petite boîte bien légère pour contenir les vestiges de toute une existence.

Je savais ce qu'elle contenait : trois morceaux de fils à pêche ; plusieurs hameçons plantés sur un bouchon de liège ; un briquet à silex ; un morceau de verre poli par le temps ; quelques cailloux aux formes inhabituelles ; une patte de taupe séchée ; une bible, à moins qu'il ne l'ait gardée, ce que j'espérais ; une bague en rubis, si elle n'avait pas été volée ; et un petit morceau de bois sur lequel était sculpté un serpent et qui portait l'inscription : SAWNY.

Je m'arrêtai sur le pas de la porte, me retenant au chambranle pour ne pas tomber. Sir Fletcher, qui me raccompagnait galamment, s'écria :

— Madame Beauchamp ! Vous ne vous sentez pas bien ? Vite, garde, une chaise !

— Non, non, je vous remercie, cela ira. Mon valet m'attend devant le portail.

J'avais surtout besoin de sortir de cette prison et de respirer une grande bouffée d'air frais.

Me forçant à me redresser et à sourire, il me vint soudain une idée.

— Oh, sir Fletcher...

— Quoi donc, chère madame ?

— Je viens juste de penser... comme c'est triste qu'un jeune homme dans sa situation soit en froid avec sa famille. Peut-être souhaiterait-il... leur écrire une lettre de réconciliation ? Je serais ravie de la transmettre... à sa mère.

— Quelle touchante attention !

Sir Fletcher était jovial, à présent que je ne risquais plus de tourner de l'œil sur son tapis.

— Je lui ferai transmettre votre offre, ma chère. Où pouvons-nous vous trouver ? Si lettre il y a, je vous la ferai porter.

— C'est que... je ne le sais pas encore. J'ai plusieurs parents en ville et je crains de devoir passer de l'un à l'autre... pour ne vexer personne, comprenez-vous.

Je lâchai un petit rire nerveux avant d'ajouter :

— Aussi, si cela ne vous ennuie pas, je vous enverrai mon valet.

— Naturellement, naturellement. C'est une excellente idée. Excellente !

Sur ce, il me prit le bras et me raccompagna jusqu'au portail.

— Alors, ma fille, ça va mieux ?

Rupert écarta les mèches qui me tombaient devant les yeux.

— Tenez, prenez encore un peu de remontant.

Je refusai la flasque de whisky qu'il me tendait, puis,

me redressant, ôtai le chiffon humide et crasseux qu'il m'avait plaqué sur le visage.

A peine hors de vue des gardes de la prison, escortée par Murtagh, j'étais tombée de mon cheval et j'avais vomi dans la neige. Puis, j'étais restée là, à serrer la boîte contre moi en pleurant.

Il avait fallu toute la force de persuasion de Murtagh pour me convaincre de remonter en selle jusqu'à la petite auberge où Rupert nous avait loué des chambres.

— Alors, il est mort ou pas ? s'impatienta Rupert.

— Non, pas encore.

Je lui racontai tout ce que j'avais appris et il se mit à arpenter la pièce en marmonnant entre ses dents. Murtagh, lui, était assis dans un coin, le visage indéchiffrable, comme à son habitude.

Enfin, Rupert se laissa tomber sur le lit à mes côtés.

— Bon, le principal, c'est qu'il soit encore en vie. Mais bon sang, je ne vois vraiment pas comment faire. Il n'y a aucun moyen de s'introduire dans cette foutue prison !

— Si, il y en a un, intervint Murtagh. Grâce à cette histoire de lettre.

— Mmmmphm. Oui, mais ils ne laisseront entrer qu'un seul homme, et encore, uniquement jusqu'au bureau du gouverneur. Cet endroit est immense.

— Au moins nous savons dans quelle aile le chercher, objectai-je.

Le fait de constater qu'ils ne baissaient pas les bras, aussi désespérée que semble notre entreprise, me redonnait du courage.

— Combien d'argent avez-vous, ma fille ? demanda Rupert.

Je vidai mes poches. Il y avait l'argent de Dougal, plus la bourse que m'avait donnée Jenny et mon collier de perles. Rupert rejeta les perles, mais prit la bourse, versant une pluie de pièces dans la paume de sa main.

— Ça ira.

Il lança un clin d'œil aux jumeaux Coulter.

— Vous deux et Willie, vous venez avec moi. John et Murtagh restent ici avec elle.

— Où allez-vous ? m'inquiétai-je.

Il rangea les pièces dans son *sporran*, n'en gardant qu'une qu'il lança en l'air.

— Il y a une autre taverne de l'autre côté de la ville. Les gardes de la prison y vont quand ils ne sont pas de service, parce qu'elle est plus près et que le whisky y est moins cher.

Il relança la pièce et la rattrapa entre deux doigts. Il tourna la main, une fois, deux fois : la pièce avait disparu. Je crus comprendre ce qu'il avait derrière la tête.

— Ce ne serait pas des amateurs de cartes, par hasard ?

Il tendit la main vers moi et fit réapparaître la pièce derrière mon oreille. Son visage s'illumina d'un grand sourire.

— Allez savoir, ma fille ! Ça vaut la peine d'aller y faire un tour, non ?

Le lendemain, peu après une heure de l'après-midi, je franchis de nouveau les grilles de Wentworth.

Selon les informations recueillies par Rupert et ses espions, sir Fletcher devait être en plein repas. Ils étaient rentrés à l'aube, titubant et empestant la bière. Tout ce que je pus tirer de Rupert fut :

— Oh, ma fille, pour gagner il faut de la chance. Mais pour perdre il faut du talent !

Il s'était enroulé sur le sol dans un coin et s'était aussitôt endormi comme une souche, me laissant faire les cent pas dans la chambre en ravalant ma frustration.

Il se réveilla une heure plus tard, la tête et le regard clairs, et formula l'ébauche d'un plan que je commençai à mettre à exécution.

— Sir Fletcher ne supporte pas qu'on le dérange pendant ses repas. Tous ceux qui le demandent pendant qu'il est à table doivent attendre dans son bureau qu'il ait terminé. Après déjeuner, il se retire dans ses appartements pour une petite sieste digestive.

Murtagh, me tenant lieu de valet, était arrivé un quart d'heure avant moi. On l'avait laissé entrer sans difficulté et, si tout se passait comme prévu, il devait être dans le bureau de Fletcher en train de fouiller les tiroirs à la recherche d'un plan de l'aile ouest et, à tout hasard, des clefs des cellules.

Je m'attardai un peu, regardant le ciel pour évaluer l'heure. Si j'arrivais avant que Fletcher se mette à table, je risquais d'être invitée à partager son repas, ce qui n'arrangerait pas mes affaires. Les compagnons de jeu de Rupert avaient assuré que les habitudes du gouverneur étaient réglées comme du papier à musique : la cloche sonnait à une heure pile et la soupe était servie cinq minutes plus tard.

Le garde de service était le même que la veille. Il parut surpris de me voir mais me salua courtoisement.

— C'est trop fâcheux, minaudai-je. J'ai envoyé mon valet porter un petit cadeau au gouverneur pour le remercier de la gentillesse qu'il a bien voulu me témoigner hier. Mais cet imbécile l'a oublié et j'ai dû courir après lui pour le lui donner. Est-il déjà arrivé ?

Je lui montrai le petit paquet en lui adressant mon plus beau sourire.

Il s'effaça pour me laisser passer et me conduisit dans les longs couloirs qui menaient chez le gouverneur. Par bonheur, je le précédais car, arrivée à quelques mètres de notre destination, j'aperçus Murtagh par la porte entrouverte en train de traîner la masse inconsciente du garde de faction derrière l'imposant bureau.

Je marquai le pas et laissai tomber mon paquet sur le sol. Il y eut un bruit de verre brisé et une forte odeur d'eau-de-vie de pêche se répandit dans le couloir.

— Oh, mon Dieu, que je suis sotte ! Qu'ai-je fait ?

Pendant que le garde appelait un collègue pour venir réparer les dégâts, je marmonnai avec tact que j'allais attendre sir Fletcher dans son bureau et me glissai dans la pièce en refermant hâtivement la porte derrière moi.

— Mais vous êtes fou, qu'est-ce que vous lui avez fait ? chuchotai-je à Murtagh.

Peu impressionné, il fouillait les poches de sa victime.

— Sir Fletcher ne conserve pas de clefs dans son bureau, mais ce jeune homme a un trousseau.

Il brandit victorieusement un anneau où était accrochée une multitude de clefs.

Je tombai à genoux à ses côtés et soupirai de soulagement en constatant que le jeune homme en question respirait encore.

— Vous avez trouvé un plan de la prison ?

— Non, mais mon jeune ami m'a donné quelques tuyaux pendant que j'attendais. Les cellules des condamnés se trouvent à cet étage, au milieu du couloir ouest. Malheureusement, il y en a trois. Je n'ai pas pu en savoir plus, il commençait à devenir méfiant.

— J'espère que ça suffira. Donnez-moi les clefs et filez.

— Moi ? C'est à vous de filer, et sans tarder.

Il lança un regard inquiet vers la porte mais on n'entendait aucun bruit.

— Non, il faut que ce soit moi, dis-je en saisissant le trousseau et en le fourrant non sans mal dans ma poche. Imaginez qu'ils vous trouvent en train de vous promener dans la prison avec un trousseau de clefs, et qu'ils découvrent ensuite le garde que vous avez assommé, nous sommes cuits tous les deux car je n'aurai pas appelé au secours.

Murtagh était toujours sceptique.

— Et s'ils vous arrêtent, vous ?

— Je tomberai dans les pommes. Puis, quand j'ouvrirai les yeux, je dirai que je vous ai vu en train d'assassiner un garde et que je me suis enfuie, terrorisée, sans savoir où j'allais. Je me suis perdue en cherchant du secours.

Il hocha lentement la tête.

— Bon, d'accord. Mais pourquoi serais-je... ah, je sais !

Il revint vers le bureau et renversa le contenu des tiroirs sur le tapis.

— Je suis venu voler, expliqua-t-il en revenant vers la porte.

Il l'entrebâilla doucement et regarda dans le couloir.

— Mais si vous êtes un voleur, ne devriez-vous pas prendre quelque chose ? suggérai-je.

Je pris une petite boîte émaillée sur la console.

— Ça, peut-être ?

Il me fit signe de reposer la boîte d'un geste impatient.

— Vous êtes tombée sur la tête ? Si on me trouve avec un objet appartenant au gouverneur, je suis bon pour la corde, alors qu'une simple tentative de vol ne me vaudra qu'une flagellation ou une mutilation.

— Oh ! fis-je en remettant hâtivement la boîte à sa place.

— Je passe le premier, chuchota-t-il. Si je rencontre quelqu'un, je l'attirerai ailleurs. Comptez jusqu'à trente

216

avant de sortir d'ici. On se retrouve dans le petit bois au nord de Wentworth.

Juste avant de sortir dans le couloir, il hésita puis se tourna vers moi.

— Si vous vous faites prendre, pensez à vous débarrasser du trousseau.

Avant même que je lui réponde, il avait disparu dans le couloir, se déplaçant comme un chat dans l'obscurité.

Il me fallut une éternité pour trouver l'aile ouest, me faufilant dans le dédale des couloirs de la vieille forteresse, rasant les murs et me cachant derrière des colonnes. Je ne vis qu'un seul garde et parvins à l'éviter en plongeant dans une encoignure. J'attendis qu'il passe son chemin, plaquée contre le mur, le cœur battant.

Lorsque je trouvai enfin l'aile ouest, je ne pus douter d'être au bon endroit : le couloir ne comptait que trois grandes portes, chacune percée d'une petite lucarne grillagée à travers laquelle je ne pouvais entrevoir qu'une infime partie de la pièce.

— Amstramgram... marmonnai-je.

Le sort désigna la porte du milieu. Les clefs ne portaient pas d'étiquette et étaient toutes différentes. Vu la grosseur de la serrure, seules les trois plus grandes pouvaient fonctionner. Naturellement, ce fut la troisième. J'essuyai mes mains moites sur ma jupe et poussai la porte.

L'odeur fétide me prit à la gorge. J'avançai en trébuchant sur un enchevêtrement de pieds et de jambes, parmi des corps qui se déplaçaient avec une lenteur exaspérante. Le mouvement de surprise suscité par mon entrée se répandit rapidement dans la cellule. Ceux qui dormaient sur le sol jonché de détritus se réveillèrent, hagards. Certains étaient enchaînés aux murs. J'attrapai par le bras un grand barbu qui se tenait debout, son tartan en lambeaux. Il n'avait plus que la peau sur les os. Une chose était sûre : les Anglais ne se ruinaient pas pour nourrir leurs prisonniers.

— James Fraser ! Un grand... avec des cheveux roux ! Est-il dans cette cellule ? Où est-il ?

Il avançait déjà vers la porte avec les autres détenus qui n'étaient pas entravés. La plupart des prisonniers avaient enfin compris l'opportunité qui s'offrait à eux et se bousculaient pour sortir.

— Qui ça ? Fraser ? Ah oui, ils l'ont emmené ce matin.

Il tenta de dégager son bras. Je le retins par sa ceinture.

— Où ? Où l'ont-ils emmené ?

— Je ne sais pas. Un officier est venu le chercher. Un certain capitaine Randall. Une belle ordure, ce salaud-là !

Me repoussant sans ménagement, il se libéra et se hâta de sortir.

Randall ! Je restai interdite, bousculée par les fuyards, assourdie par les cris et les supplications des malheureux enchaînés. Geordie surveillait la forteresse depuis l'aube. Personne n'en était sorti sauf une équipe de commis de cuisine partis chercher des provisions. Donc, ils étaient quelque part dans ce labyrinthe.

Randall était capitaine, sans doute le plus haut gradé après sir Fletcher. Il avait donc tout loisir de trouver un endroit tranquille dans la prison où torturer son prisonnier.

Car il ne pouvait avoir que la torture en tête, même si Jamie était déjà condamné à mort. L'homme auquel j'avais eu affaire à Fort William était un vrai félin, un chat qui ne pouvait laisser passer une telle chance de jouer avec sa souris.

M'efforçant de ne pas penser à tout ce qui avait pu se passer depuis le matin, je me précipitai dans le couloir à mon tour, heurtant de plein fouet un dragon qui arrivait au pas de charge. Il bascula en arrière, décrivant de grands moulinets avec les bras pour retrouver son équilibre. Quant à moi, je m'écrasai contre la porte en me cognant la tête. A demi étourdie, je cherchai désespérément la poche de ma jupe dans laquelle j'avais glissé ma dague, me maudissant de ne pas avoir pensé à la sortir avant d'entrer dans la cellule.

Entre-temps, le soldat anglais avait retrouvé son équilibre et me regardait bouche bée. Pour le moment, je bénéficiais de l'effet de surprise, mais pas pour longtemps. Laissant tomber ma poche introuvable, je relevai mes jupons, sortis le *sgian dhu* coincé sous ma jarretière et, dans le même mouvement, me ruai vers lui. La lame se planta sous son menton au moment où il portait la main à sa ceinture. Ouvrant grands des yeux ahuris, il se tint le cou, chancela, heurta le mur derrière lui puis se laissa lentement glisser au sol. Comme moi, il s'était précipité sans prendre soin de sortir préalablement son arme, et cette négligence lui avait coûté la vie. C'était une erreur que je ne pouvais plus me permettre. J'enjambai le corps, en évitant de le regarder.

Je repartis à toutes jambes par où j'étais venue. Parvenue au pied d'un escalier, je remarquai une petite niche où je pouvais me tenir sans qu'on me voie d'un côté comme de l'autre. Je m'y blottis, le temps de réfléchir à ce que j'allais faire à présent.

Je sortis la dague de ma poche et la pris bien en main. C'était désormais ma seule arme : je n'avais eu ni le temps ni le courage de récupérer le *sgian dhu* planté dans la gorge du dragon. C'était sans doute aussi bien. Il y avait eu relativement peu de sang. Je frémis à l'idée des flots qui se seraient déversés si j'avais retiré la lame.

Je lançai un regard prudent dans le couloir. Les prisonniers que j'avais libérés sans le vouloir étaient partis vers la gauche. Je ne savais pas où ils comptaient aller, mais ils allaient occuper les Anglais pendant un certain temps. Le mieux était donc de partir dans la direction opposée. Il était essentiel de ne pas perdre le sens de l'orientation. Je me trouvais dans l'aile ouest et Rupert avait dit qu'il m'attendrait à la porte sud. Je tentai de me concentrer, fixant les escaliers devant moi.

Quel était l'endroit le plus indiqué pour torturer quelqu'un ? Un lieu à l'abri des regards et des oreilles. Comme un cachot isolé. Or, les cachots se trouvaient généralement sous terre, sous des tonnes de terre qui étouffaient les cris, là où les ténèbres atténuaient la cruauté aux yeux mêmes de ceux qui la perpétraient.

Le mur derrière les escaliers était arrondi. Je me trouvais sans doute dans l'une des tours de la forteresse. Il y avait une chance sur mille...

Je dévalai les marches en colimaçon, glissant à plusieurs reprises, m'écorchant contre les pierres rugueuses. A chaque palier, une petite meurtrière constituait la seule source de lumière. M'arrêtant devant l'une d'elles, j'eus une vue sur la cour, ce qui me permit de m'orienter. Un petit groupe de soldats était rassemblé en carré pour la revue. Derrière eux se dressait un gibet, où, pour le moment, personne ne se balançait au bout d'une corde.

Je repris ma descente à toute allure. Arrivée en bas, je me pris les pieds dans ma jupe et m'étalai de tout mon long. Un couloir s'étirait devant moi, désert et silencieux. Au moins, cette partie de la prison était utilisée : une rangée de torches brûlaient le long d'un mur, dégageant une fumée qui stagnait en un nuage gris sous le plafond voûté.

Je n'avais pas d'autre choix que d'aller droit devant moi. J'avançai, pas à pas, la dague pointée, passant sur la pointe des pieds devant d'épaisses portes renforcées, assez épaisses pour étouffer tous les bruits à l'intérieur. Me penchant au ras du sol, je vérifiai qu'aucun rayon de lumière ne filtrait par-dessous. Si les Anglais pouvaient laisser leurs prisonniers croupir dans le noir, les activités de Randall requéraient de la lumière. Le sol devant les cachots était couvert d'une épaisse couche de poussière qui n'avait pas été foulée depuis belle lurette. Apparemment, ces cellules ne servaient plus. Pourtant, quelqu'un utilisait cette partie de la prison, sinon pourquoi ces torches allumées ?

Je trouvai le rayon de lumière que je cherchais sous la quatrième porte. Je m'agenouillai, appuyant mon oreille contre le métal froid, mais n'entendis aucun son, mis à part le doux crépitement d'un feu.

Elle n'était pas verrouillée, je l'entrebâillai et regardai discrètement à l'intérieur. Jamie était assis par terre, adossé au mur, le front sur les genoux. Il était seul.

La pièce était petite mais remarquablement douillette pour un cachot. Un brasero crépitait dans un coin et les dalles avaient été balayées. Un petit lit de camp était poussé contre un mur. Il y avait aussi deux chaises et une table, sur laquelle étaient posés plusieurs objets dont une grande carafe et des coupes. Après les longs couloirs suintants et grouillants de rats, c'était un spectacle inattendu. Ce devait être là que les officiers de la garnison faisaient venir des filles. C'était nettement plus discret que dans les casernes !

— Jamie ! appelai-je doucement.

Mon estomac se noua quand il ne redressa même pas la tête.

Je refermai doucement la porte derrière moi et traversai rapidement la pièce pour m'agenouiller près de lui.

— Jamie !

Il leva les yeux. Il était livide, le front baigné d'une sueur froide. La pièce entière était imprégnée de l'odeur de la peur et du vomi.

— Claire ! Qu'est-ce que tu... tu dois partir. Tout de suite. Il va bientôt revenir.

Il parlait d'une voix rauque et lasse.

— Ne sois pas ridicule !

J'évaluai rapidement la situation. Sa seule entrave était une lourde chaîne reliant sa cheville à un anneau dans le mur. Quelque chose m'échappait. Il était manifestement sonné et son corps entier exprimait la douleur, et pourtant je ne voyais ni traces de coups ni blessures. J'essayai les unes après les autres les clefs de mon trousseau dans la serrure de l'anneau à sa cheville.

— Que t'a-t-il fait ? demandai-je.

Jamie oscilla, les yeux fermés. Il était visiblement sur le point de défaillir. Avec une lenteur infinie, il souleva sa main gauche qui cachait quelque chose entre ses cuisses. C'était sa main droite, méconnaissable. Violet et bleu, elle avait triplé de volume, les doigts écartés dans des positions invraisemblables. Un fragment d'os saillait par la chair déchirée de son majeur. Un filet de sang s'écoulait entre ses articulations broyées.

La main humaine est une merveilleuse machine, un système complexe de câbles et de poulies, contrôlée par un réseau de millions de nerfs microscopiques, extrêmement sensibles au toucher. Un seul doigt cassé suffit pour faire tomber un homme à genoux, hurlant de douleur.

— C'est ma punition... souffla Jamie. Pour son nez cassé.

Je restai pétrifiée par le spectacle sanglant, puis murmurai d'une voix méconnaissable :

— Je tuerai ce fils de pute !

Jamie trouva la force d'esquisser un sourire.

— Je te tiendrai la chandelle, *Sassenach*.

Épuisé par cet effort, il referma les yeux et s'affaissa contre le mur. Comme il basculait sur le côté, il tendit instinctivement la main droite pour se rattraper et poussa un cri étranglé en tombant de tout son poids sur son bras replié.

— Et merde ! lâchai-je.

Il s'était évanoui. J'essayai tout le trousseau en vain. Les clefs glissaient entre mes doigts tremblants et moites. Je jurai entre mes dents et regardai autour de moi à la recherche d'une idée. Parmi les objets sur la table se trouvait un maillet, sans doute l'instrument du supplice de Jamie. J'allai le chercher. Profitant de l'inconscience de Jamie, je lui calai la cheville contre le mur, glissai une des clef dans la serrure et frappai un grand coup dessus dans l'espoir de la faire sauter. Peine perdue. Je pestai contre les ferronniers écossais quand la porte s'ouvrit avec fracas derrière moi.

Comme celui de Frank, le visage de Randall exprimait rarement ses émotions. Cette fois, toutefois, le capitaine perdit momentanément son flegme. Il se tenait sur le seuil, la bouche grande ouverte, l'air presque aussi bête que celui qui l'accompagnait, un colosse engoncé dans un uniforme rapiécé et taché, avec un front bas, un nez aplati, des lèvres lippues, en gros le faciès typique du retardé mental.

Se reprenant, Randall traversa la pièce et vint vérifier l'état de l'anneau autour de la cheville de Jamie.

— Alors, on abîme la propriété de la Couronne ? C'est un délit passible d'une peine sérieuse, savez-vous. Sans parler d'aider un dangereux prisonnier à s'évader.

Ses yeux gris pâle lancèrent un éclat amusé.

— En attendant, il va falloir vous trouver un logement adéquat...

Il me força à me relever en me tordant le bras derrière le dos. Je savais qu'il était inutile de me débattre, mais je ne résistai pas à l'envie de lui écraser les orteils de mon talon.

— Aïe !

Il me poussa violemment sur le lit, puis me toisa d'un air satisfait, essuyant sa botte avec un mouchoir de lin.

— Vous n'avez pas froid aux yeux, je vous l'accorde. De fait, vous semblez faits l'un pour l'autre.

Il indiqua Jamie, toujours inerte sur le sol.

— Et ce n'est pas peu dire !

Il se caressa la gorge de l'index. Un vilain bleu pointait sous son col.

— Il a essayé de me tuer quand je l'ai détaché. Et il a bien failli réussir. Dommage que je n'aie pas vu tout de suite qu'il était gaucher.

— Ce n'était vraiment pas raisonnable de sa part, raillai-je.

— Je ne vous le fais pas dire. Je ne doute pas que vous saurez faire preuve de plus de courtoisie. Toutefois, juste au cas...

Il se tourna vers le colosse.

— Marley, fouillez cette femme.

Il observa, amusé, la brute épaisse qui palpait maladroitement mes habits et qui ne tarda pas à trouver la dague dans ma poche.

— Vous ne semblez pas apprécier Marley ? me demanda le capitaine en me voyant tiquer quand les gros doigts de boucher me palpèrent un peu trop intimement. Quel dommage ! Je suis sûr qu'il vous trouve à son goût ! Il faut dire que ce pauvre homme n'a guère de chance avec les femmes. N'est-ce pas, Marley ? Même les putains ne veulent pas de lui.

Il me lança un regard entendu.

— « Trop grosse », affirment-elles. Ce qui en dit long, de la part d'une putain !

Marley interrompit sa fouille pour essuyer un filet de bave à la commissure de ses lèvres. Je me rétractai dans le coin, répugnée.

Randall, qui avait surpris ma réaction, renchérit :

— Je suis sûr que Marley se fera un plaisir de vous emmener dans ses appartements, une fois que nous aurons terminé notre petite conversation. Naturellement, je ne doute pas qu'il voudra faire profiter ses petits camarades d'une telle aubaine, mais cela dépend de lui.

— Ah, vous ne comptez pas rester avec nous pour regarder ? demandai-je sur un ton sarcastique.

Randall éclata de rire.

— J'ai peut-être des goûts contre nature, comme vous le savez sans doute, mais j'ai néanmoins certains principes esthétiques. Non, vraiment... vous êtes une fort jolie femme, en dépit de votre langue de mégère. Et de vous voir avec Marley... non, sincèrement. C'est que, outre son aspect, ses manières laissent quelque peu à désirer.

Il frissonna de dégoût.

— Les vôtres aussi.

— C'est possible. Rassurez-vous, vous n'aurez plus à les supporter très longtemps.

Il marqua une pause, et prit un air perplexe.

— Toutefois, il y a une chose que je voudrais savoir avant de prendre congé de vous. Manifestement, vous êtes une jacobite, mais de quel camp, au juste ? Celui de Marischal ? Celui de Seaforth ? A moins que ce ne soit Lovat, puisque vous voilà devenue une Fraser.

Il poussa Jamie du bout du pied, mais celui-ci ne réagit pas. Je pouvais voir son poitrail se soulever et s'abaisser régulièrement. Peut-être dormait-il, tout simplement. Les cernes bleutés sous ses yeux témoignaient de son état d'épuisement.

— J'ai même entendu dire que vous étiez une sorcière, poursuivit le capitaine. Si je ne m'abuse, il y a eu un peu d'agitation à Cranesmuir il y a quelque temps, non ? Qui s'est soldée par une mort ? Bah, ce ne sont sans doute que de stupides superstitions.

Il me toisa longuement, les bras croisés.

— Je me demande si je ne vais pas vous proposer un marché.

— Je vous écoute, vous êtes en position de force.

— Je vous offre un choix : dites-moi qui vous êtes, qui vous a envoyée en Écosse, ce que vous y faites et quelles informations vous avez déjà fait parvenir à votre employeur. Si vous parvenez à me convaincre, je vous conduirai chez sir Fletcher au lieu de vous confier à Marley.

J'évitai soigneusement de regarder vers Marley. J'avais déjà remarqué les quelques chicots noirâtres qui lui servaient de dents, enchâssés dans ses gencives purulentes. Rien que l'idée d'être embrassée par ce monstre me donnait envie de vomir. Randall avait raison : je n'étais pas lâche. Mais je n'étais pas complètement idiote non plus.

— Vous savez aussi bien que moi que vous ne pouvez pas me conduire chez sir Fletcher. Comment justifieriez-vous tout ceci ?

Je lui indiquai la pièce, le petit feu, le lit sur lequel j'étais assise, et Jamie couché à ses pieds.

— Je ne crois pas que sir Fletcher puisse cautionner

la torture dans son établissement. Même l'armée anglaise doit bien respecter quelques principes.

Randall prit un air étonné.

— De la torture ? Ah, ça !

Il indiqua négligemment Jamie.

— Un accident. Il est tombé dans sa cellule et a été piétiné par les autres détenus. Que voulez-vous ? Ces prisons sont surpeuplées.

Je restai silencieuse. Sir Fletcher avalerait peut-être que la main de Jamie était le résultat d'un accident. En revanche, il ne croirait certainement rien de ce que lui dirait une espionne prise en flagrant délit dans ses geôles.

Randall attendait patiemment, guettant du regard tout signe de reddition de ma part.

— Alors ? Vous avez choisi ?

Je soupirai et fermai les yeux. Le choix ne m'appartenait pas, mais je pouvais difficilement le lui expliquer.

— Laissez tomber, répondis-je enfin. Je ne peux rien vous dire.

— Réfléchissez-y.

Il s'approcha de Jamie et extirpa une clef de sa poche. Il ouvrit l'anneau à sa cheville et, le prenant sous les aisselles, le hissa sur un tabouret, calant son dos contre le mur.

— Réveillez-le, ordonna-t-il à Marley en montrant d'un signe de tête un seau d'eau posé dans un coin.

Ce dernier arrosa Jamie qui gémit en tournant la tête vers le mur.

Le second seau le fit tousser. Randall s'avança vers lui et, le prenant par les cheveux, il le secoua brutalement. Les yeux de Jamie restèrent fermés. Randall le repoussa avec dégoût et se détourna en essuyant ses mains sur son pantalon. Il perçut un mouvement derrière lui, mais pas assez vite pour éviter Jamie qui bondit soudain sur lui.

Les bras de Jamie se refermèrent autour du cou de Randall. Ne pouvant utiliser sa main droite, il saisit son poignet droit dans la main gauche et serra de toutes ses forces en écrasant la trachée du capitaine. Randall vira au rouge, puis au violet. Jamie lâcha prise juste le temps d'envoyer un crochet dans les reins de l'Anglais.

Il avait beau être affaibli, le coup fut assez fort pour que Randall s'effondre.

Jusque-là, Marley avait observé la scène sans que la moindre lueur d'intérêt n'éclaire son regard vitreux. Voyant son supérieur à terre, il se décida toutefois à intervenir et saisit le maillet. Il se précipita vers Jamie, le rata de justesse et fracassa le tabouret.

Jamie saisit au vol un pied du siège en morceaux et le brandit devant lui. Les deux hommes firent le tour de la pièce, dos au mur, sans se lâcher du regard. N'osant ouvrir la bouche de peur de briser la concentration précaire de Jamie, je me fis le plus petite possible sur le lit.

Il était évident que Jamie ne tiendrait pas longtemps. Qu'il soit debout relevait déjà du miracle. Il lui fallait faire vite. Il avança prudemment vers Marley, l'acculant contre le mur. Se voyant coincé, l'ordonnance balaya l'espace devant lui de son maillet. Au lieu de reculer, Jamie avança d'un pas, se laissant cueillir au flanc, mais non sans avoir préalablement assené de toutes ses forces le pied de tabouret contre la tempe de son adversaire. Observant, fascinée, Marley qui titubait dans la pièce, les yeux exorbités, je ne prêtai pas attention au capitaine allongé près de la porte, jusqu'à ce qu'un souffle rauque chatouille mon oreille.

— Bien joué, Fraser, dit Randall, la voix éraillée mais le ton toujours aussi calme. Dommage que vous y ayez laissé quelques côtes pour rien !

Jamie s'adossa au mur, reprenant péniblement sa respiration, serrant son arme contre lui. Ses yeux mesurèrent la distance qui le séparait de Randall.

— N'y songez même pas ! lança celui-ci. Elle sera morte avant que vous ayez fait deux pas.

Une fine lame froide caressait mon cou. Je sentis la pointe piquer l'angle de ma mâchoire.

Jamie observait la scène d'un regard las. Puis, rassemblant ses forces, il se détacha du mur et ramassa le maillet tombé à ses pieds. Il s'approcha de la table, d'un pas hésitant, y déposa le maillet et s'assit péniblement sur une chaise, les deux mains posées à plat devant lui.

— Laissez-la partir, dit-il simplement.

La main qui tenait le couteau sur mon cou se détendit légèrement.

— Et pourquoi le ferais-je ?

— Vous ne pouvez pas menacer deux personnes en même temps avec un poignard. Si vous la tuez ou si vous vous écartez d'elle, je vous tuerai.

Jamie parlait calmement, semblant parfaitement maître de lui en dépit de son teint blafard et de ses tempes perlées de sueur.

— Et qu'est-ce qui m'empêcherait de vous tuer tous les deux ?

— Que raconterez-vous demain au bourreau ? Ma mort précoce sera difficile à expliquer, non ?

Jamie indiqua le colosse inconscient sur le sol.

— Vous avez été forcé d'avoir recours à votre petit ami pour me ligoter avant de me casser la main.

— Et alors ?

— Il ne vous sera d'aucune utilité avant un bon bout de temps.

C'était indiscutable. L'ordonnance gisait face contre terre, le visage rouge, le souffle irrégulier et rauque. « Commotion grave », conclus-je machinalement. Peut-être même hémorragie cérébrale. Ce monstre pouvait bien crever sous mes yeux, c'était le dernier de mes soucis.

— Vous n'êtes pas de taille à vous mesurer à moi seul à seul, reprit Jamie. Je suis nettement plus fort, même avec une seule main. Si vous ne teniez pas cette femme, je vous aurais déjà arraché votre poignard et je vous l'aurais enfoncé dans le cœur. Et vous le savez, c'est pourquoi vous ne lui avez rien fait.

— Mais justement, je la tiens, rétorqua Randall. Naturellement, vous pouvez vous enfuir — il y a une sortie tout près d'ici — en laissant votre femme. Vous avez bien dit que c'était votre femme, non ? Elle n'y survivra pas, bien entendu.

Jamie haussa les épaules.

— Moi non plus. Je n'irais pas loin avec toute la garnison à mes trousses.

Une brève grimace tordit son visage et il retint son souffle quelques instants. J'ignorais quel état de choc lui permettait de surmonter sa douleur, mais ses effets commençaient visiblement à s'estomper.

— Hum, fit Randall. Nous semblons nous trouver

dans un cul-de-sac. A moins que vous n'ayez une suggestion ?

— J'en ai une. C'est moi que vous voulez. Libérez-la et je serai à vous.

La lame bougea légèrement et je sentis une goutte de sang tiède couler le long de mon cou.

— Vous ferez de moi ce que vous voudrez, je ne me débattrai pas. Je vous laisserai même me ligoter si vous le souhaitez. Et je ne dirai rien demain matin quand on viendra me chercher pour me pendre.

Je fixai la main mutilée de Jamie et vis une petite mare de sang s'étendre sous ses doigts. Je compris soudain qu'il les pressait délibérément contre la table afin que la douleur le tienne éveillé. Il négociait ma vie avec la seule chose qui lui restait : la sienne. S'il tournait de l'œil maintenant, cette dernière chance s'évanouirait avec lui.

Randall se détendit, posant la main qui tenait le poignard sur mon épaule pendant qu'il réfléchissait. Jamie devait être pendu le lendemain. Tôt ou tard, on s'apercevrait de sa disparition et la forteresse serait fouillée de fond en comble. Si une certaine dose de brutalité à l'égard des prisonniers était tolérée, et cette brutalité s'étendait sans doute à une main broyée ou un dos lacéré de coups de fouet, les autres penchants de Randall seraient certainement moins bien perçus. Même si Jamie était considéré comme un dangereux criminel, s'il montait sur la potence demain matin en déclarant avoir été violé par Randall, une enquête serait ouverte. Et si un examen médical prouvait qu'il disait vrai, la carrière du capitaine risquait de toucher à sa fin, et sa vie également. Mais si Jamie jurait de se taire...

— Vous me donnerez votre parole ?

Jamie hocha la tête.

— Si j'ai la vôtre.

L'attrait d'une victime qui se donnait d'elle-même s'avéra irrésistible.

— Adjugé !

Le poignard quitta mon épaule et j'entendis le crissement du métal rentrant dans son fourreau. Randall contourna la table et saisit le maillet. Il le soupesa avec une moue ironique.

— Vous me permettez de mettre brièvement votre sincérité à l'épreuve ?

— Oui, répondit Jamie d'une voix faible.

Ses mains étaient toujours posées à plat sur la table. Je voulus protester, mais mes mots s'arrêtèrent dans ma gorge trop sèche.

Sans se presser, Randall se pencha et prit un clou dans un panier en osier. Il le plaça soigneusement au centre de la main droite de Jamie et l'enfonça avec quatre grands coups de maillet. Les doigts brisés se convulsèrent, comme les pattes d'une araignée punaisée dans une vitrine de collectionneur.

Jamie laissa échapper un râle et ses yeux roulèrent dans leurs orbites. Randall reposa lentement le maillet. Il prit le menton de Jamie entre ses doigts et lui redressa la tête.

— A présent, embrasse-moi, dit-il doucement.

Ses lèvres se posèrent sur celles de Jamie sans rencontrer la moindre résistance.

Quand il se redressa, le visage de Randall était radieux. Son regard était doux et lointain, ses lèvres arboraient un sourire rêveur. Autrefois, j'avais aimé un sourire tel que le sien et ce regard mystérieux avait suffi à éveiller le désir en moi. A présent, il me répugnait. Les larmes coulaient sur mes joues sans que je me souvienne de m'être mise à pleurer. Randall resta un moment à contempler Jamie, comme en transe. Puis il revint sur terre et se tourna vers moi.

Me saisissant par le coude, il me poussa vers la porte.

— Attendez ! appela Jamie derrière nous.

Randall se retourna d'un air impatient.

— Laissez-nous nous dire adieu.

Le capitaine n'hésita que brièvement avant d'acquiescer et me lâcha. Je me précipitai vers la table.

De son bras valide Jamie m'attira vers lui et je nichai ma tête dans son cou.

— Tu ne peux pas ! murmurai-je. Tu ne peux pas, Jamie. Je ne te laisserai pas !

Son souffle chaud caressait mon oreille.

— Claire, ils vont me pendre demain matin. Ce qui peut m'arriver d'ici là n'a plus d'importance.

— Ça en a pour moi !

— Je sais, *mo duinne*, et c'est pour ça que tu dois

partir maintenant. Afin que je sache qu'il y a encore quelqu'un qui pense à moi.

Il m'embrassa doucement et murmura en gaélique :

— Il te laissera partir parce qu'il te croit sans défense. Je sais bien que ce n'est pas le cas.

Il retira son bras de mes épaules et dit en anglais :

— Pars maintenant. Je t'aime.

Tandis qu'il m'entraînait vers la porte, Randall se retourna vers lui.

— Je reviens tout de suite ! dit-il sur un ton charmeur.

Jamie inclina la tête vers sa main clouée à la table.

— Je ne pense pas bouger d'ici.

— Par ici.

C'étaient les premières paroles que prononçait Randall depuis que nous avions quitté la cellule. Il me montrait une petite alcôve sombre creusée dans le mur. Ce devait être l'issue dont il avait parlé à Jamie un peu plus tôt.

Je reculai d'un pas, prenant soin de me placer à la lumière d'une torche. Je voulais qu'il n'oublie jamais mon visage.

— Tout à l'heure, capitaine, vous m'avez demandé si j'étais une sorcière. Je peux bien vous le dire à présent. Oui, j'en suis une. Je suis une sorcière et je vous maudis. Je peux lire dans votre avenir : vous allez bientôt vous marier et votre femme vous donnera un enfant. Mais vous ne vivrez pas assez longtemps pour admirer votre progéniture. Je vous maudis, Jack Randall ! Et pour vous le prouver, écoutez donc la date de votre mort.

Son visage était dans l'ombre, mais l'éclat de ses yeux brillants m'assura qu'il me croyait. Et pourquoi ne me croirait-il pas ? Je disais la vérité et il le savait. Je voyais mentalement l'arbre généalogique de Frank, aussi précisément que s'il était gravé sur les pierres du mur en face de moi.

— Jonathan Wolverton Randall. Né le 3 septembre 1705. Mort...

Il bondit vers moi, mais pas assez vite pour m'empêcher de parler.

Une porte cachée dans le renfoncement s'ouvrit en

grinçant sur ses gonds et je fus aveuglée par l'éclat de la neige. Une violente poussée me propulsa dans le vide.

Quand je rouvris les yeux, j'étais couchée sur le dos dans une sorte de fosse derrière la prison. Les congères autour de moi recouvraient des amas de détritus. Le mur de la forteresse qui se dressait devant moi était strié de traînées noirâtres, sans doute laissées par les ordures que l'on déversait par la trappe que j'apercevais un peu plus haut. Il y avait quelque chose de dur sous mes reins. Un morceau de bois, peut-être. Je roulai sur moi-même pour me redresser et me retrouvai face à face avec une paire d'yeux bleus. Le visage était presque aussi bleu que les yeux en question et aussi dur que le morceau de bois pour lequel je l'avais pris. Je me levai précipitamment et me plaquai contre le mur de la prison.

« Du calme, respire lentement, me répétai-je. Tu ne vas pas t'évanouir, tu as déjà vu des cadavres par le passé, tu ne dois pas t'évanouir. »

Quand mon premier mouvement de panique se fut estompé, je regardai de nouveau les yeux bleus, essuyant convulsivement mes mains sur ma jupe. J'ignore si c'était la pitié, la curiosité ou le simple état de choc qui m'empêchait de détourner le regard de ce regard de mort. Une fois l'effet de surprise dissipé, il n'y a rien de terrifiant au spectacle d'un cadavre. Si laide soit la manière dont un être humain meurt, seule la vision de la souffrance est insoutenable. Une fois celle-ci disparue, il ne reste qu'un objet inerte.

L'inconnu aux yeux bleus avait été pendu. Il n'était pas le seul occupant de ce fossé. Autour de moi je distinguai des membres et des fragments de visages pris dans la neige. Il y avait près d'une douzaine d'hommes jetés pêle-mêle ici, peut-être dans l'attente d'un dégel qui rendrait plus facile l'excavation d'une sépulture digne de ce nom, à moins qu'on ne compte sur les bêtes de la forêt pour s'en charger.

Cette pensée me sortit de ma léthargie. Je n'avais pas de temps à perdre en méditations morbides, je devais retrouver Murtagh et Rupert au plus tôt. Il me fallait de l'aide, et vite.

Je suivis la fosse qui longeait la forteresse, cherchant un endroit facile à escalader. Un peu plus loin, elle s'écartait des murailles et semblait prendre la direction de la rivière, formant une sorte de canal sans doute destiné à évacuer les ordures de la prison.

Un bruit derrière moi me fit me retourner. Des cailloux roulaient du bord de la fosse, délogés par les pattes d'un grand loup gris qui me dévisageait fixement.

Comparée aux réserves de nourriture qui gisaient sous la neige, je présentais certains avantages aux yeux d'un prédateur. Si j'étais mobile, et donc plus difficile à attraper, j'étais nettement plus tendre, n'étant pas gelée. En d'autres termes, j'étais de la bonne chair fraîche. Si j'avais été un loup, je n'aurais pas hésité. De fait, il ne mit pas longtemps à prendre sa décision.

J'avais autrefois entendu un dresseur raconter comment réagir lorsqu'on était attaqué par un chien. Il ne me restait qu'à espérer que la créature qui s'approchait lentement partageait quelques traits communs avec ses lointains cousins.

— Vilain chien ! lançai-je fermement. Tu es très très méchant. (« Parlez fermement et d'une voix forte », avait dit le dresseur.) Tu n'as pas honte, gros méchant ?

Tout en reculant lentement, je dénouai les lacets de ma cape sans cesser de dire au loup d'une voix haute et ferme tout le mal que je pensais de lui, de ses ancêtres et de ses proches. Il semblait très intéressé par ma diatribe, dressant les oreilles d'un air intrigué. Apparemment, il n'était pas pressé et boitait légèrement. De fait, il était fort maigre et sa robe était miteuse. Il devait avoir du mal à chasser. C'était sans doute la raison qui l'avait attiré près de la fosse pour se nourrir de charognes.

J'ôtai ma cape et l'enroulai autour de mon bras droit. Puis je sortis mes gants de cuir de ma poche et les enfilai. (« A moins que leur maître ne leur donne d'autres instructions, ils attaquent généralement à la gorge, avait dit le dresseur. Il faut toujours les regarder droit dans les yeux. Ainsi, on peut pressentir avec quelques secondes d'avance quand ils vont plonger. C'est là qu'il faut réagir. »)

Je ne voyais qu'une paire de billes jaunes, exprimant la faim, la curiosité et l'incertitude, mais pas encore la décision de bondir.

— Espèce de sale bête, ose un peu me sauter à la

gorge et tu verras ! le menaçai-je en prenant appui contre le mur derrière moi.

Je ne le vis même pas quitter le sol, et pourtant je ne l'avais pas lâché du regard un seul instant. Ce fut l'instinct, et rien d'autre, qui me fit lever le bras tandis que la masse de poils gris fonçait vers moi.

Les crocs se refermèrent sur la cape avec une puissance qui m'écrasa le bras comme un étau. Je ne m'étais pas attendue à le trouver si lourd et je faillis perdre l'équilibre. J'avais prémédité de le projeter contre le mur dans l'espoir de l'étourdir un peu, mais c'était moi qui me heurtais contre les pierres. Je tentai de rabattre les pans de la cape autour de lui. Ses griffes déchirèrent ma jupe et tailladèrent ma cuisse. Je lui enfonçai de toutes mes forces un genou dans la cage thoracique, lui arrachant un glapissement étranglé. Ce n'est qu'en l'entendant que je compris que les étranges grognements rauques que je percevais depuis quelques minutes ne venaient pas de lui mais de moi.

Bizarrement, je n'avais plus peur. Mon esprit tout entier n'était occupé que par une seule pensée : si je ne parvenais pas à tuer ce loup, il me tuerait.

Je réussis à lui cogner le crâne contre le mur, mais pas assez fort. Je me fatiguais rapidement. Si le loup avait été en bonne santé, je n'aurais pas eu la moindre chance. Je me laissai tomber de tout mon poids sur l'animal. Son haleine fétide me balayait le visage. Il se débattait furieusement sous moi, et, surpris de se retrouver sur le dos, il lâcha mon bras. De ma main ainsi libérée, j'agrippai son museau humide.

Je glissai mes doigts à l'arrière de sa gueule, où ils étaient hors de portée de ses crocs carnassiers. Sa salive dégoulinait le long de mon bras. A une cinquantaine de centimètres de nous, le mur de la prison décrivait un angle droit. Il fallait coûte que coûte que je l'atteigne, entraînant la masse furieuse qui s'agitait sous moi.

Poussant du bout des pieds, l'écrasant de tout mon poids, j'avançais centimètre par centimètre, tous mes muscles bandés pour garder la gueule béante loin de ma gorge. Une fois là, la manœuvre délicate commençait. Puisque je n'aurais pas assez de force pour agir d'une seule main, il fallait d'une manière ou d'une autre que j'arrive à lui plaquer mon autre main sous le museau.

Je roulai brusquement sur le côté et le loup se glissa aussitôt dans l'espace étroit entre mon corps et le mur. Avant qu'il ait pu se redresser, je lui donnai un coup de genou avec le peu de forces qui me restaient. Cela suffit pour le clouer contre le mur.

Cette fois, j'avais bien les deux mains sous son museau, dont l'une au fond de sa gueule. Je poussai et poussai sa tête en arrière, utilisant l'angle du mur comme point d'appui pour faire levier avec le cou de la bête. Je crus que mon bras allait casser, mais c'était ma seule chance.

Il n'y eut aucun bruit, mais je sentis la réverbération dans tout le corps du loup quand sa nuque se brisa. Ses membres se détendirent aussitôt, et sa vessie également. Je relâchai mes muscles, devenant aussi molle que la bête agonisante. Je sentais les fibrillations de son cœur résonner contre ma joue. Je puais l'ammoniaque et le poil mouillé. Je voulus m'écarter, mais n'y parvins pas.

Aussi étrange que cela puisse paraître, je crois bien que je m'endormis quelques minutes. En ouvrant les yeux, je vis la muraille grise à quelques centimètres. Seule la pensée de ce qui se tramait de l'autre côté de ces murs me persuada de me relever.

Je repris ma route en trébuchant, longeant toujours la fosse qui s'éloignait de la prison. Je traînais ma cape derrière moi, me cognant les chevilles contre des racines à moitié enfouies. Inconsciemment, je devais avoir gardé à l'esprit que les loups se déplacent toujours en meute, car je ne fus même pas surprise en entendant le hurlement qui retentit dans la forêt. Ma seule émotion fut une rage noire contre ce qui paraissait être une conspiration visant à me retarder.

Je cherchai autour de moi d'où ce cri était venu. Cette fois j'étais à découvert, sans arme et sans mur pour protéger mes arrières. Je n'avais pu me débarrasser du premier loup que par une chance inouïe. Jamais je ne pourrais en tuer un deuxième à mains nues... et combien étaient-ils ? La seule question était de savoir si cela valait vraiment la peine de lutter encore ou s'il n'était pas préférable de me coucher dans la neige et d'attendre. Cette dernière option me parut soudain très séduisante.

Mais Jamie avait donné sa vie, et bien plus encore, pour que je puisse sortir de prison. Je lui devais au moins d'essayer.

Une fois de plus, j'avançai à reculons. Le soir tombait rapidement et il ferait bientôt noir. Le premier d'entre eux apparut au bord de la fosse, immobile et alerte. Mon cœur fit un bond quand j'en aperçus deux autres un peu plus loin, déjà dans la fosse, avançant tranquillement l'un derrière l'autre. Ils étaient de la même couleur que la neige au crépuscule, gris sale et presque invisibles.

Je ramassai une branche morte à mes pieds et la brandis en la faisant tournoyer au-dessus de ma tête, criant à pleins poumons. Les loups s'immobilisèrent, mais ne battirent pas en retraite. Apercevant une pierre à moitié enfouie, je la déterrai et la lançai à la tête du premier loup. Je le ratai, mais il fit un bond sur le côté. Encouragée, je me mis à leur lancer tout ce qui me tombait sous la main : pierres, brindilles, boules de neige.

Dans un premier temps, je crus que l'un de mes projectiles avait atteint sa cible. Le loup le plus proche de moi glapit puis s'effondra, secoué de convulsions. Une autre flèche fusa à quelques mètres de moi et se ficha dans le poitrail du second loup qui fut tué sur le coup.

Hagarde, je contemplai l'animal mort sans comprendre. Le troisième loup opta judicieusement pour la fuite et disparut entre les arbres.

Hissée sur la pointe des pieds, je scrutais, incrédule, l'étendue enneigée qui s'étalait entre la fosse et la lisière de la forêt quand une main me saisit par le coude. Je fis volte-face en poussant un cri étouffé et me retrouvai le nez plongé dans une barbe miteuse. Je ne le connaissais pas, mais son plaid et son coutelas proclamaient son appartenance à la gent écossaise.

— Aidez-moi ! m'écriai-je en lui tombant dans les bras.

36

MacRannoch

Il faisait sombre dans le cottage et un ours se tenait tapi dans un coin de la pièce. Je me blottis contre celui qui m'accompagnait, ayant suffisamment vu de bêtes sauvages ces derniers temps. Mais il me poussa sans ménagement en avant. Tandis que je m'approchais du feu d'un pas hésitant, la grosse masse de poils se tourna vers moi et je constatai avec soulagement qu'il s'agissait d'un homme vêtu d'une peau d'ours.

C'était une cape en fourrure, plus précisément, retenue au cou par une broche en argent aussi grande que la paume de ma main. Elle représentait deux daguets bondissant, le dos arqué, leurs bois se rejoignant pour former un cercle. L'épingle qui la fermait se terminait par une sorte d'éventail sur lequel était ciselée une queue de daim.

Je remarquai les détails de cette broche parce que je l'avais exactement sous le nez. Levant les yeux, je me demandai si ma première impression n'avait pas été la bonne : son propriétaire avait vraiment tout d'un ours, mis à part les petits yeux bleus, ronds et brillants.

— Vous semblez avoir eu quelques difficultés, madame, dit-il courtoisement en inclinant sa tête massive dont les cheveux longs et grisonnants étaient encore pleins de neige. Nous pouvons peut-être vous aider.

J'hésitai à répondre. J'avais désespérément besoin de l'aide de cet homme, mais mon accent anglais ne manquerait pas d'attirer les soupçons. L'archer qui m'avait amenée résolut le problème à ma place.

— C'est une Anglaise que j'ai trouvée près de Wentworth, dit-il sur un ton laconique. Elle se battait avec des loups.

Mon hôte se tourna vers moi avec une lueur de doute assez déplaisante dans le regard. Je gonflai le torse et pris mon air de matrone.

— Je suis anglaise de naissance mais écossaise par alliance. Je m'appelle Claire Fraser. Mon mari est emprisonné à Wentworth.

— Hum, fit l'ours en hochant la tête. Pour ma part, je suis sir Marcus MacRannoch, et vous êtes actuellement sur mes terres. Je vois à votre robe que vous êtes une dame de bonne famille. Que faisiez-vous seule, dans le bois d'Eldridge, par une nuit d'hiver ?

On me tendait une perche. C'était ma chance de

prouver ma bonne foi et de retrouver Murtagh et Rupert.

— Je suis venue à Wentworth avec des hommes du clan de mon mari. Nous avons pensé qu'étant anglaise, je pourrais entrer dans la prison sans trop de difficultés pour... euh... en faire sortir mon mari d'une manière ou d'une autre. Malheureusement, je... j'ai dû quitter la prison par une porte dérobée. Je cherchais mes amis quand j'ai été attaquée par des loups. Ce charmant monsieur m'a porté secours.

Je gratifiai l'archer d'un sourire reconnaissant. Il resta de marbre.

— Ma foi, vous avez effectivement rencontré quelque chose avec des dents, ça ne fait aucun doute, convint MacRannoch en inspectant ma jupe en lambeaux.

Ses soupçons cédèrent temporairement le pas aux lois de l'hospitalité.

— Vous êtes blessée ? Ou juste un peu égratignée ? En tout cas vous devez mourir de froid. Asseyez-vous près du feu, Hector va vous chercher un bol de soupe et vous me parlerez plus en détail de vos amis.

Il tira un trépied du bout de sa botte et me força à m'y asseoir en appuyant fermement sur mes épaules.

Le feu de tourbe éclairait peu mais dégageait une agréable chaleur. Quelques gorgées de la flasque en cuir qu'Hector me tendit achevèrent de me revigorer.

J'expliquai ma situation de mon mieux, ce qui n'était guère brillant. Mon bref récit de ma sortie expéditive de la forteresse et de mon corps à corps avec le loup fut accueilli avec un scepticisme non dissimulé.

— Je veux bien que vous ayez réussi à vous introduire dans la forteresse, objecta MacRannoch, mais je m'étonne que sir Fletcher vous ait laissée errer dans les lieux sans escorte. Quant à ce capitaine Randall, j'ai du mal à croire que, vous trouvant dans les cachots, il vous ait simplement indiqué la sortie la plus proche.

— C'est que... il avait de bonnes raisons de me laisser partir.

— Mais encore ?

Ses yeux bleu nuit étaient implacables.

Je capitulai et lui résumai grosso modo l'histoire. J'étais trop fatiguée pour prendre des gants.

Cette fois, MacRannoch parut à demi convaincu, mais toujours réticent à prendre des mesures.

— Je comprends votre inquiétude, déclara-t-il, mais ce n'est pas si grave.

— Pas si grave ! m'écriai-je.

Il secoua la tête.

— Je veux dire par là que si ce n'est qu'après le cul de ce garçon que le capitaine en a, il ne lui fera pas grand mal. Sauf votre respect, la sodomie n'a jamais tué personne.

Devant mon regard fulminant, il se défendit en agitant les mains devant lui.

— Je ne dis pas qu'il va aimer ça, bien sûr ! Mais enfin, il n'y a pas de quoi se mettre à mal avec sir Fletcher juste pour épargner des hémorroïdes à ce jeune homme. Vous me mettez dans une position très délicate, vous savez, très délicate.

Je ravalai ma rage et tentai une nouvelle fois de le raisonner :

— A ce stade, il est un peu tard pour sauver son cul. Ce qui m'intéresse, c'est de sauver sa peau. Les Anglais comptent le pendre demain matin.

MacRannoch marmonna entre ses dents, tournant en rond comme un ours en cage. Il s'arrêta brusquement devant moi et approcha son nez à quelques centimètres du mien.

— Et même si je décidais de vous aider, à quoi bon ? rugit-il. Que voulez-vous que je dise à sir Fletcher ? « Un de vos officiers s'amuse à torturer vos prisonniers pendant que vous avez le dos tourné ? » Et quand il me demandera comment je le sais, je lui répondrai que mes hommes ont trouvé une *Sassenach* errant seule dans la nature et qu'elle m'a raconté que cet individu avait fait des propositions indécentes à son mari, un hors-la-loi, condamné à mort par-dessus le marché !

MacRannoch frappa un grand coup de poing sur la table.

— Quant à entraîner mes hommes dans cette histoire... Encore faudrait-il pouvoir les faire entrer dans la prison...

— C'est possible, le coupai-je. Je peux vous montrer une entrée.

— Mmmmphm. Peut-être. Même si nous parvenons

à entrer, que se passera-t-il quand sir Fletcher trouvera mes hommes se promenant dans sa forteresse ? Je vais vous le dire : il enverra son capitaine Randall dès le lendemain matin raser Eldridge à coups de canon. Non, ma fille, je ne vois vraiment pas comment...

Il fut interrompu par la porte qui s'ouvrit avec fracas. Un autre archer entra en poussant Murtagh devant lui au bout d'un coutelas. MacRannoch se tourna vers eux avec stupeur.

— Qu'est-ce que c'est, encore ? Mais on se croirait dans un moulin, parbleu ! D'où sort-il, celui-là ?

Ne se laissant pas décontenancer par cet accueil plutôt glacial, Murtagh dévisagea longuement notre hôte, fouillant sa mémoire.

— Sir Marcus MacRannoch ? dit-il enfin. Vous n'auriez pas assisté à une assemblée à Leoch, il y a des années ?

MacRannoch fut provisoirement désarçonné.

— Euh... oui, ça fait un bail ! C'était il y a au moins trente ans. Comment le savez-vous ?

— Je me disais bien. J'y étais, moi aussi. Je m'en souviens comme si c'était hier, probablement pour les mêmes raisons que vous.

MacRannoch examina attentivement le petit homme brun, essayant de l'imaginer trente ans plus tôt.

— Mais oui, j'y suis ! Vous avez achevé au couteau un sanglier blessé pendant le *tynchal*. Une sacrée bête ! MacKenzie vous a offert les défenses, elles faisaient presque un cercle complet. C'était du beau travail !

Je sursautai, me souvenant des magnifiques bracelets barbares de Lallybroch. « Le présent d'un admirateur à ma mère », avait dit Jenny. Incrédule, je regardai Murtagh. Même avec trente ans de moins, je le voyais mal en amoureux transi.

Ellen MacKenzie me fit penser aux perles que je portais toujours, cousues dans l'ourlet de ma robe. Je les extirpai en déchirant le tissu et les brandis à la lueur du feu.

— Je peux vous payer, proposai-je. Je ne m'attends pas que vos hommes risquent leur cou pour rien.

Se déplaçant bien plus rapidement que je ne l'aurais cru possible, MacRannoch m'arracha le collier des mains.

— Où les avez-vous trouvées ? aboya-t-il. Vous avez bien dit que votre nom était Fraser ?

— Oui, et ces perles sont à moi. Mon mari me les a données le jour de notre mariage.

Son expression se radoucit soudain. Il se tourna vers Murtagh.

— Le fils d'Ellen ? Le garçon dont vous m'avez parlé est le fils d'Ellen ?

— Oui, répondit Murtagh. C'est le portrait craché de sa mère.

MacRannoch caressa les perles baroques du bout du pouce, l'air songeur.

— Je les avais offertes à Ellen MacKenzie en cadeau de noces. Je comptais les lui donner pour notre mariage, mais elle en a préféré un autre... J'ai souvent repensé à ce collier autour de son cou de cygne...

Se reprenant, il se tourna vers moi :

— Alors ainsi, c'est vous qui en avez hérité ! déclara-t-il en me rendant le bijou. J'espère qu'elles vous porteront chance.

— Elles me seraient encore plus utiles, rétorquai-je, si vous m'aidiez à sauver mon mari.

Sir Marcus tripota sa barbe.

— Mmm. Mais comme je vous l'ai déjà dit, je ne vois pas ce qu'on peut faire. En outre, j'ai une femme et trois enfants qui m'attendent chez moi. Je veux bien faire un geste pour le fils d'Ellen, mais vous m'en demandez trop.

Cette fois, je craquai pour de bon. Mes jambes lâchèrent sous moi. Je m'affaissai dans un coin, prenant ma tête entre mes mains, et me mis à sangloter. Le monde disparut autour de moi. Je n'entendis plus que de faibles échos de la voix de Murtagh comme un jappement lointain. Il tentait toujours de convaincre MacRannoch.

Ce furent des beuglements de bétail qui me sortirent de ma torpeur. Levant la tête, je vis sir Marcus sortir de la pièce à grandes enjambées. Quand il ouvrit la porte, une rafale de vent glacial pénétra dans le cottage. Je me tournai vers Murtagh, l'interrogeant du regard.

Pour la première fois depuis que je le connaissais, le visage de fouine du petit homme brun exprimait une émotion : il rayonnait d'excitation contenue.

Je le tirai par la manche.

— Que se passe-t-il ? Vite, dites-le-moi !

Il n'eut que le temps de me glisser :

— Les bêtes ! Elles sont à MacRannoch !

Au même moment, sir Marcus fit irruption dans la pièce, poussant devant lui un jeune homme dégingandé. Le plaquant contre le mur, il le foudroya du regard.

— Absalom, commença-t-il d'une voix mielleuse, je t'ai envoyé il y a trois heures afin de ramener quarante têtes de bétail. Je t'ai recommandé de les retrouver coûte que coûte avant cette satanée tempête de neige...

Il marqua une pause avant d'exploser :

— Et voilà que j'entends mes vaches beugler dehors. Je me dis : « Ah, Marcus, c'est ce brave Absalom qui a retrouvé toutes tes bêtes ! Le bon garçon ! A présent, on va pouvoir enfin rentrer à la maison et nous réchauffer au coin du feu, avec nos bêtes sagement rentrées à l'étable. »

Il saisit le malheureux Absalom par le col et le secoua comme un prunier en rugissant :

— Je sors te féliciter pour ton bon travail et je commence à compter les bêtes. Et combien j'en compte, hein, mon brave Absalom ? Quinze ! Quinze, c'est tout ce qu'il m'a retrouvé, cet abruti ! Quinze sur quarante ! Et où sont passées les autres ? Où ça ? Je vais te le dire, moi : elles sont en train de mourir de froid dans la neige !

Murtagh s'était retranché dans un coin. J'observai son visage et y lus une lueur amusée. Je compris alors ce qu'il avait essayé de me dire un peu plus tôt et je sus où était passé Rupert. Ou plutôt, ce qu'il était en train de faire. Je commençai à reprendre espoir.

Il faisait nuit noire. En contrebas, les lampes de la prison se reflétaient faiblement sur la neige, comme les lumières d'une épave au fond de l'eau. Attendant sous les arbres avec mes deux compagnons, je passais en revue pour la millième fois tous les détails du plan qui pouvaient tourner mal.

MacRannoch allait-il réellement remplir sa part du marché ? Il avait intérêt à le faire s'il voulait récupérer ses précieuses vaches pur sang des Highlands. Sir Fletcher croirait-il MacRannoch sur parole et ferait-il fouiller aussitôt les cachots ? C'était probable. Le baronnet n'était pas un homme qu'on prend à la légère.

J'avais vu les bêtes disparaître une à une dans le fossé qui longeait l'arrière de la forteresse, guidées par Rupert et ses hommes. Mais pourraient-ils les faire passer de force par la petite porte ? Et si oui, comment réagiraient-elles une fois dans les couloirs de pierre, aveuglées par la lueur des torches flambantes ? Cela pouvait marcher. Après tout, le couloir en question n'était pas si différent des allées de leur étable, torches incluses. Si elles parvenaient jusqu'aux cachots, Randall n'oserait pas appeler des renforts pour faire face à l'invasion bovine, de peur que l'on ne découvre ses petits jeux pervers.

Une fois les bêtes lâchées dans les couloirs, leurs guides devaient fuir le plus rapidement possible et se réfugier sur les terres des MacKenzie. Peu importait Randall. Que pourrait-il faire en de telles circonstances ? Mais si le vacarme des vaches courant dans les souterrains attirait la garnison plus tôt que prévu ? Dougal était déjà réticent à l'idée d'aider son neveu à s'évader de Wentworth. Je n'osais imaginer sa fureur s'il apprenait que des MacKenzie avaient été arrêtés pour s'être introduits dans la prison.

Mais la perspective la plus angoissante de toutes, c'était que notre plan fonctionne, mais trop tard. Si Randall allait trop loin ? Pour avoir entendu les récits de soldats de retour des camps de prisonniers, je savais à quel point il était facile de faire mourir un détenu « accidentellement », et de se débarrasser d'un corps encombrant avant que les autorités puissent poser des questions embarrassantes. Même s'il y avait une enquête par la suite et que Randall était démasqué, ce serait une bien piètre consolation pour moi... et pour Jamie.

Mes supputations moroses furent interrompues par des bruits de sabot étouffés par la neige. Les deux MacRannoch qui m'accompagnaient dégainèrent leurs pistolets et voulurent m'entraîner à couvert sous les arbres, mais je distinguai le mugissement du bétail et éperonnai mon cheval.

Sir Marcus ouvrait le convoi, suivi par plusieurs de

ses hommes, tous d'excellente humeur à en juger par le ton de leurs voix. Plus loin derrière, d'autres hommes encadraient le troupeau, menant les bêtes hébétées vers leur refuge mérité.

MacRannoch m'accueillit avec un grand éclat de rire.

— Je dois vous remercier, madame, me lança-t-il joyeusement, pour une des soirées les plus drôles que j'aie passées depuis longtemps.

Avec ses sourcils et sa moustache blanchis par le givre, on aurait dit le père Noël. Saisissant mes rênes, il entraîna mon cheval à l'écart. Il fit signe à mes deux compagnons plus haut sur la colline d'aller rejoindre les autres et d'aider à rentrer le bétail puis descendit de selle.

— Vous auriez dû le voir ! Sir Fletcher est devenu rouge comme une pivoine quand j'ai fait irruption dans sa salle à manger en m'écriant qu'il cachait des biens volés. Puis dans l'escalier, quand il a entendu les vaches qui beuglaient comme des folles, j'ai cru qu'il allait faire sous lui. Il...

— Vous avez trouvé mon mari ? l'interrompis-je.

MacRannoch s'essuya les yeux du revers de sa manche.

— Ah euh... oui, nous l'avons trouvé.

— Comment va-t-il ? demandai-je en me retenant de hurler.

MacRannoch m'indiqua un point derrière nous et je fis volte-face pour apercevoir un cavalier avançant lentement entre les arbres. Il portait un long paquet enveloppé dans un drap en travers de sa selle. Je me précipitai vers lui, suivie de MacRannoch qui m'expliquait :

— Il n'est pas mort, du moins il ne l'était pas quand nous l'avons trouvé. Il a été quelque peu malmené, le pauvre garçon.

Je rabattis le linge qui couvrait la tête de Jamie, essayant de l'examiner malgré le cheval qui gigotait sans cesse. Son visage était strié de taches brunes et ses cheveux maculés de sang séché, mais je ne voyais pas grand-chose dans l'obscurité. Il me semblait sentir son pouls battre dans son cou glacé, mais je n'étais pas sûre.

MacRannoch me prit par le bras.

— Nous ferions mieux de nous mettre à l'abri. Venez avec moi. Hector nous suivra avec votre mari.

Dans le grand salon du manoir d'Eldridge, la demeure des MacRannoch, Hector se délesta de son fardeau devant la cheminée. Saisissant deux coins du drap, il le tira vers lui et un corps nu et inerte roula sur les motifs de fleurs roses et jaunes du tapis qui faisait la fierté de lady Annabelle MacRannoch.

Il faut dire, à la décharge de la maîtresse de maison, qu'elle fit semblant de ne pas voir le sang qui coulait sur son précieux Aubusson. Agée d'une quarantaine d'années, avec un visage de pinson et une robe en soie jaune vif, elle manœuvra promptement son armée de domestiques en claquant des doigts. Des couvertures, du linge propre, de l'eau chaude et un flacon de whisky apparurent à mes côtés avant même que j'aie eu le temps d'enlever ma cape.

— Il vaut mieux le retourner sur le ventre, conseilla sir Marcus en servant deux grands verres de whisky. Son dos est blessé et ça doit lui faire atrocement mal.

Se penchant sur le visage couleur de cendre et les paupières bleues de Jamie, il rectifia :

— Remarquez, je me demande s'il sent quelque chose. Vous êtes certaine qu'il est encore en vie ?

— Oui, répondis-je hâtivement en priant de ne pas me tromper.

Avec l'aide de MacRannoch, nous plaçâmes Jamie dans une meilleure position, le dos vers le feu. Une auscultation rapide me confirma qu'il était effectivement en vie, qu'aucune partie de son anatomie ne manquait à l'appel, et qu'il ne courait pas de danger immédiat.

— Je peux faire chercher un médecin, proposa lady Annabelle, mais avec cette tempête de neige, il ne sera pas là avant une heure.

Son ton réticent n'était qu'en partie dû aux intempéries. Un médecin serait un témoin gênant de la présence d'un criminel évadé dans la maison.

— Ce n'est pas la peine, la rassurai-je, je peux le soigner moi-même.

Sans prêter attention aux regards surpris de mes deux hôtes, je m'agenouillai près de Jamie, tirai une couverture sur lui et commençai à tamponner son visage d'un chiffon imbibé d'eau chaude. Il fallait avant tout le réchauffer.

Sir Marcus s'agenouilla près de moi et se mit à masser les pieds de Jamie, faisant une petite pause de temps à autre pour siroter son whisky pendant que je faisais l'inventaire des dégâts.

Son corps était strié de fines lignes noires de la nuque aux genoux, laissées par quelque chose qui devait ressembler à une cravache. Les traces bien ordonnées et parallèles témoignaient d'un acharnement délibéré et méticuleux qui me rendit ivre de rage.

Un objet plus lourd, une canne peut-être, avait été utilisé sur les épaules, laissant des entailles si profondes qu'on apercevait un fragment d'os au niveau de l'omoplate. J'appliquai délicatement une épaisse compresse sur les plaies les plus marquées et poursuivis mon examen.

La marque sur son flanc, là où le maillet l'avait frappé, était enflée et bleue, plus large que la main de sir Marcus. Plusieurs côtes étaient cassées, mais elles pouvaient attendre. Mon attention fut attirée par des plaies au niveau du cou et de la poitrine. La peau était fendue et rouge, les contours noirs et bordés de cendre blanche.

— Avec quoi a-t-on bien pu lui faire ça ? demanda sir Marcus, regardant par-dessus mon épaule, vivement intéressé.

— Un tisonnier rougi au feu.

La voix était faible et rauque, et il me fallut quelques secondes avant de me rendre compte que Jamie avait parlé. Il redressa péniblement la tête. Sa lèvre inférieure avait doublé de volume.

Avec une remarquable présence d'esprit, sir Marcus glissa une main sous sa nuque et lui versa une rasade de whisky dans la gorge. Jamie grimaça quand l'alcool piqua sa bouche blessée, mais déglutit le tout avant de reposer sa tête. Il m'interrogea du regard.

— Des vaches ? demanda-t-il. C'étaient bien des vaches ou j'ai rêvé ?

— C'est tout ce que j'ai trouvé, ris-je enfin, soulagée de le voir en vie et conscient. Mon pauvre chéri, tu as une mine affreuse, lui susurrai-je en posant une main sur son front. Comment te sens-tu ?

— En vie, répondit-il.

Il se hissa sur un coude pour boire une nouvelle rasade de whisky.

— Cela suffit avec le whisky, intervint lady Annabelle, réapparaissant derrière nous tel le soleil levant. Ce qu'il faut à ce garçon, c'est du bon thé chaud.

Le thé suivait, porté par une servante en chemise de nuit.

— Du thé avec beaucoup de sucre ! précisai-je.

— Et peut-être une goutte de whisky ? risqua MacRannoch.

Il souleva le couvercle de la théière et y versa une généreuse dose d'alcool.

D'autres serviteurs entrèrent dans le salon portant un lit de camp, des couvertures, des bandages, de l'eau chaude et un grand coffre en bois contenant les remèdes et préparations médicales de la maison.

— J'ai pensé que vous seriez mieux ici dans le salon, expliqua lady Annabelle. Il y fait plus clair et c'est de loin la pièce la plus chaude de la maison.

Sous sa direction, deux valets saisirent chacun un coin de la couverture sur laquelle reposait Jamie et le transférèrent sur le lit de camp installé devant la cheminée, où une jeune femme attisait le feu. En dépit de son apparence d'oiseau, lady Annabelle était un vrai général.

— Puisqu'il est éveillé, autant le faire tout de suite, décidai-je. Vous n'auriez pas une planche en bois mesurant environ soixante centimètres, une lanière de cuir assez solide et, peut-être, des bâtonnets plats, minces ?

Aussitôt, une des servantes disparut, comme un djinn prêt à exaucer mes moindres vœux.

De fait, la maison tout entière semblait magique. Peut-être était-ce le contraste entre la tempête qui sévissait au-dehors et l'intérieur luxueux et chaleureux dans lequel nous nous trouvions, à moins que ce ne fût le soulagement de voir Jamie sain et sauf après tant d'heures de peur et d'angoisse ?

Personne ne nous posa de questions. Nous étions les invités de sir Marcus et de lady Annabelle, et nos hôtes se comportaient comme s'ils voyaient chaque jour des inconnus faire irruption dans leur salon et déverser tout leur sang sur leur tapis précieux.

Lorsque les serviteurs revinrent avec les objets que j'avais demandés, je pris délicatement la main de Jamie et l'approchai de la lumière. J'allais devoir la soigner, le plus tôt possible. Tirés par les muscles blessés, les doigts se recroquevillaient déjà. Je me sentais désemparée devant l'ampleur de la tâche. Mais si je ne faisais rien, il risquait de ne plus jamais pouvoir utiliser sa main.

Lady Annabelle souleva le couvercle du coffre.

— Je suppose qu'il vous faudra de l'eupatoire, et peut-être de l'écorce de cerisier, et quoi d'autre...

Elle lança un regard songeur vers Jamie.

— ... des sangsues ?

Je secouai vivement la tête.

— Non, je ne pense pas. Vous n'auriez pas plutôt quelque chose qui ressemble à de l'opium ?

— Ah si !

Elle extirpa un flacon du coffre et lut l'étiquette :

— Fleurs de laudanum, ça vous irait ?

— Parfait !

J'en versai une bonne quantité dans un verre et me tournai vers Jamie.

— Il faut que tu te redresses le temps d'avaler ça. Ensuite tu dormiras d'un long et profond sommeil.

Je n'étais pas certaine qu'il soit très judicieux d'administrer du laudanum après une telle quantité de whisky, mais l'idée de reconstituer sa main alors qu'il était encore conscient était inimaginable.

Jamie m'arrêta de sa main valide.

— Je ne veux pas que tu m'endormes. Donne-moi plutôt encore un peu de whisky et quelque chose à mordre.

Sir Marcus ne se le fit pas dire deux fois. Il lui tendit aussitôt le flacon et alla fouiller dans un secrétaire. Il revint quelques instants plus tard avec une petite rondelle de cuir usé. En regardant plus attentivement, je remarquai plusieurs entailles dans la peau épaisse, des empreintes de dents.

— Prenez ça, dit-il à Jamie. Je l'ai utilisé moi-même à Saint Simone pendant qu'on m'extirpait une balle de mousquet de la jambe.

Je les dévisageai, éberluée, tandis que Jamie acceptait le morceau de cuir.

— Tu crois vraiment que je vais remettre en place neuf os brisés alors que tu es éveillé ?

— Eh bien oui, répondit Jamie, étonné.

Il glissa le cuir dans sa bouche et testa sa solidité.

Devant cette scène qui semblait sortir d'un mauvais western, je perdis soudain tout mon sang-froid.

— Mais quand vas-tu enfin cesser de jouer les héros, bon sang ! explosai-je. Après tout ce que tu as fait, tu as encore besoin de prouver que tu es un homme, un vrai ? Ou crois-tu que le monde va s'écrouler si tu n'es pas là pour le diriger ? Tu te prends pour qui, bordel, John Wayne ?

Un silence gêné s'abattit sur le salon. Jamie me regarda, bouche bée.

— Claire, dit-il enfin. Nous ne sommes qu'à quelques kilomètres de la prison de Wentworth. Je suis censé être pendu demain matin. Ils s'apercevront tôt ou tard de ma disparition.

Je me mordis la lèvre. Il avait raison, bien entendu. Les prisonniers que j'avais libérés accidentellement allaient brouiller les pistes un bout de temps, mais les Anglais finiraient par dresser la liste des détenus manquants et entamer des recherches. La méthode d'évasion spectaculaire que j'avais choisie ne tarderait pas à orienter les soupçons vers Eldridge.

— Avec un peu de chance, poursuivit Jamie d'une voix calme, la neige retardera les recherches jusqu'à notre départ. Dans le cas contraire... il n'est pas question que je retourne là-bas. C'est pour ça que je ne veux pas être drogué et me trouver à leur merci s'ils viennent jusqu'ici... pour me réveiller de nouveau enchaîné dans une cellule. Non, Claire, je ne le supporterais pas.

Les larmes me coulaient le long des joues. Je serrai les dents, incapable de détourner mon regard du sien.

— Ne pleure pas, *Sassenach*. Je suis sûr que nous sommes en sécurité ici. Si je craignais que nous soyons capturés, je ne gaspillerais pas mes dernières heures à te laisser soigner une main qui ne me servirait bientôt plus à grand-chose. S'il te plaît, va me chercher Murtagh. Puis apporte-moi à boire et finissons-en.

Occupée devant la table à faire mes préparatifs pour l'opération, je n'entendis pas ce qu'il dit à Murtagh, mais je vis leurs deux têtes penchées l'une vers l'autre un long moment, puis la main noueuse de Murtagh effleura l'oreille de Jamie, la seule partie de son corps qui ne soit pas douloureuse.

A peine Murtagh sorti du salon, je le rattrapai discrètement dans le couloir, le retenant par son plaid juste avant qu'il ne passe la porte.

— Qu'est-ce qu'il vous a dit ? Et où allez-vous ?

Il hésita un moment, puis répondit d'une voix neutre :

— Je pars avec Absalom monter la garde sur la route de Wentworth. Si je vois des Anglais approcher, je dois les prendre de vitesse et rappliquer ici. S'il y a assez de temps, je vous cache dans la cave, puis je file avec trois chevaux pour les attirer loin du manoir. S'ils ne fouillent pas la maison trop scrupuleusement, vous devriez pouvoir vous en sortir.

— Et si nous n'avons pas le temps de nous cacher ?

— Alors j'ai ordre de le tuer et de vous emmener avec moi... avec ou sans votre accord.

Il esquissa un sourire sournois et se tourna pour sortir.

— Un instant ! l'appelai-je encore. Vous n'auriez pas un poignard de trop ?

Il porta sa main à sa ceinture sans hésitation.

— Vous croyez que vous en aurez besoin ? Ici ?

Il indiqua le luxueux hall d'entrée, avec ses fresques et ses boiseries sculptées.

Ma poche déchirée n'avait plus de fond. Je glissai le poignard dans mon dos, entre ma ceinture et ma jupe, comme je l'avais vu faire à une bohémienne.

— Sait-on jamais ? répondis-je sur le même ton.

Certaines parties de l'opération, comme d'éclisser les deux doigts qui n'étaient que fracturés, furent relativement faciles. D'autres nettement moins. Jamie hurla quand je voulus remettre en place son majeur brisé, appuyant de toutes mes forces pour faire rentrer les fragments d'os sous la peau.

Sir Marcus, assis au chevet du blessé, m'encourageait.

Je travaillais lentement, concentrée sur ma tâche. Je dus m'interrompre à plusieurs reprises pour laisser Jamie vomir. Il recrachait principalement du whisky, n'ayant pas avalé grand-chose au cours de son séjour en prison. Il gardait le visage tourné vers le feu, mais je voyais les muscles de ses mâchoires se tendre tandis qu'il mordait le bout de cuir. Je serrais moi aussi les dents. Enfin, les bords tranchants de l'os reprirent lentement leur place et le doigt se raidit, nous laissant tous deux en nage et tremblant.

Bientôt, les cinq doigts de sa main droite étaient redressés, raides comme des baguettes avec leurs éclisses bandées. Une infection était toujours à craindre, notamment à son majeur déchiré, mais sinon j'étais relativement sûre que sa main guérirait. Par chance, une seule articulation avait été sérieusement abîmée. Il ne pourrait sans doute plus plier son annulaire mais, avec le temps, les autres doigts fonctionneraient normalement. Je ne pouvais rien faire pour les métacarpes fracturés ni la plaie ouverte, si ce n'était la laver avec une solution antiseptique, appliquer un onguent et prier qu'il n'attrape pas le tétanos.

Je me laissai retomber sur ma chaise, chaque muscle de mon corps endolori par la tension de la nuit et ma robe trempée de sueur.

Lady Annabelle apparut aussitôt, me tendant une tasse de thé arrosée de whisky. Je dus m'assoupir sans m'en apercevoir, car je me réveillai en sursaut : lady Annabelle me tirait par le bras.

— Allez, mon enfant, venez. Vous devez vous aussi soigner vos blessures et prendre un peu de repos.

Je la repoussai poliment.

— Non, non. Je dois d'abord terminer...

Sir Marcus me prit le linge et le flacon de vinaigre des mains.

— Je m'occupe du reste, intervint-il. Je sais bander les plaies, moi aussi.

Rabattant les couvertures, il éponga le sang des zébrures avec une délicatesse et une efficacité impressionnantes. Croisant mon regard surpris, il cligna de l'œil.

— C'est que j'ai nettoyé un bon nombre de plaies dans ma vie. Et j'en ai provoqué quelques-unes aussi. Celles-ci ne sont pas bien méchantes, elles seront guéries dans quelques jours.

Sachant qu'il avait raison, je m'approchai du lit.

Jamie était éveillé, grimaçant sous la piqûre de la solution antiseptique sur sa chair à vif. Ses paupières étaient lourdes et ses yeux cernés par l'épuisement et la douleur.

— Va dormir, *Sassenach*, me murmura-t-il. Je vais faire de même.

J'en doutais fortement, mais le fait était que je ne tenais plus sur mes jambes et les griffures sur mes cuisses me cuisaient.

Je hochai la tête et me laissai entraîner par lady Annabelle. A mi-chemin dans les escaliers, je réalisai que j'avais oublié de dire à sir Marcus comment bander les entailles. Les plaies profondes sur les épaules devaient être protégées afin qu'il puisse porter une chemise lorsque nous partirions. Mais les zébrures de fouet devaient, elles, être laissées à l'air libre afin de sécher.

Je redescendis vers le salon, lady Annabelle sur mes talons. Arrivée sur le seuil, je m'arrêtai net. Jamie, couché sur le ventre, semblait s'être assoupi. Les couvertures, rendues inutiles par la chaleur du feu, avaient glissé. Voulant attraper un linge humide de l'autre côté du lit, sir Marcus se pencha au-dessus de Jamie et lui posa une main sur les fesses. L'effet fut instantané. Jamie cambra violemment le dos, les muscles de ses fessiers se contractèrent et il se propulsa en avant en se recroquevillant malgré ses côtes cassées. Il se retourna ensuite en prenant appui sur un coude et dévisagea sir Marcus avec des yeux paniqués. MacRannoch resta lui aussi paralysé de stupeur quelques secondes, puis, prenant Jamie par le bras, il l'aida à se recoucher sur le ventre. Il lui passa brièvement un doigt sur les fesses, et le frotta contre son pouce, laissant une trace huileuse visible à la lueur du feu.

— Oh, fit-il simplement.

Le vieux soldat rabattit les couvertures de Jamie jusqu'à la taille et je vis les épaules tendues se décontracter à nouveau.

Sir Marcus s'assit au chevet du blessé et servit deux généreuses rations de whisky.

— Au moins, il a eu la délicatesse de te graisser au préalable, observa-t-il en lui tendant son verre.

Jamie se redressa laborieusement sur les coudes.

— Je doute qu'il l'ait fait pour mon bénéfice, rétorqua-t-il.

Les deux hommes se turent un long moment, mais ni lady Annabelle ni moi ne fîmes mine d'entrer dans la pièce.

— Si cela peut te réconforter, mon garçon, reprit MacRannoch, il est mort.

— Vous en êtes sûr ?

— Je ne vois pas comment il aurait survécu après avoir été piétiné par une trentaine de bestiaux d'une demi-tonne chacun. Il est sorti dans le couloir pour voir d'où venait le raffut. Sa manche a été happée par une corne et il a été entraîné par le troupeau. Sir Fletcher et moi étions dans l'escalier, à l'abri. Le gouverneur a crié à ses hommes d'aller le sortir de là, mais personne ne pouvait approcher. Lorsqu'on a enfin réussi à évacuer les bêtes, il ne restait plus qu'une poupée de chiffon ensanglantée gisant sur le sol. Les hommes de sir Fletcher l'ont emporté, mais, s'il était encore en vie, il n'a pas pu faire long feu. Encore un peu, mon garçon ?

— Oui, merci.

Il y eut un nouveau long silence, que Jamie rompit :

— Non, sir Marcus, je ne peux pas dire que cela me réconforte, mais merci quand même de me l'avoir dit.

— Mmmmphm. Ce n'est pas le genre de blessure qu'on oublie facilement, je sais. Laisse-la cicatriser, mon garçon. N'y pense pas trop et tu verras, cela finira par s'estomper.

Se souvenant soudain de quelque chose, Jamie s'agita et roula sur le côté.

— Hé, fais attention ! Tu vas t'enfoncer une côte dans le poumon ! s'inquiéta MacRannoch.

— J'ai besoin d'un couteau, haleta Jamie. Bien tranchant, si possible.

Sans poser de question, Sir Marcus se leva et alla fouiller dans un tiroir du buffet en faisant un vacarme épouvantable. Il en revint avec un couteau à dessert au manche en nacre qu'il plaça dans la main gauche de Jamie.

— Tu ne crois pas que tu as déjà suffisamment de cicatrices ? demanda-t-il. Il t'en faut plus ?

— Rien qu'une, répondit Jamie.

Il se balança dans un équilibre précaire sur un coude,

le menton pressé contre la poitrine, tentant de placer la lame tranchante sous son sein gauche. Avec un soupir résigné, sir Marcus lui saisit le poignet.

— Laisse-moi t'aider, tu vas te faire mal.

A contrecœur, Jamie lui rendit le couteau, puis il montra un point quelques centimètres en dessous de son téton.

— Là.

MacRannoch avala une nouvelle gorgée de whisky, puis enfonça le couteau dans la poitrine de Jamie. Je dus faire un mouvement involontaire car lady Annabelle me retint par le bras. La lame pivota sur elle-même comme pour enlever la partie pourrie d'un fruit mûr. Jamie gémit et un filet de sang coula le long de son ventre. Il se rallongea, épongeant la plaie sur le matelas.

Sir Marcus reposa son couteau.

— Dès que tu en seras capable, mon garçon, retrouve le lit de ton épouse et laisse-la te consoler. Les femmes adorent ça.

Il lança un regard vers le seuil plongé dans l'obscurité et ajouta :

— Dieu seul sait pourquoi.

— Venez, murmura lady Annabelle. Il vaut mieux le laisser seul maintenant.

Décidant que sir Marcus saurait très bien s'en sortir avec les bandages, je la suivis d'un pas traînant.

Je me réveillai en sursaut au beau milieu de la nuit. Dans mon cauchemar, je dévalais d'interminables escaliers en colimaçon au bout desquels l'horreur était tapie. Je me redressai sur le lit et cherchai à tâtons la chandelle et la pierre à briquet, prise d'une soudaine angoisse. Et si Jamie avait besoin de moi ? Pis encore, et si les Anglais étaient venus pendant qu'il était seul, désarmé ? Je pressai mon front contre la fenêtre. Dehors la tempête faisait toujours rage. Tant qu'il continuerait de neiger, nous étions relativement hors de danger.

La maison était calme, mis à part le crépitement du feu. Jamie avait les yeux fermés. Je m'assis près de lui sur le tapis, sans faire de bruit pour ne pas le réveiller.

— Claire, c'est toi ? Tu vas bien ?

— Si je vais bien ! Mon Dieu, Jamie, c'est toi qui me demandes une chose pareille ?

Il tendit un bras vers moi et posa sa main sur mes cheveux. Il m'attira à lui mais je me libérai, soudain consciente de la tête que je devais avoir, le visage égratigné et couvert de résine, les cheveux rendus poisseux par tout un assortiment de substances peu appétissantes.

— Viens, murmura-t-il. Je veux te sentir contre moi.

— Mais je suis couverte de sang et de vomi, protestai-je en tentant vainement de remettre un peu d'ordre dans ma coiffure.

Il émit un léger sifflement, tout ce que ses côtes brisées lui permettaient en guise de rire.

— Je t'en prie, *Sassenach*, après tout c'est mon sang et mon vomi ! Viens.

Son bras sur mon épaule était réconfortant. Je posai ma tête près de la sienne sur l'oreiller et nous restâmes silencieux à contempler le feu, retrouvant force et paix dans la présence l'un de l'autre.

— Je pensais ne jamais te revoir, *Sassenach*. Je suis tellement heureux que tu sois là.

— Comment ça ? Tu ne croyais pas que je pourrais te sortir de là ?

Il esquissa un sourire du coin des lèvres.

— Sincèrement, non. Mais j'ai pensé que, si je te le disais, tu t'entêterais et tu refuserais de partir.

— Moi, m'entêter ! Tu peux parler !

Il y eut une nouvelle pause, légèrement tendue. Plusieurs questions me brûlaient les lèvres, mais je ne savais pas trop comment les aborder.

— Comment te sens-tu ? demandai-je finalement.

— Je ne sais pas, *Sassenach*. Je ne me suis jamais senti comme ça. Il y a plusieurs choses que j'ai envie de faire, toutes à la fois, mais mon corps me trahit et je n'ai plus les idées très claires. J'ai envie de partir d'ici, de prendre mes jambes à mon cou et d'aller loin, très loin. J'ai envie de frapper quelqu'un, de le démolir. J'ai envie de foutre le feu à la prison de Wentworth. J'ai aussi envie de dormir.

— La pierre ne brûle pas, remarquai-je, pratique. Tu ferais mieux de dormir.

Sa main valide chercha la mienne et la trouva.

— Et puis j'ai envie de te serrer fort contre moi, de t'embrasser et de ne plus jamais te lâcher. J'ai envie de te faire l'amour comme un fou, jusqu'à oublier que j'existe. Et j'ai envie de poser ma tête sur tes genoux et de pleurer comme un enfant.

Il me lança un regard de biais.

— Malheureusement, je ne peux rien faire de tout cela sans m'évanouir ou vomir de nouveau.

— Ce n'est pas grave. Tout ça peut attendre, répondis-je en riant.

Je remuai un peu trop brutalement et il faillit être de nouveau malade. Enfin, je parvins à m'asseoir sur le lit, le dos contre le mur, sa tête reposant sur ma cuisse.

— Qu'est-ce que sir Marcus a enlevé de ta poitrine ? demandai-je. Une flétrissure ?

— Un sceau, avec ses initiales. Je vais déjà devoir porter les traces qu'il m'a faites toute la vie, je n'ai pas besoin qu'il me signe, comme un fichu tableau !

Je suivis du bout du doigt les contours d'une trace de brûlure sur son épaule.

— Jamie ?

— Mmm ?

— Tu as très mal ?

Il tourna légèrement la tête pour me regarder. Puis il ferma les yeux et se mit à trembler. Inquiète, je crus avoir fait resurgir un souvenir insoutenable jusqu'à ce que je m'aperçoive qu'il riait au point d'en avoir les larmes aux yeux.

— *Sassenach*, dit-il enfin. Il doit me rester quinze centimètres carrés de peau qui ne soient pas lacérés, brûlés ou tailladés, et tu me demandes si j'ai mal ?

— Je veux dire... commençai-je, légèrement piquée.

Il m'interrompit en posant sa main sur mon bras.

— Je sais ce que tu voulais dire, *Sassenach*. Ne t'inquiète pas, les quinze centimètres qui me restent sont entre mes cuisses.

J'appréciai son effort pour faire une plaisanterie, même si celle-ci était de mauvais goût, et lui donnai une tape sur la bouche.

— Tu es ivre, James Fraser.

Après une pause, j'ajoutai :

— Tu as bien dit quinze ?

— Bah, peut-être même dix-huit ! Ô mon Dieu, *Sassenach*, ne me fais pas rire, mes côtes me tuent !

J'essuyai ses yeux avec un pan de ma jupe et lui fis boire une gorgée d'eau en soutenant sa tête sur mon genou.

— Ce n'est pas ça non plus que j'ai voulu dire, repris-je.

Soudain sérieux, il pressa ma main dans la sienne.

— Je sais. Tu n'as pas besoin de prendre des gants à ce sujet. J'avais raison : c'était beaucoup moins douloureux que le fouet... mais nettement plus désagréable.

Une lueur ironique traversa son regard.

— Au moins, je ne serai pas constipé pendant un bout de temps.

— Tu n'es pas obligé de m'en parler si tu ne veux pas. J'ai pensé que... ça pourrait te soulager un peu...

— Je ne veux pas en parler, lâcha-t-il d'un ton amer. Je voudrais ne plus jamais y penser, mais je ne crois pas avoir le choix. Non, *Sassenach*, je ne voulais pas t'en parler... pas plus que tu ne veux m'entendre, mais il faut que ça sorte d'une manière ou d'une autre avant que ça ne m'étouffe.

» Il m'a fait ramper à ses pieds. Il m'a obligé à le supplier. Il m'a fait faire pis encore et, vers la fin, je souhaitais sincèrement être mort.

» C'est difficile à expliquer, poursuivit-il. Je crois qu'on a tous en nous un petit espace qui n'appartient qu'à nous, comme une forteresse, notre refuge le plus intime. C'est peut-être notre âme, cette chose qui fait qu'on est soi-même et personne d'autre. C'est un endroit qu'on ne montre à personne, sauf parfois à quelqu'un qu'on aime beaucoup.

Sa main lâcha la mienne et il ferma les yeux.

— A présent... c'est comme si ma forteresse avait volé en éclats sous des coups de canon. Il ne reste rien que des cendres et une charpente calcinée. Et la petite créature qui y vivait se retrouve nue, tremblante de peur, essayant de se cacher sous un brin d'herbe, une feuille, mais... elle n'y parvient pas.

Sa voix se brisa et il enfouit son visage dans les plis de ma jupe. Je ne pouvais rien faire pour le consoler, mis à part lui caresser les cheveux.

Il redressa soudain la tête et reprit avec véhémence :

— J'ai frôlé plusieurs fois la mort, mais je n'avais jamais voulu mourir auparavant. Mais cette fois...

Il ne termina pas sa phrase car un violent tremblement agitait tout son corps.

— Claire ! Serre-moi, serre-moi fort. Je ne peux p-p-plus m'arrêter de trembler.

Les convulsions qui secouaient ses côtes le faisaient gémir de douleur. Je me penchai sur lui et le tins fermement, me balançant doucement d'avant en arrière jusqu'à ce que les spasmes s'atténuent. Je glissai une main sous sa nuque, massant vigoureusement la base de son crâne. Enfin, les tremblements cessèrent, et sa tête retomba mollement sur ma cuisse.

— Je suis désolé, s'excusa-t-il une minute plus tard. La vérité, c'est que j'ai très mal et que je suis complètement soûl, je ne me maîtrise plus.

Pour qu'un Écossais reconnaisse son état d'ivresse, il fallait vraiment qu'il soit mal en point !

— Tu as besoin de sommeil, lui murmurai-je.

— J'ai froid.

— Tu es en état de choc. Tu as perdu beaucoup de sang.

Je regardai autour de moi. Nos hôtes et leurs domestiques étaient tous couchés. Murtagh était probablement encore quelque part sous la neige, les yeux rivés vers Wentworth. Envoyant promener toutes les bienséances d'un haussement d'épaules, je me déshabillai et me glissai sous les couvertures.

Tout doucement, je me pressai contre lui, lui communiquant la chaleur de mon corps. Il blottit son visage dans le creux de mon épaule comme un enfant.

— *Sassenach* ? appela-t-il quelques minutes plus tard.

— Mmm ?

— Qui est John Wayne ?

— C'est toi. Dors.

37

La fuite

Il cessa de neiger le lendemain vers le milieu de la matinée. Le ciel était toujours chargé et menaçant, mais pas au point de retarder encore les patrouilles de Wentworth. Il nous fallait quitter Eldridge avant midi.

Jamie avait meilleure mine, sauf que ses ecchymoses avaient bleui pendant la nuit et mouchetaient son visage de marques sombres. Sir Marcus m'aida à protéger ses cuisses et ses hanches d'épaisses bandes de lin et à lui enfiler des chausses et une vieille culotte usée de couleur sombre, afin de camoufler les taches s'il se remettait à saigner. Lady Annabelle avait fendu en deux une chemise de son mari pour recouvrir ses épaules bandées. Il refusa de se laisser coiffer, prétextant que même son cuir chevelu était douloureux. Il offrait un spectacle pitoyable, avec ses mèches rouges hérissées sur le crâne et son visage enflé et violacé.

— Si on vous arrête, me recommanda sir Marcus, dites que vous êtes mon invitée et qu'on vous a enlevée tandis que vous voyagiez sur mes terres. Demandez-leur de vous ramener ici pour que je vous identifie. On vous fera passer pour une amie d'Annabelle, arrivée récemment de Londres.

— Puis on vous fera disparaître discrètement avant que sir Fletcher ne vienne vous présenter ses hommages, ajouta lady Annabelle, prévoyante.

MacRannoch offrit de nous faire escorter par Absalom et Hector, mais Murtagh refusa en faisant valoir que cela ne manquerait pas de compromettre Eldridge si nous rencontrions des soldats anglais. Aussi nous partîmes tous les trois, emmitouflés pour nous protéger du froid, en direction de Dingwall. J'emportais une bourse bien remplie et une lettre du maître d'Eldridge, qui devaient nous assurer la traversée de la Manche.

L'épais manteau de neige rendait la marche difficile, cachant les pierres, les ornières et autres obstacles de la route. Les chevaux avançaient lentement, manquant de glisser à chaque pas. Murtagh ouvrait la voie. Je chevauchais à côté de Jamie, le surveillant sans cesse de crainte qu'il ne s'évanouisse. Il avait insisté pour qu'on l'attache à sa selle. Sa main valide ne quittait pas la crosse du pistolet dissimulé sous son manteau.

Nous passâmes quelques chaumières isolées. Leurs cheminées fumaient et leurs occupants, hommes et bêtes, étaient tous sagement blottis au chaud. Ici et là, une silhouette isolée allait de la maison à l'étable, portant un seau ou un fagot de bois. En revanche, la route était totalement déserte.

A quelques kilomètres d'Eldridge, nous passâmes à proximité de Wentworth. La masse austère de pierres grises se dressait au loin, accrochée à flanc de colline. Nous avions fait de sorte que notre passage coïncide avec l'heure du repas de la mi-journée, dans l'espoir que les sentinelles seraient trop occupées par leur soupe et leur bière pour surveiller les environs.

Nous franchîmes le croisement d'où partait l'allée menant aux portes de la forteresse. La neige était foulée. Le mauvais temps n'avait pas entravé les allées et venues de et vers la prison.

Wentworth était déjà loin derrière nous quand je vis Murtagh sursauter. Suivant son regard, je les aperçus à mon tour : quatre soldats anglais qui arrivaient vers nous.

Il était trop tard pour se cacher. Ils nous avaient vus et approchaient au trot. Sans même un regard vers nous, Murtagh éperonna sa monture et partit au-devant d'eux.

Leur caporal, un homme d'âge moyen, se tenait raide comme un piquet dans son grand manteau. Il inclina poliment la tête puis se tourna vers Jamie.

— Veuillez nous excuser, madame, messieurs. Nous avons ordre d'intercepter tous les voyageurs sur cette route. Nous recherchons des prisonniers évadés de Wentworth.

Jamie ne répondit pas, mais se pencha un peu plus en avant sur sa selle, tête baissée. Je distinguai ses yeux sous l'ombre de son chapeau. Il n'était pas inconscient, mais avait certainement reconnu un ou plusieurs des soldats et tentait de cacher son visage. Murtagh vint placer son cheval entre les soldats et moi.

— Comme vous pouvez le constater, mon maître est mal en point, annonça-t-il. Auriez-vous l'obligeance de nous indiquer la route de Ballagh ? Je crois que nous nous sommes trompés de direction.

Lançant un regard vers Jamie, je compris soudain le manège de Murtagh : le sang gouttait lentement sous la selle, formant une tache dans la neige qui grandissait à vue d'œil.

Murtagh, au risque de passer pour un parfait crétin, réussit à convaincre les soldats de l'accompagner au sommet de la colline pour lui montrer la route de Dingwall, la seule visible à des kilomètres à la ronde. Elle traversait Ballagh puis se dirigeait droit vers la côte, cinq kilomètres plus loin.

Je dégringolai de selle et, du bout de ma botte, je recouvris précipitamment de neige fraîche les taches sombres. Plus haut, les soldats étaient toujours engagés dans une conversation animée avec Murtagh. L'un d'eux regarda dans notre direction, sans doute pour s'assurer que nous étions toujours là. Je lui fis un petit signe joyeux de la main puis, dès qu'il se fut retourné, déchirai un de mes trois jupons et le glissai sous la cuisse de Jamie en dépit de son exclamation de douleur. Je remis son manteau en place et eus juste le temps de courir près de mon cheval et de faire semblant de rajuster ma sangle avant que Murtagh et les Anglais soient de retour.

— Je ne sais pas comment elle a pu se défaire ! m'étonnai-je en papillonnant des yeux.

— Oh ? Pourquoi n'aidez-vous donc pas la dame ? demanda le caporal à Jamie.

— Mon mari est malade. Je peux me débrouiller toute seule.

Le caporal prit un air soupçonneux.

— Malade, dites-vous ? Qu'est-ce que vous avez ?

Il approcha de Jamie, se penchant pour voir son visage sous son chapeau.

— Hé, je vous parle ! C'est vrai que vous avez mauvaise mine. Enlevez donc votre chapeau, monsieur. Qu'avez-vous au visage ?

La balle l'atteignit en pleine poitrine. Jamie avait tiré

d'entre les plis de son manteau. Le caporal n'avait même pas touché terre que Murtagh avait un pistolet dans chaque main. Son premier coup manqua sa cible, car son cheval effrayé avait fait une embardée, mais le second frappa un des Anglais en plein front.

L'un des deux soldats restants fit faire demi-tour à sa monture et partit au galop en direction de Wentworth, sans doute pour chercher des renforts.

— Claire ! hurla Jamie. Rattrape-le !

Il me lança une arme avant de dégainer son épée pour faire face à la charge du quatrième soldat.

Je grimpai en selle et me lançai à la poursuite du fugitif. Mon cheval était aguerri aux bruits de combat. Il n'avait même pas tressailli quand les coups de feu étaient partis. Il était également plus rapide que celui de l'Anglais. A la longue, j'aurais certainement fini par le rattraper, mais je n'avais pas ce luxe : il approchait de Wentworth et si j'attendais trop, nous risquions d'être vus depuis la prison.

Arrivée à une dizaine de mètres de lui, je tirai brusquement sur les rênes et sautai à terre. Je posai un genou dans la neige, appuyai un coude sur mon genou, calai le pistolet sur mon avant-bras comme me l'avait montré Jamie et pressai la détente.

A ma grande surprise, je touchai le cheval. Il dérapa, tomba sur un genou et roula dans la neige en soulevant un nuage blanc. Le recul du pistolet avait endolori mon bras. Je me relevai en le frottant, observant le soldat à terre.

Il était blessé. Il se redressa péniblement puis retomba dans la neige. Son cheval, l'épaule ensanglantée, se remit sur pied et s'éloigna, ses rênes traînant au sol.

En avançant vers lui, je ne savais qu'une chose : je ne pouvais pas le laisser vivre. Nous étions à deux pas de Wentworth et une autre patrouille ne tarderait pas à passer par là. Non seulement il était en mesure de nous décrire — adieu notre histoire d'otage ! —, mais il saurait leur indiquer quelle direction nous avions prise. Il nous restait encore deux heures de route avant de rejoindre la côte, et il nous fallait trouver un bateau. Je ne pouvais pas courir le risque de le laisser parler.

En me voyant approcher, il se redressa sur les coudes. Ses yeux s'écarquillèrent en me reconnaissant, puis il se détendit. Je n'étais qu'une femme, cela ne lui faisait pas peur.

Un homme expérimenté aurait sans doute été plus méfiant, indépendamment de mon sexe ; mais il n'était encore qu'un enfant. Je déglutis péniblement en m'apercevant qu'il n'avait guère plus de seize ans. Ses joues avaient encore les rondeurs de l'enfance et un léger duvet sur sa lèvre supérieure annonçait une future moustache.

Il ouvrit la bouche, mais ne put émettre qu'un gémissement de douleur. Il pressa sa main contre son flanc où sa tunique était imbibée de sang. Il avait dû être écrasé sous le cheval.

Je tentai de me convaincre qu'il souffrait certainement de lésions internes et que, de toute façon, il avait peu de chances de s'en sortir. Une piètre consolation.

Je tenais le poignard dans la main droite, caché sous les plis de ma cape et posai la gauche sur la tête du blessé. J'avais touché ainsi des centaines d'hommes, les réconfortant, les examinant, les préparant à ce qui allait suivre. Et comme ce garçon, ils avaient levé vers moi des yeux pleins d'espoir et de confiance.

Je ne pouvais me résoudre à lui trancher la gorge. Je m'agenouillai près de lui et lui tournai doucement la tête. Toutes les techniques que m'avait montrées Rupert pour tuer « propre et net » présupposaient une certaine résistance de la part de la victime. Celle-ci ne m'en opposa aucune quand je lui plongeai ma lame dans la nuque à la base du crâne.

Je le laissai gisant la face dans la neige et partis rejoindre les autres.

Notre encombrant fardeau confortablement installé sous des couvertures dans une cabine, Murtagh et moi nous retrouvâmes sur le pont du *Cristabel* pour surveiller le ciel orageux.

— Il semble que nous aurons un bon vent, dis-je avec optimisme, pointant un doigt humide en l'air.

Murtagh contempla les nuages d'un air morose.

— Hum, espérons que la traversée ne sera pas trop agitée, autrement on risque de se retrouver avec un cadavre sur les bras.

Une demi-heure plus tard, ballottée par les eaux houleuses de la Manche, je compris ce qu'il avait voulu dire.

— Le mal de mer ? m'exclamai-je, incrédule. On n'a jamais vu un Écossais souffrant du mal de mer !

Murtagh était d'humeur irascible.

— Alors, c'est peut-être un Turc déguisé en rouquin ! Tout ce que je sais, c'est qu'il est vert comme un poisson crevé et qu'il est en train de recracher ses boyaux. Est-ce que vous allez vous décider à descendre et m'aider à le tenir avant que ses côtes ne lui déchirent la poitrine ?

— Bon sang, pestai-je au cours d'une brève accalmie, s'il savait qu'il souffrait du mal de mer, pourquoi a-t-il insisté pour embarquer ?

— Parce qu'il savait très bien qu'il ne tiendrait pas le coup si nous courions les routes, et qu'il ne voulait pas mettre MacRannoch en danger en restant chez lui.

— Alors il a préféré se tuer tranquillement en pleine mer ?

— Oui. Comme ça, il ne fait courir de risque à personne. C'est généreux de sa part, mais peu ragoûtant.

— Félicitations, réprimandai-je Jamie une heure ou deux après en lui essuyant la bouche. Je crois que tu vas entrer dans les annales de la médecine comme le premier homme à succomber au mal de mer.

— Ô mon Dieu, ça recommence ! gémit Jamie en roulant sur le côté.

Murtagh et moi reprîmes précipitamment nos places, faisant de notre mieux pour l'immobiliser tandis qu'il était agité d'une nouvelle vague de spasmes et de vomissements.

Quelque temps plus tard, je pris son pouls et posai une main sur son front moite. Murtagh me dévisagea, l'air inquiet, puis me suivit sur le pont.

— C'est de mal en pis, hein ? me dit-il doucement.

— Je ne sais pas, soupirai-je. Il vomit du sang et ce n'est pas bon signe. Son pouls est faible et irrégulier. Son cœur se fatigue.

— Il a un cœur de lion.

Il avait parlé si doucement que je n'étais pas même sûre d'avoir entendu sa voix. Cela aurait pu être le vent... Il me fit face brusquement.

— Et un crâne de bœuf. Vous avez encore de ce laudanum que lady Annabelle vous a donné ?

— Oui, mais il n'en veut pas. Il dit qu'il ne veut pas dormir.

— Bah, il y a souvent un monde entre ce qu'on veut et ce qu'on obtient. Laissez-moi faire.

De retour dans la cabine, je l'aidai à redresser Jamie en position assise.

— Je vais mourir, balbutia celui-ci. Laissez-moi. Le plus tôt sera le mieux.

Murtagh lui pressa la fiole contre les lèvres.

— Bois ça, mon joli petit loir, et ne t'avise pas de le recracher ou je te tords le cou.

Jamie toussa, cracha et manqua de s'étouffer à plusieurs reprises, mais nous parvînmes non sans mal à vider presque toute la fiole dans son gosier. Le peu qui parvint dans son estomac se propagea dans son sang. Enfin, nous l'étendîmes inerte sur sa couche, le visage plus blanc que les draps.

Murtagh me rejoignit sur le pont quelque temps plus tard.

— Regardez, annonçai-je en pointant un doigt devant nous.

Les côtes françaises se dessinaient au loin.

— D'après le capitaine, nous devrions accoster dans trois ou quatre heures.

— C'est pas trop tôt ! soupira mon compagnon.

Il se tourna vers moi et je découvris alors sur son visage ce qui pouvait le plus ressembler à un sourire.

De fait, quelques heures plus tard, suivant Jamie toujours inconscient sur une civière portée par deux moines, nous franchissions le haut portail de l'abbaye de Sainte-Anne-de-Beaupré.

38

L'abbaye

L'abbaye était un imposant édifice du xIIe siècle, érigé pour résister aux tempêtes déferlantes comme aux assauts des envahisseurs venus de la terre. En cette période paisible, le portail restait grand ouvert pour permettre les allées et venues entre l'abbaye et le village voisin. Les cellules réservées aux visiteurs étaient aménagées avec des tapisseries et un mobilier confortable.

Je me levai de mon fauteuil douillet, me demandant comment on était censé saluer un abbé. Fallait-il mettre un genou en terre et baiser sa bague, ou était-ce l'apanage des papes ? J'optai pour une simple révérence.

L'abbé Alexander avait la même mâchoire carrée et les mêmes yeux en amande que son neveu. En revanche, il était plus petit, mesurant plus ou moins ma taille. Il portait une robe de prêtre, mais marchait d'un pas de guerrier.

— Soyez la bienvenue, *ma nièce*[1], déclara-t-il en inclinant la tête.

— Je vous remercie de votre hospitalité. Vous, euh ?... vous n'auriez pas vu Jamie ?

Dès notre arrivée, les moines l'avaient emmené pour le laver, une opération délicate à laquelle je n'avais pas été conviée.

— Si, si, répondit l'abbé dans un anglais cultivé où perçaient néanmoins quelques intonations écossaises. Frère Ambrose est en train de panser ses plaies.

Devant mon air dubitatif, il ajouta un peu sèchement :

— N'ayez aucune inquiétude, madame, frère Ambrose est parfaitement compétent.

Il m'inspecta sans se gêner des pieds à la tête. Sa ressemblance avec Jamie était troublante.

— Murtagh nous informe que vous excellez dans l'art de la médecine ?

— C'est vrai.

— Je vois que vous ne souffrez pas du défaut de fausse modestie, dit-il en me souriant.

— J'en ai d'autres.

— Comme nous tous. Frère Ambrose se fera un plaisir de discuter avec vous.

— Murtagh vous a-t-il raconté... ce qui nous est arrivé ? hésitai-je.

1. En français dans le texte. *(N.d.T.)*

Les lèvres minces se plissèrent.

— En effet. Il nous a raconté ce qu'il *savait*.

Il attendit que je lui en dise plus, mais je me tus. Manifestement, il aurait aimé me poser quelques questions, mais il eut la bonté de ne pas insister.

— Soyez les bienvenus, répéta-t-il. Je vais envoyer quelqu'un vous apporter de quoi manger.

Il m'examina une fois de plus et ajouta :

— Et de quoi vous laver.

Il esquissa un signe de croix dans ma direction, en guise d'adieu ou pour exorciser ma crasse, puis sortit dans un froissement de jupe.

Brusquement épuisée, je me laissai tomber sur le lit, me demandant si j'aurais la force d'attendre d'avoir mangé *et* de m'être lavée. Je dormais déjà avant d'avoir décidé.

Je faisais un horrible cauchemar. Jamie se trouvait de l'autre côté d'une épaisse muraille. Je l'entendais appeler au secours mais ne pouvais l'atteindre. Je martelais désespérément les pierres quand mes poings les traversèrent soudain comme s'il s'agissait d'un rideau d'eau.

— Aïe !

Je me redressai sur mon lit. Je frottais ma main que j'avais cognée contre le mur derrière moi quand je me rendis compte que les cris résonnaient toujours.

Je me précipitai dans le couloir. La porte de Jamie était ouverte, la lueur vacillante des bougies en inondant le seuil.

Un moine que je ne connaissais pas était assis à son chevet, le tenant fermement. Jamie tremblait comme une feuille et les bandages de ses épaules étaient tachés de sang frais. Il respirait bruyamment en émettant un râle rauque. Le moine essuyait doucement son front, écartant les mèches trempées de sueur.

— Vous devez être sa femme, me dit-il. Je crois que la crise est passée.

De fait, quelques minutes plus tard, Jamie ouvrit les yeux.

— Ça va, ça va, Claire, haleta-t-il. C'est fini, maintenant. Mais je t'en supplie, débarrasse-moi de cette puanteur !

Humant l'air, je remarquai en effet une légère odeur épicée et fleurie dans la pièce, un parfum si commun que je n'y avais pas fait attention. De la lavande. Une essence qu'on utilisait pour parfumer les savons et les eaux de toilette. La dernière fois que je l'avais sentie, c'était dans la prison de Wentworth où elle imprégnait le linge et la personne du capitaine Jonathan Randall.

L'odeur émanait d'une petite coupe en métal remplie d'huile parfumée et suspendue au bout d'une chaîne au-dessus d'une bougie.

Le franciscain moucha la flamme et enveloppa la coupe brûlante dans un linge avant de l'emporter dans le couloir. Jamie poussa un long soupir de soulagement, puis se redressa en grimaçant.

— La plaie dans ton dos s'est rouverte, expliquai-je. Ce n'est rien de grave.

— C'est sans doute pour ça que j'ai rêvé qu'on me fouettait, dit-il en acceptant le verre d'eau que le moine lui tendait.

Il but une longue gorgée puis lui rendit le verre.

— Vous n'auriez pas quelque chose de plus costaud ?

Aussitôt dit aussitôt fait, le moine disparut et revint quelques instants plus tard avec une carafe de vin dans une main et une fiole dans l'autre.

— Alcool ou opium ? proposa-t-il. Ici, vous pouvez choisir votre drogue.

— Je prendrai le vin, merci. Je crois que j'ai assez rêvé pour cette nuit.

Il but lentement pendant que le franciscain m'aidait à changer ses pansements et à appliquer un onguent frais à base de soucis sur ses plaies. Ce ne fut qu'une fois le malade confortablement installé, les couvertures tirées sous son menton, qu'il se tourna pour sortir.

— Reposez-vous bien, dit-il en traçant le signe de croix sur le front de Jamie.

— Merci, mon père, répondit celui-ci déjà à demi endormi.

Voyant qu'il n'aurait plus besoin de moi avant le lendemain matin, je suivis le franciscain dans le couloir.

— Merci encore, lui dis-je. Vous m'avez été d'un grand secours

— Ce n'est rien. Je suis content de vous avoir été

utile. Je passais dans le couloir en me rendant à la chapelle de saint Gilles quand je l'ai entendu crier.

— A la chapelle ? Mais je croyais que les matines se tenaient dans la grande église.

Le franciscain sourit. Il était petit et assez jeune, sans doute la trentaine, mais ses cheveux soyeux grisonnaient déjà. Sa tonsure était impeccable et il portait une barbe finement taillée qui arrivait au ras de son col rond.

— Il est un peu tôt pour les matines, répondit-il avec un sourire amusé. Je me rendais à la chapelle car c'est mon tour de prier pour l'adoration perpétuelle du Saint-Sacrement. Je suis très en retard, frère Bartholomé doit se demander où je suis passé.

Il me bénit rapidement et disparut derrière les portes battantes au bout du couloir avant que j'aie pensé à lui demander son nom.

Le lendemain matin, je me sentais nettement mieux, mais Jamie avait des cernes sous les yeux et était irritable après sa nuit agitée. Il refusa catégoriquement l'idée même de boire un bouillon et me repoussa avec agacement lorsque je voulus inspecter les bandages de ses mains.

— Bon sang, Claire ! Tu ne peux pas me laisser un peu tranquille ? J'en ai assez d'être tripoté sans arrêt !

Sidérée, je tentai de cacher ma peine en lui tournant le dos et en remettant de l'ordre dans les petits pots et les sachets de remèdes sur la console. Je les classai méthodiquement : onguent de soucis et baume au peuplier pour calmer les douleurs ; camomille, écorces de saule et de cerisier pour les infusions ; ail et millefeuille pour la désinfection.

Quelques minutes plus tard, il me rappela, l'air piteux.

— Claire, excuse-moi. Mon ventre me fait un mal de chien et je suis d'humeur exécrable. Je ne voulais pas te parler sur ce ton.

— Tu n'as pas à t'excuser, le rassurai-je en lui caressant les cheveux.

— C'est que... je crois que j'ai besoin d'être seul pendant un moment. Tu ne m'en veux pas ?

J'acquiesçai à sa requête sans discuter et partis en quête de mon petit déjeuner.

Un peu plus tard, en revenant du réfectoire, j'aperçus une mince silhouette portant la robe noire des franciscains traverser la cour en direction du cloître. Je hâtai le pas pour la rejoindre.

— Mon père ? appelai-je.

Il se retourna et, me reconnaissant, sourit.

— Bonjour, madame Fraser. Comment se porte votre mari, ce matin ?

— Un peu mieux. Hier soir, vous êtes parti avant que j'aie eu le temps de vous demander votre nom.

Ses yeux noisette brillèrent de malice et il posa une main sur son cœur.

— François Anselme Mericœur d'Armagnac, pour vous servir, madame. C'est du moins mon nom de naissance. Désormais, on me connaît comme frère Anselme.

— Je ne veux pas vous retenir, mais je tenais simplement à vous remercier pour hier.

— Vous ne me retenez pas, dit-il en lançant un regard vers le cloître. A vrai dire, je cherchais un moyen de différer le moment de me remettre à la tâche. En d'autres termes, je m'adonnais au péché d'oisiveté.

— Quelle est votre tâche ? demandai-je, intriguée.

De toute évidence, cet homme n'était pas de l'abbaye. Parmi les bures brunes des bénédictins, sa robe noire de franciscain était aussi voyante qu'une mouche dans un verre de lait. Au réfectoire, frère Polydore m'avait expliqué que l'abbaye accueillait un bon nombre d'érudits venus consulter sa bibliothèque renommée. Frère Anselme me confirma qu'il n'était là que depuis quelques mois, travaillant sur une traduction des œuvres d'Hérodote.

— Avez-vous déjà vu la bibliothèque ? me demanda-t-il. Venez avec moi, je suis sûr que votre oncle l'abbé n'y verra aucune objection.

Je ne me fis pas prier.

La bibliothèque était magnifique, avec de hautes colonnes gothiques qui se rejoignaient en ogives sous le plafond cloisonné. De grandes fenêtres surmontées de vitraux laissaient filtrer des flots de lumière qui tombaient en diagonale sur les tables de travail. Passant sur la pointe des pieds entre des rangées de moines plongés dans leurs études, je m'approchai des rayons.

Il devait y avoir des milliers de volumes alignés sur les étagères. Certains étaient posés à plat sur des présentoirs pour protéger leurs reliures anciennes. Il y avait même une vitrine contenant plusieurs rouleaux de parchemin. Il régnait dans cette grande salle une atmosphère d'exultation, comme si tous les livres conservés avec amour chantaient en chœur sans faire de bruit. J'en sortis apaisée et déambulai lentement dans le couloir avec frère Anselme.

Je tentai de le remercier encore pour son aide de la veille. Il m'arrêta d'un geste de la main.

— N'y pensez plus, mon enfant. J'espère que votre mari se remettra bientôt.

— Moi aussi. Excusez-moi, mon père, mais qu'est-ce que l'« adoration perpétuelle » dont vous parliez hier ?

— Vous n'êtes pas catholique ? demanda-t-il, surpris. Ah, mais c'est vrai ! J'oubliais que vous êtes anglaise. Naturellement, vous devez être protestante.

— Ma foi, je ne suis ni l'un ni l'autre. Enfin, techniquement, je suppose que je suis catholique.

— Techniquement ?

Après mon expérience peu probante avec le père Bain, j'hésitai. Mais cet homme ne me semblait pas du genre à brandir un crucifix sous mon nez.

— C'est que... j'ai été baptisée selon le rite catholique, mais mes parents sont morts quand j'avais cinq ans et j'ai été élevée par mon oncle. Oncle Lambert était...

Je songeai à l'appétit vorace d'oncle Lamb pour le savoir et à son cynisme quant à la religion qu'il considérait simplement comme une étiquette permettant de cataloguer les cultures.

— En fait, il était tout et rien à la fois, terminai-je. Il connaissait toutes les religions et ne croyait en aucune. Aussi, mon instruction religieuse a été assez... bâclée. Mon mari... c'est-à-dire mon premier mari, était catholique, mais non pratiquant. En somme, je suppose que je suis une païenne.

Je le surveillai du coin de l'œil, m'attendant au pire. Loin d'être scandalisé, il partit d'un grand éclat de rire.

— Tout et rien à la fois ! Voilà qui me plaît beaucoup ! Quant à vous, mon enfant, sachez qu'une fois admise au sein de notre sainte mère l'Église, vous y restez éternellement. Quelle que soit votre foi, vous êtes et resterez aussi catholique que le pape.

Il leva la tête et inspecta le ciel.

— Le vent est tombé, dit-il soudain. Je comptais justement faire un petit tour pour m'éclaircir l'esprit. Pourquoi ne pas m'accompagner ? Vous avez besoin d'air frais et d'exercice, et j'en profiterai pour éclairer votre âme en vous expliquant le principe de l'adoration perpétuelle.

— C'est ce qu'on appelle « faire d'une pierre deux coups », sans doute ?

Le cours de catéchisme mis à part, la proposition était alléchante et j'allai chercher ma cape avec joie.

Nous passâmes devant la chapelle sombre et tranquille, longeâmes la galerie du cloître, puis sortîmes dans les jardins. Une fois sûr que nos voix ne dérangeraient pas ses frères à l'étude ou en prière, Anselme reprit la conversation interrompue :

— L'idée est fort simple. Vous vous souvenez de l'histoire du mont des Oliviers, où Notre-Seigneur passa la nuit à prier avant d'être jugé et crucifié, pendant que ses disciples dormaient au lieu de veiller avec lui ?

— Ah oui ! dis-je, comprenant où il voulait en venir. Il leur a dit : « Ne pouvez-vous pas veiller avec moi pendant une heure ? » Alors, c'est ce que vous faites : vous veillez avec lui pour compenser la faiblesse des apôtres !

L'idée me plut et la pénombre de la chapelle me parut soudain riche de spiritualité et réconfortante.

— Exactement. Nous nous relayons pour veiller, et le Saint-Sacrement sur l'autel ne reste jamais seul.

— Mais ce doit être difficile de ne pas s'endormir. Vous veillez toujours la nuit ?

— Chacun choisit l'heure qui lui convient le mieux. Pour ma part, c'est deux heures du matin.

Il hésita et me lança un regard de biais, se demandant sans doute comment j'allais prendre ce qu'il s'apprêtait à dire.

— Pour moi, à cette heure-là, c'est comme si le temps s'arrêtait. Toutes les humeurs de mon corps, mon sang et ma bile, tout ce qui fait un homme... semble alors travailler en parfaite harmonie ou bien s'être arrêté... Je me suis souvent demandé si ce moment n'était pas similaire à la naissance ou à la mort. Je sais que l'heure diffère selon chacun... ou chacune, ajouta-t-il en se tournant vers moi.

» Mais pendant ce bref laps de temps, reprit-il, tout vous paraît soudain possible. Vous pouvez voir au-delà de vos propres limites et constater qu'elles ne sont rien. Dans ce bref instant où le temps s'arrête, vous avez l'impression de pouvoir tout entreprendre, atteindre vos objectifs, puis revenir dans votre corps et retrouver le monde exactement tel que vous l'avez laissé. C'est comme si... sachant que tout est possible, plus rien n'a d'importance.

— Mais... intervins-je. Qu'est-ce que vous faites au juste ? Vous priez ?

— Moi ? Eh bien... je m'assois et je Le regarde.

Un large sourire illumina son visage.

— Et Il me regarde.

L'état de Jamie m'inquiétait de plus en plus. Ses nausées persistaient et il n'avalait presque rien. Le peu qu'il mangeait, il le rejetait rapidement. Il était chaque jour un peu plus pâle et nerveux, ne s'intéressant à rien. Ne pouvant fermer l'œil de la nuit, il dormait pendant la journée. Bien qu'il semblât terrifié à l'idée de rêver, il refusait de me laisser partager sa chambre afin que son agitation ne perturbe pas mon sommeil.

Ne voulant pas l'importuner en tournant sans cesse autour de lui, je passais le plus clair de mon temps dans l'herbarium avec frère Ambrose, un grand homme cadavérique qui avait un talent inouï pour faire pousser toutes sortes de plantes, ou à me promener dans l'abbaye à converser avec frère Anselme. Ce dernier ne perdait pas espoir de parfaire mon instruction religieuse, bien que je l'aie assuré à maintes reprises de mon profond agnosticisme.

— *Ma chère* [1], me dit-il au cours de l'une de nos promenades, vous souvenez-vous des conditions nécessaires à l'accomplissement d'un péché dont je parlais hier ?

1. En français dans le texte. *(N.d.T.)*

Ma moralité était peut-être défaillante, mais ma mémoire ne l'était pas.

— Primo, que ce soit mal ; secundo, qu'il soit commis en connaissance de cause, récitai-je.

— En connaissance de cause, répéta-t-il. Et c'est là que les conditions du péché rejoignent celles de la grâce, ma chère.

Nous étions accoudés à la clôture de la porcherie de l'abbaye, contemplant plusieurs porcs qui s'ébattaient au faible soleil de l'hiver.

— Je ne comprends pas, contestai-je. Soit on a la grâce, soit on ne l'a pas !

J'hésitai avant de reprendre, ne voulant pas le blesser :

— Pour vous, cette chose posée sur l'autel représente Dieu. Pour moi, ce n'est jamais qu'un morceau de pain, même s'il est placé dans un ostensoir en or massif !

Il poussa un soupir impatient et se redressa en étirant son dos.

— En me rendant à la veillée, j'ai remarqué que votre mari avait du mal à dormir. Je suppose qu'il en est de même pour vous. Puisque vous ne dormez pas, je vous invite à vous joindre à moi, cette nuit. Venez passer une heure avec moi dans la chapelle.

— Pourquoi ?

— Pourquoi pas ?

Je n'eus aucun mal à demeurer éveillée jusqu'à l'heure de mon rendez-vous nocturne. Jamie ne dormait pas non plus. Chaque fois que je passais la tête dans le couloir, j'apercevais la lumière des bougies dans sa chambre et j'entendais le bruit des pages qui tournaient, ponctué d'un occasionnel grognement de douleur quand il changeait de position.

Incapable de rester allongée, je n'avais pas pris la peine de me déshabiller. Aussi étais-je fin prête quand frère Anselme gratta à la porte.

L'abbaye était calme et déserte. Toutefois, si le rythme cadencé des nombreuses activités de la journée avait cessé, son cœur battait toujours, plus lent, moins perceptible, mais inexorable. Il y avait toujours quelqu'un debout, se déplaçant silencieusement entre les murs, gardant les lieux, les maintenant en vie. A présent, c'était mon tour de me joindre à la veillée.

La chapelle était sombre. Seules quelques veilleuses posées sur les autels des différents saints projetaient des ombres dansantes sur les murs. Je suivis Anselme dans l'allée centrale. La silhouette frêle de frère Bartholomé était agenouillée devant le grand autel, la tête penchée. Il ne se retourna pas en nous entendant entrer, mais resta immobile, prostré dans son adoration.

Le Saint-Sacrement était presque éclipsé par la magnificence de son réceptacle. Le gigantesque ostensoir, explosion d'or mesurant près d'un demi-mètre de large, trônait majestueusement sur la grande dalle de marbre.

Ne me sentant pas trop à mon aise, je pris place sur un des sièges somptueusement ouvragés de chérubins, de fleurs et de démons qu'Anselme m'indiquait dans la nef.

— Que dois-je faire ? lui chuchotai-je.

— Mais rien, *ma chère*. Contentez-vous d'être !

Aussi me tus-je et attendis-je, écoutant ma respiration et les petits bruits propres aux endroits silencieux, bruits à peine perceptibles, normalement étouffés par d'autres sons. Le craquement du bois et de la pierre, le chuintement d'une bougie, le grattement des pattes d'un petit rongeur.

C'était un lieu paisible, je devais le reconnaître. Malgré ma fatigue et mon inquiétude au sujet de Jamie, je sentis mes muscles se décontracter peu à peu et mon esprit se relaxer lentement comme un ressort qui se détend. Étrangement, en dépit de l'heure tardive et des tensions accumulées au cours des derniers jours, je ne me sentais plus épuisée.

Après tout, que représentaient quelques semaines ou quelques mois devant l'éternité ? Car c'était bien de cela qu'il s'agissait pour Anselme, Bartholomé, Ambrose et tous les autres moines, y compris le redoutable abbé Alexander.

C'était une idée réconfortante. Lorsqu'on avait tout le temps du monde, les événements liés à des moments particuliers semblaient moins importants. Je pouvais comprendre que l'on veuille prendre du recul, chercher un peu de répit dans la contemplation d'un être infini, quelle que soit la forme qu'on lui donne.

Et si l'éternité existait réellement, ou même uniquement son concept, alors Anselme avait raison : tout était possible. Et l'amour ? J'avais aimé Frank, et je l'aimais encore. J'aimais Jamie plus que ma vie. Mais, emprisonnée dans les limites du temps et de la chair, je ne pouvais pas les garder tous les deux. Au-delà, peut-être ? Existait-il un lieu où le temps n'existait plus, où il s'arrêtait ? Anselme le croyait. Un lieu où tout était possible, où plus rien n'avait d'importance.

Et l'amour y était-il ? Au-delà des limites du temps et de la chair ? Tout l'amour possible ? Avait-il de l'importance ?

Dans mes pensées, je croyais entendre la voix d'oncle Lamb. Il représentait ma seule famille et toute mon enfance. C'était un homme qui ne m'avait jamais parlé d'amour, qui n'en avait jamais eu besoin, car je n'avais jamais douté de ses sentiments à mon égard. Car là où il y a tout l'amour, il n'est plus besoin de paroles. Il est tout. Il est immortel et se suffit à lui-même.

Le temps passa sans que je m'en rende compte. Je sursautai en voyant soudain Anselme apparaître, sortant d'une petite porte dérobée derrière l'autel. J'étais pourtant sûre qu'il était resté assis derrière moi tout le temps. En me retournant, j'aperçus un jeune moine se signant à l'entrée de la chapelle. Anselme s'agenouilla devant l'autel, puis me fit signe de le suivre.

— Vous êtes sorti ? lui demandai-je une fois hors de la chapelle. Je croyais que vous ne deviez jamais laisser le Saint-Sacrement seul !

Il sourit tranquillement.

— Je ne l'ai pas laissé seul. Vous étiez là.

Je me retins de dire que je ne comptais pas. Après tout, il n'y avait sans doute pas de diplôme d'adorateur officiel. Il suffisait d'être humain et je l'étais encore, même s'il m'arrivait d'en douter.

Il y avait toujours de la lumière dans la chambre de Jamie. Je me serais bien arrêtée mais Anselme continua tout droit pour me raccompagner à ma porte. Arrivée à ma chambre, je le remerciai une fois de plus, cherchant mes mots.

— C'était... très reposant.

Il hocha la tête.

— Oui, madame, c'est toujours ainsi.

J'allais refermer ma porte, mais il reprit :

— Tout à l'heure, je vous ai dit que le Saint-Sacrement n'était pas seul puisque que vous étiez là. Mais vous, *ma chère*, vous êtes-vous sentie seule ?

Je mis un certain temps avant de répondre.

— Non, je n'étais pas seule.

39

La rançon d'une âme

Le lendemain matin, comme à mon habitude, je me rendis dans la chambre de Jamie vérifier son état de santé. Murtagh surgit d'une alcôve juste à côté de sa porte, et me barra la route.

— Qu'est-ce qu'il y a ? m'inquiétai-je aussitôt. Qu'est-il arrivé ?

Ma panique devait être manifeste car Murtagh s'empressa de me rassurer.

— Il va bien, grogna-t-il. Enfin, disons plutôt qu'il ne va pas plus mal.

— Alors laissez-moi entrer !

Ses petits yeux se plissèrent d'un air embarrassé.

— Il ne veut pas vous voir pour le moment.

— Et pourquoi ça ?

Il hésita, cherchant les mots justes.

— Eh bien... il a décidé qu'il vaudrait mieux que vous le laissiez ici et que vous rentriez en Écosse. Il...

Je ne lui laissai pas le temps d'achever sa phrase. Le repoussant brutalement, j'entrai dans la chambre et claquai la porte derrière moi.

Jamie tressaillit quand j'effleurai son épaule. Son regard encore endormi était fuyant et ses traits hantés par les rêves. Je voulus saisir sa main mais il la retira. Avec un air misérable, il referma les yeux et enfouit son visage dans l'oreiller.

Je tirai doucement un tabouret et m'y assis.

— Je ne te toucherai pas, promis-je. Mais il faut que tu me parles.

J'attendis quelques minutes tandis qu'il restait immobile. Enfin, il soupira et se redressa péniblement, s'asseyant sur le lit.

— Oui, dit-il en évitant de croiser mon regard. Je suppose qu'il le faut. J'aurais dû le faire plus tôt... mais j'ai eu la lâcheté d'espérer que ce ne serait pas nécessaire.

Son ton était amer et il gardait la tête baissée.

— Je ne m'étais encore jamais considéré comme un lâche, mais je le suis. J'aurais dû forcer Randall à me tuer, mais je n'ai pas pu. Je n'avais plus aucune raison de vivre, mais je n'ai pas eu le courage de mourir. Je savais qu'il me faudrait te voir une dernière fois... pour te le dire, mais... Claire, mon amour... oh, mon amour.

Il prit l'oreiller à ses côtés et le serra contre lui comme pour se protéger, un substitut au réconfort que je ne pouvais lui apporter.

— Lorsque tu m'as quitté à Wentworth, reprit-il, j'ai écouté le bruit de tes pas sur les dalles et je me suis dit : « Je vais penser à elle. Je vais me concentrer sur le souvenir de sa peau, le parfum de ses cheveux, le contact de ses lèvres sur les miennes. Je penserai à elle jusqu'à ce que les portes s'ouvrent à nouveau. Et je penserai encore à elle en montant sur la potence demain matin pour me donner du courage jusqu'à la fin. »

Dans son cachot, il avait fermé les yeux et avait attendu. Quand il ne bougeait pas, la douleur était supportable. Même s'il la craignait, elle lui était familière. Il s'était résigné à l'endurance, espérant seulement que ses forces ne l'abandonneraient pas trop tôt.

Lorsque Randall était revenu, il avait traversé la pièce et était venu se placer derrière Jamie. Il avait posé une main sur sa nuque, puis avait arraché le clou dans sa main d'un geste brusque. Il lui avait ensuite donné un verre de cognac, l'aidant à boire en lui soutenant la tête.

— Il a pris ma tête entre ses mains et a léché les gouttes de cognac sur mes lèvres. Puis il a caressé mes cheveux, tout doucement, longuement. Je crois... je crois que je me suis alors endormi pendant un court instant.

Quand il s'était réveillé, il était nu comme un ver, couché sur le lit. Randall se tenait debout devant lui.

— J'avais promis de ne pas me débattre, mais je n'avais pas dit que je lui faciliterais la tâche. Je suis resté raide comme un morceau de bois. J'ai pensé : « Je le laisserai faire ce qu'il veut. Je penserai à autre chose, comme si ce n'était pas moi. » Il a pris un couteau et a traîné la lame en travers de mon torse. L'entaille n'était pas profonde, mais elle saignait un peu. Il m'a regardé un long moment. Puis il a trempé son doigt dans mon sang et l'a sucé, à petits coups de langue, comme un chat fait sa toilette. Il a souri d'un air très doux, puis il s'est penché sur moi et a léché la plaie. Je n'étais pas attaché, j'aurais pu le frapper, mais je n'ai pas bougé. Ça ne faisait pas vraiment mal, c'était une sensation... très étrange. Après quoi, il s'est redressé et s'est essuyé délicatement la bouche. Il m'a dit que... c'était délicieux. La blessure ne saignait presque plus, mais il l'a frottée avec la serviette pour la rouvrir. Ensuite, il a déboutonné son pantalon. Il s'est badigeonné le sexe avec mon sang, puis m'a dit que c'était mon tour d'y goûter.

Ensuite, Randall lui avait tenu la tête, l'aidant à vomir. Il avait essuyé doucement le visage avec un linge humide et lui avait donné un autre verre de cognac pour se rincer la bouche. Ainsi, tour à tour cruel et tendre, utilisant la douleur comme une arme, il avait progressivement détruit toutes les barrières de son corps et de son esprit.

Je voulais dire à Jamie d'arrêter, qu'il n'avait pas besoin d'en dire plus, qu'il ne *devait* pas en dire plus, mais je me mordis les lèvres et serrai mes mains l'une contre l'autre pour me retenir de le toucher.

Il me raconta la suite : les coups de fouet, précis et espacés, ponctués de baisers ; la douleur cuisante des brûlures, administrées pour le ranimer et l'obliger à faire face à de nouvelles humiliations. Il me raconta tout, avec des hésitations, des larmes parfois, des choses que je ne voulais pas entendre mais que je devais écouter, aussi silencieuse qu'un confesseur.

— Il ne se contentait pas de me faire mal, Claire, il me faisait l'amour. Il me faisait souffrir le martyre, mais pour lui c'était un acte d'amour. Et il m'a obligé à lui répondre... maudit soit-il ! il m'a fait aimer ça !

Son poing s'abattit violemment sur les montants du lit avec une rage impuissante.

— La... la première fois, il a été très doux. Il m'a enduit d'huile, la faisant pénétrer lentement dans ma peau, me massant tout le corps... me caressant doucement. Je ne pouvais pas m'empêcher d'être excité. Je ne voulais pas penser à toi, Claire. C'était... un blasphème. Je voulais t'effacer de mon esprit et rester... vide. Mais il ne l'entendait pas ainsi. Il parlait, sans arrêt. Parfois c'étaient des menaces, parfois des mots d'amour, souvent, il s'agissait de toi.

— Moi ? glapis-je.

— Oui. Il était très jaloux de toi, tu sais.

— Non, je ne le savais pas.

— Oh si ! Tout en me caressant, il me demandait : « Est-ce qu'elle fait ça pour toi ? Est-ce qu'elle sait t'exciter aussi bien que moi ? » Je ne voulais pas lui répondre... je ne pouvais pas. Alors, il me demandait ce que tu ressentirais en me voyant me faire... me faire...

Il se mordit la lèvre, incapable de poursuivre.

— Il me faisait souffrir, puis s'arrêtait et me caressait jusqu'à ce que je sois de nouveau excité... puis, tout d'un coup, il m'infligeait une douleur atroce et me pénétrait brutalement. Et pendant tout ce temps, il me parlait de toi, pour que je te garde constamment présente à l'esprit. J'ai lutté, mentalement, pour m'éloigner de lui, pour séparer mon esprit de mon corps, mais chaque fois la douleur me rattrapait, encore et encore, écrasant tous les obstacles mentaux que je dressais sur son chemin. Mon Dieu, j'ai essayé si fort, Claire, mais...

Il enfouit son visage entre ses mains.

— Je comprends maintenant pourquoi le jeune Alex MacGregor s'est pendu. J'aurais fait pareil si ce n'était pas un péché mortel. S'il a ruiné ma vie, il n'en sera pas de même au ciel. C'est que... tout est lié désormais dans ma tête. Claire, je ne peux plus penser à toi, ni même t'embrasser ou te toucher la main, sans être envahi de nouveau par la peur, la douleur et la nausée. Je reste là à penser que je vais mourir sans tes caresses, mais dès que tu me touches, j'ai envie de vomir de honte et du dégoût de moi-même. Je ne peux même pas te voir sans...

Il reposa sa tête sur ses genoux. Les tendons de son cou saillaient et sa voix était étranglée.

— Claire, je veux que tu partes. Retourne en Écosse, à Craigh na Dun. Rentre chez toi, chez ton... mari. Murtagh t'accompagnera, je le lui ai déjà demandé.

Il resta silencieux un long moment. Je ne bronchai pas.

— Je t'aimerai toute ma vie, reprit-il enfin. Mais je ne peux plus être ton mari et je ne saurais être autre chose pour toi. Je te désire tellement que j'en tremble, mais... mon Dieu, aidez-moi... j'ai peur de te toucher !

Je voulais aller vers lui, mais il m'arrêta d'un geste. Son menton tremblait et il faisait un effort surhumain pour se contenir.

— Je t'en prie, pars. Je... je vais être malade et je ne veux pas que tu me voies. Je t'en supplie.

Devant son ton implorant, je n'insistai pas. Pour la première fois de ma vie professionnelle, je laissais un malade livré à lui-même, seul et désemparé.

Une fois dans le couloir, je m'appuyai contre le mur, pressant mes joues en feu contre les pierres blanches et fraîches, ne prêtant pas attention aux regards perplexes de Murtagh et de frère Guillaume. « Mon Dieu, aidez-moi », avait-il dit. « Mon Dieu, aidez-moi... j'ai peur de te toucher ! »

Soit, pourquoi pas ? Après tout, je ne voyais personne d'autre.

Pour la seconde nuit consécutive, je fis une génuflexion dans l'allée centrale de la chapelle de saint Gilles. Anselme était là, sa silhouette élégante se dessinant seule près de l'autel. Il était immobile, tête baissée.

Je restai agenouillée un long moment, me laissant pénétrer par le silence et le calme de la chapelle. J'attendis que les battements de mon cœur épousent les rythmes de la nuit, puis me glissai vers un banc à l'arrière de la salle.

Je restai assise, droite, sans savoir par où commencer. Finalement, je déclarai brutalement et silencieusement : « J'ai besoin d'aide. S'il vous plaît. »

Puis je laissai le silence retomber autour de moi et j'attendis.

Il y avait une petite table près de la porte de la chapelle, sur laquelle étaient posés un bénitier, une bible et deux ou trois autres livres. Sans doute des ouvrages mystiques, destinés aux adorateurs qui trouvaient le temps long.

Cela commençait à être mon cas. J'allais chercher la bible et la rapportai sur mon prie-Dieu. Il y avait tout juste assez de lumière pour pouvoir lire les pages flétries.

« Hélas, je ne suis qu'un ver, pas un homme... Je suis vidé de ma substance ; mes membres sont disloqués ; mon cœur embrasé a fondu telle une cire brûlante en se déversant de mes entrailles. »

Excellent diagnostic, pensai-je. Mais existait-il un traitement ?

« Ne t'éloigne pas de moi, ô Seigneur ! ô mes forces, hâtez-vous de m'aider... Délivrez mon âme de l'épée ; sauvez l'être aimé des pouvoirs du chien. »

Hum. Voilà qui me paraissait plutôt hermétique.

Je passai au Livre de Job, le préféré de Jamie. Si quelqu'un était en position d'offrir un conseil avisé...

« Il le corrige sur son grabat par la souffrance, quand ses os tremblent sans arrêt ; quand sa vie prend en dégoût la nourriture et son appétit les friandises ; quand sa chair se consume à vue d'œil et qu'apparaissent ses os dénudés. »

Bien vu ! pensai-je.

« Quand son âme approche de la fosse et sa vie du séjour des morts. Alors qu'il se trouve près de lui un ange, un médiateur pris entre mille, qui rappelle à l'homme ses devoirs, le prenne en pitié et déclare : Exempte-le de descendre dans la fosse, j'ai trouvé la rançon pour sa vie. Sa chair retrouve alors une fraîcheur juvénile, il revient aux jours de son adolescence. »

Mais quelle était cette rançon qui pouvait racheter l'âme d'un homme, et délivrer mon bien-aimé des pouvoirs du chien ?

Je refermai le livre et mes yeux. Les mots se mélangeaient en moi. Une profonde tristesse m'envahit quand j'invoquai le nom de Jamie. Et pourtant, je ressentais un étrange calme tandis que je répétais inlassablement : « Seigneur, entre tes mains je remets l'âme de ton serviteur James. »

Il me vint à l'esprit que Jamie ne trouverait peut-être la paix que dans la mort. Lui-même avait prétendu vouloir mourir. J'étais certaine que, si je le quittais comme il me le demandait, il ne serait bientôt plus de ce monde, qu'il succombe aux effets secondaires de la torture et de la maladie, ou qu'il périsse dans une bataille quelconque. Et je savais qu'il en était lui aussi conscient. Devais-je faire ce qu'il me demandait ? Jamais ! « Jamais de la vie ! » hurlai-je mentalement à l'ostensoir resplendissant sur l'autel.

Il me fallut un certain temps pour me rendre compte que ma litanie n'était plus un monologue. Je compris soudain que je venais de répondre à une question que je ne me souvenais pas de m'être posée. Dans les transes de mon épuisement physique et mental, on m'avait demandé quelque chose. Je ne savais pas quoi au juste, mais j'avais répondu sans hésiter : « Oui, je le ferai. »

Ce fut comme si on avait placé un petit objet entre mes mains. Précieux comme une opale, lisse comme le jade, lourd comme un galet et plus fragile qu'un œuf de caille. Il ne m'était pas donné, mais confié. Un objet à chérir et à protéger.

J'esquissai une génuflexion devant ce que je qualifiai, à défaut d'autre terme, de « présence », et sortis de la chapelle, sans douter un instant que j'avais ma réponse, sans savoir ce qu'elle était exactement. Je savais uniquement que l'objet précieux que je tenais entre mes mains était une âme. La mienne ou celle d'un autre ? Je l'ignorais.

Les jours qui suivirent, l'état de Jamie s'aggrava encore. Sa fièvre grimpa, provoquée par l'infection de sa main droite.

En l'absence de sulfamides ou d'antibiotiques, la chaleur était le seul moyen de lutter contre la propagation des bactéries. Assistée par frère Polydore, je lui plongeais régulièrement la main dans une bassine d'eau très chaude. L'opération visait à fournir suffisamment de chaleur localement tout en conservant le reste du corps au frais pour éviter les lésions graves que pouvait engendrer une si forte fièvre.

Désormais, le moral et le confort de Jamie étaient secondaires. Notre priorité était de le garder en vie jusqu'à ce que l'infection et la fièvre aient suivi leur cours. Plus rien d'autre n'avait d'importance.

Le soir du second jour, il commença à délirer. Nous dûmes l'attacher pour l'empêcher de se fracasser le crâne contre le mur. En désespoir de cause, j'envoyai des moines chercher des seaux de neige que nous répandîmes autour de lui. Cela déclencha de violentes crises de tremblements qui le laissèrent éreinté, mais sa température baissa de quelques degrés.

Malheureusement, le traitement devait être répété toutes les deux heures. A l'aube, Polydore et moi pataugions dans une triste gadoue, les vêtements trempés et les mains glacées, morts d'épuisement malgré l'aide d'Anselme et de plusieurs autres frères.

Pendant ses moments de lucidité de plus en plus brefs, Jamie me suppliait de le laisser mourir. Comme la veille dans la chapelle, je lui répondais sèchement : « Jamais de la vie ! »

Le lendemain soir, la porte de la cellule s'ouvrit sur l'abbé, accompagné d'Anselme et de trois autres moines dont l'un portait une petite boîte en bois de cèdre. L'abbé Alexander s'approcha de moi, me bénit rapidement et m'attira à l'écart.

— Nous allons lui administrer l'extrême-onction, il n'y a pas lieu de vous alarmer.

Je lançai un regard paniqué vers le lit.

— L'extrême-onction ? Mais c'est pour les mourants !

— Allons, allons, disons plutôt qu'il s'agit d'une bénédiction pour les malades, bien qu'on la réserve à ceux qui sont en péril de mort.

Les moines avaient retourné délicatement Jamie sur le dos, arrangeant soigneusement ses draps et ses couvertures de façon à protéger ses épaules à vif.

— Le dernier sacrement a deux objectifs, me chuchota Anselme pendant que nous observions les préparatifs. D'abord, c'est un rite de guérison : nous prions pour que le souffrant recouvre la santé, si Dieu le veut. Le chrême, l'huile sainte, symbolise la vie et la guérison.

— Et si Dieu ne le veut pas ? demandai-je en connaissant déjà la réponse.

— Si Dieu décide qu'il ne doit pas se remettre, alors nous l'absolvons pour ses péchés et Lui recommandons son âme, afin qu'elle puisse partir en paix.

Comme je m'apprêtais à protester, il m'arrêta en posant une main sur mon bras.

— Ce sont les derniers rites de l'Église. Il y a droit, ils peuvent peut-être lui apporter la paix.

Cette nuit-là, je veillai avec frère Polydore au chevet du malade. Jamie flottait dans un état de semi-conscience. Ses lèvres étaient craquelées et il ne pouvait même plus parler, mais il ouvrait encore parfois des yeux voilés qui nous regardaient sans nous reconnaître.

Polydore se pencha vers moi.

— Il n'y a plus rien que vous puissiez faire pour lui, cette nuit. Allez prendre un peu de repos.

— Mais... commençai-je.

Il avait raison. Nous avions fait tout ce qui était en notre pouvoir. A présent, soit la fièvre baissait d'elle-même, soit Jamie mourait. Un corps aussi puissant soit-il ne pouvait endurer les ravages d'une aussi forte fièvre plus d'un jour ou deux. Et il lui restait bien peu de force pour résister à un tel siège.

— Je ne bougerai pas d'ici, insista-t-il. Allez vous coucher. Je vous appellerai si...

Sans finir sa phrase, il me poussa gentiment vers la porte.

Je restai éveillée sur mon lit, fixant les poutres du plafond. Mes yeux secs me brûlaient et je frissonnais comme sous l'effet de la fièvre. Était-ce là la réponse à ma prière... que nous mourions tous deux ensemble ?

Enfin, je me levai et allai chercher l'aiguière et la cuvette posées dans un coin près de la porte. Je plaçai la lourde vasque en terre cuite au milieu de la chambre et la remplis à ras bord. Ensuite, je me faufilai dans le couloir et me glissai discrètement dans l'atelier de frère Ambrose. J'en revins quelques minutes plus tard, les bras chargés de petits paquets d'herbes. J'en défis quelques-uns au-dessus du brasero. Une fumée parfumée au camphre et à la myrrhe s'éleva dans la pièce.

Je plaçai mon bougeoir près du miroir d'eau, puis m'assis confortablement et m'apprêtai à invoquer un fantôme.

Je frappai une seule fois contre la lourde porte et ouvris sans attendre la réponse.

Frère Roger était assis à son chevet, égrenant son chapelet en marmonnant à voix basse. Il acheva son Ave Maria avant de venir m'accueillir à la porte.

— Rien de nouveau, chuchota-t-il. Je viens juste de changer l'eau de la bassine.

Je posai une main sur son bras, adoptant le même ton feutré comme si Jamie avait pu nous entendre.

— J'aimerais rester seule avec lui, si ça ne vous ennuie pas.

— Bien sûr. Je vais aller à la chapelle, à moins que vous ne préfériez que je reste dans les parages...

— Non, non, allez à la chapelle, ou plutôt allez vous coucher. Je ne peux pas dormir de toute façon, je resterai avec lui jusqu'à demain matin. Si j'ai besoin d'aide, je viendrai vous chercher.

Il lança un regard hésitant vers le lit, mais il était lui-même épuisé. De lourds cernes se dessinaient sous ses yeux.

La porte se referma, me laissant seule avec Jamie. Seule, effrayée et très incertaine quant à ce que je me proposais de faire.

J'extirpai de sous ma chemise de nuit les objets volés dans l'atelier d'Ambrose : une fiole d'ammoniaque ; un sachet de lavande séchée ; un autre de valériane ; un petit encensoir ; deux boulettes d'opium. Et un poignard.

Je repoussai quelques instants la lourde tenture qui masquait la fenêtre, aérant la pièce. L'air frais caressa mes tempes, atténuant quelque peu le martèlement dans mon crâne, un martèlement qui n'avait pas cessé depuis que j'avais fixé mon regard sur le miroir d'eau.

Un gémissement sourd s'éleva derrière moi. Parfait ! Jamie n'était donc pas totalement inconscient.

Je laissai retomber la tenture et entamai la première phase de mon plan. Je glissai les boulettes d'opium dans l'encensoir, l'allumai et le posai sur la table de chevet de Jamie, veillant à ne pas inhaler les vapeurs odorantes qui s'en dégageaient.

Je dénouai le devant de ma chemise de nuit et me massai vigoureusement le corps avec la lavande et la valériane. Je m'en frottai également les mains et éparpillai les restes parfumés sur le sol.

Puis je sortis délicatement la main de Jamie qui trempait dans son bain d'eau chaude et la reposai sur le côté.

Rassemblant tout mon courage, je débouchai ensuite la fiole d'ammoniaque et l'agitai sous le nez de Jamie.

— Allez, sale bâtard d'Écossais ! m'écriai-je. Debout ! Montre-moi quelle tête de mule tu fais !

Jamie grogna et se détourna, mais n'ouvrit pas les yeux. Je passai une main sous sa nuque pour le forcer à se redresser et lui remis la fiole sous le nez. Il tressaillit et secoua violemment la tête de droite à gauche. Enfin, ses yeux s'entrouvrirent légèrement.

— Ce n'est pas fini, Fraser ! murmurai-je à son oreille en imitant de mon mieux l'accent aristocratique de Randall.

Jamie gémit et rentra les épaules. Je le saisis fermement par les bras et le secouai. Sa peau était brûlante.

— Réveille-toi, salaud d'Écossais. Je n'en ai pas terminé avec toi !

Il tenta péniblement de se redresser sur les coudes dans un effort d'obéissance qui me fendit le cœur. Ses lèvres gercées répétaient quelques paroles presque inaudibles qui semblaient être : « Je vous en prie, pas encore. »

A bout de force, il se laissa retomber sur le lit et roula sur le ventre. La chambre commençait à se remplir de vapeurs d'opium et ma tête me tournait.

Je serrai les dents et glissai une main dans la fente de ses fesses. Il poussa un hurlement, se roulant en boule, les deux mains jointes entre ses cuisses.

J'avais passé une heure dans ma chambre, penchée au-dessus de la vasque remplie d'eau, à invoquer des souvenirs de Black Jack Randall et de son descendant Frank. Deux hommes très différents, mais présentant une ressemblance physique frappante.

Faire resurgir Frank était douloureux. Je songeai à son visage, à sa voix, à ses petites manies, à sa façon de me faire l'amour. Après avoir fait mon choix dans le cercle de menhirs, j'avais tout fait pour l'effacer de ma mémoire, mais il était toujours là, comme une ombre tapie au fond de mon esprit.

Je savais que c'était le trahir, mais, ne voyant aucune autre solution, j'avais suivi les instructions de Geillis, faisant le vide en moi, me concentrant sur la flamme de la bougie, inhalant les vapeurs astringentes jusqu'à pouvoir le faire resurgir de l'ombre, voir son visage, sentir une fois de plus la caresse de sa main sans pleurer.

Il y avait un autre homme tapi dans l'ombre, avec les mêmes mains, le même visage, les yeux brillants à la lueur de la chandelle. Je l'avais fait resurgir lui aussi, observant, écoutant, notant leurs différences et leurs ressemblances, construisant un... quoi ? Un simulacre, une impression, une mascarade. Un visage flou, une voix chuchotée, une caresse amoureuse qui puissent tromper un esprit à la dérive, emporté par le délire.

En quittant ma chambre, j'avais fait une brève prière pour l'âme de la sorcière Geillis Duncan.

Jamie était à présent couché sur le dos, les yeux grands ouverts, sans paraître comprendre où il était ni qui j'étais.

Je le caressai de la manière que je connaissais si bien, traçant du doigt les contours de ses côtes, lentement, comme Frank l'aurait fait, puis appuyant fortement sur ses plaies comme j'étais sûre que l'autre l'aurait fait. Je me penchai sur lui et lui titillai l'oreille, léchant, dardant, lui chuchotant :

— Bats-toi ! Ne me laisse pas faire ! Défends-toi !

Ses muscles se raidirent et ses mâchoires se serrèrent, mais il continua à fixer droit devant lui.

Je pris le poignard sur la table et traînai la lame sur son torse le long de l'entaille fraîchement cicatrisée. Il retint son souffle et rentra les épaules. Prenant une serviette, je frottai vigoureusement la plaie où perlait le sang. Puis je mis un peu de sang sur mes doigts et les pressai sauvagement sur ses lèvres. Me penchant sur lui, je murmurai la phrase qui résonnait encore à mes oreilles :

— A présent, embrasse-moi.

Sa réaction fut immédiate. Il me projeta à travers la pièce et j'allai m'écraser contre la table, renversant une paire de candélabres. Poussant un rugissement inhumain, il se rua sur moi.

J'avais sous-estimé sa rapidité et sa force, même s'il titubait et se cognait aux meubles. Il me coinça entre le brasero et la table, et j'entendis son souffle rauque quand il me saisit par les cheveux et assena un coup de poing vers mon visage, qui m'aurait sûrement tuée si je ne l'avais esquivé de justesse.

Je rampai sous la table. En voulant m'attraper par un pied, il perdit l'équilibre et s'effondra sur le brasero. Des charbons ardents roulèrent sur le plancher. Je saisis l'oreiller et me précipitai pour étouffer les braises. Du coup, je ne le vis pas venir et un violent coup sur le crâne m'envoya à plat ventre de l'autre côté de la pièce. Je tentai de me protéger derrière le lit de camp, essayant de reprendre mes esprits. Je l'entendis me chercher dans la pénombre en marmonnant des imprécations incohérentes en gaélique. Soudain, il m'aperçut et se jeta vers le lit, roulant des yeux déments.

Je ne saurais dire combien de fois cette scène se répéta. Dix, douze peut-être ? Chaque fois, les mains brûlantes de Jamie se refermèrent sur mon cou. Chaque fois je parvins à me dégager *in extremis*, battant en retraite entre les fragments de meubles brisés, esquivant les coups, plongeant à terre, rampant sous le lit.

N'étant plus protégés par le brasero, les charbons s'éteignirent peu à peu. Bientôt, la chambre fut plongée dans l'obscurité. Dans les derniers éclats de lumière, je l'aperçus, accroupi dans un coin, couvert de sang, son sexe dressé entre ses cuisses, le visage blafard, ses yeux lançant des éclairs assassins. On aurait dit un de ces démons venus du Nord, jaillissant de leurs vaisseaux en forme de dragon pour tuer, piller et incendier. Des hommes qui auraient utilisé leur dernier souffle pour semer la mort, violer et planter leur graine de violence dans le ventre des vaincues.

Nous nous tînmes un moment immobiles dans le

noir, haletant, chacun écoutant la respiration de l'autre, l'esprit embué par l'opium.

Mes membres étaient lourds et j'avais de plus en plus de mal à me mouvoir. J'avais l'impression d'être en train de marcher dans l'eau jusqu'à mi-cuisse, poursuivie par un monstrueux poisson. Je levai les genoux, sentant l'eau éclabousser mon visage.

Soudain une poigne d'acier m'enserra le gras du bras. Le monstre marin m'avait rattrapée. Il me plaqua contre le mur. Je sentais la morsure de la pierre dans mon dos, aussi dure que le corps qui m'écrasait et le genou qui remontait entre mes cuisses, un corps de pierre et d'os qui me déchira les entrailles d'un violent coup de reins.

Nous roulâmes enlacés sur le sol, renversant au passage les rares meubles encore debout, nous prenant dans la tenture qui céda et s'effondra, laissant entrer dans la chambre un vent de fraîcheur. Les vapeurs de folie commencèrent à se dissiper.

La main de Jamie était agrippée à mon sein, ses ongles s'enfonçant dans ma chair. Il y avait quelque chose d'humide contre ma joue. Des larmes ou de la sueur ? Quand j'ouvris les yeux, Jamie me regardait. Sa main se détendit et il suivit d'un doigt le contour de mon sein.

— M-m-maman ? hésita-t-il.

Les poils se hérissèrent sur ma nuque. Il avait parlé de la voix claire et aiguë d'un petit garçon.

Je caressai sa joue.

— Chut... fis-je. Dors, mon petit, dors.

Son menton se mit à trembler et je serrai fort contre moi ce grand homme qui sanglotait comme un enfant.

Fort heureusement, ce fut l'imperturbable frère Guillaume qui nous découvrit le lendemain matin. Je me réveillai, groggy, en percevant vaguement le grincement de la porte, puis sursautai soudain, parfaitement consciente, en l'entendant se racler la gorge et lancer d'une voix claire :

— Bonjour, tout le monde !

La tête de Jamie pesait lourdement sur mon ventre, ses mèches emmêlées et durcies par la sueur et le sang étalées sur mes seins comme les pétales d'un chrysanthème chinois.

La lumière du jour se déversait à flots par la fenêtre, révélant l'étendue des dégâts que je n'avais que devinés la veille : le sol était jonché de débris de meubles, les deux grands candélabres gisaient comme des branches mortes au milieu de la tenture déchirée et des draps éparpillés un peu partout.

Frère Guillaume se tint immobile sur le seuil, tenant une aiguière et une cuvette. Le regard diplomatiquement fixé sur le front de Jamie, il demanda :

— Comment vous sentez-vous, ce matin ?

Après un silence relativement long, ce dernier répondit :

— J'ai faim.

— Ah, fort bien ! Je vais de ce pas prévenir frère Joseph.

Sur ce, il referma la porte sans bruit.

— Ouf ! Merci de ne pas avoir bougé ! remerciai-je Jamie. Je m'en voudrais d'avoir donné des idées impures à frère Guillaume.

Jamie releva précautionneusement la tête et me dévisagea attentivement :

— Je ne sais si j'ai rêvé une grande partie de ce qui s'est passé la nuit dernière, mais si la moitié de ce dont je me souviens est réellement arrivé, il me semble que je devrais être mort.

— Tu ne l'es pas.

Non sans une certaine hésitation, j'ajoutai :

— Tu souhaiterais l'être ?

Il esquissa une petite grimace.

— Non, *Sassenach*. Non.

Ses traits étaient tirés mais paisibles. Les rides autour de sa bouche avaient disparu et son regard bleu était clair.

— Tu peux te lever ?

Il réfléchit quelques instants, puis fit non de la tête.

Je m'extirpai de sous lui et refis le lit avant d'essayer de le hisser. Il parvint à tenir debout quelques secondes avant que ses genoux ne flanchent, et il s'effondra évanoui sur le matelas. Je cherchai frénétiquement son pouls. Il était lent mais audible. Après un mois d'emprisonnement et une semaine d'intense surmenage physique et mental, de jeûne et de fièvre, cette carcasse vigoureuse était finalement arrivée au bout de ses ressources.

— Un cœur de lion, soupirai-je, et un crâne de bœuf. Il ne te manque plus que la peau d'un rhinocéros.

Il ouvrit un œil.

— Qu'est-ce qu'un rhinocéros ?

— Je te croyais évanoui !

— Je l'étais. Je le suis encore. J'ai la tête qui tourne comme une toupie.

Je rabattis les couvertures jusque sous son menton.

— Ce qu'il te faut à présent, c'est de la nourriture et du repos.

— Et toi, ce qu'il te faut, ce sont quelques vêtements ! Refermant l'œil, il s'endormit promptement.

40

L'absolution

Je ne me souvenais pas d'avoir retrouvé le chemin de mon lit, mais j'avais bien dû y parvenir d'une manière ou d'une autre, car c'est là que je me réveillai. Anselme était assis près de la fenêtre, en train de lire.

— Jamie ? demandai-je d'une voix rauque.

— Il dort.

Il reposa son livre.

— Vous savez que vous avez dormi pendant trente-six heures, *ma belle*[1] ?

Il saisit une cruche en terre cuite et remplit un verre qu'il porta à mes lèvres. En d'autres temps et lieu, j'aurais considéré boire du vin au lit avant même de s'être brossé les dents comme le comble de la décadence. Mais dans un monastère, en compagnie d'un franciscain en robe, le geste me parut moins scandaleux. En outre, le vin dissipa le goût pâteux que j'avais dans la bouche.

Je voulus me lever et retombai assise sur le bord du lit. La chambre tanguait dangereusement. Anselme me

1. En français dans le texte. *(N.d.T.)*

rattrapa par le bras et m'aida à me rallonger. Je lui voyais quatre yeux et beaucoup plus de nez et de bouches que nécessaire.

— Ce n'est rien, juste un étourdissement, dis-je en fermant les yeux.

Quand je les rouvris, il n'y avait plus qu'un Anselme, quoique encore un peu flou.

— Voulez-vous que j'appelle frère Ambrose ou frère Polydore ? Je ne m'y connais pas très bien en médecine, malheureusement.

— Non, merci, je n'ai besoin de rien. Je me suis simplement levée trop vite.

Je réessayai, plus lentement cette fois. Entre-temps, la chambre avait retrouvé un aspect plus ou moins normal. Je pris conscience d'un certain nombre de points douloureux éparpillés sur mon corps. En voulant m'éclaircir la gorge, je découvris qu'elle me brûlait terriblement. Je tendis une main vers la psyché sur la table de nuit, puis me ravisai. Je n'étais pas prête pour un quelconque choc.

Anselme semblait très inquiet. Il hésitait entre la porte et le lit, ne sachant s'il devait demander du renfort. Une fois convaincu que je n'allais pas tourner de l'œil, il se rassit. Je terminai lentement mon verre de vin, essayant de dissiper les effets secondaires des rêves induits par l'opium.

Ils avaient été chaotiques, remplis de violence et de sang. J'avais rêvé à plusieurs reprises que Jamie était mort ou mourant. A un moment donné, l'image du garçon gisant dans la neige avait surgi du brouillard, son visage rond et surpris se superposant à celui, tuméfié, de Jamie. Parfois, son petit semblant de moustache réapparaissait sur le visage de Frank. Je me souvenais distinctement de les avoir tués tous les trois. J'avais l'impression de sortir d'une nuit de massacre et de boucherie.

Anselme m'observait patiemment, les mains sur les genoux.

— Mon père, j'ai besoin de vos services.

Il se leva aussitôt, ravi de pouvoir être utile.

— Mais naturellement ! Encore un peu de vin ?

Je souris faiblement.

— Oui, mais tout à l'heure. Pour le moment, je voudrais que vous m'entendiez en confession.

Il me regarda, déconcerté, mais son professionnalisme prit rapidement le dessus.

— Mais certainement, *chère madame*, si vous le souhaitez. Mais ne préféreriez-vous pas que j'appelle frère Gérard ? C'est un excellent confesseur, alors que je...

— C'est vous que je veux, dis-je fermement. Et je voudrais le faire tout de suite.

Il poussa un soupir résigné et partit chercher son étole. Quand il revint, il s'assit le dos raide, son écharpe de soie violette tombant droit sur ses épaules, et attendit.

Je lui racontai tout. Qui j'étais, d'où je venais et comment. Je lui parlai de Frank, de Jamie et du jeune soldat anglais mort le visage dans la neige.

Il ne broncha pas, seuls ses grands yeux bruns s'arrondissaient parfois. Lorsque j'eus terminé, il cligna deux ou trois fois des yeux, ouvrit la bouche, la referma, puis secoua la tête comme pour s'éclaircir les idées.

— Non, lui dis-je. Vous n'entendez pas des voix. Et vous n'êtes pas non plus en proie à des hallucinations. Vous comprenez maintenant pourquoi je tenais à vous parler dans le secret de la confession ?

— Oui, oui, naturellement... Vous vouliez être sûre que je ne le répéterais à personne. En outre, puisque vous êtes protégée par le sacrement... vous pensiez que je vous croirais, mais...

Il se gratta le crâne, puis un large sourire illumina son visage.

— Mais c'est extraordinaire ! s'exclama-t-il. C'est merveilleux !

— « Merveilleux » n'est peut-être pas le terme que j'emploierais, répondis-je sèchement. Mais c'est effectivement extraordinaire.

Du coup, je me servis un autre verre de vin.

— Mais non, c'est plus que cela. C'est un... miracle ! poursuivit-il, se parlant à lui-même.

— Si vous insistez, soupirai-je. Mais ce qui m'intéresse, c'est : suis-je coupable de meurtre ? d'adultère ? Non pas que j'y puisse grand-chose à présent, mais j'aimerais quand même savoir. Et, puisque je suis là, devrais-je utiliser ce que je sais pour... changer le cours des choses ? Je ne sais même pas si c'est possible. Mais, le cas échéant, en ai-je le droit ?

Il se balança sur sa chaise, réfléchissant. Il joignit ses deux index et les contempla un long moment. Enfin, il se tourna vers moi avec un sourire.

— Je ne sais pas, *ma bonne amie*. Vous conviendrez que ce n'est pas une situation qu'on s'attend à rencontrer dans un confessionnal. Il faut que j'y réfléchisse, et que je prie. Cette nuit, j'examinerai votre cas pendant ma veille devant le Saint-Sacrement. Et je serai peut-être en mesure de vous conseiller demain.

Il me fit signe de m'agenouiller.

— Pour le moment, mon enfant, je vous absous. Quels que soient vos péchés, ayez la foi et ils vous seront pardonnés.

Il plaça une main sur mon front et fit le signe de croix de l'autre.

— *Te absolvo, in nomine Patri, et Filii...*

Puis il m'aida à me relever.

N'ayant pas la foi, j'avais utilisé la confession pour l'obliger à m'écouter et à me prendre au sérieux. Je découvris avec stupeur que je me sentais soudain déchargée d'un lourd fardeau. Sans doute était-ce le soulagement d'avoir enfin pu dire la vérité à quelqu'un.

— A demain donc, *chère madame*. Vous devriez vous reposer encore un peu.

Il se dirigea vers la porte, pliant soigneusement son étole en carré. Sur le seuil, il hésita et se tourna vers moi avec un sourire. Une lueur d'excitation enfantine brillait dans ses yeux.

— Et peut-être que demain... vous me direz quel effet ça fait ?

Je souris à mon tour.

— Oui, mon père. Je vous raconterai.

Lorsqu'il fut parti, je filai dans la chambre de Jamie. J'avais déjà vu des cadavres avec une bien meilleure mine, mais sa poitrine se soulevait et s'abaissait régulièrement et il avait perdu son vilain teint verdâtre.

Frère Roger était en train de remettre les draps en ordre.

— Je le réveille toutes les deux heures pour lui faire boire du bouillon, expliqua-t-il.

Se tournant vers moi, il vit mes traits dévastés et sursauta.

— Vous en voulez peut-être un peu ?

— Non, merci, mon père, je crois... je crois que je vais retourner dormir encore un peu.

Jamie dormit les deux jours suivants, n'ouvrant les yeux de temps à autre que pour avaler du bouillon ou du vin. Une fois réveillé, il entama une convalescence normale, comme tout jeune homme vigoureux qui se trouve soudain privé de l'indépendance et de la force qu'il tenait pour acquises. En d'autres termes, il se laissa dorloter pendant vingt-quatre heures, après quoi il devint tour à tour agité, nerveux, irascible, caustique, revêche et de fort méchante humeur.

Les plaies de ses épaules le cuisaient. Les cicatrices de ses jambes le démangeaient. Il n'en pouvait plus d'être couché sur le ventre. Il faisait trop chaud dans la pièce. Il avait mal à la main. La fumée du brasero lui piquait les yeux. Il en avait par-dessus la tête du bouillon, de la bouillie et du lait. Il voulait de la viande.

Soulagée, je reconnus là les symptômes de la guérison, mais ma patience avait ses limites. J'ouvris la fenêtre pour aérer la pièce, changeai ses draps, appliquai un baume au souci sur son dos et massai ses jambes avec du jus d'aloès. Puis j'appelai un frère et lui demandai du bouillon.

— Je ne veux plus de cette horreur ! hurla-t-il. Je veux de la nourriture, de la vraie !

Il repoussa brutalement le plateau en éclaboussant les draps.

Je croisai les bras et le toisai. Un regard impérieux bleu acier me répondit. Il était maigre comme un clou. Les os de ses mâchoires et de ses pommettes saillaient sous la peau. Même s'ils se régénéraient rapidement, les nerfs à vif de son estomac n'étaient pas encore totalement guéris. Il lui arrivait encore de vomir le bouillon et le lait.

— Tu auras de la nourriture solide quand je te le dirai et pas avant, l'informai-je.

— J'en veux maintenant ! Ce n'est pas à toi de me dire ce que je dois manger !

— Ah, non ? m'énervai-je. Je te rappelle que c'est moi le médecin !

Il s'assit sur le bord du lit, avec l'intention manifeste de se lever. Je posai une main sur sa poitrine et le repoussai en position couchée.

— Pour une fois dans ta vie, tu feras ce qu'on te dit, et je te dis de rester au lit. Tu n'es pas encore en état de te lever. Frère Roger m'a dit que tu avais encore vomi, ce matin.

— Frère Roger ferait mieux de s'occuper de ses affaires, et toi aussi, siffla-t-il entre ses dents.

Il profita de ce que j'avais le dos tourné pour prendre appui sur la table de nuit et se hisser debout. Il se tint là, se balançant sur ses jambes.

— Recouche-toi ! Tu vas tomber !

Il était d'une pâleur alarmante et le simple effort de tenir debout le faisait transpirer.

— Je ne tomberai pas. Et quand bien même, c'est mon affaire !

Je fulminai.

— Ah, c'est comme ça ! explosai-je. Et qui à ton avis t'a sauvé la vie, hein ? Tu crois peut-être y être arrivé tout seul ?

Je saisis son bras pour le remettre au lit mais il se dégagea.

— Je ne t'avais rien demandé ! Je t'ai même suppliée de me laisser ! Et puis je me demande pourquoi tu t'es fatiguée à me sauver la vie si c'est pour me laisser mourir de faim ! A moins que ce ne soit pour le plaisir de me voir souffrir.

— Sale ingrat !

— Mégère !

Je pointai un doigt menaçant vers le lit. Rassemblant toute mon autorité d'infirmière, j'ordonnai :

— Retourne te coucher immédiatement, espèce de crétin d'entêté...

— ... d'Écossais, termina-t-il à ma place.

Il fit un pas vers la porte et se rattrapa de justesse à un tabouret. Il se laissa tomber dessus, le regard vague.

— D'accord, vociférai-je. Je vais te faire monter de la viande et du pain, mais lorsque tu auras vomi le tout, ce sera ton tour de te mettre à quatre pattes pour nettoyer le parquet ! Ne compte pas sur moi pour t'aider. Et si frère Roger s'avise de le faire, je l'écorcherai vif !

Je sortis en claquant la porte, juste avant que la cuvette en porcelaine ne s'écrase contre le mur. Je me trouvai nez à nez avec frère Roger et Murtagh, sans doute attirés par le vacarme. Le moine avait l'air déconcerté, mais un large sourire fendit le visage de fouine de Murtagh tandis que s'élevait une longue litanie d'obscénités en gaélique de l'autre côté de la porte.

— Il va mieux, à ce que je vois, dit-il d'un air satisfait.

— Nettement mieux, rétorquai-je, les joues en feu.

En revenant d'une matinée passée dans l'herbarium, je croisai Anselme sortant du cloître. Son visage s'illumina en m'apercevant et il hâta le pas pour me rejoindre. Nous nous promenâmes dans les jardins de l'abbaye, tout en discutant.

— Votre cas est décidément fort intéressant, m'affirma-t-il. J'y vois deux aspects distincts....

Il s'interrompit pour effleurer du bout des doigts les feuilles d'un buisson de roses, secouant la tête d'un air stupéfait.

— J'ai encore du mal à y croire ! C'est... tellement sidérant ! Vraiment, je ne peux que remercier Dieu de m'avoir donné l'occasion d'entendre un tel témoignage.

— Hum... J'aimerais pouvoir en dire autant.

— Mais pourquoi pas ? C'est une aubaine ! Certes, ces circonstances vous ont mise dans des situations... délicates.

— C'est le moins qu'on puisse dire.

— Mais pourquoi ne pas les considérer comme le signe d'une faveur divine ? La nuit dernière, agenouillé devant le Saint-Sacrement, j'ai prié pour votre salut. Et, assis seul dans la chapelle, je vous ai soudain vue comme une naufragée. Une âme rejetée par les vagues sur une terre étrangère, sans amis, sans parents, sans autres ressources que celles offertes par cette nouvelle terre. Une telle occurrence est une catastrophe, naturellement, mais elle peut également devenir une bénédiction. Et si cette nouvelle terre était pleine de promesses, l'occasion rêvée de se faire de nouveaux amis et de commencer une nouvelle existence ?

— Oui, mais...

— Estimant que vous aviez été spoliée dans votre ancienne vie, Dieu a peut-être décidé de vous en offrir une autre, plus riche et plus pleine.

— Oh, pour être pleine, elle l'est ! Mais...

— Du point de vue du droit canon, vos deux mariages ne posent aucun problème. Tous deux sont légaux, consacrés par l'Église. En outre, à strictement parler, votre mariage avec M. Fraser est antérieur à celui avec M. Randall.

— Oui, à strictement parler, convins-je, trop heureuse de pouvoir enfin terminer une phrase. Mais pas à *mon* époque. Je ne pense pas que le droit canon ait été écrit en tenant compte de ce cas de figure.

Anselme se mit à rire.

— C'est exact, *ma chère*, tout à fait exact. Je voulais dire par là que, d'un point de vue strictement juridique, vous n'avez commis aucun crime vis-à-vis de ces deux hommes. Ce sont là les deux aspects auxquels je faisais allusion tout à l'heure : il y a ce que vous avez fait, et ce que vous *allez* faire.

Il me prit la main et me força à m'asseoir sur le banc à côté de lui.

— C'est bien ce que vous me demandiez hier en vous confessant, non ? Qu'ai-je fait ? Que dois-je faire ?

— Oui. Et vous êtes en train de me dire que je n'ai rien fait de mal ? Mais j'ai...

Décidément, il était pire que Dougal MacKenzie pour ce qui était d'interrompre les gens.

— On peut fort bien agir en accord avec la loi de Dieu et sa conscience et être néanmoins confronté à la tragédie et aux difficultés. Hélas, nous ignorons pourquoi *le bon Dieu* [1] permet le mal, mais nous avons Sa parole qu'il existe. Il est écrit dans la Bible : « J'ai créé le bien et j'ai créé le mal. » Par conséquent, il arrive que des gens de bien, et particulièrement ces gens, soient confrontés à de grandes difficultés au cours de leur existence. Par exemple, ce jeune homme que vous avez dû tuer. Vous n'aviez guère le choix, vu les circonstances. Même notre sainte mère l'Église — qui nous enseigne que la vie est sacrée — reconnaît le droit de se

1. En français dans le texte. *(N.d.T.)*

défendre et de défendre sa famille. Et, étant donné l'état de votre mari, je ne doute pas que vous ayez été obligée d'avoir recours à la violence. Cela dit, vous n'avez rien à vous reprocher. Naturellement, comme vous êtes une personne de grande compassion et sensibilité, vous ressentez de la pitié et du remords, c'est tout naturel.

Il me tapota le genou en guise de réconfort.

— Parfois, nos meilleures intentions ont des résultats regrettables. Vous ne pouviez pas faire autrement. Nous ignorons quels étaient les projets de Dieu pour ce jeune homme. Qui sait si ce n'était pas Sa volonté que cet enfant Le rejoigne aux cieux ? Mais vous n'êtes pas Dieu.

Une brise fraîche s'était levée. Je frissonnai et rabattis mon châle sur mes épaules. Remarquant mon geste, Anselme me montra le grand bassin qui s'étendait dans les jardins derrière nous.

— L'eau est chaude, madame. Pourquoi ne pas y tremper vos pieds ?

— Chaude ? m'étonnai-je.

Pour illustrer ses propos, Anselme ôta ses sandales. Si cultivés que puissent être ses manières et son visage, il avait des pieds trapus et carrés de paysan normand. Retroussant sa robe jusqu'aux genoux, il plongea les pieds dans l'eau.

Je l'imitai et trempai prudemment un orteil dans le bassin. A ma grande surprise, l'eau était d'une tiédeur très agréable.

— Il y a plusieurs sources chaudes près de l'abbaye, expliqua Anselme. Elles ont de grandes vertus médicales.

Le soleil réapparut derrière les nuages et nous barbotâmes en silence un long moment. Anselme ferma les yeux, laissant les rayons de lumière réchauffer son visage.

— Votre premier mari, reprit-il soudain, comment s'appelait-il déjà... Frank ? Il fait partie de ces choses regrettables auxquelles vous ne pouvez rien.

— Mais j'aurais pu faire quelque chose, objectai-je. J'aurais pu peut-être revenir.

Il ouvrit un œil et me regarda d'un air sceptique.

— Oui, « peut-être ». Mais peut-être pas. Vous ne pouvez vous blâmer d'avoir hésité à risquer votre vie.

— Ce n'était pas le risque. Enfin... pas entièrement. C'est vrai que j'ai eu peur, mais c'est surtout que... je ne pouvais pas quitter Jamie. Non... je ne pouvais pas m'y résoudre.

Anselme sourit.

— Une union heureuse est un précieux cadeau de Dieu. Vous avez eu le bon sens de reconnaître et d'accepter ce cadeau, il n'y a rien de mal à cela. En outre, vous êtes partie de chez vous il y a près d'un an. Votre mari a eu le temps de se remettre de votre disparition. Nous sommes tous amenés un jour ou l'autre à pleurer la perte d'un être cher, mais nous avons en nous les moyens de surmonter notre chagrin. Aussi fort ait été son amour pour vous, il a sans doute commencé à refaire sa vie. A quoi vous servirait-il de quitter un homme que vous aimez, et auquel vous êtes unie par les liens sacrés du mariage, pour aller perturber la vie d'un autre homme qui ne vous attend plus ?

Se tournant vers la façade de l'abbaye, il ajouta sur un tout autre ton :

— Quant à ce que vous devez faire à présent, je propose que nous en discutions dans les cuisines, où nous pourrons peut-être convaincre frère Eulogius de nous offrir une boisson chaude.

J'acceptai avec empressement et il m'offrit son bras.

— Vous ne pouvez pas savoir quel soulagement c'est pour moi de pouvoir parler de tout ça, lui confiai-je. Je ne me suis pas encore faite à l'idée que vous m'ayez crue.

— *Ma chère*, je sers un homme qui multipliait les petits pains et marchait sur l'eau. Pourquoi m'étonnerais-je que le maître de l'éternité ait jugé bon de faire voyager une jeune femme à travers les pierres ?

Frère Eulogius, les bras dans la pâte à pain jusqu'aux coudes, nous accueillit chaleureusement et appela un des frères mitrons pour qu'il nous serve à boire. Nous nous assîmes dans un petit coin à l'écart devant deux verres de vin et un plat contenant un gâteau encore chaud. Je le poussai vers Anselme, trop préoccupée pour avoir faim.

— Le problème est le suivant, commençai-je. Admettons que je sache que de graves maux vont s'abattre sur un groupe de personnes, dois-je essayer de les en prévenir ?

Anselme se frotta le nez du revers de sa manche, songeur.

— En principe, oui, mais tout dépend d'un certain nombre de choses : Quels sont les risques que vous encourez ? Quelles sont vos autres obligations ? Et quelles sont vos chances de réussir ?

— Je n'en ai pas la moindre idée. Pour ce qui est des obligations, il y a Jamie. Il fait partie du groupe en question.

Il coupa un morceau de gâteau et me le tendit.

— Ces deux hommes que j'ai tués, repris-je, ils auraient peut-être eu des enfants. Ils auraient pu faire... je ne sais pas... tout un tas de choses. Qui sait ? En les tuant, j'ai altéré l'avenir, mais je ne sais pas de quelle manière, c'est ce qui m'effraie le plus.

Anselme fit signe à un des frères qui passait par là, et celui-ci s'empressa de nous apporter un nouveau plat et de remplir nos verres.

— Si vous avez interrompu des vies, objecta le franciscain, vous en avez préservé d'autres. Combien des personnes que vous avez soignées seraient mortes sans votre intervention ? Elles aussi altéreront l'avenir. Et si l'une de ces personnes commet plus tard un grave méfait ? En serez-vous responsable ? Auriez-vous dû la laisser mourir pour autant ? Certainement pas. Vous dites avoir peur d'altérer l'avenir. C'est absurde. Nous commettons tous des actes qui modifient l'avenir. Si vous étiez restée à votre place, vos actes auraient eu une influence sur le cours de ce qui allait suivre, tout comme aujourd'hui. Vous avez ici les mêmes responsabilités que vous auriez eues dans votre autre vie, celles que tout homme a vis-à-vis de son temps. La seule différence, c'est que vous êtes davantage en mesure de savoir quels effets auront vos actes, mais ce n'est pas certain.

» Si les voies du Seigneur sont impénétrables, poursuivit-il avec un soupir, c'est sans doute pour une bonne raison. Vous disiez vrai, *ma chère*, les lois de l'Église n'ont pas pris en considération des situations telles que la vôtre. Aussi, vous ne pouvez vous reposer que sur votre conscience et sur la main de Dieu. Je ne peux pas vous dire ce que vous devez faire, ou ne pas faire. Vous êtes libre de vos choix, comme nous tous. Si je ne m'abuse, l'histoire n'est que la somme de tous nos actes réunis. Certains sont choisis par Dieu pour influer sur le destin de leurs semblables. C'est peut-être votre cas, peut-être pas. Comme vous, j'ignore pourquoi vous êtes ici, et nous ne le saurons probablement jamais ni l'un ni l'autre.

Il roula des yeux en faisait une grimace comique.

— Parfois, je ne sais même pas pourquoi *je* suis ici !

Je me mis à rire et il me répondit par un petit sourire. Puis il se pencha vers moi et déclara d'un air grave :

— Votre connaissance du futur est un outil, comme une canne à pêche ou un couteau tombant entre les mains d'un naufragé sur une île déserte. Il n'y a rien d'immoral à vous en servir tant que vous le faites conformément aux préceptes du Christ.

Il se redressa et prit une profonde inspiration.

— Voilà, *ma chère madame*, tout ce que je peux vous dire. Ce n'est rien de plus que ce que je pourrais dire à n'importe quelle âme troublée me demandant conseil : ayez confiance en Dieu et priez qu'Il vous guide.

Il poussa le plat vers moi avant d'ajouter :

— Mais, quoi que vous fassiez, vous aurez besoin de forces. Aussi, un dernier conseil : ne doutez jamais le ventre vide !

En repassant dans la chambre de Jamie ce même soir, je le trouvai profondément endormi. Le bol de bouillon vide reposait sur son plateau, à côté d'une assiette de viande et d'une miche de pain, intactes. Mon regard alla plusieurs fois du visage innocent du bel endormi au plateau. Puis j'effleurai le pain. Il était frais.

Je le laissai dormir et me mis à la recherche de frère Roger. Je le trouvai à l'office.

— Il a mangé son pain et sa viande ? demandai-je sans préliminaires.

— Oui.

— Il les a gardés ?

— Non.

Je l'examinai d'un air soupçonneux.

— Vous ne l'avez pas aidé à nettoyer, j'espère ?

Il esquissa une moue amusée, ses petits yeux pétillant de malice.

— Oh, je n'aurais pas osé ! Non, il avait pris la précaution de faire placer une cuvette à côté du lit.

Je me mis à rire malgré moi. Je retournai au chevet du malade et déposai un baiser sur son front. Il remua légèrement mais ne se réveilla pas. Suivant le conseil de frère Anselme, je pris l'assiette de viande et la miche de pain et les emportai dans ma chambre.

Décidant de laisser à Jamie le temps de se remettre, tant de son indigestion que de sa mauvaise humeur, je passai la matinée du lendemain dans ma chambre à feuilleter un herbier que frère Ambrose m'avait prêté. Après le déjeuner, j'allai rendre visite à mon malade récalcitrant. Au lieu de Jamie, je trouvai Murtagh se balançant sur un tabouret, une expression ahurie sur le visage.

— Où est-il passé ? demandai-je en fouillant la pièce des yeux.

Murtagh me montra la fenêtre du pouce.

— Il est sorti ? glapis-je, suffoquée. Où ? Pourquoi ? Qu'est-ce qu'il avait sur le dos ?

Murtagh eut une moue lasse et compta sur ses doigts.

— Ça fait beaucoup de questions à la fois. Un : oui, il est sorti. Deux : où ? J'en sais foutre rien. Trois : pourquoi ? Il a dit qu'il en avait assez d'être enfermé. Quatre : il ne portait strictement rien la dernière fois que je l'ai vu.

Il replia ses doigts et ajouta :

— Vous ne me l'avez pas demandé, mais il est parti il y a environ une heure.

— Mais comment avez-vous pu le laisser sortir ? vociférai-je. Et que voulez-vous dire par « Il ne portait strictement rien » ?

— J'ai bien essayé de le retenir. Je lui ai dit qu'il n'était pas encore en état, que vous alliez m'arracher les yeux et qu'il devrait d'abord me marcher sur le corps.

Sautant du coq à l'âne, il enchaîna, les yeux tournés vers la fenêtre :

— Ellen MacKenzie avait le sourire le plus doux que j'aie jamais vu.

— Qu'est-ce que sa mère vient faire là-dedans ?

— Quand j'ai refusé de le laisser passer, le gamin m'a souri exactement comme sa mère, et puis il a enjambé la fenêtre nu comme un ver. Avant que j'aie pu dire quoi que ce soit, il avait disparu.

Je levai les yeux au ciel.

Je suivis la seule route qui s'enfonçait au milieu des terres et le découvris à près d'un kilomètre des portes de l'abbaye, assis tranquillement sur une borne romaine. Il était pieds nus, mais s'était dégoté un vieux pourpoint taché et des culottes de peau tombant à mi-mollet, appartenant sans doute à un des palefreniers.

J'arrêtai mon cheval à sa hauteur et déclarai d'un ton dégagé :

— Tu as le bout du nez tout bleu, et les pieds aussi.

Il grimaça et s'essuya le nez du dos de la main.

— Mes burnes aussi, tu veux les réchauffer ?

Apparemment, il était de meilleure humeur.

— Tu es disposé à rentrer ou non ? demandai-je en m'efforçant de rester calme.

— Conduis ton cheval jusqu'à ce grand chêne, là-bas, et attends-moi. Je veux marcher jusque-là, sans aide.

Je me mordis les lèvres pour me retenir de lui lancer quelques observations désobligeantes et obtempérai. Une fois au pied du chêne, je le regardai avancer pas à pas vers moi. A la première chute, je manquai de me précipiter, puis je tournai rageusement les talons et attendis.

Nous regagnâmes sa cellule non sans mal, trébuchant dans les longs couloirs, son bras sur mes épaules pour se soutenir. Je le laissai retomber sur le lit et lui ôtai ses loques crasseuses.

Il se laissa coucher sans faire d'histoires et ferma les yeux, épuisé, tandis que je m'affairais dans la chambre, remettant des charbons dans le brasero.

Je le croyais endormi quand sa voix me fit sursauter.

— Claire ?

— Oui ?

— Je t'aime.

— Oh !

J'étais surprise, mais indubitablement ravie.

— Je t'aime aussi.

Il soupira et entrouvrit les yeux.

— Randall... commença-t-il. A la fin, c'est ce qu'il voulait que je lui dise.

Ses yeux étaient tournés vers la fenêtre où de gros nuages chargés de neige s'accumulaient dans le ciel gris de plomb.

— J'étais allongé sur le sol et il était couché près de moi. Il était nu, lui aussi, et nous étions tous les deux couverts de sang, entre autres choses. Je ne ressentais plus la douleur, uniquement un grand sommeil. Je ne sais pas combien de temps nous sommes restés ainsi, mais, à un moment, je l'ai senti se presser contre moi. Il a mis ses bras autour de mon cou et a enfoui son visage dans le creux de mon épaule. Il pleurait doucement et, entre deux sanglots, il me répétait : « Je t'aime, je t'aime, je t'aime... » Je ne sais pas ce qui m'a pris, mais j'ai passé mes bras autour de sa taille et je l'ai serré contre moi. On est restés enlacés un long moment. Il a cessé de pleurer, m'a embrassé, m'a caressé, puis il a chuchoté à mon oreille : « Dis-moi que tu m'aimes... » Je n'ai pas pu. Je ne sais pas pourquoi. J'aurais léché ses bottes et l'aurais appelé roi d'Écosse s'il me l'avait demandé. Mais je ne pouvais pas me résoudre à lui dire ça. Alors, il m'a de nouveau pris, brutalement, et pendant qu'il allait et venait en moi, il répétait : « Dis-moi que tu m'aimes, Alex, dis-moi que tu m'aimes. »

— Il t'a appelé Alex ? ne pus-je m'empêcher de demander.

— Oui. Je me suis d'ailleurs demandé comment il connaissait mon deuxième prénom. Enfin... je n'ai pas bougé ni prononcé un mot. Quand il a eu fini, il est devenu comme fou. Il s'est remis à me battre en hurlant : « Tu sais que tu m'aimes ! Dis-le ! Je sais que c'est vrai ! » Je me suis protégé comme j'ai pu et j'ai fini par m'évanouir. Quand je me suis réveillé, je ballottais sur le ventre en travers d'une selle, puis plus rien de nouveau jusqu'à ce que je me retrouve près du feu à Eldridge, toi penchée sur moi. Je crois que... si je lui avais dit ce qu'il voulait... il m'aurait tué.

Certaines personnes font des cauchemars peuplés de monstres. Pour ma part, je rêvais d'arbres généalogiques, avec des branches tentaculaires auxquelles étaient suspendus des écriteaux avec des dates et des noms. Une fois de plus, la voix de Frank retentit dans mon crâne : « Il a servi comme capitaine des dragons et a fait une belle carrière dans l'armée. Il n'avait guère le choix : étant le cadet de sa famille, son avenir était tout tracé. Le benjamin a suivi lui aussi la tradition en entrant dans les ordres, mais je ne sais pas grand-chose à son sujet. » Moi non plus je ne savais pas grand-chose sur lui, mis à part son nom. Joseph et Mary Randall avaient eu trois fils ; l'aîné s'appelait William, le cadet Jonathan et le benjamin Alexander.

— *Sassenach* ?
— Oui.
— Tu sais, la forteresse dont je t'avais parlé, celle que je porte en moi ?
— Oui, alors ?
— Elle n'est pas totalement détruite. Et il me reste encore un toit pour m'abriter de la pluie.

L'abbaye était un refuge, certes, mais provisoire. Tôt ou tard, il nous faudrait repartir, en dépit de l'hospitalité des moines. L'Écosse et l'Angleterre étaient bien trop dangereuses pour nous, à moins que lord Lovat n'accepte de nous aider, mais c'était une éventualité sur laquelle il valait mieux ne pas compter. Notre avenir se trouvait nécessairement de ce côté-ci de la Manche. Compte tenu du mal de mer de Jamie, je comprenais ses réticences à s'embarquer pour l'Amérique — la perspective de trois mois de nausées avait de quoi en décourager plus d'un. Que nous restait-il ?

La France était le choix le plus logique. Nous parlions tous deux couramment le français. Si Jamie maîtrisait pareillement l'allemand, l'espagnol et l'italien, j'étais nettement moins douée pour les langues. En outre, la famille Fraser avait de nombreuses ramifications en France. Nous pourrions peut-être trouver une propriété appartenant à un parent ou un ami et y vivre paisiblement. C'était une perspective attirante.

Restait le problème de l'histoire. Nous étions à deux semaines du Nouvel An. Bientôt nous allions passer en 1744. En 1745, Bonnie Prince Charlie allait s'embarquer sur les côtes françaises pour faire voile vers l'Écosse et tenter de récupérer le trône de son père. Il apporterait avec lui la guerre, le massacre, la destruction des clans des Highlands et de tout ce qui était cher au cœur de Jamie... et au mien.

Il me restait une année. Une année pour essayer d'éviter le carnage. Comment et avec quels moyens ?

Pouvait-on changer le fil des événements ?

« Je vous maudis ! avais-je annoncé à Randall. Et pour vous le prouver, écoutez donc la date de votre mort. » Je lui avais donné la date inscrite sur l'arbre généalogique de Frank : le 16 avril 1745, Jonathan Randall aurait dû mourir lors de la bataille de Culloden. Et pourtant, il était mort un an et demi plus tôt, piétiné par les sabots de ma vengeance.

Il était mort célibataire et, à ce que je sache, sans descendance. L'arbre — ce maudit arbre ! — donnait également la date de son mariage, en 1744, et la date de naissance de son premier fils, quelques mois plus tard. Mais, si Jack Randall avait disparu sans progéniture, comment Frank pouvait-il être né ? Je portais toujours sa bague à mon doigt. Donc il existait... allait exister.

41

Des entrailles de la terre

Pendant les deux semaines qui suivirent, Jamie continua de guérir, et je continuai de ressasser les mêmes doutes. Certains jours, il me semblait que nous devions aller à Rome, où se trouvait la cour en exil du Prétendant, et lui dire... quoi ? A d'autres moments, je n'aspirais qu'à trouver un petit coin isolé où nous pourrions vivre nos vies en paix.

C'était une journée chaude et ensoleillée. Sous les gargouilles, les stalactites de glace gouttaient en laissant des petits trous dans la neige.

Dans la chambre de Jamie la fenêtre était grande ouverte et la porte entrebâillée pour dissiper les dernières odeurs de fumée et de maladie.

J'étais couchée sur son lit, mon front contre sa poitrine, mes bras autour de sa taille.

— Au fait, j'ai quelque chose à te montrer, dit-il soudain.

Il ouvrit le tiroir de la table de chevet et me tendit un rouleau de parchemin décacheté.

C'était une lettre d'introduction de l'abbé Alexander adressée au chevalier de Saint-George, également connu sous le nom de James, Sa Majesté le roi d'Écosse. Il lui recommandait chaleureusement son neveu en qualité d'excellent linguiste et traducteur.

— C'est toujours un endroit où aller, déclara Jamie. Et il nous faut bien aller quelque part, non ? Mais ce que tu m'as dit un jour sur la colline de Craigh na Dun, ça va vraiment arriver ?

— Oui.

Il reprit la lettre et l'étala sur ses genoux.

— Alors, ce que propose cette lettre n'est pas sans danger.

— C'est fort possible, oui.

Il remit le parchemin à sa place et me dévisagea fixement.

— Tout dépend de toi, Claire. Ma vie t'appartient. A toi de décider où aller : en France, en Italie, ou même en Écosse. Mon cœur t'appartient depuis que j'ai posé les yeux sur toi et que tu as tenu mon âme et mon corps entre tes mains. Nous irons où tu voudras.

Au même moment, on frappa à la porte, et nous nous écartâmes précipitamment l'un de l'autre comme deux amants coupables.

Un frère convers entra et laissa tomber une lourde sacoche sur la table.

— De MacRannoch d'Eldridge, annonça-t-il, à l'attention de la dame de Broch Tuarach.

Il inclina le chef et sortit, laissant un léger parfum d'algues et d'eau de mer dans son sillage.

Je défis les sangles de cuir et examinai avec curiosité le contenu de la sacoche. Elle renfermait trois choses : un message non signé, un petit paquet adressé à Jamie, et une peau de loup enroulée qui empestait le fauve.

Le message disait : « Car la femme vertueuse est une perle précieuse et sa valeur excède celle des rubis. »

Jamie ouvrit son paquet et contempla avec perplexité ce qu'il renfermait.

— Sir Marcus a dû se tromper, déclara-t-il enfin. Il t'a envoyé une peau de loup, et à moi un bracelet en perles !

Le bracelet en question était ravissant, avec une rangée de grosses perles baroques prises entre deux chaînes d'or tressé.

— Non, répondis-je en l'admirant. Le bracelet va avec le collier que tu m'as donné le jour de notre mariage. Il l'avait offert à ta mère, tu le savais ?

— Non, père me l'avait confié pour que je le donne à ma future femme sans me dire d'où il venait.

Il m'attrapa la main et noua le bracelet à mon poignet.

— Mais il ne m'est pas destiné ! me récriai-je.

— Bien sûr que si. Sir Marcus me l'a adressé parce qu'il n'est pas convenable pour un homme d'envoyer des bijoux à une femme mariée. En outre, je ne peux pas le mettre, j'ai le poignet trop gros.

Me prenant par la taille, il ajouta :

— Maintenant que j'y pense, moi aussi j'ai un cadeau pour toi.

Il se dirigea vers le bahut et se mit à fouiller dans la pile de linge.

— Je suis désolée, je n'ai rien à te donner, dis-je en le regardant faire.

— Mis à part des petits présents sans importance tels que ma vie, ma virilité et ma main droite ! plaisanta-t-il. Ah, voilà !

Il se redressa en me tendant une robe blanche de novice.

— Déshabille-toi.

— Quoi !

— Déshabille-toi, *Sassenach*, et enfile cette robe. Il faut peut-être que je me retourne pendant que tu te changes ?

Retroussant l'épaisse jupe de lin blanc, je suivis Jamie dans un autre escalier sombre. C'était le troisième, et le plus étroit. Il ne faisait pas plus d'un demi-mètre de large. La lanterne qu'il tenait à bout de bras éclairait des murs faits de blocs massifs suintant d'humidité.

— Tu es sûr de savoir où l'on va ? demandai-je.

Ma voix résonna dans le goulot de l'escalier d'une manière étouffée, comme si j'avais parlé sous l'eau.

— Je ne vois pas où j'aurais pu me tromper, répondit-il. On ne fait que descendre depuis tout à l'heure.

Nous atteignîmes un palier, puis descendîmes encore une volée de marches. Enfin, nous arrivâmes devant une porte close. Elle était faite de planches de chêne avec des gonds en cuivre. Le seuil était balayé. Cette partie du monastère était donc encore fréquentée.

Il y avait une torche éteinte accrochée au mur. Jamie l'alluma avec la mèche de sa lanterne et ouvrit la porte.

Tout d'abord, je ne vis rien que l'obscurité. Je suivis des yeux la lanterne de Jamie qui s'éloignait de moi dans le noir. Tous les deux ou trois mètres, il s'arrêtait, inclinait sa lanterne et une nouvelle lumière s'allumait. Bientôt, je distinguai une rangée de lanternes suspendues à des colonnes de pierre.

C'était une grotte abritant un lac souterrain. L'eau transparente étincelait comme du verre sur un fond de sable volcanique noir. L'air était chaud et humide. La vapeur qui se condensait sur les parois fraîches de la grotte formait de fines gouttelettes qui ruisselaient sur les colonnes.

Les sources chaudes dont m'avait parlé Anselme ! Une légère odeur de soufre titilla mes narines.

Jamie se tint derrière moi, contemplant par-dessus mon épaule l'étendue miroitante de jais et de rubis.

— Que dirais-tu d'un bon bain chaud ?

— Nom de Dieu ! jurai-je.

— Alors viens.

— Elle... elle n'est pas trop chaude ? hésitai-je.

— Ne t'inquiète pas, elle ne te brûlera pas. Mais si tu y mijotes une heure ou deux, elle te cuira comme un ragoût de mouton.

— Charmante perspective, soupirai-je en ôtant ma robe.

Il y avait des marches taillées dans le roc, avec une corde tendue contre la paroi pour ne pas glisser.

J'entrai doucement dans l'eau derrière Jamie. Au plus profond, j'avais de l'eau jusqu'aux épaules. Je marchai doucement sur le sable. La surface du lac était huileuse, mais de délicieux remous sous l'eau vous chatouillaient les cuisses et ajoutaient encore à la sensation merveilleusement apaisante de la chaleur. C'était divin.

Jamie émergea derrière moi, prenant mes seins dans ses mains.

— Alors, ça te plaît ?

— C'est fantastique. Je crois que c'est la première fois que je me sens réchauffée depuis le mois d'août.

Me tirant en arrière, il me remorqua doucement. Je laissai traîner mes jambes, mes pieds pointant hors de l'eau en formant des vaguelettes dans leur sillage. L'extraordinaire chaleur caressait mes membres.

Jamie me fit pivoter et asseoir sur un banc submergé, puis prit place à côté de moi, étirant ses bras sur le rebord de pierre.

— Tu crois qu'il y a des créatures qui vivent dans cette grotte ? demandai-je. Des chauves-souris ou des poissons ?

— Non, *Sassenach*, il n'y a personne d'autre que l'esprit de la source.

— L'esprit de la source ? Ça sonne un peu païen pour être enterré sous un monastère.

— Appelle-le comme tu veux, mais il est là depuis bien plus longtemps que les moines.

— Je n'en doute pas.

Les parois de la grotte étaient formées de roche volcanique lisse et sombre, presque comme du verre noir, luisant de l'humidité de la source. On avait l'impression d'être enfermé dans une bulle gigantesque, à moitié remplie de cette eau étrangement vivante bien que calme. On se serait cru dans les entrailles de la terre. J'étais sûre que, si je pressais mon oreille contre la roche, j'entendrais les battements lents d'un énorme cœur.

Nous restâmes silencieux un très long moment, flottant à moitié, rêvant à moitié, parfois poussés l'un contre l'autre par des courants invisibles.

— J'ai décidé, dis-je soudain.

— Ah ! Alors ce sera Rome ?

— Oui. Une fois là-bas, je ne sais pas encore...

— Peu importe. Nous ferons ce que nous pourrons.

Il m'attira vers lui, jusqu'à ce que la pointe de mes

seins frôle sa poitrine. Une de ses mains glissa le long de mon dos, passa sous mes fesses et me souleva.

Nos corps chauds roulèrent l'un contre l'autre sans que nous ayons l'impression de nous toucher. Mais sa présence en moi, elle, était bien solide, comme un point fixe dans un monde flottant, un cordon ombilical alimentant mon corps à la dérive dans un ventre géant. J'émis un petit cri de surprise en sentant le jet d'eau chaude qui accompagna sa pénétration en moi.

— Oh, il me plaît, celui-là ! lança Jamie.

— Quoi donc ?

— Ce petit bruit que tu viens de faire.

— Désolée, je ne voulais pas être bruyante.

Il se mit à rire.

— Au contraire, *Sassenach*. C'est l'une des choses que je préfère quand on fait l'amour... tous ces petits cris que tu pousses.

Il me serra contre lui et me donna un petit coup de reins qui me fit gémir.

— Voilà, comme ça... dit-il doucement. Ou... comme ça !

— Ah !

Il rit de plus belle, sans s'arrêter pour autant.

— C'est à ça que je pensais en prison, enchaîné dans ma cellule avec une dizaine d'autres hommes, les écoutant ronfler, péter et grogner. Je songeais à tous les petits sons que tu émets quand je te caresse, et je t'imaginais couchée à mes côtés dans le noir...

Ma respiration s'accélérait. Ses mains se promenaient sur ma peau, glissaient entre mes fesses, caressaient le point tendu et enflé de désir où nos deux corps se rejoignaient.

Sa voix rauque se répercutait sur l'eau, emplissant la grotte.

— Je me revoyais venir à toi gonflé de désir, et tu me prenais en toi avec un soupir et ce doux bourdonnement comme une ruche au soleil, et tu m'emportais avec toi dans un lieu paisible avec de petits gémissements.

— Jamie, Jamie, je t'en prie...

— Pas encore, *mo duinne*. Je veux t'entendre gémir encore une fois. Je veux t'entendre soupirer comme si ton cœur allait se briser, et hurler de plaisir.

Le feu entre mes cuisses darda ses flammes jusqu'au plus profond de mon ventre, écartelant mes membres au point que mes mains glissèrent mollement de ses épaules et retombèrent contre mes flancs. Mes reins se cambrèrent et mes seins gonflés s'écrasèrent contre son torse. Je restai pantelante dans l'obscurité moite, seules les mains de Jamie m'empêchaient de couler à pic.

J'étais inerte entre ses bras. J'ignorais quels sons j'avais émis cette fois. Je me sentais incapable d'articuler une phrase cohérente et me laissais aller comme une poupée de chiffon flottant dans l'eau, quand il recommença à aller et venir en moi.

— Non, Jamie, je ne peux plus.

— Si, tu le peux, parce que je t'aime et parce que je te veux.

Il pressa mes hanches contre les siennes, me transportant hors de moi-même avec la puissance du ressac. Je m'écrasai contre lui comme une vague et il m'accueillit avec la force brutale du granit.

Désarticulée et liquide comme l'eau autour de nous, n'existant plus que par la pression de ses doigts sur ma peau, je criai. C'était le cri étranglé du marin à demi englouti par les flots, aspiré sous les vagues. Et son cri me répondit.

Nous remontâmes lentement des entrailles de la terre, ruisselant, le corps fumant. Au premier palier, je tombai à genoux. En voulant m'aider à me relever, Jamie s'effondra à son tour dans un enchevêtrement de robes de lin et de jambes nues. Gloussant comme deux jouvencelles, plus ivres d'amour que de vin, nous grimpâmes à quatre pattes le second escalier, nous bousculant et chahutant jusqu'au second palier où nous nous effondrâmes de nouveau, enlacés.

Là, un oriel s'ouvrait sur le ciel. La lune pleine emplissait presque toute la fenêtre. Elle semblait si proche et si grosse qu'il n'y avait pas à s'étonner de ce que les cycles marins et féminins soient soumis à l'attraction d'un astre aussi puissant.

Mes propres cycles ne répondaient pourtant plus à ses appels chastes et stériles.

Prenant la main de Jamie, je la posai son mon ventre encore plat.

— Moi aussi, je crois bien que j'ai un cadeau pour toi.

Et le monde s'ouvrit tout autour de nous, riche de promesses.

Remerciements

L'auteur tient à remercier :

Jackie Cantor, la quintessence du directeur de collection, dont l'enthousiasme infaillible a permis à ce livre d'être publié un jour ; Perry Knowlton, agent au jugement irréprochable, qui m'a dit : « Vas-y, écris l'histoire comme tu la sens, on s'occupera des coupes plus tard » ; mon mari, Doug Watkins, qui, bien qu'il n'ait pu s'empêcher parfois de regarder par-dessus mon épaule et de lâcher : « Si l'histoire se déroule en Écosse, comment se fait-il que personne ne dise : *"Hoot, mon ?"* », a déployé une énergie considérable à chasser les enfants en leur déclarant : « Maman travaille, laissez-la tranquille ! » ; ma fille Laura, pour avoir annoncé à une amie sur un ton hautain : « Ma maman écrit des livres ! » ; comme mon fils Samuel qui, quand on lui a demandé la profession de sa mère, a répondu prudemment : « Ben... elle fixe tout le temps son ordinateur » ; ma fille Jennifer, qui me lance régulièrement : « Pousse-toi de là, maman, c'est à mon tour de taper » ; Jerry O'Neill, camarade d'école et première lectrice, ainsi que les autres membres de ma petite « bande des quatre », Janet McConnaughey, Margaret J. Campbell et John L. Myers, qui lisent tout ce que j'écris et m'encouragent à persévérer ; le docteur Gary Hoff, pour avoir relu les passages médicaux et m'avoir expliqué comment remettre en place une épaule luxée ; T. Lawrence Tuohy, pour les détails d'histoire militaire et les costumes ; Robert Riffle, pour ses informations botaniques, pour m'avoir dressé un inventaire de toutes les espèces de myosotis connues à ce jour et avoir vérifié que les trembles poussaient effectivement en Écosse ; Virginia Kidd, pour avoir relu les premiers jets de mon manuscrit et m'avoir encouragée à continuer ; Alex Krislov, pour coanimer avec d'autres informaticiens le CompuServe Literary Forum, la formation la plus extraordinaire et délirante au monde, ainsi que les autres membres de ce Forum — John Stith, John Simpson, John L. Myers, Judson Jerome, Angelia Dorman, Ziglia Quafay et les autres — pour les ballades écossaises, leurs poèmes galants en latin, et pour avoir ri (et pleuré) aux bons endroits.